rororo

Der syrische Autor **Khaled Khalifa,** geb. 1964 in Aleppo, lebt in Damaskus. Er zählt zu den bedeutendsten arabischen Autoren und schreibt aus seiner Heimat, nicht aus dem Exil, obwohl sein Werk in Syrien verboten ist. Er studierte Jura an der Universität Aleppo, war Mitbegründer und Mitherausgeber der Literaturzeitschrift «Alif» und Mitglied des zu Beginn der achtziger Jahre gegründeten «Literarischen Forums» an der Universität Aleppo. Khalifa ist Autor von zahlreichen Romanen sowie Drehbüchern für Kinofilme, war für den International Prize for Arabic Fiction nominiert und wurde mit der Naguib Mahfouz Medal for Literature ausgezeichnet.

Hartmut Fähndrich wurde 1944 in Tübingen geboren, lehrte Arabisch und Islamische Kulturgeschichte an der ETH Zürich und lebt in Bern. Er übersetzte u.a. Alaa al-Aswani, Sonallah Ibrahim, Gamal al-Ghitani, Edwar al-Charrat sowie Nagib Machfus und wurde mit mehreren Übersetzerpreisen ausgezeichnet, darunter dem Übersetzerpreis der Arabischen Liga und dem Schweizer Literaturpreis in der Kategorie Übersetzung.

«Das breite Panoptikum, welches sein Roman hinter den Ruinen Aleppos aufspannt, vermittelt Einblicke in die Vorgeschichte des syrischen Bürgerkriegs – und ins Drama einer Stadt, deren Agonie Khalifa bei der Niederschrift des im Original 2013 erschienenen Romans schon vorausgeahnt haben mag.» Neue Zürcher Zeitung

«Ein trostloses Leben, ein großes Buch.» Die Presse

KHALED KHALIFA

KEINE MESSER IN DEN KÜCHEN DIESER STADT

ROMAN

Aus dem Arabischen
von Hartmut Fähndrich

Rowohlt Taschenbuch Verlag

Die Originalausgabe erschien 2013 unter dem Titel
«Lā sakākīna fī matābih nādihi l-madīna»
bei Dar Al-Ain, Kairo.

Veröffentlicht im Rowohlt Taschenbuch Verlag,
Hamburg, Mai 2022

Covergestaltung any.way, Barbara Hanke/Cordula Schmidt,
nach dem Entwurf von Anzinger und Rasp, München
Coverabbildung Getty Images
Satz aus der Foundry Wilson
bei Pinkuin Satz und Datentechnik, Berlin
Druck und Bindung GGP Media GmbH, Pößneck, Germany
ISBN 978-3-499-27476-3

Die Rowohlt Verlage haben sich zu einer nachhaltigen Buchproduktion verpflichtet. Gemeinsam mit unseren Partnern und Lieferanten setzen wir uns für eine klimaneutrale Buchproduktion ein, die den Erwerb von Klimazertifikaten zur Kompensation des CO_2-Ausstoßes einschließt.
www.klimaneutralerverlag.de

FSC www.fsc.org MIX Papier aus verantwortungsvollen Quellen FSC® C014496

1

DIE LATTICHFELDER

AUF dem Weg nach Hause machte ich mir klar, dass Mutter mit ihren noch nicht fünfundsechzig Jahren eigentlich doch recht früh gestorben war. Trotzdem war ich insgeheim froh darüber und fand, ihr Tod sei vielleicht sogar zehn Jahre zu spät gekommen. Sie hatte ja immer geklagt, sie kriege keine Luft. Einmal sei sie nach dem Mittagsschlaf aufgestanden und habe sich darangemacht, einen langen Brief an irgendjemanden zu schreiben, erzählte mir Onkel Nisâr. Sie hätten angenommen, es sei ein ehemaliger Geliebter oder eine alte Freundin, mit der sie sich über vergangene Zeiten austauschen wollte, Zeiten, die niemandem mehr etwas sagten.

Während ihrer letzten Jahre hatte sie sich fest in der Vergangenheit eingerichtet. Trotz der umfangreichen Begräbnisfeierlichkeiten, die sie gesehen, und der Staatstrauer, die sie erlebt hatte, weigerte sie sich zu glauben, dass der Präsident, wie jedes andere Lebewesen, gestorben war. Das Fernsehen hatte Bilder und alte Reden von ihm gesendet. Man hatte Hunderte von Personen eingeladen, die mit großer Hingabe seine Verdienste priesen und seine endlosen Ehrentitel aufzählten. Und während sie an die Tugenden des Vater-Führers erinnerten, füllten sich ihre Augen mit Tränen. War er doch Führer in Krieg und Frieden gewesen, der weise Mann der Araber, der beste Athlet, höchste Richter und begabteste Ingenieur. Es fiel ihnen schwer, darauf zu verzichteten, ihn auch noch «Gott, den Höchsten» zu nennen.

«Macht und Gewalt sterben nie», erklärte Mutter. «Das Blut der Opfer lässt den Tyrannen nicht sterben. Es ist wie eine halboffene Tür, die immer weiter zugeht, bis der Mörder erstickt.» Sie verlor sich auf der Suche nach angemessenen Formulierungen für ihre Lieblingsgeschichten aus der Vergangenheit, beschrieb begeistert die eleganten Kleider und das hoffnungsgetränkte Parfum ihrer Freundinnen. Sie zeigte Fotos von Demonstrantinnen, die wie ungepflückte Baumwollkapseln aussahen, strahlend weiß in der untergehenden Sonne. Unermüdlich pries sie die Vergangenheit und ließ sie aufleben. So rächte sie sich für ihr bescheidenes Leben. Sie beschrieb die Sonne von einst und den Geruch der Erde nach dem ersten Regen. Sie gab uns das Gefühl, dass sich tatsächlich alles verändert hatte und wir schlecht dran seien, weil wir nicht in jener schönen Zeit leben durften, als Lattich noch wirklich Lattich und Frauen noch Frauen waren.

Ihre hingekritzelten Notizen ließ Mutter tagelang auf dem Tisch liegen, und wir kümmerten uns nicht weiter darum. Staub legte sich auf die Buchstaben, die schon seit zwanzig Jahren mit einer speziellen chinesischen Tinte auf liniertes, nach Zimt duftendes Papier geschrieben wurden, das sie sich im Schreibwarengeschäft ihres Bruders Abdalmunim am Eingang zum Bab-al-Nasr-Sûk besorgte. Er hatte sich an ihre Besuche und ihre Fragerei gewöhnt und ließ sich nicht mehr auf Reminiszenzen über die gute alte «Straßenbahnzeit» mit ihr ein, wie die beiden ihre dornige Kindheit mit ihrer nicht ganz einfachen Beziehung nannten. Stattdessen reichte er ihr wortlos einen Packen weißer Blätter, schob ihr das Geld zurück und hörte nicht zu, wenn sie ihn bat, mehr Geduld mit ihr zu haben. Er zog sich in seine dunkle Ecke zurück und starrte auf ein verblichenes Familienfoto, von dem er sich nicht trennen konnte. In der Mitte stand lächelnd sein Sohn Jachja mit pomadig glänzendem Haar, seine Brüder Hassan und Hussain hatten ihre Arme um ihn gelegt, eine starke und klare Geste der Solidarität unter den Söhnen der Familie.

Onkel Abdalmunim nahm auf dem Bild nur noch seinen Sohn Jachja wahr, den er zum letzten Mal tot im Leichenschauhaus der Universitätsklinik gesehen hatte, mit verbranntem Gesicht und ohne Finger, Spuren von Stromkabeln und eiternde Stichwunden am ganzen Körper. Ein kurzer Blick genügte, um ihn zu identifizieren. Danach schloss der Gerichtsmediziner mit geübtem Griff den Metallkasten und ließ sich auch nicht durch die inständigen Bitten des Vaters erweichen, das Gesicht seines Sohnes berühren zu dürfen. Ungerührt verlangte der Arzt von ihm, den Leichnam zu übernehmen und ihn ohne Kondolenzfeier zu bestatten, während sechs bewaffnete Fallschirmspringer in voller Kriegsmontur als Wachen auf den Gängen des Leichenschauhauses patrouillierten.

Noch vor dem Frühgebet war Onkel Abdalmunim in Begleitung seiner Söhne Hassan und Hussain in die Klinik gekommen; ein Freund, der mitgekommen war, wurde sofort des Hauses verwiesen. Sie nahmen den Toten, luden ihn in einen alten, zum Leichentransporter umgebauten Volkswagenbus, und setzten sich um den Sarg herum. Sie starrten sich an und weinten still vor sich hin.

Der Tod lag schwer über den unerträglich trostlosen Straßen von Aleppo. Am Friedhof wurden sie von den Soldaten aufgefordert, den Sarg hineinzutragen, damit der schon wartende Scheich das Totengebet sprechen könne. Onkel Abdalmunim nickte verstört und murmelte ein paar unverständliche Worte. Der Scheich verrichtete in aller

Eile das Gebet, hinter ihm standen meine beiden Cousins, die ihren Blick nicht von dem Sarg lösten, aus dem die Soldaten einen Fleischklumpen zogen, der in ein schmutziges Leichentuch gehüllt war. Sie erlaubten ihnen nicht, in die erloschenen Augen zu blicken oder den Toten ein letztes Mal in die Arme zu schließen, wie es Familienmitglieder zu tun pflegen. Die Tränen erstarrten in ihren Augen. Sie schauten nur zu ihrem Vater hin, der noch immer still weinte und Worte murmelte, die niemand verstand oder auch nur zu verstehen versuchte.

Wenn meine Mutter aus ihren langen Absenzen erwachte, setzte sie sich an den wackligen Esstisch neben Onkel Nisâr, der leise vor sich hin summte wie eine taube Fliege. Sie las ihm ein paar Zeilen des Briefes vor, den sie an einen von ihr «lieber Freund» genannten Mann gerichtet hatte. «Alles ist zu Ende. Ich erwarte nicht, dass du dein Versprechen, mit mir auf dem Deck eines Ozeanriesen Tango zu tanzen, noch einlösen wirst.» Sie hatte die verklausulierten Formulierungen ihrer früheren Briefe aufgegeben und sagte klar und deutlich, man könne Männern, die wie Ratten stänken, nicht trauen. Ohne jegliche Furcht vor der Postzensur stellte sie in einer letzten mutigen Aufwallung fest, dass ihr alles egal sei. Anerkennung bedeutete ihr nichts mehr, und sie dachte auch nicht mehr daran, dass sie eine Frau sei, die gefehlt hatte. Vielmehr dachte sie, dass sie mit festem Schritt auf den Tod zugehen müsse, würdig ihrer großen Träume, die schon vor ihr gestorben waren. Sie hatte nichts mehr von ihrer Niederlage zu verbergen.

In den letzten Monaten vor Mutters Tod saß Onkel Nisâr abends immer auf einem alten Holzstuhl und lauschte dem Gerede seiner Schwester, wenn sie mal wieder aus ihrer Absenz erwachte und ihm im Brustton der Überzeugung von ihren Halluzinationen erzählte, als habe sie, sie allein, einen Film gesehen, der für andere unsichtbar blieb. Sie sprach ganz nüchtern von den Gespenstern, die meinen Bruder Raschîd verfolgten, und fragte, wie es um das Land stehe. Bevor sie wieder in ihrem Schweigen versank, redete sie mit überraschender Kraft, in klaren Sätzen und ohne zu stocken, stundenlang über Gemüsepreise oder über ihre Erinnerungen an die Nächte mit meinem Vater in dem alten Steinhaus unweit des Bahnhofs von Maidân Akbas. Sie lachte wie jede andere Frau, wenn sie sich seufzend daran erinnerte, wie sie Elena Kaffee serviert und ihr beigebracht hatte, wie man Aprikosenmarmelade macht.

Wer sie nicht kannte, hätte ihr Zusammensitzen für völlig natürlich halten können. Ein Bruder und eine Schwester, die beschlossen hatten, ihr Alter gemeinsam zu verbringen, Sonnenblumenkerne knabbernd, plaudernd und mit der Familienvergangenheit abrechnend, die sie nie losgelassen hatte. Beide fühlten sich gedrängt, alte Bekannte und Verwandte durchzugehen, und wenn sie entdeckten, dass sie alle entweder schon tot oder weggezogen waren, verstummten sie und dachten daran, dass diese Vergangenheit, so schön sie auch gewesen sein mochte, ihnen nichts als Unglück gebracht hatte.

In ihren letzten Tagen war Raschîd verschollen. Seine Abwesenheit war für sie unerträglich. Sie erzählte uns, geistig klar oder umnachtet, er sei nicht tot, er werde zurückkehren. Ich schwieg, außerstande, irgendwelche Geschichten über die Abwesenheit meines Bruders zu erfinden. Mutter lebte auch so schon hinlänglich in Illusionen. Man musste ihre Gefühle nicht noch mit einer weiteren Phantasiegeschichte verletzen. Mich machte es traurig, dass Raschîd sich nicht von unserer toten Mutter hatte verabschieden können, dass er nicht über den Verlust unserer Träume weinen konnte. Ich wünschte mir, er wäre hier gewesen, um gemeinsam mit mir an der Tür zum Kondolenzsaal zu stehen, den Onkel Nisâr gemietet hatte, um uns die Peinlichkeit zu ersparen, die Leute unser Domizil sehen zu lassen, das jedem, der auch nur einen Blick darauf warf, deutlich machte, wie weit es mit den Familienträumen gekommen war.

Onkel Nisâr bat mich, nach meiner Schwester Saussan Ausschau zu halten und sie heranzuschaffen. Er konnte seine Tränen nicht zurückhalten, aber seine Stimme war fest – so fest wie Mutters Stimme, als sie uns erzählte, Vater habe uns mit einer dreißig Jahre älteren Amerikanerin namens Elena verlassen und sei nach New York gegangen. Einfach so. Er sei nicht gestorben, es gebe aber keinen Grund, ihn zurückzuerwarten. Sie breitete ein Stück englisches Tuch vor uns aus, außerdem drei ausgestopfte Adler und eine Anzahl gestreifte Hemden, abgetragene Hosen und Abzeichen und spezielle Kopfbedeckungen aus seiner Zeit als Eisenbahnangestellter. «Ihr könnt euch sein Erbe teilen», sagte sie gleichgültig, aber als sie die Tür hinter sich zuschlug, hörten wir sie schluchzen, und es roch nach einer schrecklichen Katastrophe.

Ich nahm mir die Zeit, Mutters Fotoalbum durchzublättern. Es war ledergebunden und hatte seine Farbe und seine Weichheit nicht verloren. Es hatte eine gewisse Weihe erlangt – als einziges Stück in unserer Wohnung, das noch ansehnlich war. Ich betrachtete die Bilder unserer Schwester Suâd, deren bleiches Gesicht wir uns ebenso wenig erklären konnten wie ihr nächtliches Geschrei, das klang wie das Heulen eines einsamen Schakals in den Bergen.

Suâds nicht enden wollendes Delirieren während der Wochen unmittelbar vor ihrem Tod zwang uns, über unser Schicksal nachzudenken. Das Familienbild an der Wohnzimmerwand war zum Albtraum geworden, den wir zu verdrängen versuchten, zu einer fast obszönen Lüge: ein Vater, der uns mit einer alten Trümmergräberin verließ, nachdem ihr meine Mutter noch die Herstellung von Aprikosenmarmelade beigebracht hatte, und eine erbarmungswürdige Schwester, von der wir nicht wussten, was mit ihr los war und warum sie mit weit aufgerissenem Mund nach Luft rang. Wir mochten sie, aber Mutter hielt sie für eine persönliche Schande, die man vor den Augen aller verstecken musste.

Ich war damals gerade zehn Jahre alt und wusste nichts von Tod und nichts von Schande. Saussan fasste Suâd an den Schultern und schüttelte sie, wie immer, wenn sie stritten, aber Suâd bewegte sich nicht. Mutter wartete bis zum frühen Morgen. Dann trug sie sie, in eine alte Decke gewickelt, auf den Friedhof, begleitet von ihrer Freundin Narimân und Onkel Nisâr. Uns erzählte sie am Abend, Suâd werde nie mehr zurückkommen. Tod bedeute, dass jemand wegging und auf immer wegblieb, erklärte sie uns kurz und bündig. Darüber, wie man sich fühlt, wenn man seine Schande mit eigener Hand begräbt, sagte sie nichts.

Wir glaubten nicht, dass die süße Suâd endgültig verschwunden war. Wir müssten sie suchen, drängte ich Saussan, vielleicht verstecke sie sich ja wie früher irgendwo in den Lattichfeldern oder am Bahngleis in der Nähe, wo sie aus Nägeln Schwerter fertigte, mit denen sie vor nicht vorhandenen Fahrgästen herumfuchtelte.

Immer wenn der Zug an unserem Haus vorbeifuhr und seinen kläglichen Pfiff ausstieß, riss Suâd die Tür auf, rannte hinaus und zählte freudig die Wagen. Der Lokführer könne fliegen, erzählte sie uns und versicherte, sie habe seine Flügel gesehen. Wir nickten vertrauensvoll und stellten uns, wenn der letzte Wagen hinter der Biegung verschwunden war, vor, wie der Zug abhob und über den

Feldern am Himmel schwebte. Auf die Frage, wo er denn schließlich lande, erklärte sie ernsthaft, als hätte sie diese Frage erwartet, der Lokführer fliege immer weiter bis zu seinem Tod. Mit kindlicher Freude zeigte sie auf ihren mageren Körper und sagte: «Genau wie ich.»

Wir wanderten über die Lattichfelder und kamen irgendwann zum Friedhof, wo wir den Wächter nach Suâds «Heim» fragten. Er wies auf einen Erdhaufen. Saussan schlug wütend mit den Fäusten darauf, bis sie erschöpft zusammenbrach. Sie solle aufhören zu heulen, herrschte ich sie an, wir müssten vor Einbruch der Dunkelheit zu Hause sein. Im strömenden Regen gingen wir heim, und ich fand nichts dabei, Raschîd zu erzählen, Suâd habe uns gehasst und komme nie mehr zurück, weil er ihr ihren Holzzug weggenommen habe. Saussan bestätigte das unbekümmert. In der Nacht hatte ich einen Traum: Suâd lenkt einen langen Zug, der eine Schar flügelloser Vögel mit langen Schnäbeln transportiert. Sie singen ihr hübsche Lieder vor. Ihr Haar ist weiß und lang. Sie blickt lächelnd vor sich hin, ein Engel, den niemand sieht.

Ich behielt den Traum für mich und erzählte nur Saussan davon. Doch als ich ihr Suâd beschrieb, die mit langen weißen Haaren immer wieder vor mir erschien, lachte sie und nahm mich nochmals mit zum Friedhof. Unterwegs pflückten wir Blumen. Dann stellten wir uns neben den noch unbeschriebenen Grabstein, und Saussan erzählte mir mit tiefem Ernst, Suâd könne hier weder lachen noch atmen und die Würmer würden sie fressen. Da begriff ich, dass der Tod bedeutete, dass diejenigen, die wir gernhaben, nicht mehr da sind.

Viele Jahre später saß ich mit Saussan in einer billigen Bar namens «Express» und erinnerte sie an ihre Worte von einst. Der Tod sei nicht so sehr die ewige Abwesenheit, erklärte ich ihr, sondern eher der Abschluss der Erinnerungen. Und mit einem leicht besäuselten Kopfnicken stimmte sie zu. Ob ich denn Suâd noch sähe, wollte sie wissen. Ja, täglich, log ich. Sie schaute traurig vor sich hin, nahm meine Hand und bemerkte, dreißig Jahre sollten eigentlich reichen, um jemanden zu vergessen. Plötzlich wurde mir klar, dass sie beim Sprechen über den Tod Mutters Ausdrucksweise übernommen hatte, außerdem ihre langsamen, etwas gekünstelten Handbewegungen. Dass Saussan meiner Mutter zu gleichen begann, stimmte mich traurig, und ich war drauf und dran, sie zu fragen, wie sich das anfühle, mit einer Frau zu verschmelzen, die sie so verabscheute.

Raschîd versuchte mich zu überzeugen, dass Saussan log. Dreißig Jahre, sagte er, seien nicht genug, um jemanden zu vergessen, den man liebte. Erst später begriff ich, dass vergessen bedeutet, kleine, vergessene Einzelheiten nochmals zu beleuchten, bis wir glauben, dass sie wahr sind und nicht nur unsere eigene Einbildung. Zu dieser Zeit begann ich, mit Genuss auf der ruhigen König-Faissal-Straße zu promenieren und darüber zu sinnieren, dass auch Aleppo so vergänglich war wie das Vergessen. Alle wirklichen Bilder, die von der Stadt blieben, würden irgendwann zur Lüge werden, die wir jeden Tag neu erfinden, um nicht zu sterben.

Suâds Tod ließ uns darüber nachdenken, wie man dem Tod entkam. Raschîd und ich nahmen nachts unsere Decken und legten uns neben Saussan, die uns an sich drückte, weil sie sich vor Suâds Geist fürchtete, von dem Raschîd versicherte, er schwebe allnächtlich ums geschlossene Fenster. Er erging sich in detaillierten Beschreibungen und bediente sich dabei des Vokabulars der Harmonielehre und der Titel einiger Stücke für Geige. Alle drei schienen wir auf der Flucht vor einem unentrinnbaren Schicksal, das uns erwartete, wenn es dunkel wurde und das Haus in

Stille versank. Saussan hieß uns, den Mund zu halten. Wir drängten uns an ihren heißen Körper, und sie zog uns an sich, als suchte sie auf diese Weise einen Weg, ihre Furcht zu vertreiben.

Ich weiß nicht, warum mich meine Füße zwanzig Jahre später nochmals, ein letztes Mal, an Suâds Grab führten. Ich legte ein paar Blumen und einige Olivenzweige darauf, die ich aus unserem Garten mitgebracht hatte. Dann setzte ich mich für ein paar Stunden neben den kleinen Hügel und weinte. Zum ersten Mal weinte ich darüber, dass sie uns verlassen hatte. Ganz anders als Raschîd, der eine ganze Woche lang geheult, sich dann die Tränen abgewischt und erwartet hatte, dass sie zurückkam, um mit ihm weiterzuspielen. Das Weinen befreite mich von meinen Träumen, die zu unerträglichen Albträumen geworden waren, in denen Suâd als alte Frau auftrat, zugetüncht mit billigem Make-up wie Saussans Freundinnen, nicht wie das kleine Mädchen, das mich einmal fragte, ob ich wüsste, ob die Toten noch älter werden. Ich suchte den Friedhofswärter, um ihm die immer gleiche Frage zu stellen, ob er sich um das Grab gekümmert habe. Der Friedhof werde in Bälde vor die Stadt verlegt, erklärte er ungerührt. Mein Bruder Raschîd habe schon ganz offiziell Suâds sterbliche Überreste in Empfang genommen. Ich erschrak. Ich hatte also über einem einfachen Erdhaufen geheult. Ich erzählte Mutter von den sterblichen Überresten Suâds, die nun also wieder bei uns wohnte. Mutter zeigte sich überrascht, dass ich mich noch an Suâd erinnerte, machte aber keinerlei Bemerkung über die erneute Erwähnung ihrer alten Schande. Sie sah mich bloß an, wie einen Fremden. Der Schnitt einer Rasierklinge auf meiner rechten Wange und die Kleider, die scharf nach Schweiß rochen, erinnerten sie nicht mehr an den kleinen Jungen, den sie fest an der Hand hielt und ihm markante Stellen zeigte, die er sich einprägen sollte, um sich nicht zu verlaufen. Männer mit dicken Schnauzbärten, hatte sie mir damals erklärt, würden kleinen Kindern auflauern, die zart wie Lattichblätter seien, um ihnen in den verlassenen Kirschgärten Gewalt anzutun. Hoffnungsvoll blickte sie zum fernen Horizont und trällerte lachend ein paar Kinderlieder. In der Schule stellte sie sich dem Rektor als eine Kollegin mit gutem Ruf vor und erklärte kurz, ihr Mann, der Vater ihrer Kinder, sei nach Amerika ausgewandert, wohin wir ihm in ein paar Jahren folgen würden. Doch die unverfrorenen Blicke des Rektors erinnerten sie daran, dass sie nichts als eine verlassene Frau war, nach der die Männer gierten.

Ruhig trank sie ihren Kaffee und gewann ihre Fassung zurück. Dann machte sie dem Rektor ein weiteres Mal verständlich, dass sie selbst auch einmal Lehrerin gewesen war, die den Respekt ihrer Schüler genoss, denen sie beizubringen versuchte, auf sich selbst zu hören. Sie sei um ihrer Kinder willen in ihr geliebtes Aleppo zurückgekehrt, schloss sie und lobte und beschimpfte dann in einem wilden Durcheinander die Leute vom Dorf. Als sie bemerkte, dass der Rektor Verständnis für ihren Schmerz hatte, setzte sie noch eins drauf: Der Aufstieg des Militärs, erklärte sie, wecke kein Vertrauen. Er stimmte ihr darin zu, dass die nächste Zeit bitter wie Rüben werde. Mir, dem neuen Schüler, schüttelte er anerkennend die Hand. In meiner oberen Jackentasche steckte ein zitronenparfümiertes Spitzentüchlein, meine Fingernägel waren geschnitten und mein Haar mit parfümiertem Henna geglättet. Der Rektor verabschiedete sich respektvoll und mit mehrfachem Kopfnicken von Mutter. Das Leben sei schwierig, betonte er wiederholt, ohne eine Presse, die Kritik üben dürfe. Sie solle doch nach Exemplaren von *al-Bairaq al-masâ'îja*, der

«Abend-Standarte», Ausschau halten, legte er ihr ans Herz, und die Artikel lesen, die er darin über die Trennung von Religion und Politik publiziert habe.

Dann führte er mich höchstpersönlich in meine Klasse. Einen langen Gang entlang in einem Gebäude, das ein französischer Architekt als Sanatorium für Tuberkulosekranke gebaut hatte, die, bevor sie dahinschmolzen wie eine Portion Eis in der Mittagshitze, die hohen Decken und die geräumigen Zimmer betrachteten. Die Fenster gingen auf Beete hinaus, in denen Rosen in der Frühlingssonne leuchteten.

Mein erster Lehrer, dem der Rektor rasch ein paar Worte zuflüsterte, begrüßte mich freundlich. Er setzte mich in die erste Reihe, neben einen schmächtigen Jungen, der irgendwie aussah wie ich. Ich streckte ihm meine Hand hin, und wir wurden Freunde. Er hieß Dschâbir und wohnte nicht weit von uns entfernt. Bei der ersten sich bietenden Gelegenheit erzählte ich ihm von meinen Geschwistern und lud ihn zu uns ein. Wir spielten zusammen und schworen uns ewige Brüderschaft – eine Szene, bei der wir zu Saussans Belustigung unser Blut mischten. Wir wurden unzertrennlich und verbrachten die meiste Zeit in meinem Zimmer, wo wir aufmerksam meinem Bruder Raschîd lauschten, der uns auf der Geige unsere Lieblingsmelodien vorspielte.

Ich schlug Mutters Ermahnungen in den Wind und wanderte keck auf den Feldwegen, ohne Angst vor perversen Männern. Ich streifte mit Dschâbir durch die engen Gassen im Viertel. Wir lasen Baumwollfetzen bei den Entkörnungsbetrieben in Ain al-Tall auf, klauten Kupferdrähte und suchten in Abfallhaufen nach leeren Glasflaschen. Diese Waren verhökerten wir auf dem Sonntagsmarkt in der Nähe, und der Erlös erlaubte uns, am Nachmittag ins Kino Opera zu gehen, wo wir begeistert ägyptische Soaps und indische Bollywoodfilme anschauten, in denen die Liebe am Ende stets siegte.

Ich setzte mich auf den Platz neben Dschâbir und genoss den kühlen Raum und die wenigen Personen, die die Vorstellungen am Tage besuchten – gespannt auf das Auftreten von Nadschla Fathi, meiner Angebeteten, die in knappen Kleidern ihre Rundungen zur Geltung brachte. «Wenn ich mal groß bin», erklärte ich Dschâbir, «gehe ich nach Ägypten und suche nach Nadschla Fathi; dann erzähle ich ihr, dass du sie grüßen lässt.» Er stieß mich in die Seite, und als ich mich zu ihm drehte, sah ich ihn in Tränen aufgelöst und auf den Regisseur schimpfend, der den Film enden ließ, ohne uns zu sagen, wie die Bösen bestraft wurden und unsere Helden, die sich liebten, die Freuden der Liebe erlebten. Wir versuchten, den Film weiterzuspinnen. Ein Felafel-Sandwich von Arax verschlingend, wanderten wir zurück in unser Viertel – die Sulaimanîja-Straße entlang, aus deren Läden es nach Wein und Pastrami roch. Ich wollte Dschâbir überreden, auf die Sieben-Uhr-Straßenbahn zu warten, doch er winkte ab und schimpfte lachend auf alle Züge. Also wartete ich allein, legte ein paar große Nägel auf das Gleis und hoffte, dass die Eisenräder sie in Schwerter umwandelten. Diese nahm Dschâbir zum Metallwarenladen seines Onkels mit und bohrte in jedes ein Loch, damit wir sie um den Hals tragen konnten und aussahen wie Banditen.

Mutter betrachtete diese Schwerter an meinem Hals, die verdreckten Kleider und die ungepflegten Fingernägel. Ich kam ihr vor wie ein Bettler, und in ihren Augen konnte ich lesen, dass sie mich auf Abwegen sah. Das würde unsere anständige Familie ruinieren, die zu schützen sie so entschlossen war – vor dem Durcheinander auf der Straße und vor den Männern, die nach Essigrüben rochen.

Doch die Ruhe im Haus währte nicht lange. Bald war es umgeben vom Lärm der Brüder des Genossen Fawwâs und dem Geblöke der Schafe und Gemecker der Ziegen, die sie vom Dorf mitgebracht hatten. Sie bauten einen großräumigen Hühnerstall und verteilten sich selbst auf die vielen Zimmer im Nachbarhaus. Die Ehefrauen dieser Brüder, Bäuerinnen, verbrachten im Sommer den halben Tag damit, Auberginen zu rösten und ihren Kindern, die vergnügt herumtobten, den Rotz abzuwischen. Sie versicherten dem Genossen Fawwâs, der als der Älteste das Familienoberhaupt war, dass sie ebenso hinter dem Führer standen wie er. Abends schmetterten sie, inmitten von loderndem revolutionärem Getöse, im Chor Parteigesänge. Damit nicht genug, drehten sie den Lautsprecher hoch und spielten die Ansprachen des Präsidenten ab. Dazu jubelten sie ohrenbetäubend.

Mutter war verzweifelt wegen des Lärms. Und ihre Verzweiflung wuchs noch, als sie herausfand, dass die meisten ihrer alten Freundinnen inzwischen Parteimitglieder waren. Sie schmückten die erste Seite ihrer Notizhefte mit Aussprüchen des Großen Führers und konnten alle Lieder zu seinem Lob und Preis auswendig. Sie stellte auch fest, dass diese Freundinnen wie Pinguine geworden waren, alle ähnlich gekleidet, alle nach dem gleichen billigen Parfüm riechend. Sie zog sich in sich selbst zurück und begann, an einer imaginären Welt zu weben, in die sie die Stimmen ihrer alten Freundinnen holte, als sie noch demonstrierten, unterbrochen von ferner Musik. Ein solches Parallelleben sei gar nicht so schlecht, redete sie sich ein. Man müsse ja nicht unbedingt Freund seiner Feinde sein.

Traurig schaute sie mich an. Ich sah inzwischen aus wie die Söhne unserer Nachbarn: schmutzige Kleider, verfilzte Haare. Sie schleppte mich ins Badezimmer und machte sich daran, mich zu säubern. Sie schrubbte meine Hände mit einem Öl aus Baumwollsamen, das mich an den Geruch einer Maus in einer Falle erinnerte. Inzwischen zerrissen Raschîd und Saussan unbekümmert meine Bücher, warfen die Papierfetzen hoch und ließen sie wie Schneeflocken herabrieseln. Saussan träumte davon, darunter mit einem romantischen Liebhaber zu wandeln, der sie an der Hand über die Brücken einer fernen Stadt führte und sie am frühen Abend sanft küsste.

Wir mochten unser neues Haus: aus weißem Stein gebaut, über der Tür ein kunstvoll eingemeißelter Koranvers mit ineinander verschlungenen Buchstaben. Meine Mutter sperrte sich nicht dagegen, als der Baumeister den Wunsch äußerte, etwas in den Torbogen zu gravieren. Sie überließ nichts dem Zufall. Sie kaufte auf dem Sonntagsmarkt ein paar gebrauchte Messingbetten im klassisch französischen Stil, brachte die Beine in Ordnung und die Verzierungen auf Hochglanz. Dann verteilte sie sie auf unsere Schlafzimmer. Das größte behielt sie für sich selbst. Darin verbrachte sie ihre einsamen Nächte und ließ ihre noch verbliebenen Erinnerungen an unseren Vater aufleben. Die Geschichte ihrer Ehe und seiner Flucht erschien ihr wie ein Film, ein unglaubwürdiges Melodram. Die Brutalität, von der mein Vater immer wieder gesprochen hatte, bevor er mit dieser Amerikanerin weglief, nahm sie erst wahr, als sie sich, alleingelassen mit ihren Kindern, selbst durchschlagen musste – in diesem von einer Partei beherrschten Land, die alle Freiheiten beschnitt. Zeitungen wurden verboten, andere Druckerzeugnisse konfisziert, das Parlament wurde aufgelöst, eine neue Verfassung verordnet, die dem heißgeliebten Präsidenten unbeschränkte Befugnisse einräumte. Dieser ließ unmittelbar nach seinem Putsch seine alten Kampfgefährten, darunter auch den ehemaligen Präsidenten Nuraddîn al-Atâssi, ins Gefängnis stecken, wo sie viele Jahre später krepierten. Die Partei behielt sich den alleinigen Anspruch vor, das Land zu führen, das sich mit Ausnahmegesetzen und Sondergerichten durchwurstelte. Der Präsident, dessen Tod im Juni 2000 meine Mutter nicht glauben konnte, beanspruchte für sich alle wichtigen Ämter, von der Präsidentschaft bis zum Vorsitz der herrschenden Partei und der obersten Heeresleitung, sogar die Einsetzung der Verfassungsrichter, die Ernennung des Regierungschefs und die Auflösung des Parlaments waren ihm vorbehalten.

Vater war oft sternhagelvoll nach Hause gekommen und hatte einen Riesenzirkus veranstaltet. Er weckte uns, und es kümmerte ihn nicht, dass wir uns vor ihm fürchteten. Er bespuckte das Familienfoto, das einen Ehrenplatz an der Wand einnahm, und fragte: «Welchen Sinn hat es denn, die gleichen Dinge am selben Ort immer wieder zu tun?» Er klagte über den würgenden Druck und schimpfte wütend auf den Bahnhof, wo er arbeitete, und auf die Partei samt all ihren Informanten. Selbst der starke Kaffee, den Mutter ihm machte, bewirkte nichts. Sie drängte ihn hinaus in den Hof, an die frische Luft, strich ihm besänftigend über die Hände und wartete geduldig, bis er sich beruhigt hatte. Üblicherweise schimpfte er auf Gott, der ihn in diesen tristen Bahnhof gesteckt habe, wo es nach Verwesung und der Blödheit der Eisenbahnangestellten stank. Er habe einen besseren Ort verdient, um seine Träume zu verwirklichen, erklärte er immer wieder.

Gegen Morgen verstummte er in Mutters Armen. Sie brachte ihn ins Bett wie einen Säugling und hörte ihn schon nach wenigen Augenblicken schnarchen. Das beruhigte sie, fürs Erste war sein Leiden zu Ende. Wir, Saussan,

Raschîd und ich, seufzten erleichtert auf, wenn er nicht auch noch nach Suâd trat, was häufig vorkam. Sie starrte ihn wie ein Wesen aus einer anderen Welt an und heulte los, sobald er sich ihr näherte. Dann rannte sie zu Saussan und vergrub ihren Kopf an ihrer Brust. Saussan umarmte uns alle liebevoll wie eine kleine Mutter.

Mutter brachte, als Teil ihres Erbes, ihre alte Nähmaschine aus dem Haus unseres Großvaters mit. Sie nähte aus billigem buntem Stoff Leintücher und Kissenüberzüge und schuf so mit ihrem wenigen Geld unsere neue Zauberwelt. Mit ihrer Freundin Narimân verbrachte sie viel Zeit auf dem Markt. Sie feilschte wie alle anderen armen Frauen, und manchmal fand sie irgendeinen mickrigen Gegenstand, den sie mit magischer Hand neu belebte: mamlukische Leuchter, deren Eigentümer blind für die Schönheit der Ornamentik waren; eine italienische Kommode, auf deren Vorderseite eine traurige Schlange und eine nackte Frau eingearbeitet waren, nicht unähnlich den Frauendarstellungen der Renaissance; ein paar Louis-XVI-Sessel aus Nussbaumholz, die, frisch aufgearbeitet und bezogen, ins Gästezimmer kamen. Im Wohnzimmer stand eine bequeme Polstergruppe, die Mutter in einem Secondhandshop beim Bab al-Nasr erstanden hatte. Der Schreiner hatte seine Initialen in das Holz des Sofas geritzt, was Mutter vor ihren Besucherinnen behaupten ließ, das Möbel stamme von einem berühmten italienischen Designer. Sie konnte lange davorstehen, von den neuen Farben träumen, in denen sie es beziehen lassen wollte, um dann, an langen Winterabenden, wenn es draußen heftig regnete, darauf zu liegen, gleich neben dem Ofen. Ihr Parfüm würde einen Mann anlocken, dessen Züge vage und nur von ihr erkennbar waren. Ihm wollte sie ihre weiblichen Geheimnisse enthüllen.

Sie genoss es, wenn andere sich von ihrer Arbeit beeindruckt zeigten, ihre Ideen bewunderten und Worte der Anerkennung fanden. Dieses Gefühl der Anerkennung machte sie ihr ganzes Leben ebenso glücklich wie der Besitz einiger Gegenstände, die sie begleiteten. Das Glücksgefühl verstärkte sich noch, als sie sich entschloss, Maidân Akbas zu verlassen und in ihre geliebte Stadt zurückzukehren. Uns hieß sie, auf Zehenspitzen zu gehen, um die Stille nicht zu durchbrechen, wenn sie am Abend auf dem Sofa lag und an ihrem Kaffee nippte, den Blick auf den fernen Horizont gerichtet wie eine träumende Frau. Doch dann fiel ihr plötzlich ein, dass sie allein war, und sie begann, lautlos zu schluchzen. Sie wischte ihre Tränen ab, stand auf und ging zu ihrem Schrank, um einen alten Schlafanzug herauszuholen, an dem ihre Erinnerungen an unseren Vater hingen. Sie verzieh ihm nie, dass er sich davongemacht hatte. Uns gegenüber erwähnte sie ihn erst in ihren letzten Jahren wieder und beschimpfte ihn mit groben Worten, weil er ohne sie fortgegangen war.

Onkel Nisâr, ihr verständnisvoller Bruder, brachte ihr Kassetten mit Liedern aus der Nahda-Epoche. Zusammen lauschten sie der Musik und unterhielten sich langsam und mühsam. Er wartete auf eine Frage, die sie nicht stellte, weshalb er ihr von sich aus von seinem Wunsch erzählte, nach Paris zu gehen. Er erinnerte sie an ihren gemeinsamen Traum, durch die Gassen von Montmartre zu schlendern, von dem sie unzählige Pläne und Bilder von verarmten Malern gesammelt hatten. Sie kannten alle Einzelheiten des Viertels, alle Ein- und Ausgänge, und lebten dort in ihrer Phantasie.

Als Mutter merkte, dass wir anfingen, die Lieder mitzusingen, ja, zu schmettern, in denen Partei und Präsident gepriesen wurden, bat sie ihren Bruder, uns Geigenstunden zu erteilen. Sie kaufte eine Geige, und Nisâr begann seinen Unterricht. Mutter liebte es, uns alle in sauberen Kleidern nebeneinandersitzen zu sehen und zu hören, wie wir die Namen der Noten wiederholten. So ähnelten wir dem Bild einer idealen Familie, dem Ziel, das sie für uns vorgesehen hatte. In ihren Wachträumen zeichnete sie Bilder einer Zukunft, wie sie sie sich wünschte: Wir waren berühmte und kultivierte Ärzte oder Ingenieure, die klassischer Musik lauschten, teure Krawatten und edle Schuhe trugen und sich jeden Freitag um einen Esstisch versammelten, an dem sie den Vorsitz hatte, zufrieden mit ihrer Nachkommenschaft.

Doch nur Raschîd blieb der Musik treu. Schon nach fünf Monaten spielte er schwierige Etüden, während Saussan und ich mit der «Fünf-Uhr-Krankheit» als Begründung den Stunden fernblieben. Saussan behauptete allen Ernstes, gegen fünf Uhr nachmittags schwänden ihre Lebensgeister, ihr werde schwindlig und das vergehe erst wieder, wenn der Unterricht vorüber sei. Sie blieb in ihrem Zimmer oder kümmerte sich um Suâd. Sie zeichnete ihr Bilder von Männern mit langen Zungen, Häusern, über denen die Sonne niemals unterging, und Ziegen, Schafen und Pferden, was meine Mutter entsetzte. Dass wir uns am ländlichen Geruch von Maidân Akbas festklammerten, war für sie ein Albtraum. Doch je weiter sie das Dorf von sich schob, desto weiter streckte es ihr hämisch grinsend seine Zunge heraus. Sie zerriss Saussans Zeichnungen, was diese wütend machte, weshalb sie uns mied und ihre Zeit mit Suâd in dem kleinen Stübchen unter der Treppe verbrachte, im Versuch, dem Todesgeruch zu entkommen. Sie erzählte uns, Suâd sei dabei, sich in einen Hund zu verwandeln, der weder bellte noch biss. Ihr Gesicht ähnelte inzwischen dem eines Tiers, das niemand kannte, irgendetwas zwischen Eichhörnchen und greisenhaftem Welpen. Wir waren jeden Abend erleichtert, wenn Suâd in einen pseudoewigen Schlaf sank – unter dem Einfluss von Faustan-Tabletten, die Mutter ihr in Tee aufgelöst verabreichte. Schlaftabletten wirkten bei ihr nicht mehr. Sie nahm sie ein, wie benommen, den Blick starr ins Leere des kleinen Zimmers gerichtet und kurze Laute ausstoßend wie ein in der Wüste verirrter Hase.

Ich verließ das Zimmer, sobald Raschîd zu üben begann. Saussan fand seinen Eifer geradezu lächerlich. Sie stibitzte die Geige und versteckte sie zwischen ihren Klamotten. Sie fand, man solle nicht alles so ernst nehmen, etwas Spaß müsse sein. Raschîds übertriebene Ernsthaftigkeit, erklärte sie mir, werde ihn zu einem komplexbeladenen Menschen machen, dem man keine Geheimnisse anvertrauen könne. Ich ließ sie stehen, durchquerte das Wohnzimmer und schlich mich hinaus auf die Straße – auf Zehenspitzen, um nicht die Aufmerksamkeit von Mutter zu erregen, die vor ihrer Staffelei in einer Ecke saß und mit Wasserfarben Landschaftsgemälde anfertigte, die sie in ein Geschäft in Manschîja brachte. Mit den paar Groschen, die sie dafür erhielt, kaufte sie Medikamente für Suâd, die dadurch weiterlebte. Ich zog los, mit meinen Klassenkameraden, die Mutter nicht bei uns zu Hause haben wollte, damit sie nicht die Sofas verschmutzten. Ich schimpfte auf diese Totenstille bei uns und die Desinfektionsmanie von Mutter, die Töpfe und Teegläser ebenso sterilisierte wie Korridore, Betten, Kissen, Kleider und Schuhe. Für sie war alles, was von draußen kam, verschmutzt.

Mutter beklagte sich bei Narimân darüber, wie entsetzlich es geworden sei, auf die Straße zu gehen. Narimân bestätigte es. Die Gerüche der Leute vom Dorf füllten die Luft und verdarben die frische Brise der Stadt. Ihre meisten Kolleginnen seien in der Partei und beschrieben uns in ihren

Berichten als überhebliche Bourgeois, die reaktionär stanken. Sie selbst werde nach Kanada auswandern, erwiderte Narimân zutiefst deprimiert. Daraufhin schwieg Mutter, um Narimân nicht zu ermutigen, die Vorteile von Flucht und Furcht aufzuzählen. Beide hatten das Gefühl, ihre Schicksale bewegten sich im Ungewissen. Meine Mutter hatte das am Tag meiner Geburt gespürt – in der Woche des Parteiputsches. Obwohl der Tag meiner Geburt nicht exakt mit dem des Putsches zusammenfiel, glaubte sie doch, dass der Zeitpunkt ein Fehler war. Ein Datum, an das man sich schon bald nicht mehr erinnern würde, genauso wenig wie an die vielen anderen Militärputsche in Syrien.

Wieder einmal hatte sie das Gefühl, ihr Leben sei nichts als eine Ansammlung von irreparablen Fehlern. Sie wollte nicht so gebären wie die Bäuerinnen in Maidân Akbas, die, sobald die Wehen einsetzen, hinaus in die Granatapfelhaine gehen und dort niederkommen, unterstützt von Freundinnen, die mit einem stumpfen Messer oder einem Stein die Nabelschnur durchtrennen und sich dabei weiter über die bevorstehende Ernte unterhalten. Sie erlaubte der Dorfhebamme nicht, ihr nach Suâds Geburt nahe zu kommen, und noch lange erzählte sie herum, die Hebamme trage die Schuld an Suâds Behinderung.

Als bei ihr die Wehen einsetzten, nahm sie einen sauberen, mit gelben Blumen bestickten Beutel und begab sich zur staatlichen Klinik in Aleppo. Unterwegs verkaufte sie ihren goldenen Armreif und bestach mit dem Geld die Krankenschwestern, damit sie ihr ein Einzelzimmer gaben. Dort erhielt sie auch eine Spezialbetreuung. Die Schwestern taten ihr Bestes, Mutters Wünsche zu erfüllen. Sie desinfizierten ständig die medizinischen Instrumente und wechselten die Bettlaken mindestens einmal täglich. Nach ein paar Tagen wuchsen ihnen aber diese Ansprüche über den Kopf – trotz der üppigen Summen, die Mutter verteilte. Sie bekamen jedoch Mitleid mit ihr, als sie mein mageres Gesichtchen und die Bewegungen meiner kleinen Händchen sahen. Draußen waren die Straßen von Aleppo leergefegt, nachdem sich die Nachricht vom Putsch verbreitet hatte: Offiziere der Baath-Partei hatten sich des Generalstabsquartiers und des Radio- und Fernsehgebäudes bemächtigt und die Erklärung Nummer 1 abgegeben.

Mutter verließ ihr Bett und betrachtete vom Fenster aus die vollständig verlassenen Straßen. Ihr schien dieser Putsch und die Rückkehr des Militärs an die Macht wie ein böses Omen für ihr erst wenige Tage altes Baby, dessen Augen gelb wie getrocknete Zitronenschalen waren. Wenige Stunden nach der Erklärung Nummer 1 drangen Soldaten in die Klinik ein, Chaos breitete sich aus. Medizinisches Gerät verschwand aus den Operationssälen, die Vorratsschränke wurden geplündert.

Trotz ihrer Schmerzen stand Mutter auf, um nach gekochter Milch für ihr Kind, also mich, zu suchen. Ihre eigenen Vorräte waren versiegt. Sie bat die Krankenschwestern darum, die sie aber nur befremdet ansahen, weil sie noch immer da war, entschlossen zu bleiben, bis sie sicher wäre, dass ich überleben würde. Die Schwestern tuschelten und kicherten miteinander, als käme sie von einer anderen Galaxie, und am folgenden Tag forderten sie sie auf, das Krankenhaus ohne Wenn und Aber zu verlassen. Sie nahmen ihre zahlreichen Taschen, stellten alle ihre Habseligkeiten auf den Flur und drängten sie aus dem Zimmer. Sie sprachen von einem Notstandsgesetz, das erlassen worden sei. Außerdem wolle der neue Direktor, ein Parteimitglied, das Krankenhaus geleert haben, patientenfrei und für jedwede Eventualität bereit.

Mutter schimpfte und fluchte. Sie ergriff die Hand unseres Vaters, die seine Wärme in ihr Herz lenkte, was ihr den Mut gab, zu sagen, sie wolle lieber sterben, als unter der Herrschaft von diesen Bauerntölpeln von Offizieren zu leben, die den Duft eines Maiglöckchens nicht von dem Geruch eines Kürbisses unterscheiden konnten. Doch unser Vater sah in diesen abschätzigen Äußerungen über die Bauern eine Beleidigung seiner eigenen Familie, die den Putsch vom ersten Augenblick an unterstützt hatte. Auf ihre unterschiedliche Einschätzung der Vorgänge jener Tage als Revolution oder Militärputsch kamen sie später nicht mehr zurück. Unser Vater ließ sich vom Duft der Frau, die er liebte, noch einmal betören: eine träumerische Frau mit weichem langem Haar, großen dunklen Augen und einem hellen ovalen Gesicht, das den Stolz einer städtischen Aristokratin zeigte.

Liebe auf den ersten Blick – so beschrieb unser Vater ihrer beider Geschichte. Bei ihm hatte es in dem Augenblick gefunkt, als er sie zufällig bei dem alljährlichen Abendessen der Eisenbahngesellschaft sah, die ihn nach seinem Studienabschluss am Institut für Elektroingenieurswissenschaften eingestellt hatte. Das Abendessen fand zu Ehren der ersten Eisenbahnarbeiter statt, zu denen auch mein Großvater gehörte. Er war der Freund von Monsieur Henri Sourdan und gehörte zu den wenigen noch lebenden Personen, die die Entstehungsgeschichte der syrischen Eisenbahn erzählen konnten, die Heldentaten der Kameraden, die Ende der 1930er Jahre die Tunnel durch das Radscho-Massiv getrieben hatten, damit die Züge der Bagdad-Bahn durchfahren konnten.

Es war eine gediegene Feier, bei der die geehrten Arbeiter in ihren Uniformen umherstolzierten und die Familienmitglieder sich vorsichtig ansahen und zulächelten und sich im Glanz ihrer Angehörigen sonnten. Mein Großvater, Dschalâl al-Nâblussi, damals gerade siebzig Jahre alt, sprach mit demütiger und ergriffener Stimme von seinen alten Kameraden, von denen die meisten schon verstorben waren, und er pries ausgiebig Monsieur Henri, der aus Liebe zu Aleppo Paris verlassen hatte. Er war ins neue Dschudaida-Viertel gezogen, später aber von der französischen Besatzungsmacht in Syrien als angeblicher deutscher Agent hingerichtet worden. Mehr als einmal traten meinem Großvater Tränen in die Augen. Er erzählte zahlreiche Anekdoten über das Projekt, einen deutschen Tunnel durch das Radscho-Massiv zu treiben. Seine Familie war mächtig stolz auf das Foto, das ihn mit Monsieur Henri zeigte und das seit fünfzig Jahren unverrückt auf der Kommode in der Wohnstube stand. Mutter, die Jüngste der Geschwisterschar, klatschte begeistert, ebenso ihre Brüder, Onkel Nisâr und Onkel Abdalmunim, und ihre Schwester, Tante Ibtihâl. Sie sprang auf wie ein Schmetterling und führte ihren Vater am Arm aufs Podium, wo ihm der Minister die Hand schüttelte und ihm die Eisenbahnermedaille anheftete; außerdem erhielt er noch eine mit grüner Tinte unterschriebene Urkunde und eine Geldsumme als Belohnung. Dann stellten sich alle Geehrten in einer Reihe auf, um sich fotografieren zu lassen – zusammen mit dem Minister, der sich leutselig zeigte und die Familie jedes Einzelnen mit Handschlag begrüßte. Von seinem Platz aus beobachtete Suhair Mutter – voller Leidenschaft und doch artig wie ein Neuling in der Firma. Seine bewundernden Blicke entgingen ihr nicht, trotz all der Verehrer, die um ihre Aufmerksamkeit buhlten und sich ihr vorstellen wollten. Sie schwebte umher wie eine Taube am Himmel und kehrte dann zu Suhairs Blicken zurück. Seine vorlauten Augen faszinierten sie ebenso wie sein dunkles Gesicht und sein gepflegter Schnurrbart. Er war das klassische Bild eines strebsamen Angestellten in den 1960er Jahren. Alles an ihm weckte Vertrauen.

Ohne dass ihre Familie es merkte, fragte Suhair sie verstohlen, wo sie zur Schule gehe. Ohne ihre Hand zurückzuziehen, die er einige Augenblicke festhielt und die eine seltsam kräftige Wärme in ihr Herz strömen ließ, erzählte sie ihm bereitwillig, sie gehe in die Mahabba-Schule. Als er die Feier verließ, versäumte er es nicht, ihr kurz zuzuwinken.

Sein Gesicht ließ sie nicht mehr los, sie seufzte. Allerdings war sie nicht darauf gefasst, ihn gleich am nächsten Tag am Schultor wiederzusehen, wo er sie abpasste und ihr wie ein Halbwüchsiger folgte. Kichernd spazierte sie mit ihren Freundinnen durch die Gassen von Dschamilîja und warf immer wieder einen raschen Blick nach hinten. Wie sie vermutete, wartete er ab, bis sie allein war, und sprach sie an. Sie lief puterrot an, das Blut stieg ihr in den Kopf, ein Wohlgefühl, das sie zum ersten Mal in ihrem Leben schaudernd durchzog. Dabei befürchtete sie, Narimân, ihre beste Freundin und Nachbarin aus dem Haus gegenüber, könnte etwas merken und ihr eine Predigt halten, wie es ihre Art war. Sie tauschte gerne mit ihren Freundinnen Kommentare über junge Männer aus. Mutters und Narimâns Schicksale sollten auf immer verknüpft sein, erst als Freundinnen und Nachbarinnen, dann als Frauen, die unentwegt klagten, und eigentlich immer nur über ein Thema: die Verwandlung ihrer wundervollen Stadt in einen Trümmerhaufen, der nach Militär und Parteigenossen stank.

Am folgenden Tag stand er wieder da, und auch noch am siebten Tag wartete er auf sie. Am achten dann und danach erwartete sie ihn, aber er kam nicht. Sie hatte keinen Grund mehr, nach hinten zu schauen, hasste Narimân und hatte keine Ahnung, wo sie nach ihm suchen sollte. Bei Tisch verlor sie sich in Gedanken, und eine Leere kroch ihr ins Mark, ihre Knie wurden kalt. Sie durchstöberte die Fotos der Feier und schaute sich alle Personen genau an, die ihren Vater umstanden. Von ihm keine Spur. Schon fürchtend, sein Bild könnte ihrem Gedächtnis entschwinden, erinnerte sie sich an die Wärme seiner Hand, als er die ihre bewundernswert fest schüttelte. Sie entschlüpfte Narimân und ging allein auf den Sûk al-Tilal, mischte sich unter die Leute und suchte nach seinem Gesicht. Sie wählte von den Ständen Fotos von Sängern, die ihm glichen, gaffte unverfroren die Männer in den Cafés an und prüfte die Gesichter der Gäste, die vor sich hin starrten. Sie nahm sogar in Kauf, dass Männer aus dem Café kamen, ihr hinterherliefen und sie ansprachen, weil sie sie für ein Mädchen auf der Suche nach Kundschaft hielten. Sie forschte nach ihm an jedem nur möglichen Ort. Als es zu regnen begann, flüchtete sie sich bedrückt zu ihrem Bruder Nisâr, setzte sich zu ihm wie ein zahmes Kätzchen, während er ein Violinkonzert von Vivaldi übte. Sie versank tief in ihrem Schweigen. Erst als er sein Geigenspiel beendet hatte, erzählte sie ihm, sie könne den Mann nicht finden. Er nickte verständnisvoll.

Als die Tür ging und die beiden den Schritt ihres Bruders Abdalmunim hörten, nahm Onkel Nisâr seine Geige und seine Noten und ging in die Küche, um dort weiterzuüben. Er überließ das Zimmer seinem Bruder, der ihn als «Wanze» bezeichnete und bei jeder Gelegenheit beleidigte.

Onkel Nisâr und Mutter waren ein Herz und eine Seele. Sie gingen abends zusammen aus, spazierten durch die ruhigen Straßen in der Gegend des Bagdad-Bahnhofs, aßen Eis und kehrten schweigend nach Hause zurück. Er ließ ihr die Freiheit, die Passanten anzustarren auf der verzweifelten Suche nach dem Mann, den sie nicht vergessen konnte. Nisâr spielte für sie melancholische Musik, während sie am Küchentisch saß, ein aufgeschlagenes Buch vor sich, in dem sie nie weiterblätterte, die Wange in die Hand geschmiegt wie eine Schauspielerin in ägyptischen Schnulzenfilmen der fünfziger Jahre.

Onkel Nisâr besaß Finger aus Seide, und seine Seele schwebte fern der irdischen Welten, deren Brutalität er unerträglich fand. Irgendwann einmal werde er auf dem Mond wohnen, erklärte er lachend seiner Schwester. Dann schlüpfte er neben ihr ins Bett und weinte still vor sich hin. Warum, das erfuhr niemand. Er nahm sich klammheimlich Mutters Unterwäsche, zog sie sich vor dem Spiegel an und legte sie danach zurück. Sie ignorierte das und arrangierte ihre seidenen Dessous und Nachthemden neu, ohne jemandem ein Sterbenswörtchen über die besondere Leidenschaft ihres Bruders für Damenwäsche zu verraten. Die beiden unterhielten sich heimlich lange und freimütig über die Welten der Frauen. Onkel Nisâr beschrieb die Wirkung weicher Seide auf seinem Körper und fingerte seufzend an den löchrigen Nylonstrümpfen seiner Schwester herum. Sie nahm ihn, bewegt und ängstlich, in den Arm, wohl begreifend, was für ein elendes, tristes Leben ihm mit seiner mangelnden Männlichkeit bevorstand. Sie flehte ihn an, ja nicht die Schwulen von Bab al-Faradsch in ihre finsteren Zimmer zu begleiten. Er nickte und half ihr weiterhin bei ihrer Suche nach einer Spur von Suhair.

Neun Monate nach ihrer ersten Begegnung sah sie ihn in der Straßenbahn nach Dschamilîja. Da rannte sie los, holte die Tram ein und lief neben ihr her, ohne sich um die Blicke der Fahrgäste zu kümmern, die neugierig den Mann betrachteten, der seine Hand nach den Fingern einer jungen Frau ausstreckte, die neben der Straßenbahn herrannte. An der nächsten Haltestelle stieg er aus und ging zu ihr. Mitten auf der Straße vor der Farûk-Schule standen sie sich gegenüber. Sie fürchtete, ihn nochmals zu verlieren. Ihr Körper bebte, ihr Herz schlug wild. Sie schaute ihn an, und da kehrte ihre Scheu zurück. Sie gingen in ein Café in der Nähe, saßen sich gegenüber, und sie antwortete nicht auf seine Frage, ob sie nach ihm gesucht habe. Er betrachtete sie lange, dann sagte er ihr mit Bedauern in der Stimme, er sei mit seiner Cousine in Anabîja verlobt, habe sich aber in meine Mutter verliebt und denke nun ständig an sie. Er zog ein Bild von ihr aus seinem Geldbeutel. Der Fotograf hatte es an jenem Abend heimlich gegen eine beträchtliche Summe aufgenommen. Sie betrachtete ihr Foto eine Weile, ein Würgen im Hals, ihre Kehle wurde trocken. Sie schlug vor, an die frische Luft zu gehen. Gemeinsam schlenderten sie durch einen öffentlichen Park; auf einer versteckten Bank küsste er sie. Augenblicklich loderte in ihr ein unlöschbares Feuer, und fast hätte sie ihm gebeichtet, dass sie überall nach ihm gesucht, dass sie an der Brust ihres Bruders geweint hatte. Sie stand stumm wie eine Mumie auf und ging rasch weg. Nur das sagte sie ihm noch: Sie sei jetzt Studentin am Lehrerseminar. So hatte sie ihm wenigstens einen Weg zu ihr gezeigt. Sie dachte an die Zeichen der Liebe, den flüchtigen Kuss, den Geruch, der ihr vertraut wurde, als sie ihm ohne Einwand in eine Wohnung folgte, die ihm ein Freund für ihre Stelldicheins überlassen hatte. Vorsichtig knöpfte er ihr kurzes blaues Kleid auf, versank fasziniert in ihrer hellen Haut. Er trug sie ins Bett, nackt bis auf ihre Unterwäsche. Ihre Jungfräulichkeit wolle sie nicht verlieren, erklärte sie ihm. Er küsste sie ohne Eile, als hätte er alle Zeit der Welt. Er entblößte ihre Brüste und streichelte ihre Brustspitzen, die zu Kirschgröße angeschwollen waren, dann ihren Bauch und ihre Zehen. Als sie sich niederbeugte, um ihre Kleider aufzuheben, legte sich der Abendschatten auf ihr Gesicht und verlieh ihm eine unvergessliche Gewissheit. Er könne ohne sie nicht mehr leben, flüsterte er ihr zu.

Alles geschah völlig unaufgeregt. Nur Tante Ibtihâl, Mutters Schwester, die eine tiefe Neigung für den osmanischen Lebensstil hatte, war wütend, dass meine Mutter einen Bauerntölpel heiraten wollte, dessen Familie noch im selben Raum schlief wie ihr Vieh. Und auch Narimân konnte nicht glauben, dass ihre engste Freundin in einem verkommenen Bauernhaus leben wollte, in dem in den Ecken die Spinnweben hingen, und noch dazu in Maidân Akbas, dicht an der türkischen Grenze, unter Kurden und kleinen Angestellten auf dem Abstellgleis. Onkel Abdalmunim dagegen, Mutters Bruder, war begeistert von der Idee, sie loszuwerden, besonders nach seinem Streit mit ihr wegen Onkel Nisâr. Dieser vermisste sie. Er schrieb ihr lange Briefe, als läge sie neben ihm im Bett, und erzählte ihr, wie er in den Läden von Asisîja nach Cremen gesucht habe, die seine Haut weicher machten, und wie ihm die Marken neuer Damenparfüms zusagten. Er sprach lang und breit über Schmerzen, die ihn nie verließen. Aber als er auf den Freund zu sprechen kam, der ihn im Winter zuvor in sein Bett eingeladen hatte, hielt er inne und strich das Geschriebene aus. Er fuhr mit seinen immerwährenden Klagen über die Demütigungen durch Bruder Abdalmunim fort. In aller Öffentlichkeit habe er ihn eine Schwuchtel genannt und behauptet, er besudle die Familienehre. Er habe ihrem Vater, meinem Großvater, vorgeschlagen, ihn entweder umzubringen oder ihn vor Gott und den Menschen zu verleugnen.

Onkel Nisâr schickte jedoch die geschriebenen Briefe nie ab. Er sammelte sie in einer Schachtel, und als Mutter ihn einmal besuchte, gab er ihr ein farbiges Bündel mit

Umschlägen, das sie in ihre Tasche steckte. Nach und nach las sie die Briefe, wenn unser Vater zur Arbeit gegangen war. Sie las sie mehrmals und dachte über ihr Schicksal als Frau nach, die in einer weiten Steppe gelandet war, wo sie das Heulen der Hunde an ihre alten Träume erinnerte. Immer wieder versuchte sie, unseren Vater zu überreden, nach Aleppo zurückzukehren. Doch er erinnerte sie daran, dass sie seine einzige Bedingung akzeptiert hatte: mit ihm in Maidân Akbas in der Nähe seiner Familie zu leben. Sie verstummte und flüchtete sich zum Fenster, dann nahm sie ihre Näherei wieder auf. In wenigen Monaten sollte Suâd zur Welt kommen.

Mutter hätte ihre Kinder gern in einem sauberen Krankenhaus geboren, in einem Bett, dessen Leintücher nach Desinfektionsmittel rochen und wo Nonnen als Krankenschwestern auf Zehenspitzen umhergingen und auf Französisch flüsterten. Wenn sie am Saint-Louis-Krankenhaus vorbeiging, betrachtete sie den Park, der im Schatten hoher Pinien lag und mit unzähligen roten, weißen und violetten Rosen bepflanzt war, und bewunderte seine kunstvolle Steinfassade. Ihr schien das ein großartiger und beruhigender Ort, und sie beklagte das Schicksal, das sie in das desolate Maidân Akbas und die abweisende Familie ihres Mannes geführt hatte, die in ihr die Ursache für die Spaltung der Familie sah, nachdem Suhair ihnen mitgeteilt hatte, er werde seine Cousine nicht heiraten. Er warf seinem älteren Bruder die Eheringe vor die Füße und kümmerte sich nicht um die Warnungen, mit seinem leichtsinnigen Schritt die Familie zu spalten. Den Preis für diese Auseinandersetzungen bezahlte Mutter, die eigentlich nichts damit zu tun hatte. Man nannte sie «die Fremde», und alle Familienmitglieder schnitten sie. Wir lernten unsere Onkel, die Brüder unseres Vaters, nie richtig kennen, und nachdem Vater nach Amerika verschwunden war, kümmerten sie sich überhaupt nicht mehr um uns.

Schon im zweiten Ehejahr ging Vater auf Distanz zu Mutter. Er hofierte sie nicht länger und folgte ihr nicht mehr auf Schritt und Tritt. Sie begann, sich einsam zu fühlen. Zurück aus der Schule, setzte sie sich vor der Haustür auf die Erde wie eine Bäuerin und betrachtete die Menschen, die Tiere und die Kinder, die nackt und barfuß in den öden Straßen herumrannten. Sie fragte sich, warum sie eigentlich an diesem Ort blieb, den sie verabscheute, und machte sich Gedanken darüber, dass ihre leichtsinnige Verliebtheit sie dazu verleitet hatte, zur Bedingung unseres Vaters ja zu sagen. Wenn sie zu kurzen Besuchen zu ihrer Familie kam, spürte sie die hämischen Blicke Ibtihâls, die sie aufforderte, sofort ins Bad zu gehen – als hätte sie die Krätze. Sie machte sie auf ihre groben Hände und auf ihre Kleider aufmerksam, die sie rüde und herablassend als Bauern- und Landstreicherklamotten bezeichnete. Völlig angewidert äußerte sie sich über den Rotz ihrer Kinder. Mutter nahm Tante Ibtihâls Verachtung wortlos hin und versank in endlosen Gesprächen mit Onkel Nisâr.

Später verlor sie das Interesse an diesen Besuchen. Sie vermisste sie nicht mehr, und außer Onkel Nisâr bemerkte niemand ihr Fernbleiben. Sie fühlte sich unwohl. Onkel Nisâr teilte ihr in seinen Briefen mit, ihr Vater stehe noch immer jeden Morgen auf, ziehe seinen gestreiften Anzug an und gehe zum Bahnhof. Dort setze er sich auf den Bahnsteig und warte auf alte Freunde, die es längst nicht mehr gab. Er wies die Bahnarbeiter auf Verstöße gegen die Bestimmungen hin und erinnerte sie daran, dass an seiner Brust ein Orden prangte. Den Arbeitern missfielen diese Nörgeleien, und so war niemand traurig, als er zwischen die Räder eines Güterzugs geriet und dabei umkam.

Onkel Nisâr benachrichtigte sie von dem Tod des Vaters per Telegramm, das zwei Tage nach der Beerdigung ankam. Daraufhin setzte sie sich mit ihren vier Kindern in einen Güterzug. Unfähig, Ordnung in ihren langen Wachtraum zu bringen, weinte sie unterwegs und ließ ihr Leben wie einen Film Revue passieren. Die gestörte Suâd saß auf ihrem Schoss. Saussan, Raschîd und mich hatte man auf eine große Holzbank gesetzt, die die Kollegen unseres Vaters organisiert hatten. Mutter wurde das Gefühl nicht los, die Zeit stünde still und der Zug fahre besonders langsam. Im Wagen lag ein ekelerregender Geruch von Büffeln und chemisch behandelten Tierhäuten. Am Abend kamen wir an. Alles war abweisend, wie gewöhnlich. Nur das schwarze Band an Großvaters Bild machte seinen Tod zu einem Faktum.

Mutter weinte herzzerreißend und brabbelte unzusammenhängende Satzfetzen, aber niemand trat zu ihr, um sie zu trösten, außer Onkel Nisâr, der mit ihr weinte. Nach drei Tagen sagte er ihr, man werde jetzt das Erbe teilen. Er bat sie, nicht auf ihren Anteil zugunsten von Abdalmunim zu verzichten, der sich nicht einmal die üblichen vierzig Tage geduldete, bis er seinen Wunsch äußerte, das Haus zu übernehmen und alles darin aufzuteilen. Dazu legte er ein vom Vater unterzeichnetes Schriftstück vor, in dem dieser die Töchter vom Erbe ausschloss und das Haus ausdrücklich seinen beiden Söhnen, Nisâr und Abdalmunim, vermachte. Mutter kümmerte das alles nicht, und wir kehrten nach Maidân Akbas zurück. Unser Vater sprach ihr ein paar verspätete Worte des Beileids aus.

In den letzten Tagen in Maidân Akbas hatte Mutter viel Zeit, sich über die Demütigungen in ihrem Leben Gedanken zu machen. Sie schlurfte herum wie ein krankes Gespenst und hatte keine Lust mehr, mit den Nachbarinnen zu verkehren, diesen Dörflerinnen, die ihre Ruhe und ihre Sauberkeit schätzten und versuchten, in ihre Welt einzudringen. Aber sie wollte mit niemandem reden. Sie wartete nur noch auf ihren Mann, den Depressionen und Ängste quälten, für deren Ursachen sie sich jedoch nicht mehr interessierte. Er kam missgelaunt von der Arbeit am Bahnhof zurück und schimpfte über alles, was er früher einmal gemocht hatte: ihr leckeres Essen, den Duft ihres Körpers, ihre schicken Kleider, die nicht nach Zwiebeln und nach Küche rochen. Er ging weg, um mit seinen Freunden Karten zu spielen, und häufig übernachtete er auch bei ihnen. An arbeitsfreien Tagen unternahm er mit Elena Ausflüge zum Ufer des Afrîn, wo sie fischten, sich fotografierten und dann heiter durch die Granatapfel- und Olivenhaine spazierten.

Meine Mutter begriff, dass sie ihr Leben alleine würde weiterleben müssen, als sie ihren Mann Hand in Hand mit Elena in den Granatapfelhainen sah. Er küsste sie in den Nacken, sie sah ihn hingebungsvoll an. Nur drei Monate später geschah, was vorherzusehen war.

Das gequälte Gesicht meines Vaters vor seiner Abreise ist mir noch immer präsent. Ein letztes Bild von ihm gibt es nicht. Nachts stand er auf, ging hinaus auf den Hof und dachte rauchend darüber nach, dass Elena seine einzige Chance war, sich aus einem Leben zu befreien, das ihm zum Stillstand gekommen schien: ein Angestellter, der ständig Loyalität der Partei und dem Gröfaz gegenüber zeigen musste, um sich diese elende Existenz zu erhalten. Mutter sprach nicht mit ihm über seine Entscheidung. Sie lief ihm nicht zum Bahnhof hinterher, um ihn zu bitten, sie nicht zu verlassen, wie es jede schwache Frau getan hätte. Sie las die wenigen Zeilen, die er ihr neben ihr Kopfkissen gelegt hatte, bevor er eines Morgens das Haus verließ, um den Fünf-Uhr-Zug zu nehmen. Einige Tage zuvor hatte er sich von seinen Freunden verabschiedet. Er war zum Grundbuchamt gegangen und hatte das kleine Stück Land auf Mutter überschrieben – als Gegenwert für das noch ausstehende Brautgeld. Gegen Mittag traf er sich mit Elena im Hotel Baron. Sie speisten im Restaurant Agop. Drei Tage später bestiegen sie den Bus nach Damaskus und wurden nie mehr gesehen.

Danach gab es nichts mehr, was Mutter an diesem Ort hielt. Sie bat Onkel Abdalmunim, sie für einige Monate im Keller des elterlichen Hauses wohnen zu lassen, bis sie sich ein eigenes gebaut hatte.

In diesem muffig-feuchten Kellerloch, das eigentlich für Vorräte gedacht war, lebten wir sechs lange Monate demütig schweigend. Onkel Abdalmunim erlaubte ihr, sich ein paar Möbel, Decken und Küchengeräte hineinzustellen.

Mit gebrochenem Herzen baute Mutter sich eine neue Existenz auf. In ihrem tiefsten Inneren war sie erleichtert über den Entschluss ihres Mannes. Im Zug strahlte ihr Gesicht Hoffnung aus. Ich sah sie an und hatte das Gefühl, alles werde gut. Saussan streckte fröhlich ihren Kopf aus dem Zugfenster. Ihr schwarzes Haar wehte im Wind. Sie öffnete die Hand und versuchte, die Straße zu fassen und die Dörfer von Afrîn, zu denen sie eines Tages mit einer russischen Zenit-Kamera und einem naiven armenischen Fotografen zurückkehren sollte, der sie in die Grundlagen der Fotografie einzuführen versuchte. Sie erzählte ihm eine seltsame Geschichte von einem Ort, den sie suchte und der einem verlassenen Kloster glich, in dem die Mönche Maultierhoden aßen und ihre Speisen in Tontöpfen mit indischen Gewürzen kochten. Der armenische Fotograf half ihr bei der Suche nach ihren Träumen.

Saussans sehr lockere Art rettete uns in der neuen Wohnung vor der Langeweile. Mutter akzeptierte nicht, dass Schatten über ihren Träumen lagen. Sie machte sich voller Enthusiasmus auf den Weg zu ihrer Schule – elegant gekleidet und frisiert, das Notizbuch in eine farbige Hülle gesteckt. Keiner ihrer Schüler würde sie je vergessen können. Eine romantische, träumerische Frau, die sie häufig zu faszinierenden Dingen führte: Musik von Vivaldi und Mozart, Chansons von Mireille Mathieu, Bilder vom Paris der 1960er Jahre, der Stadt, die sie einmal für den einzigen Ort gehalten hatte, an dem sie ihre Träume verwirklichen könnte – bevor sie dann bei jener unseligen Party unseren Vater traf.

Sie dachte über unterschiedliche Schicksale nach, und mitten in ihrem Lebensdrang fiel ihr plötzlich wieder ein, dass sie eine geschiedene Frau war, keine verlassene, abgestellt auf einem Bahnsteig in Erwartung von Zügen, die selten kamen, während die Angestellten gähnend Tag und Nacht Domino oder Karten spielten und über die Passagiere schimpften, die es schon lange nicht mehr gab. Eine Mutter mit vier Kindern, deren ältestes, ein Mädchen namens Suâd, verwachsen und geistesgestört zur Welt gekommen war und nur auf einen Tod wartete, der sich nicht einstellen wollte. Dann ich, der ein unheilvolles Leben führte, das sich parallel zur Partei und ihren Anlässen entwickelte. Saussan, die Dritte, betrachtete Mutter mit ständiger Verachtung. Und schließlich war da Raschîd, der ein schwer fassbares, verträumtes Leben führte.

Suâd faszinierte mich. Ihr feines Lächeln wirkte anziehend. Wenn sie sterben sollte, versicherte ich Saussan, wäre Mutter niemals so traurig wie wir, da sie Suâd für ihre Schande hielt, die ihre Träume von einer idealen Familie vernichtet hatte, einer Familie, die ruhig um einen mit einem bunten Tischtuch bedeckten Esstisch saß, auf dem neben weißen Tellern Servietten lagen, die wir uns um den Hals binden mussten, bevor wir wortlos zu essen begannen – Saussan nannte es Grabesstille. Sie ließ dann auch einen Teller fallen und verdreckte den Teppich, unseren einzigen, den Mutter auf Raten gekauft hatte. Wir wurden angehalten, auf Zehenspitzen zu gehen, während im ganzen Haus die Wiener Philharmoniker erklangen, diesem Haus, das über die Jahre grabesdunkel wurde, weil Genosse Fawwâs die Fenster vernageln ließ, die auf sein Haus hinausgingen. Er ließ uns nur eine kleine Luke ganz oben an der Wand, durch die der Gestank von Exkrementen und der Lärm des Viehs hereindrangen, das er in seinem Haus hielt. Alles im Haus vermittelte den Eindruck einer verarmten Aristokratenfamilie. Mutter genoss das Mitgefühl anderer, denen sie ruhig und gefasst ihre Geschichte erzählte. Ferne Erinnerungen an ihren Vater, den angesehenen Bahnbeamten, und seinen Freund Henri Sourdan. Sie versteckte Suâd vor ihren Kolleginnen, die sie regelmäßig empfing. Sie kamen zu einem festgesetzten Zeitpunkt, und Mutter verzieh keinerlei Verspätung und zeigte sich über dümmliche Entschuldigungen verärgert wie eine Engländerin.

Bevor ihre Gäste kamen, zitierte sie uns zu sich, steckte uns in Festtagskleider und parfümierte uns. Dann zeigte sie uns, wie man höflich lächelt und artig distanziert grüßt. Sogar ein paar Begrüßungsfloskeln auf Französisch mussten wir lernen. Im Mittelpunkt ihrer Aufmerksamkeit stand Raschîd. Er musste mit der Geige in der Hand im Salon antreten und auf ihr Geheiß hin ein klassisches Stück spielen, was den höchst überraschten versammelten Damen einen gütigen Applaus entlockte. Dann verbeugte er sich und verließ den Raum mit ernster Miene wie ein professioneller Solist. Er ging hinaus, um Saussan bei der Bewachung Suâds abzulösen.

Saussan verabscheute Mutters Gäste. Sie erzählte ihnen von Suâd und verhehlte auch nicht ihr Missfallen an ihrem billigen Eau de Cologne, ihrem aufgesetzten Lächeln und ihren Lobhudeleien über ihr Haarband. «Reden Sie von dem da?», wollte sie wissen und zeigte darauf. Und wenn sie nickten, löste sie das Band und ließ es gleichgültig in eine der Tassen mit dem englischen Tee fallen, über dessen Eigenschaften – Herkunft usw. – sich Mutter ausgiebig erging. Sie plauderte über alles, als stammte sie selbst aus Albion und sei nur irrtümlicherweise hierher gelangt, an einen Ort, an dem sie kein gutes Haar ließ und dessen Rückständigkeit sie unablässig beklagte. Wenn ihr dann am folgenden Tag Narimân die Reaktionen der Kolleginnen überbrachte – wie köstlich der Kuchen gewesen sei, wie deliziös der Tee und wie sauber und wohlerzogen die Kinder –, dann war Mutter erleichtert.

In Suâds letzten Tagen vergaß Mutter sie fast völlig. Unsere Schwester lag wie ein winselndes Hündchen die ganze Nacht in ihrem kalten Zimmerchen. Saussan verbrachte so viel Zeit wie möglich bei ihr. Sie streichelte ihre Schwester, nahm sie in den Arm und versuchte, ihre Schmerzen zu lindern. Sie erzählte ihr Märchen über einen bösen Vater und eine gleichgültige Mutter, die die Schneekönigin in zwei weinende Steine verwandelte. Gemeinsam klauten Saussan und ich Äpfel oder Trauben für sie und brachten ihr Raschîds hölzernen Zug. Dazu pfiffen wir wie eine echte Lokomotive. Dann lächelte Suâd, bewegte vorsichtig den Zug und ließ ihn fliegen, genau wie in der Geschichte von den Lokführern, die sie uns erzählt hatte.

Saussan verbrachte die letzte Nacht neben ihr, und die Erinnerung an den Augenblick, als ihr Körper kalt wurde, verließ sie nie mehr. Suâd, die an die Wand gelehnt dasaß, sank auf Saussans Schoss. Ihr Körper erbebte ein letztes Mal, ein Schaumfaden sickerte aus ihrem Mund. Sie starb völlig ruhig. Saussan konnte diesen Tod ebenso wenig glauben wie Mutters Gleichgültigkeit. Zurück vom Friedhof, verbrannte Mutter alles, was an ihre älteste Tochter erinnerte: ihre Medikamente, ihre wenigen Kleidungsstücke, ihr Leintuch und eine Decke, die nach Urin roch. Nur wenig später spuckte Saussan Mutter ins Gesicht und versicherte ihr, diese Schande werde ihr auf immer anhaften.

Völlig entgeistert wischte Mutter Saussans Speichel ab und versank in Stillschweigen. Jahre später fanden wir heraus, dass wir beide nicht vergessen hatten, wie unsere Mutter durch ihr kleines Reich wanderte und Verständnis suchte für ihre nicht enden wollende Klage über Sauerstoffmangel. Lange Jahre verfolgte sie das Bild Saussans, die sie anspuckte, was sie zwang, das Gefühl von Scham und Schande wahrzunehmen, das sie umgab. Dabei tröstete sie die Gewissheit, dass viele andere Menschen sich ebenfalls schämten – ihre Kolleginnen, ihre Freundinnen und andere Bewohner der Straße, die die Bilder des angeblich unsterblichen Präsidenten ignorierten.

Raschîd wurde in jenen Jahren immer schweigsamer. Er stopfte sich Wattestöpsel in die Ohren und erkundigte sich, woher all dieser Lärm kam. Er nahm seine Geige und ging zu Onkel Nisâr, dem es gelungen war, sechs Musiker zusammenzubringen, die als Orchester in Kulturzentren vor einem handverlesenen Publikum klassische Musik spielten. Abends traten sie im Kabarett La Kasbah auf und begleiteten dort populäre Sänger zu lauten Liedern. Sie spielten für betrunkene Männer, die Raschîd nicht sah und so zu seiner Freude feststellte, dass er nicht nur stumm wie alle anderen, sondern auch blind und taub sein konnte. Ohne große Begeisterung nahm er sein Honorar entgegen, winkte Onkel Nisâr zum Abschied zu und wanderte in ein Zuhause zurück, das er nicht mehr ausstehen konnte. Die Nacht war die einzige Zeit, um die Stadt zu sehen, wie er sie liebte: verlassen, still und zu dunkel, um die Plakate mit den Versprechen immerwährender Loyalität für Partei und Präsidenten zu erkennen. Er versuchte, seine Erinnerung zu tilgen, und machte sich klar, dass es für ihn keinerlei Perspektive gab, dass ihm eine Last auf der Seele brannte und er nicht einmal wusste, nach welchen Gewissheiten er hätte Ausschau halten können.

Im Morgengrauen schlich er sich geräuschlos ins Haus, öffnete die Tür zum Zimmer der unbeschwerten Saussan, die halbnackt im Bett lag. Nur allzu gern hätte er sie geweckt und ihr gestanden, dass er sie wahnsinnig liebte. Doch er ging weiter in unser Zimmer, zog vorsichtig, um mich nicht zu wecken, die dicken Vorhänge zu und steckte sich die Stöpsel in die Ohren. Eigentlich ist das alles unsäglich trivial, dachte er und hoffte einzuschlafen, was aber nicht geschah. Gequält von Gewissensbissen, stellte er sich wieder und wieder dieselben Fragen nach dem Sinn seiner Existenz an diesem Ort, der nur tödliche Tristesse kannte.

Wenn das Morgenlicht die Sessel im Wohnzimmer überflutete, stand Mutter auf und trat ihren alltäglichen Rundgang an. Raschîd schloss die Augen. Er wollte ihre Stimme nicht hören und schlief nach ewig langem Grübeln ein. Sein bisheriges Leben war eine einzige Lüge, dachte er. Er verabscheute sich, wenn er sich erinnerte, wie Mutters Freundinnen sich an seinem Geigenspiel ergötzt hatten und wie sie ihm Süßigkeiten zuwarfen, die er aufschnappte wie ein braver Hund und sich dann trollte. Später einmal gab er mir gegenüber zu, dass er diese Momente gehasst hatte und auch die Musik. Was er da gespielt habe, sei nichts anderes gewesen als simple, ja primitive Übungen, einfach idiotisch. «Wer schlau ist, produziert Blödsinn und überzeugt die Blöden davon, zu bleiben, wo sie sind», verkündete er. Er dachte über die Herde nach, die sich überallhin verstreute: auf die Umzüge, die Feste, die Hochzeiten. Die Harmonien der Musik, die gewisse Gruppen spielten, schienen ihm eine inakzeptable Form des Blödsinns. «Die Herde», erklärte er mir, «ist die großartigste Erfindung, um sicherzustellen, dass alle dämlichen Gedanken, Philosophien, Religionen und Künste Anerkennung finden.»

Wenn ich ihn schlafen sah, las ich in seinen geschlossenen Augen den Wunsch, nie mehr aufzuwachen. Er genoss die Vorstellung von seinem Tod, und ich beneidete ihn um seine enorme Fähigkeit, neben dem eigentlichen Leben herzugehen, ohne sich ablenken oder gar erregen zu lassen. Er lebte ein anderes Leben, in dem er verschiedene Gefühle und Empfindungen bis zum Äußersten erkundete. Er schien sich an allen Freuden zu sättigen, ohne davon zu kosten. Seine Augen leuchteten, wenn er mit Onkel Nisâr ein Geigenstück improvisierte und sie beide harmonierten, divergierten, konkurrierten und schließlich wieder eine gemeinsame Melodie fanden wie zwei Flöten in einem Mund.

Der unbeschwerten Saussan klagte er seine Einsamkeit, seine Furcht vor dem Licht und sprach von seinem Wunsch zu sterben. Saussan hörte sich seine Ängste ernsthaft an. Sie strich ihm mit ihren weichen Fingern über den Kopf, zündete sich eine Zigarette an und schlug ihm vor, nach Kanada auszuwandern – oder sonst wohin. «Mit wäre es egal, wohin», erklärte sie verzweifelt. Sie ertrug die Jubelgesänge auf den Krieg und den Führer nicht mehr, die die Brüder des Genossen Fawwâs die ganze Nacht über schmetterten. Auch die Nachrichtensprecher im staatlichen Fernsehen ertrug sie nicht mehr, die den Wetterbericht wie die Ansage eines Kriegsausbruchs formulierten und Mitteilungen über den Präsidenten mit einer solchen Ernsthaftigkeit vortrugen, dass sie vor Wut fast platzte, besonders wenn sie sah, wie die Scharen die Ehrengarde bejubelten, die im strammen Gleichschritt ganz nach Protokoll irgendwelchen Gästen des Präsidenten voranschritt. Sie war sich mit Raschîd einig, dass das, was hier geschah, wie Schimmel war, der im Keller anfangs ein hübsches Bild zeichnet, dann aber, mit zunehmender Ausbreitung, die Luft durchdringt, die Stimmbänder beschädigt und die Kehlen verletzt. Und da überlegte Raschîd, wie lange die kaputten Kehlen wohl bräuchten, bis sie wieder schreien könnten.

Zwanzig Jahre nachdem Saussan sie angespuckt hatte, dachte Mutter noch immer über die verschiedenen Bedeutungen von Schande nach. Den ganzen Tag über wanderte sie durch die Wohnung, ein trauriger Schmetterling, der über seine wiederholten Enttäuschungen sinnierte. Die Wände der Wohnung zeigten feuchte Flecke und Risse, die Farbe schälte sich ab, und nichts erinnerte mehr an ihr ursprüngliches Aussehen. Unser Haus war eingekeilt von zahlreichen anderen Gebäuden, und in der Gasse, einst weit weg vom Getriebe der Stadt, hatten sich ärmliche Militärs und Bauern breitgemacht, die von den umliegenden Dörfern zugezogen waren. Aus der offenen Kanalisation stank es widerlich, und auf den Türschwellen saßen Frauen, die faulige Tomaten zerstückelten und sich dabei leidenschaftlich und hoffnungsvoll über ihr künftiges Leben unterhielten. Der Ort war längst nicht mehr von Lattichfeldern und Kirschbäumen umgeben, und Frühlingsdüfte bedeuteten Mutter sowieso nichts mehr. Nachdem auch noch das letzte Fenster vernagelt worden war, hatte sich das Haus endgültig in ein Grab verwandelt, und an früher erinnerte nur noch ein alter Kassettenrekorder, der klassische Musik spielte, die niemand mehr hörten wollte.

Saussan verließ wütend das Haus. Sie verschwand für viele Tage, und als sie zurückkam, gab sie keine Erklärung. Sie packte ihre Tasche auf ihrem Bett aus, das inzwischen quietschte, wenn sie sich darauf umdrehte. Die Federn seien verrostet, sagte sie, während ich darauf wartete, dass sie mir freiweg von ihrem neuen Abenteuer berichtete. Später kam sie in unser Zimmer, setzte sich neben Raschîd und blätterte eine Weile in meinen englischen Büchern. Sie legte sie wieder beiseite, zündete sich eine Marlboro-Zigarette an und weckte Raschîd. Schweigend tranken wir Kaffee. Wir gierten nach ihrer Unbekümmertheit, um uns aus der chronisch tristen Stimmung zu retten, die uns umgab.

Mutter bat sie vorsichtig, doch wieder an die Uni zu gehen und ihr Französischstudium abzuschließen, aber Saussan schüttelte nur den Kopf und schimpfte auf die Professoren, die ihr immer Zettelchen mit ihrer Privatadresse zuschöben und sie dann im Schlafzimmer erwarteten, wo sie ihre Prüfungspapiere zutage förderten und die von ihr gewünschte Note daraufsetzten. Danach zog sie ihre Klamotten aus und legte sich lustlos bereit, und sie bumsten sie, bis ihr speiübel war. Spät in der Nacht stahl sie sich davon, irrte betrunken durch die Straßen und klopfte schließlich bei Salma, ihrer einzigen Freundin. Sie ging wortlos hinein und schloss die Tür. Salma erzählte von neuen Kunden. Saussan badete und versank danach auf dem Sofa in Salmas kleiner Wohnung in tiefen Schlaf.

Die alten Bilder kehrten zurück: Eine fröhliche Schülerin, die Gelächterstürme um sich erzeugen konnte, die gleichgesinnte Freundinnen hatte und voller Lob für ihre Lehrer und Lehrerinnen war. In der elften Klasse verliebte sie sich in den Französischlehrer Jean Abdalmasîch. Sie schrieb ihm Liebesbriefe, in denen sie ihm erklärte, wie verlassen sie sich fühlte, wenn sie nicht in seiner Nähe war.

Seinetwegen gewann sie auch das Französische lieb und schrieb sich in Literatur ein. Sie ertrug es nicht, von ihm ignoriert zu werden, und ging zu ihm nach Hause. Als er die Tür öffnete, war er nicht überrascht, sie zu sehen. Er führte sie ins Wohnzimmer, und sie sah, dass er dabei war, Balzac neu zu übersetzen. Auf dem Tisch standen Tassen mit kaltem, angeschimmeltem Tee. Seine Wohnung, in der eine seltsame Stille herrschte, war schon lange nicht mehr geputzt worden. Ihre Briefe lagen auf dem Tisch, fein säuberlich gestapelt und mit einem blauen Band umwickelt. Sie trank ihren Kaffee und sah seine Mutter auf einem hölzernen Bett liegen. Sie fragte ihn nicht, warum er sie ignorierte, begriff aber, dass die Geschichte, die man in der Schule erzählte, wahr sein musste: Ihr Französischlehrer war aus Genf nach Aleppo zurückgekommen, um für seine sterbende Mutter zu sorgen, nachdem seine Schwester Emilie geheiratet hatte und nach Kanada gezogen war.

Diese Emilie hatte es nicht mehr ausgehalten, allein mit der Mutter zu sein. Sie schrieb an ihre Brüder – Georges in Amerika und Jean in der Schweiz –, sie sei jetzt sechsunddreißig Jahre alt und werde Bûlos Hallâk heiraten und nach Kanada auswandern. Sie schloss den Brief mit der Drohung, ihre Mutter werde verhungern und verdursten, wenn die Brüder nicht auf ihren Brief reagierten.

Es war ein verbrämter Hilferuf, den Jean schon seit Jahren erwartet hatte. In aller Ruhe packte er seine wenigen Habseligkeiten zusammen, kündigte seinen Job als Übersetzer bei den Vereinten Nationen und schaute nochmals bei seiner geschiedenen Frau Colette vorbei. Dort machte er ein paar Fotos mit Pierre, seinem kleinen Sohn, und nahm ihn auf einen langen Spaziergang mit. Vater und Sohn gingen zusammen zum See und aßen Eis. Niemand kam, um sich von ihm zu verabschieden, trotzdem spürte er eine gewisse Traurigkeit darüber, die Stadt zu verlassen, in der er fünfzehn Jahre gelebt hatte. Er kehrte nach Aleppo zurück, wo er auf das Ableben seiner Mutter, Frau Marie Abdalnûr, wartete, die einmal eine angesehene Mathematiklehrerin gewesen war, nun aber immer wieder kurze Absenzen hatte und allmählich das Augenlicht verlor. Jeden Morgen erkundigte sie sich bei ihrem Sohn, wann die Parlamentswahlen seien, damit sie ihr elegantes schwarzes Kleid anziehen und ihrem Vorzugskandidaten, Herrn Gabriel Schâmi, ihre Stimme geben könne. Sie faselte noch ein wenig und schwieg dann wieder, da sie nicht vergessen hatte, dass es sich für eine Frau wie sie nicht gehörte herumzuplappern.

Saussan fragte ihn, ob er denn gern mit einem Leichnam zusammenlebe, worauf er ihr freundlich antwortete, er sei froh, nicht aus dem Haus gehen zu müssen. Daraufhin nahm Saussan ihre Briefe und verließ die Wohnung. Sie ging rasch die Treppen hinunter, entschlossen, seine Wohnung nie wieder aufzusuchen. Sie konnte weder vergessen noch verstehen, wie Jean sich derart an die halb blinde Mutter klammerte, die nur noch auf den Tod wartete. Sie konnte nicht begreifen, dass ein Mann in einer Wohnung mit zugezogenen Vorhängen lebte, wo es nach Pastrami, indischen Gewürzen und Räucherstäbchen roch – in einem geräumigen Wohnzimmer, in dem nur ein Schreibtisch zu sehen war, den eine alte Lampe erleuchtete.

Doch die Zurückhaltung und das feine Lächeln ihres Lehrers faszinierten sie weiterhin. Er versuchte, Parteimitgliedern aus dem Weg zu gehen, die ihn immer wieder provozierten. Es gab keine Französischlehrer in der Parteisektion, nachdem die meisten guten Lehrer entweder emigriert oder unter dem Vorwand mangelnder Loyalität entlassen worden waren. Nach der Säuberungswelle gab es eigentlich nur noch Parteimitglieder an Schulen und Universitäten. Ihn ließ man einfach links liegen, man vergaß ihn in der Masse der Parteigetreuen, unter denen sich einige brüsteten, russische Makarow-Pistolen unterm Hemd mitzuführen, wenn sie in die Klasse gingen, Pistolen, die man während der Unruhen der achtziger Jahre verteilt hatte. Sie verkündeten lautstark den ganzen Tag ihre Loyalität und entwickelten immer neue Methoden, sich in Szene zu setzen und zu behaupten, mit Sicherheitsoffizieren verwandt zu sein.

Jean hatte das Gefühl, in einer fremden Welt zu leben, einer Welt, die er nie für möglich gehalten hätte. Emilie hatte ihm in ihren Briefen geschildert, was sich auf den Straßen und in den Häusern seiner geliebten Stadt abspielte, die er während der vergangenen fünfzehn Jahre nur einmal besucht hatte. Dieser Aufenthalt hatte genügt, um zu verstehen, was Emilie in einem ihrer Briefe mit besonders kräftiger Schrift geschrieben hatte: Sie hatte den Eindruck, in einem Pferch zu leben, und dazu hatte sie keine Lust mehr, sie wollte weg.

Saussans Leidenschaft für Jean verwandelte sich in ein tiefes Mitgefühl. Sie vergaß ihren Vorsatz, ihn nie mehr zu besuchen. Ohne Hintergedanken brachte sie ihm Okragemüse, unser aller Leibgericht, besonders wenn Mutter es kochte. Saussan half ihm, seine Mutter zu reinigen und ihre verdreckten Sachen in die alte Waschmaschine zu stopfen. Stundenlang betrachtete sie mit Jean die Alben mit den Familienfotos und lauschte seiner sanften Stimme. Er erzählte zu jedem einzelnen Bild etwas. Er zeigte auf seinen Vater Issa Abdalmassîch, einen Philosophielehrer, der die Erklärungen ihres Abgeordneten Gabriel Schâmi abgefasst und in den 1950er Jahren Nietzsche ins Arabische übersetzt hatte. Er war eng befreundet gewesen mit Chair al-Dîn Assadi, dem bekannten Chronisten von Aleppo. Auf allen Bildern war er in einem eleganten Anzug und mit glänzendem Haar zu sehen. Seine Frau, die nun seit fünf Jahren bettlägerig war und auf den Tod wartete, stand auf einem Bild neben ihm, eine glänzende Ledertasche in der Hand und einen Fuchspelz über der Schulter. Ihr schwarzes Kleid war ausgeschnitten, und der Ansatz ihrer kräftigen Brust war zu erkennen. Ein anderes Bild zeigte den Vater mit einigen Freunden im Café al-Kasr, alle um Chair al-Dîn Assadi geschart. Dieses Café besuchte Issa Abdalmassîch jeden Freitagmorgen, um seinen Freund, den Maler Luaij Kajjâli zu treffen. Danach ging er zu Fuß nach Hause zurück, und zwar wählte er immer den längeren Weg über die Baron-Straße, wo er einige Augenblicke vor dem Ramses-Kino stehen blieb, um die Spielzeiten der neuen Filme zu notieren und sich gleich zwei Eintrittskarten für die Sechs-Uhr-Vorstellung zu besorgen. Danach setzte er seinen Weg Richtung Sulaimanîja fort, vorbei am Bâb al-Faradsch und dann die Tilal-Straße entlang, wo er ein Tütchen Pistazien bei dem sudanesischen Händler kaufte, der seit vierzig Jahren weder seinen Standplatz noch sein Schweigen aufgegeben hatte.

Jahrelang nahm er sein Mittagessen mit seiner Frau Marie und seiner Tochter Emilie ein, die auf ihren Verlobten Bûlos Hallâk wartete, um mit ihm in ein Café zu gehen. Als dieser Bûlos nach Kanada auszuwandern beschloss, stellte er sie vor die Wahl, ihm zu folgen oder die Verlobung aufzulösen. In einem seiner langen Briefe erklärte er ihr, Städte würden sterben wie Menschen. Er selbst ertrage aber den Ghetto-Geruch nicht mehr, in dem zu leben er gezwungen sei – ohne Alternative und ohne Hoffnung, je die Umschließung aufzubrechen. Er werde niemals so töricht sein, schloss er, ein Kind in die Straßen dieser dreckigen

Stadt zu setzen, die zu einem Mörderort geworden sei. Ausgiebig legte er seine Angst dar, die mit jedem Tag zunehme: die Angst vor den Fallschirmspringern, den Scheichs, den Priestern und anderen Geistlichen, die seine Anwesenheit bei der Messe kontrollierten. Es gelang Emilie nicht, ihn von seinem Plan abzubringen, und während der letzten Tage spürte sie, wie fremd er ihr wurde, spürte seine herumirrenden Blicke, wenn sie zusammensaßen, seine Angst, wenn er einen Fallschirmspringer auf der Straße sah, seine Angst vor einer finsteren Zukunft, in der er gezwungen sein würde, alltäglich seine Loyalität der Partei, dem Führer und den Geheimdiensten gegenüber zu bekunden.

Issa Abdalmassîch legte sich zu einem kurzen Mittagsschlaf aufs Ohr, und am Abend ging er mit seiner Frau Marie Arm in Arm durch die immer gleichen, vertrauten Straßen. Sie besuchten die Filmvorführung im Ramses-Kino, dessen spätere Schließung sie für einen schlechten Witz hielten. Danach suchten sie das Restaurant Strand auf, wo sie zu Abend speisten und ein Glas Wein tranken. Zur immer gleichen Zeit kehrten sie nach Hause zurück. Als das Ramses-Kino, ein typischer Ort, den die aufstrebende Mittelklasse besuchte, geschlossen wurde, hielten sie und ihre Freunde es tatsächlich für einen Scherz. Wer von ihnen in den 1980er Jahren noch da war, begnügte sich damit, auf den Holzbänken im Stadtpark zu sitzen und die Enten zu beobachten – fassungslos über das, was ihrer geliebten Stadt widerfuhr, in der sie das Ende einer wundervollen Epoche erlebten. Marie weigerte sich, die Gegenwart der Stadt zu sehen. Sie hielt sich an jenen Erinnerungen fest, in denen sie ihrem Freund Chair al-Dîn Assadi Bratwürste und gefüllte Auberginen brachte – mit Olivenöl zubereitet auf türkische Art –, neben ihm auf dem Sofa Platz nahm und stundenlang seinen Erzählungen lauschte.

Für Jean repräsentierten diese Fotos eine Welt, die schon lange nicht mehr existierte. Das gegenwärtige Aleppo wollte er nicht mehr sehen. Er fühlte sich völlig von der Stadt abgeschnitten. Er ertrug die verdreckten Straßen nicht, auch nicht die Umzüge der Parteianhänger, an denen teilzunehmen er gezwungen war und bei denen er mitmarschierte, den Kopf gesenkt und nur gequält die Lippen öffnend, wenn die Leute um ihn herum laut jubelten. Er fürchtete, den Weg nicht durchzustehen, war in Gedanken bei jenen ehrenwerten Kollegen, die zu den Klängen der Revolutionslieder, die kratzend aus den Lautsprechern dröhnten, mit den Füßen stampften. Er schämte sich. Er kehrte erschöpft nach Hause zurück, duschte und machte sich einen starken Kaffee.

Seine Schlafzeiten hier unterschieden sich von denen, an die er sich in der Schweiz gewöhnt hatte. Zum ersten Mal hatte er das Gefühl von Chaos. Anfangs klagte er über dieses Nebeneinander zweier sich gegenüberstehender Welten bei seinen Kindheitsfreunden, die den Zurückgekehrten begrüßten. Sie luden ihn in teure Restaurants ein und mokierten sich über seine Empfindlichkeit. Doch sehr bald wurden diese Treffen seltener und hörten dann gänzlich auf. Jean beschränkte sich auf Anlässe und Veranstaltungen, denen er sich nicht entziehen konnte. Diese Verpflichtungen erfüllte er mit dem geringstmöglichen Sprechaufwand und vermied es, von seiner Zeit in der Schweiz zu erzählen oder seinen Sohn Pierre lobend zu erwähnen. Er spürte, wie er sich immer mehr in einen Kokon einspann, und fürchtete, Schaden zu nehmen.

Schließlich kam ihm die Idee, die Werke Balzacs neu zu übersetzen. Nicht um die Wünsche von Verlagen zu erfüllen, die ihm lächerliche Honorare für die Übertragung noch nicht übersetzter französischer Literaturwerke anboten. Vielmehr wollte er die schon einmal übersetzten Balzac'schen Werke neu übertragen, weil er die bestehenden Übersetzungen für trivial und kommerziell hielt. Sie entleerten diese großartigen Romane ihres Inhalts. Gegen diese Zerstörung wollte er angehen, und er schrieb darüber ausführlich seiner Ex Colette, ohne eine Antwort zu erwarten. Obwohl er auf Französisch schrieb, fürchtete er immer, irgendwann einmal vorgeladen zu werden. Erst als Colettes Reaktion kam – ein Telegramm, in dem sie schrieb, der Brief sei ungeöffnet angekommen –, beruhigte er sich. Seine einzige Verfügung für den Fall seines plötzlichen Ablebens war, dass die Briefe an seinen Sohn Pierre diesem an seinem achtzehnten Geburtstag übergeben werden sollten.

An Pierre schrieb er lange Briefe, schmerzliche, sehnsuchtsvolle Worte. Mit echter Nostalgie beschrieb er, wie die Stadt früher einmal gewesen war. Er schilderte seine wundervolle Schule von einst, die einem altehrwürdigen französischen Pennal nicht unähnlich war: hohe Räume, Gärten, Spielplätze und weithin bekannte, elegante Lehrkräfte. Er beschrieb die Szene mit seinen stampfenden Kollegen bei dem obligatorischen Parteiumzug und sprach ausführlich darüber, wie sehr er sich persönlich schämte, Zeuge eines Augenblicks geworden zu sein, den zu vergessen sich alle beeilten, um sich auch noch in fünfzig Jahren in die Augen schauen zu können.

Jean hatte das Gefühl, alles sei sinnlos, und er dachte immer wieder daran, Selbstmord zu begehen. Er vertiefte sich wieder in die Lektüre Sartres, um seiner Angst Herr zu werden, und war froh um die Besuche von Saussan, die aus seiner Schülerin seine Freundin machten. Insgeheim warf er Blicke auf ihre wohlgeformten Brüste, wagte aber nicht, ihr zu gestehen, dass sie ihm vor Augen stand, wenn er sich nachts befriedigte. Jeden Nachmittag kam sie und brachte alles Mögliche zum Essen mit, speziell für ihn gemacht. Sie küsste seine Mutter, die ihr hin und wieder von ihrer Ehe erzählte oder vom Leben in den fünfziger Jahren. Wenn Saussan sie herumführte, spöttelte sie augenzwinkernd, trotz ihres schon jahrelangen Augenleidens finde sie die nötigen Dinge im Wohnzimmer noch. Und nach einer Weile fügte sie hinzu, dass sie möglicherweise die Blindheit im richtigen Augenblick gewählt habe und so nicht all das Schändliche sehen müsse, was ihren Sohn umgab. Ihr Mann habe den Tod gewählt, ergänzte sie noch, um nicht mit ansehen zu müssen, wie das Militär mit seinen Notstandsgesetzen und seinen Sondergerichten die Leute knebelte. «Sie haben die Verfassung geändert und alle Macht konfisziert – und zwar mit Hilfe des Artikels 8, der ganz klar sagt, dass die Baath-Partei die führende Partei in Staat und Gesellschaft ist.»

Während sie zusammen Kaffee kochten, erzählte Saussan der alten Frau unbekümmert, alles da draußen sei in bester Ordnung und was sie da höre, stimme nicht. Es war ja wohl nicht glaubhaft, dass Frauen die Schenkel mit Säure verätzt würden, weil sie kurze Röcke trugen. Ebenso wenig war es glaubhaft, dass ein ehemaliger Ziegenhirt zum Brigadier aufgestiegen sei und den Sabûni-Palast mitten in Dschamilîja gekauft und umgebaut habe, um darin chinesische Waren zu verkaufen, oder dass die Söhne von Offizieren Töchter aus gutem Hause entführten und auf ihre Landgüter verschleppten, um sie dort zu entehren. Saussans Tonfall wirkte beruhigend auf die alte Dame, sie glaubte ihr. Begeistert ließ sie ihre Erinnerungen an die Cafés der sechziger Jahre wach werden und gestand Saussan verschämt, dass einer der bedeutendsten Schriftsteller Aleppos in sie verliebt gewesen sei und ihr ein langes, surrealistisches Gedicht gewidmet habe. «Ein Genie ist er gewesen, dem in der Stadt nicht die Anerkennung zuteilwurde, die er verdient hätte. Man hat seine Bücher in den Müll geworfen.» Marie erzählte ohne Unterbrechung, als wollte sie sich selbst davon überzeugen, dass sie noch imstande war zu reden.

Jean saß am Fenster, dessen dicke Vorhänge kein bisschen Licht hereinließen. Er betrachtete diese Zeit als etwas, worauf seine Mutter ein Anrecht hatte, lauschte ihren Berichten und wurde sich bewusst, dass sie noch nicht so bald sterben würde. Saussan brachte die Kaffeekanne und schaute ihm tief in die Augen. Er wich ihrem Blick verunsichert aus und plauderte von seinen Übersetzungen, wozu sie gelangweilt gähnte. Dann schwiegen beide.

Danach war alles wie zuvor: Eine siebzigjährige halb blinde Frau, die sich an den alten Möbeln stieß und hin und wieder in Depressionen verfiel, aus denen sie niemand retten konnte, die sich den Tod wünschte, der aber säumte. Also konzentrierte sie sich auf die Gerüche der heruntergekommenen Wohnung. Sie kategorisierte sie und verflocht sie mit ihren Erinnerungen, immer auf der Suche nach dem verlorenen Duft von Henna. Sie atmete tief ein und fragte Jean einmal pro Jahr, ob der Frühling gekommen sei, denn der Abfolge von Tagen, Wochen und Monaten schenkte sie keine Aufmerksamkeit mehr. Sie sagte sich Zeilen aus einem Gedicht von Orchân Mujassar vor, das sie in der Handschrift des Dichters noch immer aufbewahrte. Dann und wann holte sie die Blätter hervor, strich über die Tinte und murmelte lächelnd ein paar Worte. Jean beobachtete sie. Er führte sie an der Hand zum Ausguss. Sie wusch sich die Hände mit der parfümierten Seife, die Emilie aus Kanada geschickt hatte. Dann ließ er sie am Tisch Platz nehmen und stellte das Essen vor sie hin. Misstrauisch schweigend nahmen sie ihre Mahlzeiten ein, wohl spürend, dass beide an den Tod dachten. Er dachte an ihren Tod, sie ebenfalls, und mit tiefem Bedauern machte sie sich Gedanken darüber, dass sie das Leben ihres Sohnes zerstört hatte. Und sie meinte es ernst, wenn sie Jean aufforderte, sie doch in einem Altersheim in der Nähe unterzubringen und selbst in Genf sein Leben weiterzuführen. Er wolle in Aleppo bleiben, erwiderte Jean ruhig, auch wenn darüber sein Körper in die Brüche ginge. Er wolle seinen Anteil an der allgemeinen Schande auf sich nehmen. Seine Zeit in Genf habe ihm nicht die Gelegenheit gegeben, über das Leben nachzudenken. Alles dort sei langweilig gewesen – wie das Leben in einem Plastikgarten. Marie glaubte ihm, und seine freundlichen Augen ließen Saussan keinen Zweifel, dass Jean eine letzte Begegnung mit der Seele des Orts erlebte, bevor dieser starb.

Kurz nach Sonnenuntergang ging Saussan und ließ ihn allein auf der Suche nach dem markanten Duft ihres Körpers, einem Duft, wie er ihn noch nie wahrgenommen hatte. Sie behandelte ihn wie einen kranken Mann, bändigte ihn, ohne ein Wort zu sagen, und er akzeptierte ihre Zuneigung ebenso wie ihren Tadel. In der Schule vermied er es, ihr in die Augen zu schauen, um nicht den Faden zu verlieren. Viele der Mädchen schoben Briefchen in die Tasche seiner Jacke, die an der Tür des Klassenzimmers hing. Aber er schenkte ihnen keinerlei Beachtung. Nur Saussan setzte ihm zu, ihr wohlgeformter Körper verfolgte ihn. Wenn er ins Bett kroch und die Augen schloss, stellte er sich vor, sie säße neben ihm und zöge ihre Bluse aus, die eng über ihrer Brust lag und deren obersten Knopf sie immer offen ließ. Nach und nach würde sie ihm ihre festen Brüste überlassen, er würde die Brustspitzen streicheln und immer tiefer gehen, wenn sie ihre engen Jeans ablegte und schließlich splitternackt vor ihm stünde. Danach vermischte sich ihr

Bild mit den Bildern der Frauen, die er in Genf gehabt und mit denen er Dinge getan hatte, die er niemandem erzählen konnte. Er dachte darüber nach, wie einsam und wie unsicher er war, ein Gefühl, das sich noch verstärkte, als Saussan aufhörte, ihm Briefchen zu schreiben, mit Poesiealbumversen über seine Augen, die dem träumenden Mond glichen, Versen, die sie sich bei Nadschât al-Saghîra, Fairûs und anderen Sängern und Sängerinnen borgte. Ein einziges Mal brachte er den Mut auf und las ihr ein Gedicht von Paul Éluard vor, das er extra für sie übersetzt hatte. Saussan begriff, dass das Tier in ihm endlich erwacht war, und bedauerte gleichzeitig, dass sie ihrem geliebten Lehrer das angetan hatte. An diesem wundervollen Sommertag küsste sie ihn sanft auf die Wange, verließ das Haus und stellte ihre Besuche ein.

All das erzählte sie mir mit liebevollen Worten. Sie beschrieb, wie er errötete, während er ihr mit unsicherer Stimme das Gedicht erst auf Französisch, dann auf Arabisch vortrug. Er hielt den Blick gesenkt, während sie ihn unverwandt anschaute, wie immer, wenn sie jemandem das Mark aus den Knochen saugen und ihn dafür bestrafen wollte, dass er sie ignoriert hatte. «Manche Dinge kommen zu spät, dann muss man sie ein für alle Mal vergessen», konstatierte sie traurig.

In jenem Sommer brach bei Saussan alles auf: ihr Körper, ihre Seele, ihre Leidenschaft, ihr Irrsinn. Sie wurde eine andere Frau, die sich energisch unserer Schwächen annahm. Sie forderte uns auf, unser Totenhaus zu verlassen und endlich wieder auf die Lattichfelder hinauszugehen. Sie packte Raschîd, schüttelte ihn und trieb ihn an, zu fiedeln, bis er tot umfiele. Mich schubste sie und scherzte, ich solle den Stall des Genossen Fawwâs einreißen, der uns den Blick auf die vorbeifahrenden Züge versperrte. Saussan wurde zu dem Zug, auf den Suâd immer gezeigt hatte. Aber der Zug entgleiste, weil die Gleise nicht mehr parallel verliefen, und zerstörte viele Häuser in der Stadt. In rüdem Ton forderte sie Mutter auf, mit der Klagerei aufzuhören und sich um ihre Seele zu kümmern. Sie könne ja ihren Körper mit Cremen behandeln, die ihre Lebenslust wieder weckten. Raschîd wartete täglich auf sie, damit sein Leben wieder auf die rechte Bahn käme. Mutter betrachtete sie eifersüchtig, hielt aber an ihren Träumen fest – von einer anständigen Familie und einem Haus, in dem überall klassische Musik zu hören war.

Jean wartete tagelang auf sie. Als sie nicht mehr kam, glaubte er, stark genug zu sein, um ohne sie auszukommen. Doch ihr Schatten ließ ihn nicht schlafen. Er rief sich ihren Duft in Erinnerung, ihre Verführungskraft, die seinen Körper weckte und dann verschwand. Er dachte daran, ihr einen langen Brief zu schreiben und sie zu bitten zurückzukommen. Er dachte sogar daran, ihr von dieser Kraft zu erzählen, die er in seinem Körper spürte. Doch dann besann er sich eines anderen und beschloss, sie endgültig fallenzulassen. Seine plötzliche Nervosität blieb seiner Mutter nicht verborgen, doch sie sagte nichts. Tief drinnen hatte sie gefühlt, dass dieses Mädchen mit der rauen, fast männlichen und doch erotischen Stimme die Stille aufgebrochen hatte, in der sie jahrelang gelebt hatten. Auch sie wartete darauf, dass Saussan wiederkam, damit sie sich auf ihren Arm stützen und mit ihr die Pflanzen gießen konnte, die sie vorsichtig abtastete und an der Rauheit und dem Knistern der Blätter erkennen konnte, wenn sie verdorrt waren und nie wieder grün würden. Marie wünschte, noch tiefer in der Finsternis zu versinken. Sie kehrte zurück zum kräftigen Geruch der Mottenkugeln in den seit langem verschlossenen Kleiderschränken und zu den Düften der abgewohnten Sitzgelegenheiten, Gerüchen, die Marie Abdalnûr in die Archive ihrer Erinnerung führten, die ihr die Kraft zu bleiben gab. Sie sinnierte darüber, wie die Vergangenheit doch eigentlich der Grund für unser Weiterleben ist und wie die Erinnerungen trotz ihrer dauernden Wiederkehr doch rasch enden und auf nichts als ferne Bilder zusammenschrumpfen, blass und wertlos. Doch Marie erzählte immer wieder völlig unaufgeregt von ihrer Vergangenheit, als könnte sie sich damit an einer Gegenwart rächen, deren Grobheit sie nicht sehen wollte.

Wieder einmal setzte sie sich an den Esstisch, diesmal fest entschlossen zu sterben. Sie drängte Jean, ihr ein wirksames Gift zu beschaffen und dies den Krautwickeln beizugeben, die das Hausmädchen kochte, das Jean schließlich angestellt hatte, als er dieses Gefängnisleben nicht länger aushielt. Er beschloss hinauszugehen und auf den Straßen und Gassen der Stadt nach Saussan zu suchen. Seiner Mutter erklärte er, er werde sich hier einrichten und sie solle sich nicht weiter über seine Zukunft Gedanken machen. Er sei ein anderer geworden und die Vergangenheit habe keine Bedeutung mehr für ihn.

Zum ersten Mal weigerte er sich beim Morgenappell, die Parteihymne mitzusingen. Er blieb stumm, beobachtet von seinen Kollegen, die entgeistert seinen Wandel wahrnahmen. Er starrte auf die Fahne, und wundervolle Erinnerungen an die Maamûn-Schule erwachten: Die Fahne stieg zum Himmel über der Schule auf, begeistert gegrüßt von den Schülern, die die Nationalhymne sangen. Die Berichte, in denen Jean als vaterlandsloser Gesell dargestellt wurde, ließen nicht lange auf sich warten. Er schimpfe auf die herrschende Partei und den heißgeliebten Führer, hieß es darin, und er habe das Verhalten der Lehrer und ihren heiteren Dabka-Tanz auf den Plätzen der Stadt als «bar-

barisch» bezeichnet. Man ließ ihm nicht einmal mehr die Zeit, sich von seinen Schülerinnen zu verabschieden. Nur wenige Minuten nachdem er seinen Entlassungsbescheid erhalten hatte, musste er seine Tasche nehmen und die Schule verlassen. Zum Abschied spuckte er, ohne auch nur einen Gedanken an die Folgen, im Lehrerzimmer auf den Boden.

Zu Hause erzählte er seiner Mutter, er werde von jetzt an Tag und Nacht in der Wohnung sitzen und ihr aus *Tausendundeiner Nacht* vorlesen. Seine Mutter zeigte sich erfreut. Am ersten Abend setzte sie sich auf ihren Lieblingssessel und lauschte der Geschichte der ersten Nacht. Doch bald stand sie gelangweilt auf. Sie hatte es lieber ruhig. Den Tod zu verbrämen und ihn zu einem Synonym des Lebens zu machen, sei absurd. Zu seiner Überraschung erkundigte sie sich dann nach Saussan, worauf er ins Stottern geriet. Sie sei mit einem Mann, der sie heiraten wolle, nach Dubai gefahren. Danach schwiegen sie beide.

Auf die Vernehmung zu warten, war nicht leicht. Doch es dauerte nicht allzu lang, bis ein Sergeant des militärischen Geheimdienstes am frühen Morgen an der Tür klopfte und ihn in einem alten Auto mit auf den Sirjân-Posten nahm. Dort ließ er ihn in einem kalten Flur sitzen. «Sie warten hier.» Er überlegte, ob er sich seiner schweizerischen Staatsbürgerschaft bedienen sollte. Obwohl sein Herz etwas nervös schlug, hatte er eigentlich keine Angst. Der Tag verging in Erwartung der Vernehmung. Wenige Minuten vor Mitternacht teilte ihm der Sergeant vom Morgen mit, er habe am nächsten Tag um acht Uhr morgens wieder zu erscheinen. Völlig ausgehungert verließ er den Posten, und während er auf dem Bâb-al-Faradsch-Platz an einem Stand Grillfleisch verzehrte, beobachtete er ein ihm bis dahin unbekanntes, anderes Leben in den finsteren

Vierteln von Aleppo, wo es spät in der Nacht von Alkoholikern, Junkies und Nomaden wimmelte, die wie hungrige Wölfe nach Huren suchen.

Sieben Tage verbrachte Jean auf diese Weise auf dem Korridor der Sicherheitsdienste. Sie ließen ihn begreifen, dass Emilies Berichte über das Leben hier nur Geschichtchen einer alten Jungfer mit begrenzter Phantasie waren, die weder etwas von politischen Gefangenen wusste, die an Haken aufgehängt wurden wie die Hammel im Schlachthaus, noch von der Angst eines Mannes, der sich als tapfer ausgab, dann aber, ohne es wirklich zu wollen, die lokalen Zeitungen aufschlug und die Leitartikel über die herrschende Partei und den Präsidenten pries, nachdem er auf einem Militärbett Platz genommen hatte und ihm klargeworden war, dass man ihn nur deswegen nicht einlochte und nicht folterte, weil sein Onkel, der Bruder seines Vaters, der ein Möbelgeschäft besaß, sich insgeheim für ihn verwendet und dem Chef des Postens und seinen beiden Offizieren je eine Schlafzimmereinrichtung aus Nussbaumholz geschenkt hatte. Daraufhin betrachteten sie die Berichte, in denen seine Kollegen ihn der Schmähung des Präsidenten bezichtigt hatten, als das Werk von Intriganten, und er unterschrieb ein Papier, auf dem stand, er sei zutiefst überzeugt von der Weisheit des Präsidenten und beeindruckt von dessen neuester Rede, von der er ganze Passagen auswendig gelernt habe. Die letzten Sätze sprach er derart formvollendet, dass niemand ihre Aufrichtigkeit anzweifeln konnte.

Jean unterschrieb auch zahlreiche weitere Papiere mit den Namen von Tanten und Onkeln väterlicher- und mütterlicherseits, samt deren Ehepartnern und weiteren Verwandten. In null Komma nichts erfand er den Stammbaum von christlichen Familien, die im «Handel» tätig waren und den Postenchefs und ihren Söhnen auf verschiedene Weise zuarbeiteten: vom «Verkauf» der Gefangeneninformationen und -besuche bis zur Inbesitznahme von staatlichem Land und dessen Weiterverkauf als Parzellen mit Baubewilligungen. So hatte es auch Genosse Fawwâs mit dem Landstück neben unserem Haus getan, das eigentlich für einen öffentlichen Park vorgesehen war. Als man Jean nach seiner Frau Colette und deren Verwandten fragte, erfand er eine phantastische Geschichte, um aus dieser Sache herauszukommen. Nach sieben Tagen durfte er endlich gehen, jedoch nicht, ohne sich zuvor noch einen Sermon anhören zu müssen, den der Postenchef zum Thema Vaterland und Pflichten eines ehrenwerten Bürgers aus dem Ärmel schüttelte. Jean nickte bei den Ergüssen des Chefs, und der Augenblick, als er das finstre Gebäude verließ, war für ihn der Höhepunkt der Schande. Dafür war er also in diese altehrwürdige Stadt zurückgekehrt? Er war nun geworden wie sie: Auch Aleppo hatte sich der Schande ergeben, die auf den Postern, den Plakaten und den Parteilogos sichtbar war, die an allen Wänden hingen, ebenso wie auf den Standbildern des Präsidenten auf allen Plätzen.

Jean nahm Kontakt mit seiner Bank in der Schweiz auf. Er schätzte, dass er mit seinen sechzigtausend Dollar fünf Jahre lang leben könnte, ohne zu arbeiten. Mit seinen Geschwistern, seinem Bruder Georges und seiner Schwester Emilie, regelte er das Erbe: Er würde die Anteile seiner Geschwister an der ansehnlichen Wohnung übernehmen und dafür für die Mutter sorgen. Erst als er die unterzeichneten Verzichtserklärungen seiner Geschwister in Händen hielt, war er beruhigt. Doch als er nach Unterzeichnung des Überlassungsvertrags das Gerichtsgebäude verließ, kam er sich töricht vor. Er hatte angenommen, allein die Lage des Hauses mitten in der Stadt würde einen hohen Preis einbringen. Er hatte von einem Häuschen auf dem Land und einem neuen Leben geträumt, wie es ihm früher nie in den Sinn gekommen wäre.

In seiner Vorstellung vermischte sich der Augenblick, als er mutig die Nationalflagge angeschaut hatte, ohne die Parteislogans zu sprechen, mit den sieben Tagen, die er auf dem Korridor des Geheimdienstpostens in schrecklicher Furcht vor einem ungewissen Schicksal verbrachte. Das Gefühl der Erniedrigung hatte ihn nie verlassen, aber zum ersten Mal hatte er die Stadt und das Leben gespürt. Es war eine innere Erschütterung, die Maßnahmen verlangte, um den Augenblick des Mutes zurückzuholen und jenen der Furcht zu tilgen. Der Sieg über Saussan in seinem Innern konnte ein erster Schritt auf diesem Weg sein.

Er rief Frau Fathîja an, eine Dame, die Frauen vermittelte, und versuchte, ihr das Mädchen seiner Wünsche zu beschreiben. Dass er dabei Saussan beschrieb, überraschte ihn nicht: ihre Brüste, ihr Gesäß, ihre Schenkel, ihren Bauch. Aber als er die Tür öffnete, stand ihm ein elendes Mädchen mit gelb gefärbten Haaren gegenüber, das von seiner Eleganz und der geräumigen Wohnung verunsichert war. Sie drängte ihn, sich zu beeilen, und hatte das Gefühl, in etwas Außergewöhnliches hineinzugeraten, als seine halbblinde Mutter aus ihrem Zimmer herausschlurfte, das sie eigentlich nur noch verließ, um aufs Klo zu gehen. Jean beschrieb Frau Fathîja immer wieder die Art Mädchen, die er sich wünschte, und jedes Mal kam eine andere, was er nur an ihrem Geruch merkte, da er sie in der Dunkelheit nicht richtig erkennen konnte. Schließlich kam ein Mädchen, dessen Stimme er kannte. Er war schockiert. Es war Salma, eine seiner einstigen Schülerinnen und Saussans Busenfreundin. Sie versuchte, sich zurückzuziehen, aber er forderte sie liebenswürdig auf, doch Platz zu nehmen, und bot ihr einen Wodka mit Lemon an. Er hörte ihr nicht zu, als sie ihre zusammengeschusterte Geschichte erzählte: wie sie abgedriftet sei, nachdem sie mehrfach das Abitur nicht geschafft habe. Seine neue Art, sie zu betrachten, kam ihr seltsam vor. Er schien eine andere Person in ihr anzusehen. Sie war nie so fasziniert von seinen Augen gewesen wie die anderen Mädchen in der Klasse.

Jean wurde zu ihrem Dauerkunden, er rief sie an und scherzte mit ihr, wenn er sich nach Saussan sehnte. Dann kam sie, schlief mit ihm und wartete darauf, dass er sich nach Saussan erkundigte. Doch er schwieg. Sie löschte das Licht und schritt, Saussans Bewegungen nachahmend, splitternackt durchs dunkle Zimmer. Einmal erzählte sie ihm, bevor sie ging, noch kurz von Saussan. Sie sei in eine schreckliche Liebesgeschichte geraten, die sie ins Grab bringen werde. Und ohne auf seine Reaktion zu warten, fügte sie noch hinzu, Saussan arbeite als Hostess im Haus von Habîb al-Maussili in Dubai. Sie habe alles hinter sich gelassen und sei Mundhir, ihrem Geliebten, gefolgt, der sich nach seinem Ausscheiden aus der Armee der Entourage von Habîb al-Maussili angeschlossen habe, einem Vertrauten von Prinz Salmân. Jean ignorierte, was Salma da von Saussan erzählte, und erklärte ihr kategorisch, für ihn sei Saussan in dem Augenblick gestorben, als sie sich im Sommer 1982 den Fallschirmspringern angeschlossen hatte.

Dem fügte er nichts mehr hinzu, weil er fürchtete, er könnte Dinge über jenen Sommertag enthüllen, als sie nach längerer Abwesenheit ohne Vorankündigung an seiner Tür klopfte und er einen schrecklichen Schock erlebte. Im ersten Augenblick erkannte er sie nicht wieder und glaubte, jemand habe sich in der Tür geirrt. Ein junges Mädchen in Fallschirmspringer-Outfit, eine kleine Reisetasche locker über die Schulter gehängt, streckte ihm die Hand hin und schüttelte kräftig die seine. Ohne von ihm dazu aufgefordert zu sein, trat sie rasch ein und begann, ungefragt, zu erzählen. Sie habe keine Sympathie für die Welt der Schwächlinge, ließ sie ihn wissen, und die Rücksichtslosigkeit von Fawwâs' Brüdern mit ihren Hurragesängen auf Partei und Führer ertrage sie nicht mehr.

Jean überlegte, dass Stillschweigen ihn möglicherweise ins Unglück stürzen konnte, aber er schwieg. Er dachte an all die Personen, die die Kraft aufbrachten, sich der Rücksichtslosigkeit entgegenzustellen, und er spürte, dass er selbst ein Schwächling war. Alles, woran er sein Leben lang geglaubt hatte, hatte sich in nichts aufgelöst. Er ließ sie gehen, ohne ihren Worten Aufmerksamkeit zu schenken, mit denen sie seine Güte pries. Sie küsste ihn auf die Wange, und das Schlimmste war, dass er sie begehrte, auch mit ihrem neuen Äußeren. Er fragte sich, was sie wohl mit Güte gemeint hatte. Er hatte sich nie gern als den braven Jungen gesehen, aus dem alle einen kräftigen, wohlerzogenen Herrn mit Brille und gebügelten Kleidern machen wollten, einen, der gedämpft lacht und Kindern und Haustieren gegenüber freundlich ist. Er verabscheute seine Mutter und seinen Vater und ihren Abgeordneten Gabriel Schâmi; ebenso seine Lehrer an der Maamûn-Schule und den Pastor der Kirche, der ihn beim Chorsingen in die erste Reihe stellte, weil er so stolz auf die sauberen Kleider und die ordentliche Familie des Jungen war.

In Jeans Erinnerung gerieten alle Bilder durcheinander. Nur in seltenen mutigen Augenblicken konnte er sie loswerden: wenn er zum ersten Mal neben einer Prostituierten lag und sie bat, ihn zu behandeln wie jedweden knausrigen Kunden und ihn mit Wörtern zu beschimpfen, die bei ihm zu Hause nie jemandem über die Lippen gekommen wären. Er hatte das Gefühl, sich selbst und seine Familiengeschichte befreit zu haben, das schweigsame Haus. Er hätte gern seiner Mutter erzählt, wie wunderbar das Leben auf dem anderen Ufer war, dort, wo sich Männer und Frauen beschimpften und beschossen, wie ausgelassene Kinder, die sich auf einem Schulausflug mit Wasser bespritzen.

Saussan lachte, als Salma ihr in ihrer obszönen Ausdrucksweise schilderte, was sich abgespielt hatte. Sie mochte dieses neue Bild von ihm und hatte keinerlei Mitgefühl für ihn. Viel eher hatte sie das Gefühl, der Zusammenbruch passe gut zu ihm. Sie schickte ihm ihre Adresse in Dubai und erwartete, dass er ihr schrieb, was er aber nicht tat. Sie fand es erstaunlich, wie präsent er in ihrem Leben war, und mit Befremden vergegenwärtigte sie sich ihre Beziehung zu ihm. Daran zu denken, wie er war, hieß auch, daran zu denken, wie sie war – an die Unschuld einer ersten Liebe. Doch wie absurd war es, auch nur für einen Augenblick geglaubt zu haben, sie könnte ihre Geschichte selbst schreiben. Das überraschte sie, doch wollte sie sich nicht eingestehen, dass sein Schweigen die endgültige Version ihrer beider Geschichte schrieb. Sie war überzeugt, dass die Schicksale von ihnen dreien, Saussan, Salma und Jean, ineinander verwickelt waren, wie in einem Wollknäuel, in dem sich ihre Vergangenheit, ihre Gegenwart und, wie sie befürchtete, auch ihre Zukunft verhedderten.

Saussan wanderte durch den Park von Habîb al-Maussilis Palast. Sie war bedrückt und schaute hinaus aufs Meer. Autos hielten vor dem Tor. Geschäftsleute und schicke Golfprinzen entstiegen ihnen, deren Namen sie hörte und die von bezaubernden Damen begleitet waren, Waffenhändler und arabische Filmstars, bekannte Tänzerinnen, weltberühmte Models, Sänger oder Golfspieler. Sie begrüßte sie und öffnete ihnen mit einem geübten Empfangslächeln die Wagentür. Dann fuhr sie das Auto auf den Parkplatz und wartete darauf, dass die Herrschaften im Morgengrauen wiederauftauchten, sternhagelvoll. Ihr war es nicht gestattet, den Palast zu betreten, und so musste sie sich mit ein paar Brocken begnügen, die von den ausschweifenden Festivitäten abfielen. Ihre Hauptquelle war die Köchin aus Damaskus, die seit zwanzig Jahren bei Habîb al-Maussili Dienst tat und ihm alle seine Lieblingsgerichte kochte.

Diese Köchin riet Saussan, nach Syrien zurückzukehren. Die Schwelle zum Palast werde sie nie überschreiten und immer «draußen vor» bleiben. In ihrem Innersten war Saussan wütend auf Mundhir, der sie von einer Dame zu einer Dienstmagd gemacht hatte.

Nach ihrer Schicht kehrte sie in ihr Zimmer in einer kleinen Wohnung zurück, die sie sich mit zwei anderen jungen Frauen teilte, die ihre Zeit fingernägelkauend verbrachten und sich nach ihrem Dorf im Libanongebirge sehnten. Dort wartete sie, das Telefon neben sich, auf Mundhirs Anruf, um sich von ihm, der als persönlicher Begleiter des Palastherrn angestellt war, zu einem Drink in die Montana-Bar einladen zu lassen. Danach ging sie mit ihm in sein Domizil neben dem Palast. Dort verbrachte er die Nacht mit ihr und überließ sie dann ihren Phantasien von der Liebe. Er interessierte sich nicht für ihre Träumereien, sondern schnarchte wie ein ermatteter Stier. Wenn sie ihm sagte, er sei ihre einzige Hoffnung im Leben, sie könne ohne ihn nicht sein, sah er sie befremdet an und fragte sich, wie um alles in der Welt er sie sich drei Jahre lang als Mätresse hatte halten können. Es reichte ja nicht, dass eine Frau gut im Bett war, damit ein Mann wie Mundhir sie so lange behielt. Er gestand sich ein, dass sie in ihm ein besonderes Gefühl weckte. Ihr Duft, der an seinen

Fingern hing und seinen Laken entstieg, wenn sie längst gegangen war, hielt seine Sehnsucht nach ihr wach, und ihr unbeschwertes, fröhliches Lachen klang in ihm nach.

Als sie noch in Aleppo waren, Anfang der 1980er Jahre, schlich sie immer in sein Zimmer im Hotel Ramses. Sie täuschte die Wachen und schlüpfte neben ihm ins Bett. Sie spielte mit ihm und pickte an seiner Nasenspitze und forderte ihn auf, die Augen zu schließen wie die Filmstars. Sie bedeckte seine Lippen und seinen Hals mit heißen Küssen. Dann entblößte sie seine Brust und seinen Unterleib, küsste sein Glied, seine Hoden und Zehen, bis er kaum mehr zu halten war. Schließlich zog sie ihre Bluse aus und warf wie von Sinnen alle ihre Kleider weg, sie krallte sich an seinen Schultern fest und bestieg ihn wie ein wildes Ross. Wenn sie ihn völlig entkräftet hatte, klingelte sie dem Zimmerkellner und bestellte Frühstück ans Bett. Abends ging sie mit ihm aus, auch zur Zitadelle hinauf, wo sie einmal sogar die Wächter überredete, das Tor zu öffnen, und dann mit Mundhir in der Finsternis umherwanderte wie eine Hamdanidenprinzessin, die durch eine finstere Burg spaziert, die ein Offizier öffnen ließ, dessen Befehl sich niemand widersetzte. Die beiden standen auf der Mauer und blickten auf Aleppo hinab, eine Stadt im Todeskampf. Die Furcht lag in den Straßen und auf den Gesichtern der Männer und Frauen, die jetzt, am frühen Abend, nach Hause gingen. Sie versuchte, ihm unser Haus zu zeigen, und wies auf eine Gegend weit weg. Dort, gleich neben dem Mond, sagte sie. Dann stieg sie auf den höchsten Turm der Zitadelle und forderte ihn auf, sie richtig zu küssen. Und da hatte sie das Gefühl, sich von einer elenden Schildkröte, die sich unter einem bleischweren Panzer versteckte, in einen Adler zu verwandeln, der aber nicht jenen ausgestopften Adlern auf ihrem Kleiderschrank glich. Ihre seltsamen Bitten überraschten ihn. Er gab zu, dass ihre Gegenwart seine Furcht reduzierte. Sein Leben war fröhlicher geworden, seit er immer wieder gezwungen war, für ein paar Tage nach Aleppo zu kommen.

Allmählich kroch die Langeweile in ihre Beziehung. Saussan klagte in einem ausführlichen Brief, sie erwarte die Trennung in Bälde, obwohl Mundhir es ablehne, sich zu diesem Thema zu äußern. Er nahm einfach seine Jacke und verließ das Zimmer wie ein Fremder. Einmal konnte sie sogar hören, wie er das Zimmermädchen anwies, die Tür abzuschließen, wenn Saussan gegangen sei. Im Bett liegend, rauchte sie noch eine Zigarette und dachte darüber nach, warum ein Mann einem Zimmermädchen eine solche Anweisung so laut erteilte. Ihm konnte die Frau, mit der er wenige Augenblicke zuvor geschlafen hatte, nicht viel bedeuten. Im besten Fall war sie eine flüchtige Affäre, eine Frau, die er vielleicht zu einem Drink einlud, wenn er sie zufällig in einer Bar traf. Sie beschloss, ihrer Beziehung ein Ende zu machen, nahm ihre Tasche und verließ seine Wohnung. In ihrem Zimmer ließ sie sich aufs Bett fallen, schlief tief und lange und genoss ihre Freizeit. Doch als sie am Abend den Vorhang aufzog und in die einfallende Dunkelheit hinaussah, fühlte sie sich sehr allein.

Sie vergaß ihren Entschluss und duschte ausgiebig. Aber das heiße Wasser, das über ihren Körper lief, vermochte ihre Verkrampfung nicht zu lockern. Wie eine Schlafwandlerin machte sie sich auf und ging zu seiner Wohnung. Als ihr dort niemand öffnete, hinterließ sie ihm eine Notiz und begab sich in die Montana-Bar. Die portugiesische Kellnerin wusste, was sie wollte: Wodka mit Limonensaft. Sie blieb allein. Nach dem fünften Glas ging sie zurück zum Palast, zu dem man ihr aber den Zutritt verwehrte.

Es war zu Ende. Er heiratete ein Mädchen aus seinem Dorf, das ihm seine Familie schickte – wie ein Paket. Er nahm sie am Flughafen von Dubai in Empfang und brachte sie in die Suite im Hotel Hyatt Regency, die für Habîb al-Maussilis Mitarbeiter permanent zur Verfügung stand. Dort entjungferte er sie und verabscheute vom ersten Augenblick an ihre dörfliche Beschränktheit. Er versuchte, Saussan zu vergessen, fest entschlossen, mit dieser Frau ein solides Familienleben zu beginnen, an die er sich noch als Schulmädchen erinnerte: blondes Haar, fester Körper, grüne Augen. Als Saussan sie sah, hatte sie Mitleid mit ihm. Sie machte ihm keine Vorwürfe und schluchzte auch nicht an seiner Brust, als er seine Neue beschrieb. Sie bat ihn ruhig und gefasst, ihr die Einzelheiten zu ersparen. Doch dass er sie bat, Dubai zu verlassen und ihn zu vergessen, überraschte sie. Sie schlüpfte aus dem Bett, holte zwei Whiskygläser und schenkte von dem edlen Whisky ein, den er für ihre letzte Nacht mitgebracht hatte. Sie leerte das Glas in aller Ruhe und wollte dann wissen, ob er es wirklich ernst meinte, dass sie endgültig aus seinem Leben verschwinden solle. Er sagte nichts, er drückte sie nur an sich, küsste sie leidenschaftslos und sah auf die Uhr. Es war schon nach zehn. Er verließ das Bett, zog sich an und ging rasch hinaus. Er hatte sie zum Abschied nicht einmal umarmt. Sie hatte angenommen, er werde die ganze Nacht mit ihr verbringen und sie hätten Zeit genug, sich in aller Ruhe auszusprechen. Doch dann war sie allein und hörte aus den anderen Zimmern nur die Stimmen ihrer Mitbewohnerinnen. Sie ging in die Montana-Bar, setzte sich auf ihren Stammplatz und trank feinen Whisky auf Kosten eines deutschen Touristen, der sie einlud, ihn zu begleiten. Sie gab sich als Libanesin aus und verbrachte die Nacht mit ihm, ein für ein Dienstmädchen im Palast unverzeihlicher Fehler. Sie überließ ihm für zweihundert Dollar ihren Körper und begleitete ihn am nächsten Tag in aller Öffentlichkeit zum Essen in ein Restaurant, das reiche Touristen und arabische Filmstars besuchten. Zurück in ihrem Zimmer, fand sie eine Ausweisungsverfügung vor. Nun fühlte sie nur noch Leere. Am Tag darauf nahm sie ihre Tasche, ging zum Palast und bat die Wachen, Habîb al-Maussili sprechen zu dürfen. Man ließ sie aber nicht hinein, der Sekretär bezeichnete sie als «Hure» und forderte sie auf, umgehend zu verschwinden. Sie kehrte zu ihrer Wohnung zurück, wo ihr ihre Mitbewohnerinnen den Eintritt verwehrten. Da begriff sie, dass wirklich alles zu Ende war.

Die folgende Nacht verbrachte sie auf dem Flughafen von Dubai und wartete auf einen Flug nach Paris, wo sie völlig erschöpft ankam. Sie hob etwas Geld von ihrem Bankkonto ab und fand ein billiges Hotel im Barbès-Viertel – eine Schlafstelle in einem Gemeinschaftsraum samt Frühstück für fünfzig Francs. Wie tot sank sie dort erst einmal aufs Bett. Drei Tage brauchte sie, um Samar Damirdâsch ausfindig zu machen, ihre Freundin aus dem Fallschirmspringerinnenkurs, die, als sie merkte, dass der Einfluss ihres Ausbildungsoffiziers zu schwinden begann, sich um ein Stipendium für ein Musikstudium in Paris beworben hatte.

Samar sah die dunklen Ringe unter den Augen ihrer Freundin und stellte fest, dass es ihr nicht gut ging. Sie lud sie in ein Café in der Nähe des Konservatoriums ein und bestellte ihr einen doppelten Espresso. Danach half sie ihr, ein winziges Studio, zwei auf zwei Meter in der Nähe des Gare du Nord, zu mieten. Die beiden trafen sich von Zeit zu Zeit. Samar lud Saussan zu kurzen Spaziergängen oder in ein Bistrot ein, wo sie schnell ein Glas Wein tranken. Saussan wollte in ihrem Zustand nicht nach Aleppo zurückkehren. In kalten Nächten gab sie sich Rechenschaft darüber, dass sie nun nichts weiter war als eine verlassene Geliebte und einem aufgegebenen Bahnhof glich, auf dessen Bahnsteigen Fliegen ungestört Eier legten. Sie kochte sich grüne Bohnen und trank billigen Wein, um sparsam mit dem wenigen Geld umzugehen, das sie noch auf ihrem Konto hatte. Aleppo war weit weg und Paris furchtbar anstrengend, und Saussan quälte der Gedanke, sie werde ihr ganzes Leben in dem algerischen Restaurant arbeiten müssen, dessen Inhaberin ständig an ihr herumnörgelte.

In einem langen Brief erzählte sie Jean alles, was sie durch- und mitgemacht hatte seit ihrer letzten Begegnung – an jenem Sommertag, an dem sie zu den Fallschirmspringerinnen gegangen war. Sie hätten ihn als Spion bezeichnet und von ihr verlangt, ihn zu bespitzeln, schrieb sie ihm und bat ihn um einen ehrlichen Rat. Sie erhielt einen Brief von ihm, in dem er ihr mitteilte, seine Mutter lebe noch und sei in guter Verfassung. Er selbst sei als Lehrer entlassen worden und wisse auch, warum. Jetzt lebe er von Privatstunden, die er Schülern aus wohlhabenden Familien bei sich zu Hause erteile. In seiner gewohnt feinen Art wünschte er ihr alles Gute in Paris. «Was für ein Gewäsch», murmelte Saussan und warf den Brief weg.

Sie ging zurück in das algerische Restaurant, wusch dort das Geschirr und schleppte sich spätnachts erschöpft nach Hause, wo sie allein ins Bett kroch wie die armen Mädchen, die niemanden haben. Ihre teuren Klamotten hatten ihren Glanz verloren. Das feine Parfüm, das Mundhir ihr geschenkt hatte, war, obwohl sie sparsam damit umgegangen war, längst aufgebraucht. Sie wählte Mundhirs Nummer in Dubai, legte aber auf, als sie den groben, bäurischen Akzent seiner Frau hörte. Erst bei einem nächsten Versuch hinterließ sie die Nummer des Restaurants und ihren vollständigen Namen und bat Mundhir zurückzurufen. Sie wartete darauf, ein letztes Mal seine Stimme zu hören, bevor sie ihren kleinen Koffer nahm und Paris verließ, wo sie sich ein knappes Jahr aufgehalten hatte. Sie kehrte nach Aleppo zurück.

Ich konnte es nicht fassen, dass dieses abgemagerte, bleiche Geschöpf die einst so unbeschwerte Saussan sein sollte. Sie schloss mich in die Arme und weinte. Sie schloss auch Raschîd und Mutter in die Arme, die sie aber mit einer Herzlosigkeit empfing, die Saussan ihr bis an ihr Lebensende nicht verzeihen sollte. Für Mutter schien es die passende Gelegenheit, sich an ihr dafür zu rächen, dass sie sie einst angespuckt hatte. Das hatte Mutter ihr nicht vergessen, und in diesem Augenblick dachte sie, nun seien sie quitt und gleich: zwei verlassene Frauen, beide zerstört.

Mehrfach wurde Saussan nach ihrer Heimkehr von der lokalen Zweigstelle des Sicherheitsdienstes vorgeladen. Der Ermittler, ein alter Freund Mundhirs, empfing sie zuvorkommend und bot ihr einen exquisiten Kaffee an. Er erkundigte sich nach Einzelheiten von Mundhirs Tätigkeit und forderte sie auf, Details über das Leben und das Treiben von Habîb al-Maussili und seinem Spezi Prinz Salmân zu schildern und ihm von den syrischen Geschäftsleuten und den hohen Beamten zu berichten, die im Palast ein und aus gingen. Das sei eine notwendige Routine, erklärte er, um der Amnestie durch den Präsidenten teilhaftig zu werden und wieder in der Partei mitarbeiten zu dürfen. Saussan bemerkte, dass er Angst vor ihr hatte und es vermied, ihr direkt in die Augen zu schauen. Sie schrieb auf, was er von ihr verlangte, und verließ in aller Ruhe das Büro. Bei einem weiteren Treffen bat sie ihn, mit dieser sinnlosen Fragerei aufzuhören. Daraufhin gab er ihr seine Telefonnummer und bot ihr die Mitarbeit beim Geheimdienst an – mit besonderen Privilegien. Sie lachte ihm ins Gesicht, verließ sein Büro, schlenderte zum Restaurant Strand und setzte sich an einen Tisch neben einem Fenster mit Blick auf den öffentlichen Park. Alles war anders geworden: der Kellner, die Tischtücher, die Gäste. Ihr Kopf schmerzte, sie fühlte sich fremd an diesem Ort, an dem sie so wundervolle Augenblicke mit Mundhir erlebt hatte. Langsam trank sie ihren Kaffee, beobachtete die Passanten und fragte sich, was sich denn verändert habe, dass die Passanten wie verängstigte Hasen mit gesenktem Kopf vorbeihasteten. Aleppo kam ihr vor wie eine Stadt, die ihren Glanz eingebüßt hatte, die verschüttet war unter Griesgrämigkeit – eine alte Frau, die sich ansah, wie es ihren Freundinnen erging und den unzeitigen Tod fürchtete; ein Papierdrachen, der sich scheut, am grauen Himmel aufzusteigen. Sie bemerkte, wie schwer ihre Schritte geworden waren, und hätte gern die Last der vergangenen Jahre abgeworfen. Sie suchte nach einem Ausweg und verabscheute Mundhir, der sie als Wrack in eine Stadt zurückgeschickt hatte, zu deren Zerstörung sie und ihre Fallschirmkameraden beigetragen hatten. Lange saß sie in ihrem Zimmer und weinte, weil sie sich einsam fühlte. Sie schloss mich in die Arme und schluchzte, sie habe ihr Leben mit einem Rudel Hunde vergeudet. Dann bat sie mich, sie zu Suâds Grab zu begleiten, und ich verstand, dass sie ihre Unschuld zurückgewinnen wollte.

Wir gingen Straßen entlang, die wir nicht kannten. Da standen Häuser, die während der vergangenen Jahre in aller Eile auf den Lattichfeldern errichtet worden waren. Es roch penetrant nach Küche. Der Friedhof, einst auf offenem Feld, war umzingelt von unzähligen Wohnhäusern, in denen Leute vom Land wohnten, die ihre Balkone mit verdreckten Tüchern verhängten, um ihre Frauen, die sie tagsüber mit den Kindern allein ließen, den neugierigen Blicken Fremder zu entziehen. Suâd müsste in diesem Gedränge ersticken, bemerkte ich, doch Saussan reagierte nicht darauf. Wir setzten uns neben das Grab, rupften vertrocknete Pflanzen aus und gossen die anderen. Danach führte sie mich wie ein kleines Kind an der Hand durch die Straßen der Altstadt. Irgendwann verließ sie mich, wanderte alleine weiter und bestaunte, wie ein faszinierter Tourist, die Einlegearbeiten an den steinernen Brunnen. Am Abend versicherte sie mir, sie werde ihre Unbeschwertheit zurückgewinnen und, fügte sie noch hinzu, eine große Übersetzerin werden.

Während sie darauf wartete, wieder an die Universität zu gehen, las sie französische Romane, die sie sich aus Jeans Bibliothek auslieh. Überzeugt, dass seine Mutter noch nicht so bald sterben werde, richtete er sich sein Leben neu ein und ließ sich Dutzende von Schachteln aus Genf schicken. Seine Schüler kamen zu ihm nach Hause. Er empfing sie in einem kleinen Zimmer, und sie versuchten, einen Blick auf die alte Dame zu ergattern, die wie ein Engel schlummerte. Von Zeit zu Zeit überprüfte er das Serum seiner Mutter und säuberte sie. Dann schloss er die Tür zu ihrem Zimmer, und das Haus versank wieder in Stille.

Saussan besuchte ihn jeden Abend. Sie unterhielten sich auf Französisch und blätterten gemeinsam in den Büchern. Sie erzählte ihm, sie werde ihre Jungfernhaut reparieren lassen und die Gebetspflicht aufnehmen. Sie sehe keinen anderen Weg, sich vor der Verdammnis zu retten und eine anständige, reine Frau zu werden, nachdem sie sich mit den Berichten derartig beschmutzt habe, mit denen sie ihre Schulkameradinnen und deren Familien ins Unglück gestürzt habe. Jean nickte kommentarlos.

Ob ihre Reue wohl auch so intensiv wäre, wenn sie Mundhir geheiratet und ihr Leben mit ihm verbracht hätte, fragte sie sich. Die Suche nach Antworten auf Fragen, die in ihrem Kopf wucherten, wie das Unkraut auf dem Erbsenfeld, hielt sie wach. Sie wälzte sich im Bett, dann stand sie auf und ging ins Wohnzimmer, gepeinigt von heißer Sehnsucht nach Mundhir. Ihr Verlangen erwachte, und ihr Körper verwandelte sich in ein Flammeninferno. Plötzlich klagte sie über Kopfschmerzen und erklärte, sie gehe zurück in ihr Zimmer. Sie stellte sich splitternackt vor den Spiegel, streichelte sich am ganzen Körper und ließ sich schließlich aufs Bett sinken. Mit geschlossenen Augen vergegenwärtigte sie sich Bilder und Gefühle von früher. Und während sie sich befriedigte, vermischten sich die Gesichter. Ihre alten Träume kehrten zurück, Wachträume belagerten sie, und ihre Angst verwandelte sich in Reue, die sie in nicht enden wollenden Weinkrämpfen erstickte. Sie suchte nach Rettung. Aber nicht einmal Raschîds Geigenspiel faszinierte sie mehr. Schwerfällig wie eine Schildkröte schlich sie durch die Wohnung, ohne je ein Wort mit Mutter zu wechseln, die sie voller Mitgefühl betrachtete und ihr gern geholfen hätte. An diesem Punkt beschloss sie, ihre Rettung im Gebet zu suchen, in der Erfüllung der religiösen Pflichten. Die Wiederherstellung ihrer körperlichen Unversehrtheit, dachte sie, werde ihr das Selbstvertrauen zurückgeben.

Es war ein brütend heißer Tag Ende August 1987, als sie zur vereinbarten Zeit zu der Praxis kam. Sie klingelte und musste nicht lange warten. Nachdem sie das Honorar bezahlt hatte, legte sie sich auf das Bett, das nur für diese Art klandestiner Operation aufgestellt wurde, und versank in einem Morphin-Narkoserausch. Sie versuchte, sich an irgendetwas zu erinnern, doch es gelang ihr nicht. Nicht einmal Mundhirs Gesicht kam zurück. Es ließ sich nicht zusammenfügen. Mundhir blieb ein Unbekannter, ein Mann, mit dem sie in einem Café übers Wetter geplaudert hatte und der dann rasch gegangen war. Als sie nach drei Stunden wieder zu sich kam, war ihr speiübel. Sie nahm ihre Sachen und verließ die Praxis. Zu Hause sprach sie mit niemandem. Sie legte sich hin und schlief bis zum Morgen. Dann badete sie, ging wieder ins Bett und wartete auf das Gefühl der Jungfräulichkeit. Aber nichts dergleichen wollte sich einstellen. Sie versuchte es mit nochmaligem Schlafen und wollte ihre Wachträume zusammenfügen, doch es entstand kein einheitliches Bild.

Ich machte ihr tagelang Kräutertee und brachte ihr etwas zum Essen in ihr Zimmer. Sie teilte Jean brieflich mit, sie könne ihn nicht mehr besuchen kommen. Das habe der Scheich verordnet, vor dem sie ihr gesamtes Leben ausgebreitet und ihn dann mit großer Ernsthaftigkeit gefragt hatte, ob sie für all das in die Hölle komme.

Der Scheich verstand ihre Ängste. Er sah in ihren Augen den aufrichtigen Wunsch, zu glauben und ihre Sünden zu sühnen. Er schenkte ihr einen kleinen Koran und versicherte ihr, Gottes Güte reiche weit. Saussan küsste dem Scheich die Hand und verließ seine Wohnung, leicht wie die ausgestopften Vögel auf ihrem Schrank, die während ihrer Abwesenheit Staub angesammelt hatten. Unterwegs dachte sie darüber nach, dass sie eben zum ersten Mal in ihrem Leben jemandem die Hand geküsst hatte. Dass der Scheich ihre Unterwürfigkeit schätzte, nahm sie dankbar zur Kenntnis. Gewissheit und Zufriedenheit erfordern Unterwürfigkeit, dachte sie. Zu Hause verbarg sie ihr langes Haar unter einem dunklen Schal. Dann war ihr Kleiderschrank dran. Sie riss alles heraus, was sie sich einst mit dem Geschmack einer flotten jungen Frau gekauft hatte: enge Stretchhosen, weit ausgeschnittene Blusen, die Bauch samt Nabel sehen ließen, Miniröcke, hohe Lederstiefel, Ohrringe in Form von Teufeln, die sie nach ihrer Rückkehr von ihrer Fallschirmspringerausbildung heiß geliebt hatte. All das häufte sie im Wohnzimmer aufeinander und steckte es in Brand. Als dicke Rauchwolken das Wohnzimmer füllten und von dort durch alle Türritzen auch in die anderen Zimmer drangen, kam Mutter gerannt und schmiss die brennenden Klamotten entsetzt und wütend auf den Hof.

Niemand glaubte wirklich an die Umkehr der einst unbeschwerten Saussan. Raschîd kümmerte sich sowieso um nichts, was sich im Haus abspielte. Mutter betrachtete die Veränderung ihrer Tochter als eine ihr unerklärliche Katastrophe. Sie verabscheute ihren neuen Geruch und diese langen Gewänder und dunklen Kopftücher ebenso wie die Blicke ihrer neuen Freundinnen, die sie ins Haus brachte und die ihr naiv und unterwürfig erschienen. Mir verbot Saussan, ihnen die Hand zu schütteln. Sie servierte ihnen Ingwersaft und unterhielt sich mit ihnen bis spät in die Nacht über die Wunder der Heiligen und den Gehorsam der Gläubigen. Sie lauschten religiösen Gesängen, Aufnahmen von Gruppen, die sich in den Jahren zuvor in der Stadt einen Namen gemacht hatten: simple Texte mit Melodien von bekannten Popsongs.

Saussan versuchte, in ihrem neuen Leben aufzugehen. Morgens ging sie, in einen langen dunklen Mantel gehüllt, an die Uni. Ihre ehemaligen Kameradinnen aus der Fallschirmspringerinnenzeit, die ganz ins Partei- und Kameradenleben eingegliedert waren, stellten sich ihr in den Weg, beschimpften und bespuckten sie, was Saussan sehr wütend machte. Doch sie schwieg. Ihre neuen Freundinnen zeigten Mitgefühl mit ihr und versicherten, wenn sie diese Grausamkeiten ertrage, werde ihr Lohn beim Herrn der Welten immens sein.

Saussan war nicht mehr unbeschwert. Tag für Tag wurde sie bigotter. Sie versank in den Fatwas, verhüllte ihr Gesicht und vermied es, gut aussehende Männer anzuschauen, die sie früher gründlich betrachtet und sie sich als Liebhaber vorgestellt hatte. Sie sühnte ihre Tagträume und ihre nächtlichen Phantasien von einst, ebenso ihre Beziehung zu Mundhir. Ihre Kameradinnen aus der Fallschirmspringerinnenzeit nannten sie «Mundhirs Nutte». Sie hatten ihr unzüchtiges Treiben mit ihm noch nicht vergessen: Wie sie alle wütend auf sie waren, wenn sie ihn vor der Schule umarmte und auf den Mund küsste, bevor sie mit ihm im Auto davonfuhr, und wenn sie ihnen am folgenden Tag dann ohne jedwede Scham die Einzelheiten der Nacht mit ihm schilderte und besonders betonte, wie hingerissen er von ihren Augen war, ihrem wohlgerundeten Hintern, der fest verpackt in der knappen Militärhose steckte – wie eine reife Wassermelone –, oder auch von ihren Brüsten, die sie bewusst zur Schau stellte, indem sie die Knöpfe ihrer Bluse bis zum oberen Rand des BHs offen ließ. Nun schien der Moment der Rache gekommen. Sie schrieben Berichte an den Genossen Dschâbir, meinen Kindheitsfreund, der inzwischen zum Studentenkontrolleur avanciert war, nachdem man den Vorgänger aus der Partei ausgeschlossen hatte, weil er Studierenden erlaubt hatte, Gedichte zu rezitieren, die keine Lobhudeleien auf den Präsidenten oder die Partei waren, sondern von Rosen und Schmetterlingen in dieser zerstörten Stadt handelten, die nach der Wiederherstellung von Ruhe und Ordnung und dem Sieg über die Partei der Muslimbrüder hart bestraft wurde: Krähen durchquerten sie, und Geheimdienstoffiziere und staatstreue Beamte teilten sie untereinander auf. An der Universität marschierten die Parteimitglieder mit stolzgeschwellter Brust hinter dem Genossen Dschâbir her, der seine Instruktionen von den Zweigstellen der Geheimdienste erhielt. Ihre Schritte hallten auf den kalten Fliesen der Korridore wider. Sie bespitzelten sogar noch die Atemzüge der Studierenden, der Lehrenden und Angestellten, die sich ihnen nicht entgegenzustellen wagten. Sie holten Studenten aus den Vorlesungen und schleppten sie zu Parteianlässen – zu Jubelumzügen, die in einem mit Blut gezeichneten Schreiben an den Präsidenten endeten, der entspannt in seinem Palast thronte, nachdem er jedwede oppositionelle Stimme zum Schweigen gebracht, die Stadt Hama zerstört und Zehntausende linke oder religiös orientierte Studenten eingesperrt hatte.

Wenn die unbeschwerte Saussan darüber nachdachte, was um sie herum geschah, wurde ihr eng ums Herz, und sie begann zu klagen wie Mutter. Diese litt immer häufiger an Wahnvorstellungen, die sich auf ihrem mit einem schrecklichen Gefühl von Sünde belasteten Körper zeigten. Ein unbekannter Mann, von dem wir wussten, dass es ihn nicht gab, habe ihr mit warmer Stimme versprochen, sie auf eine Seereise über den Indischen Ozean mitzunehmen, er werde mit ihr im Mondlicht tanzen und ihr aus dem Schaum des Meeres ein Bett weben, auf dem sie sich ausstrecken könne wie eine Paradiesjungfrau. Seine seltsame Ausdrucksweise ließ sie bereuen, ihre Gefühle abgetötet zu haben. Sie badete und entfernte sich am ganzen Körper die Haare. Seit langer Zeit schon hatte sie ihre Lieblingscremes nicht mehr benutzt, aus Furcht vor dem Wiedererwachen ihrer Leidenschaften hielt sie sich von allem fern, was diese wecken konnte. Schon lange hatte sie sich keine herzzerreißenden Filme mehr angeschaut, auf die sie einmal so versessen war. Ihre seidenen Nachthemden hatte sie in eine hübsch gearbeitete Holzkiste gepackt, die sie vom Räumungsverkauf eines Antiquitätenladens mitgebracht hatte, dessen Inhaber beschlossen hatte, das Land zu verlassen, nachdem Mitglieder des Sicherheitsdienstes in sein Geschäft eingedrungen waren und ihn beschuldigt hatten, einen Muslimbruder zu verstecken. Sie kehrten das Unterste zuoberst, warfen silberne Vasen um und zerbrachen goldene Schwerter, in deren Klingen wohltönende Verse auf die Nacht, die Wüste und die Pferde eingraviert waren. Sie trampelten auf allem herum und nahmen ihn mit auf den Posten. Vor dem sicheren Tod rettete ihn drei Tage später nur die Tatsache, dass der Befrager ihm glaubte, dass er einer christlichen Familie mit einer langen Tradition in der Goldschmiedekunst angehörte und dass sein älterer Bruder, ein berühmter Herzspezialist, eine beträchtliche Bestechungssumme entrichtete. Der Mann kehrte in seinen Laden zurück, zerstört und aus vielen Wunden blutend. Man hatte das Geschäft, ohne einen Sinn für den Wert der Dinge, auf den Kopf gestellt, aber nur einige billige Lampen mitgenommen. Er verkaufte alles und ging nach Dubai. Er diskutierte mit Mutter nicht über den Preis der Kiste, sondern nahm die zwölfhundert Pfund, die sie ihm bot. Mutter brachte die Truhe freudig nach Hause, ohne zu ahnen, dass diese Truhe ein solider Speicher und Zeuge ihrer langen Entbehrung werden sollte. Sie stellte das Möbel in ihr Schlafzimmer, das später zu ihrem ureigenen Reich wurde, dessen schwere Düfte von Räucherwerk und Parfüm vom Abflauen und Absterben des Verlangens kündeten. In diese Truhe warf sie alle Fotos von früher, auf denen sie freundlich lächelnd zu sehen war, das offene Haar schulterlang und den Blick zuversichtlich nach vorne gerichtet. Zu ihrer Überraschung stellte sie fest, dass ihre Garderobe seit dem Verschwinden unseres Vaters nur durch ein paar unansehnliche Kleider und Kostüme ergänzt worden war, die ihrer Stellung als angesehene Lehrerin an einer Schule entsprachen, wo Nüchternheit und Strenge geschätzt wurden. Sie wusste nicht mehr, warum sie alle diese Dinge so lange aufbewahrt hatte, auch nicht, warum sie gerade jetzt ein mit teuren Spitzen besetztes seidenes Nachthemd hervorkramte. Allein hineinzuschlüpfen, war erregend und ließ das Gefühl für den Geschmack des Lebens zurückkehren.

Am nächsten Morgen kam sie betont langsam aus dem Bad, bereit, zum ersten Mal in ihrem Leben der Schule unbewilligt fernzubleiben. Sie verließ früh die Wohnung. In der Stadtmitte entstieg sie guter Dinge dem Taxi und fand am Eingang zum Park ein Café, das gerade aufgemacht hatte. Sie setzte sich, doch schon nach wenigen Augenblicken beschlich sie die Furcht. Einsamkeit füllte ihr Herz, und ihr Körper erstarrte. Durch das Fenster sah sie hinaus auf die Stadt und schien deren Ruin zum ersten Mal wahrzunehmen.

Lange hatte sie davon geträumt, die Beziehung zu ihrem abgestorbenen Körper wiederherzustellen, neben einem Mann zu liegen, der sie, und wäre es nur ein einziges Mal, kraftvoll in seine Arme nahm und ihr Verlangen stillte. Sie bedauerte, so viele Gelegenheiten versäumt zu haben. Immer wieder hatten Männer Interesse an ihr gezeigt, hatten von ihrem Verlangen nach ihr gesprochen und ihre feine Art zu schweigen bewundert. Dann fragte sie sich, ob ein Mann eine Frau liebt, wenn er ihr Schweigen liebt; und sie fragte sich auch, was es bedeutete, wenn ein Mann am frühen Morgen eine Frau erwartete – wie dieser bekannte Maler, der sie eines Tages auf ihrem Nachhauseweg ansprach. Er werde auf sie am folgenden Morgen in seinem Studio warten, erklärte er ihr und ließ sie zitternd stehen. Dazu ist es jetzt zu spät, dachte sie. Kein Mann würde sich je wieder an sie binden oder sich bemühen, sie glücklich zu machen. Sie wollten sie einfach im Bett haben, und das nur einmal. Und so brachte sie nicht den Mut auf, zu dem Mann zu gehen, der am Tor zum Park auf sie gewartet hatte. Mit Narimân hätte sie gern über ihr Verlangen gesprochen, aber auch dafür fehlte ihr der Mut.

Wir Kinder begriffen nie vollständig, was Mutter durchmachte, es war einfach skurril. Einmal setzten wir uns in ein Café und sprachen über ihren Zustand, kamen aber, jung und unerfahren, wie wir waren, zu keinem Ergebnis. Und so trotteten wir schweigend wieder nach Hause: Saussan kämpfte gegen die Tränen an, Raschîd verließ uns an der ersten Kreuzung und ging zu Onkel Nisâr, wo er sich im Wohnzimmer aufs Sofa legte und in einen tiefen Schlaf sank. Er wachte nicht einmal auf, als Onkel Nisâr und sein neuer Partner, Madhat, aus dem Schlafzimmer kamen und ins Bad gingen, wo die beiden sich unter der heißen Dusche tummelten, sich mit Wasser bespritzten und mit Seifenschaum bewarfen. Schließlich kamen sie, in saubere Badetücher gewickelt, eng umschlungen heraus. Und bevor Madhat, der in der Finanzverwaltung als Steuereintreiber tätig war, zur Arbeit ging, frühstückten sie zusammen. Onkel Nisâr verabschiedete sich von ihm an der Tür. Er zog ihm lächelnd den Kragen des Hemdes zurecht, das er ihm aus Beirut mitgebracht hatte – neben anderen, teuren Kleidern, die Madhat um ein Drittel ihres Preises an einen Laden für geschmuggelte Klamotten in Asisîja verscherbelte.

Als Raschîd aufwachte, erzählte er dem Onkel ohne Umschweife, Mutter phantasiere und sei dabei, den Verstand zu verlieren, und wir müssten uns den Fakten stellen. Onkel Nisâr war nicht weiter überrascht, und die beiden besprachen sich, ohne jedoch zu einer Lösung zu finden und mit einer Distanziertheit, an der Raschîd zu ersticken glaubte.

Er zog sich rasch an und verließ Onkel Nisâr. Der Druck war schrecklich: Mutter im Bett unter dem Einfluss ihrer Schlaftabletten und ihrer Halluzinationen oder angekettet, damit sie nicht auf die Straße hinauslaufen konnte. Dann tauchte ein altes Bild vor seinen Augen auf: Mutter am Fenster sitzend, den Blick voller Hoffnung hinaus auf die endlosen Lattichfelder und Kirschbaumhaine gerichtet, zufrieden mit dem Kopf nickend, wenn er schwierige Stücke übte, und bei den ihr bekannten Partien mitsummend. Die einzelnen Momente verschmolzen und strömten einem Wasserfall gleich auf ihn herab und ließen ihn verstärkt nach der Person suchen, die Mutter einmal gewesen war. Er musste nach Hause gehen und sich dem Schmerz stellen. Einige musikalische Sequenzen fielen ihm ein, sie könnten eine passende Einleitung sein zu einem Stück, das den Überdruss und die Unruhe zum Thema hätte, die Mutters Krankheit ausgelöst hatten, dachte er. Doch als er sie zu summen begann, stellte er fest, dass es sich um eine Passage aus Beethovens Neunter handelte. Frustriert ging er in die Express-Bar und bestellte einen Whisky mit Soda. Er ignorierte den Barmann, der sich nach Onkel Nisâr erkundigte und auf Madhat, seinen neuen Partner, schimpfte. Raschîd versank in der Stille der Bar zu dieser Mittagsstunde. Er versuchte, seine zerstreuten Gedanken zusammenzubringen, war aber nicht imstande dazu und fühlte sich schrecklich deplatziert. Sein Magen brannte. Er verließ die Bar und begab sich direkt zu Onkel Nisârs Wohnung. Dort sammelte er seine wenigen Habseligkeiten zusammen. Zurück zu Hause, bezog er in aller Ruhe wieder sein Bett in unserem Zimmer.

Ich spürte schnell, wie weit wir uns inzwischen auseinandergelebt hatten. Ich war auf der Suche nach etwas Sinnvollem in meinem Leben. Nachdem ich mein Studium an der Literaturfakultät abgeschlossen und meinen Fahnendienst geleistet hatte, verbrachte ich meine Zeit damit, Finanzberichte und die Korrespondenz für eine Textilfabrik zu übersetzen. Saussan hatte den Hidschâb und die schweren Klamotten satt und erschien im Wohnzimmer in einem dünnen Nachthemdchen, fragte kurz nach Mutter und verschwand wieder, ohne auch nur eine Antwort abzuwarten. In den kalten Winternächten kehrte das fiebrige Verlangen nach Mundhir zurück. Sie lag nackt im Bett und hatte Angst, ihren Körper zu berühren, der vor Lust brannte. Ein weiteres Mal versank sie in ihren Wachträumen und erinnerte sich an all das, was ihre neuen Freundinnen ihr über «erlaubt» und «verboten» gesagt hatten. Doch nach zwei Jahren an der Uni, während deren sie versucht hatte, zu werden wie ihre bekopftuchten Freundinnen, hatte sie sich immer fremder gefühlt und verspürte große Lust, sich ihre schweren Kleider vom Leib zu reißen. Zu Beginn ihres dritten Studienjahrs grübelte sie den ganzen Winter über einen Ausweg aus ihrem Dilemma. Bei Nacht starrte sie die drei Adler auf ihrem Schrank an und kam sich ebenso mumifiziert vor wie diese. Ohne es zu realisieren, lebte sie das gleiche Parallelleben wie ich. Sie versuchte, ihren Körper und ihren Geist vom Geruch der Partei, der Fallschirmspringerinnen und der vergangenen Jahre zu befreien.

Ihre erste Begegnung mit Mundhir hatte sie nicht vergessen. Er kam in Begleitung des Chefs, um das Lager zu inspizieren, in dem die Einheiten der Fallschirmspringerinnen untergebracht waren. Die Mädchen jubelten sich heiser für ihn und für den Präsidenten. Mundhir schritt neben ihm, die Hand am Sturmgewehr, sein Blick wanderte mit der Wachsamkeit eines Wolfes umher. Der Chef begrüßte die Fallschirmspringerinnen mit kräftigem Handschlag. Saussan trat mit festem soldatischem Schritt vor und salutierte stramm. Sie warf einen verstohlenen Blick auf Mundhir, dessen Gesicht ihr sehr vertraut vorkam. Hatte sie schon von ihm geträumt? Am Abend im Zelt lag sie neben Samar Damirdâsch und schwärmte von Mundhirs Augen und von dem langen Blick, den sie mit ihm gewechselt habe, musste aber erfahren, dass alle Mädchen im Lager mit der gleichen Leidenschaft von dem gut aussehenden Adjutanten sprachen. Während der folgenden Tage zeigte sie sich besonders eifrig, und sie fand es überhaupt nicht überraschend, dass Mundhir das Lager ein weiteres Mal besuchte. Er erkundigte sich nach ihr und gab ihr seine Telefonnummer in Damaskus. Das war die Auszeichnung, die sich die meisten ihrer Kameradinnen erhofft hatten. Saussan war selig, erzählte aber niemandem von ihrer ersten Begegnung.

Als sie zum ersten Mal Urlaub hatte, rief sie die Nummer an, doch niemand antwortete. Ihr Kampfanzug war verdreckt, und ihr Körper sehnte sich nach einem warmen Bad, nach zwei Wochen intensiven militärischen Trainings war sie völlig erschlagen. Sie wanderte durch die ihr unbekannten Straßen von Damaskus, verirrte sich im Gassengewirr und verdrückte gelangweilt Sandwiches und Säfte. Sie setzte sich in ein Café neben andere Gäste, die sie aber geflissentlich übersahen oder höchstens mit einem abschätzigen Blick bedachten. Sie fühlte sich sehr fremd. Mehr als ein Dutzend Mal rief sie Mundhir an. Inzwischen war es Mitternacht geworden, und sie wanderte noch immer allein durch die Straßen. Sie hatte keine Ahnung, was sie in dieser fremden Stadt tun sollte, und dachte schon daran, ins Lager zurückzukehren, das nicht weit von Damaskus entfernt war. Schließlich ging sie in ein billiges Restaurant beim Busbahnhof, wo Soldaten herumhingen und auf die Busse warteten, die sie in ihre fernen Städte bringen sollten.

Nach Mitternacht dann endlich seine Stimme. Sie erzählte ihm, sie habe schon alle Hoffnung aufgegeben gehabt, ihn noch aufzuspüren. Sie solle sich nicht von der Stelle bewegen, forderte er sie auf. Er holte sie in seinem Auto ab und brachte sie in seine Wohnung. Sie hatte nichts dagegen einzuwenden. In der Wohnung badete sie und zog einen seiner Schlafanzüge an. Er ließ von einem Restaurant in der Nähe ein üppiges Abendessen für sie kommen, und danach unterhielten sie sich bis zum Morgen über ihrer beider Kindheit. Sie hörte ihm immer gern zu, wenn er von seiner Kindheit erzählte, endlose Geschichten einer armen Familie in den Masjâf-Bergen. Danach ließ er sie allein und ging in sein Schlafzimmer. Während der ersten Monate ihrer Beziehung weigerte sie sich, mit ihm zu schlafen. Sie hatte beschlossen, nicht irgendeines dieser billigen Mädchen zu sein, die man in einer Bar oder auf der Straße aufgabelt. Als er sich auch sechs Monate nach Abschluss ihrer Fallschirmspringerinnenausbildung noch interessiert an ihr zeigte, fuhr sie nach Damaskus und forderte ihn auf, sie zur Frau zu machen. Sie begannen eine leidenschaftliche Liebesgeschichte, und er gestand ihr, dass sie die erste Frau in seinem Leben war, nach der er sich sehnte.

Er nahm sie mit zu einem Abendessen mit dem Chef, der sie genau in Augenschein nahm und den Geschmack seines Adjutanten lobte. Er schenkte ihr eine versilberte Pistole, auf die sie sehr stolz war. Sie trug sie an der Hüfte, als sie ins Haus des Genossen Fawwâs ging und ihn und seine Brüder aufforderte, sofort den Lärm einzustellen. So rächte sie sich für die Demütigungen, die Mutter erleiden musste. Fawwâs und seine Brüder versuchten kleinlaut, sie zu besänftigen, und Mutter spürte für einige Augenblicke Genugtuung.

Saussan spazierte mit ihren Genossinnen durch die

Straßen von Aleppo, alle stolz auf ihre militärische Ausrüstung und die Dreistigkeit, mit der sie sich über Regeln hinwegsetzten. Sie gingen in die Schule und marschierten dort durch die Korridore, kräftig mit den Füßen zu den Klängen der Parteihymne stampfend. Sie ersannen allerhand Bestrafungen für ihre Feinde. Schließlich hatte ihnen am Tag des Abschlusses ihrer Fallschirmspringerinnenausbildung der Kommandant befohlen, jungen Hidschâbträgerinnen auf den Straßen von Damaskus das Tuch vom Kopf zu reißen. Sie breiteten sich auf den Straßen aus wie die Ameisen, hielten Autos an, zogen den Frauen das Kopftuch ab und belästigten die Männer. Wer sich ihnen in den Weg stellte, konnte auch schon mal angespuckt werden. Angst machte sich breit, und während der folgenden Tage schien die Hauptstadt wie ausgestorben.

Ihr Verlangen machte sie wahnsinnig. Sie forderte Mundhir auf, unverzüglich nach Aleppo zu kommen, und er brannte darauf, sie zu treffen. Er bat den Kommandanten, ihm eine Aufgabe in Aleppo zu übertragen, und der verstand, worum es ihm ging, und hieß ihn die Fallschirmspringer dort zu inspizieren. Zu jener Zeit hatte Mundhir ein starkes Bedürfnis nach ihrer wahnsinnigen Liebe. Ihr Draufgängertum machte ihn fassungslos. Er versank immer tiefer im Duft ihres Parfüms, das er von Großhändlern dafür erhalten hatte, dass er ihre Interessen bei den staatlichen Stellen vertrat. Auf Mundhir ging ein wahrer Geldregen nieder. Er wurde bekannt in Aleppo, er führte Saussan in feine Restaurants und küsste sie vor den anderen Gästen, die rasch wegschauten. Das Leben schien ihnen endlos zuzulachen. Silberne Halsketten, goldene Armreifen, feine Klamotten, die Saussan unter den neidgelben Blicken ihrer Kameradinnen in ihrem Schrank stapelte, dieser Kameradinnen, die alle Mundhir gern verführt hätten und zunächst geglaubt hatten, er sei nur gierig nach ihrem wohlgestalteten weizenbraunen Leib – ein Feld von vollreifen wogenden Ähren unter der brennenden Sonne. Nachts überließ sie sich stöhnend seinen Händen, und er durfte wieder und wieder den unvergesslichen Geschmack des Weibes kosten. Einige wenige Monate gingen sie, alles vergessend, in dieser stürmischen Liebe auf. Er brachte ihr die Antworten in den Prüfungsraum, ohne dass die Aufseher den Mut hatten, Einwände zu erheben.

Saussan hatte das Gefühl, dass die Kleider schwer auf ihren Körper drückten. Sie kam sich fremd vor in der Stadt und unter ihren Mitstudierenden, und sie suchte nach dem Geschmack der wiedergewonnenen Unschuld. Beim Schwitzen, erzählte sie mir, dringe Kadavergestank aus jeder ihrer Poren. Sie betete, dass der Winter vergehen möge. Ihre Wachträume kehrten wieder. Sie war heiter und lustig, wenn sie im Hörsaal saß und ihre Kommilitoninnen der Französischabteilung beobachtete, die sie früher mieden, weil sie sich vor ihrer Pistole und ihrem Tarnanzug fürchteten. Jetzt zeigten sie ihren Abscheu vor ihrem Schweißgeruch. Sie ließ die Mädchen, die modeschauverdächtige Kleider trugen, vor ihrem Bett aufmarschieren, entkleidete sie, tauschte Küsse mit ihnen und versammelte sie in Gruppensexszenen wie denjenigen, die sie mit ihren Freundinnen in Dubai ganz fasziniert angesehen hatte. Und sie musste sich eingestehen, dass da immer noch ihr alter Traum war, ein berühmter Pornostar zu sein, dessen Nacktfotos Männer weltweit sammelten und sich daran aufgeilten.

Die Wachträume seien die Hölle, die uns verfolgt, erklärte sie mir. Ich nickte nur. Sie war nicht mehr zu retten. Sie wurde absorbiert vom Schimmel unseres Hauses, durch dessen Wände die Feuchtigkeit drang. Mutter klagte über mangelnden Sauerstoff. Sie schlurfte herum wie eine altersschwache Schildkröte. Ich kaufte Entfeuchter, die aber ihrerseits nach ein paar Wochen von Schimmel überzogen waren. Es gab kein Entrinnen vor der Feuchtigkeit, die sich in den Ecken des Wohnzimmers und der Schlafzimmer einnistete.

Saussan interessierte sich für all das nicht mehr. Sie stand vor dem Spiegel, betrachtete ihren Körper und hatte das Gefühl, für sie läge die Rettung einzig darin, diese Hölle, wie sie es nannte, zu verlassen. Sie hasste die Uni, ihre Cafeteria, ihre Gänge. Sie verabscheute die Studierenden und die Dozierenden, die sie belästigten und sie wie eine reuige Hure behandelten. Und manchmal hätte sie gern wieder ihre Pistole gehabt, das Geschenk des Kommandanten, um in den Hörsaal zu gehen und das Feuer auf Nidâl Achmad zu eröffnen, den Professor für moderne französische Literatur, einen Parteigenossen und Cousin eines hohen Geheimdienstoffiziers, der sich mit seiner Rolle beim Massaker von Hama brüstete. Sechs Jahre lang war er auf Staatskosten in Frankreich gewesen und kannte noch immer nicht den Unterschied zwischen Molière und Alain Robbe-Grillet, außerdem sprach er Französisch wie ein fauler Gymnasiast.

Einmal bat er sie in sein Büro, und als sie erschien, begann er über ihre Vergangenheit zu sprechen, über die er alles wusste. Er zeigte sich betrübt, dass sie ihr Selbstbewusstsein verloren hatte, und forderte sie freundlich auf, den Hidschâb und diesen Mantel abzulegen und ganz locker mit ihm eine Tasse Kaffee zu trinken. Dann schloss er die Tür und holte erwartungsvoll sein Glied hervor. Saussan ignorierte die Aufforderung und stand auf, um das Büro zu verlassen. Doch plötzlich griff er ihr von hinten an die Brust und rieb sein Glied an ihrem Gesäss. Dabei beschimpfte er Mundhir, der sie ihnen allen weggenommen habe, dieser Verräter. Saussan blieb unbeweglich stehen, und er kam auf ihre Kleider und seine Hose. Saussan reichte bei der Universitätsleitung eine offizielle Beschwerde ein, woraufhin Genosse Dschâbir sie vorlud und ihr mitteilte, man beschuldige sie, den Genossen Nidâl Achmad verführt zu haben. Er erwähnte auch ihre zweifelhafte unmoralische Vergangenheit und forderte sie auf, sich bei Nidâl zu entschuldigen, andernfalls werde man rechtliche Schritte gegen sie unternehmen. Saussan spuckte dem Genossen Dschâbir ins Gesicht und verließ sein Büro.

Zu Hause betrachtete sie Mutter, die still wie ein Mordopfer auf ihrem Bett lag. Sie betrachtete ihre Wimpern und ihre Lippen, die sich unaufhörlich bewegten, und dachte an die Worte des Genossen Dschâbir, der als kleiner, schüchterner Junge immer zu uns gekommen war und die Spielsachen mit uns geteilt hatte, die Mutter für unverzichtbar hielt: Bären und Pferde aus Holz, Lokomotiven zum Aufziehen, die pfiffen. Saussan hatte nie Angst vor ihm gehabt. Wenn sie ihn jetzt sah, spuckte sie aus. Sie erinnerte sich an seine Familie, die früher einmal geröstete Maiskolben auf den Straßen von Aschrafîja verkaufte und jetzt mit geschmuggeltem Eisen handelte und gleichzeitig Kupplerdienste für hohe und niedrige Geheimdienstoffiziere leistete. Den Profit teilten sie sich mit den Söhnen der Regierungsscheichs. Dschâbir dagegen fürchtete sich vor Saussans Irrsinn und ihren geheimen Beziehungen.

Saussan spürte ein tiefes Mitleid mit Mutters Körper, wenn er dahingestreckt dalag wie brackiges Wasser. Doch ihr Hass kehrte zurück, sobald Mutter nach Stunden der Absenz aufwachte und sich nach ihren Pflanzen erkundigte oder nach Narimân, die unsere Mutter nicht mehr besuchte. Der Verfall ihrer Freundin, die ihr ganzes Leben lang so hochfahrend gewesen war, bereitete ihr Genugtuung. Alles im Haus wurde wieder wie früher, und Mutter erinnerte uns daran, dass die Gerüche, die von der Straße hereinkamen, genügten, um die saubere Luft zu verpesten. Sie polierte die Bettpfosten und staubte die Sofas ab. Doch ihre Klarheit währte nicht lange, und bald versank sie wieder in ihren Absenzen.

Mich beschäftigte, dass bei Mutter, wenn sie klare Gedanken fasste, die Sehnsucht nach alten Dingen erwachte. Sie schimpfte die unbeschwerte Saussan dafür aus, dass sie die Pflanzen im Wohnzimmer nicht gegossen habe, und sie wanderte ziellos durch die finstere Wohnung und klagte über ihre ausgetrocknete Kehle und ihren kraftlosen Körper. Sie flehte uns an, sie vor dem Brand in der Luftröhre zu retten und sprach lang und breit über die verdorbene Luft im Land, aber keiner hörte ihr zu. Saussan schaute sie einfach an und ging, als wäre sie an einen falschen Ort geraten. Mutter beklagte ihr schreckliches Geschick und blieb vor den alten Bildern stehen, die niemandem mehr etwas bedeuteten. «Sie will sterben, aber sie schafft es nicht», sagte Saussan mit Blick auf Mutter.

Saussans Prophezeiung bewahrheitete sich. «Mutter wird einsam sterben», sagte sie immer wieder, «weil sie nicht will, dass jemand einer stolzen Frau bei ihren letzten Atemzügen zusieht.» Damals machte ich mir nicht groß Gedanken über Saussans Worte. Erst später dachte ich über die Beerdigung und ihre Rituale nach. Zum ersten Mal begruben wir jemanden, der uns so nahestand.

2

EIN KÖNIGLICHER NACKEN UND ROTE SCHUHE

MUTTER starb, wie ich erfuhr, am frühen Abend – eigentlich eine unpassende Zeit. Im Allgemeinen sterben Menschen spätnachts oder kurz vor Tagesanbruch, was zeigt, dass der Schlaf eigentlich eine Einübung auf den Tod ist, der keine Träume kennt und in unserer Familie meistens unerwartet eintrat.

Mein Grossvater mütterlicherseits, Dschalâl al-Nâblussi, war siebenundachtzig Jahre alt, als er aus Anlass des zwanzigsten Jahrestags der Unabhängigkeit seine Uniform anzog und ruhig wie jemand, der Rituale liebt, alle seine Orden samt Eisenbahnerabzeichen daran befestigte. So angetan und mit allen Ehrenzeichen behängt, schaute er – bevor er wie üblich auf einer von allen Kameraden besuchten Feier der Kämpfe seiner Generation gedenken, danach einen Blumenkranz am Grab des Kämpfers Ibrahim Hanânu niederlegen und schließlich mit den anderen im Restaurant al-Andalus üppig zu Mittag speisen wollte – am Bagdad-Bahnhof vorbei, um sich den Angestellten dort zu zeigen. Doch da ihn niemand leiden konnte, streckte auch niemand die Hand aus, um ihm aufzuhelfen, als er auf Bahnsteig 1 das Gleichgewicht verlor, und so wurde er von einem langsam heranfahrenden Güterzug überrollt.

Meine Großmutter mütterlicherseits, Bahîja al-Kâtibi, war noch keine fünfzig, als sie starb – vor Lachen. Schon tot, aber noch lächelnd, blieb sie noch für Stunden auf ihrem breiten Sofa sitzen, weil niemand den Mut hatte, ihr Ableben zu verifizieren. Man wartete darauf, dass sie zu lachen aufhörte. Als ihre Gesichtszüge schlaff wurden, trat unsere damals noch nicht dreizehnjährige Mutter vor den schweren Körper der ihren und machte sich Gedanken darüber, wie mühsam sich die Bestattung gestalten würde. Sie dachte auch, dass sie ihr nicht erzählt hatte, dass bei ihr die Menstruation eingesetzt hatte. Mutter wurde zur Frau und erinnerte sich an einen Traum, der sie ihre ganze Kindheit hindurch begleitet hatte: sie selbst als Schwan, der wegflog. An diesen Traum klammerte sie sich, und dass ihre Mutter klaglos an einem ausgedehnten Lachanfall gestorben war, betrachtete sie als eine Schicksalsbotschaft. Der Fehler, der meine träumende Großmutter an ihrem Platz gehalten hatte, musste auch zu ihrem unbeschwerten Tod geführt haben. Deshalb gelobte sie sich als Schwan, es niemals zuzulassen, dass die Fäulnis, die vom Stillstand kommt, unter ihre weiche Haut dränge.

Während ihrer letzten Lebensjahre saß Mutter oft nächtelang mit Onkel Nisâr zusammen. Dann erzählte sie ihm den Traum von ihrer Verwandlung in einen Schwan, und behauptete abschließend, ihre Mutter sei eine unbekümmerte Person gewesen. Sie habe den Gütern des Lebens gleichen Wert wie dem Tod zugestanden, nachdem sie Großvater Dschalâl al-Nâblussi geheiratet hatte, der sie niemals auch nur angeschaut oder von seinem Recht Gebrauch gemacht habe, mit ihr vor der Heirat einmal allein zu sein. Vom ersten Augenblick an kam er ihr wie ein hirnloses Schaf vor, das seine Familie zur Erfüllung einer Pflicht geführt hatte, die er rasch und ohne viel Aufhebens erledigte, um dann wieder zu seiner Arbeit mit Monsieur Henri Sourdan zurückzukehren, der ihm das Gehirn mit Plänen von Zuglinien und Entwürfen von großartigen Bahnhöfen vollstopfte, die mit Statuen griechischer Götter geschmückt waren. Mein Großvater wurde nicht müde, von einer in der berühmten Architekturzeitschrift *Perspective* erschienenen Studie zu erzählen, in der Henri Sourdan die neuen Theorien kritisierte, wonach Bahnhöfe aus Eisen und Glas gebaut werden müssten. Außerdem richtete er Schriften und Aufrufe an die Verantwortlichen in Paris und bat sie, sich gegen diese neue Kultur zu erheben, die den öffentlichen Geschmack verderbe. Er beschrieb den Bahnhof als den «Mutterleib der Stadt» und verlangte, der Geringschätzung Einhalt zu gebieten, der jüngere Architekten das Wort redeten, die nicht zu unterscheiden wüssten zwischen der unumgänglichen Pracht eines ewigen Bauwerks, wie die Akropolis in Athen, und dem Aufstellen von Toiletten für eine vorübergehend einquartierte Armeeeinheit.

Monsieur Henri Sourdan breitete Karten aus und wies mit einem kleinen Stecken auf die Orte in Syrien, an denen er nach der Fertigstellung des Schienennetzes, das unter anderem Bagdad mit Paris verbinden sollte, Bahnhöfe zu errichten gedachte. Aleppo sollte das Zentrum sein, von dem alle Linien ausgingen, und dadurch zum Herzen der Welt werden, durchaus berechtigt, wie er meinte. Dafür legte er sich mit den Verantwortlichen der Hedschâs-Bahn in Damaskus an, die ihre Aufmerksamkeit auf den Südteil des Projekts, die Verbindung nach Medina, richteten – zum Nachteil der Linie Bagdad–Aleppo–Istanbul.

Die Augen meines Großvaters füllten sich mit Tränen, wenn er voller Ehrfurcht Monsieur Henri Sourdan ansah, den meine Großmutter insgeheim verabscheute, weil er dem Idealmann glich, von dem sie noch immer träumte: großgewachsen, selbstbewusst und in Gedanken immer woanders. Sie fürchtete seine Verführungskraft, wollte keine zarten Gefühle erwecken durch diese Kopie eines Mannes, der nur ungern lachte und nur dann sanft und sogar attraktiv war, wenn er von Bahnhöfen sprach. Trotz der verschiedentlich geäußerten Bitte meines Großvaters erlaubte sie ihm nicht, ihn in ihr Haus einzuladen, das, wie sie vom ersten Augenblick an spürte, ein idealer Ort für Hass war, mit seinem Geruch nach metallischem Öl und Eisenschrauben.

Trotz des Lärms, den die Untermieterinnen bei ihrer Freundin Therese machten, verlor sich meine Großmutter in Gedanken. Sie wurde einsilbig, hörte auf zu lachen und schien geradezu zu leiden, je näher der Zeitpunkt der Rückkehr in ihre Wohnung kam, die sie vernachlässigte und die in Ordnung zu halten sie ihrer ältesten Tochter überließ, Tante Ibtihâl, die von ihren Tanten väterlicherseits eine Nase abscheulich wie ein Krähenschnabel geerbt hatte, außerdem eine grenzenlose Begeisterung für den osmanischen Lebensstil.

Tante Ibtihâl nahm die Haushaltsführung sehr ernst. Sie führte die osmanische Lebensweise ein und bediente sich mit heiliger Ehrfurcht auch deren Vokabular, was meine Großmutter zunächst beunruhigte. Doch dann schickte sie sich drein und ließ ihre Tochter schalten und walten, ohne sich einzumischen. Sie schien sich ein für alle Mal von jeglicher Bindung an ihren Haushalt verabschiedet zu haben und gestand sich ein, dass sie nichts mehr mochte, was mit meinem Großvater zu tun hatte. Sie verteidigte nicht einmal ihr Bett, als Ibtihâl es gegen ein hohes Eisenbett austauschte, das mit Koranversen verziert war. Daneben legte die Tochter das heilige Buch in einer bestickten Hülle, und auf der gewölbten Kommode standen eine Kupferschüssel und eine langhalsige Kanne mit aufklappbarem Deckel. Für meine Großmutter war die Wohnung nichts als ein Stall zum Schlafen und zum Kinderkriegen. Ihr Leben lang blieb sie im Bett gleichgültig und verdrießlich, als wollte sie meinen Großvater dafür bestrafen, dass er sie nie gefragt hatte, ob sie sich ein Leben mit ihm vorstellen könnte. Er redete immer nur von Zügen und verschiedenen Maschinenarten. Er konnte mit großer Ernsthaftigkeit und Leidenschaft von den Qualitäten von Henschel-Lokomotiven sprechen und ihre technischen Daten aufzählen. Neunzehn mit Eisen beladene Wagen könnten sie mit vierzig Stundenkilometer ziehen, berichtete er, doch die erwartete Bewunderung blieb aus. Seine Frau sah ihn nur befremdet an.

Er schien in einer anderen Welt zu leben, weit weg von den Dingen, die jedem anderen Mann etwas bedeuteten, wenn er nach Hause kam. Und er hatte eine Frau, die sich ihr ganzes Leben lang fragte, wie das geschehen konnte. Vom ersten Tag an verabscheute meine Großmutter alles: den kleinen Balkon, der auf die Hauptstraße von Dschamilîja hinausging und die großen, miteinander verbundenen Zimmer. Mutter erzählte sie, ihr Ehemann habe sie ihr ganzes Leben eigentlich nie angeschaut, ja, er könne nicht einmal sagen, ob sie ein Muttermal unterm linken Ohr oder auf der Nase habe. Für das Bild, das, nach der Geburt meiner Mutter, die ganze Familie zum ersten Mal vereint zeigte, hatte sie nur Hohn übrig. Sie versuchte, für den langen Hals und die feinen Fingerchen Begeisterung zu zeigen, doch da war sie schon so weit weg von allem, dass sie den ganzen Tag nur noch im Haus umherwanderte und das Essen in den Kochtöpfen anbrennen ließ, ohne sich darum zu kümmern. Sie schimpfte auf die Männer, diese Verräter, die ihre Geliebten nicht verteidigten, nachdem sie sie auf dem Pferd entführt hatten – etwas, wovon sie träumte, seit sie, damals gerade vierzig Jahre alt und längst eine fette, herumschlurfende Frau, Western und die Welt des Kinos für sich entdeckte. Die Ermahnungen ihrer Freundin Therese, kein Fett mehr zu essen, schlug sie in den Wind. Sie beide hätten sowieso nichts mehr zu erwarten, erwiderte sie, außer Erinnerungen: an das Gelächter mit den Untermieterinnen in ihrem Haus und das Kartenspiel bis spät in die Nacht hinein – nach einem von ihrer Tochter Ibtihâl erfundenen osmanischen Ritual. Sie brachte einen Krug mit Tee, Knabberzeug und die schwere Tafel, um die Resultate zu notieren. Sie breitete eine bestickte Decke über den Tisch und vergaß natürlich auch nicht die Musik eines Sultansorchesters, das Melodien aus längst vergangenen Zeiten spielte. In aller Ruhe begannen sie mit dem Kartenspiel, und in aller Ruhe unterhielten sie sich über die Stammbäume der Familie und empörten sich dabei über Eheschlüsse von Söhnen aus guten Familien mit Mädchen vom Land.

Therese gab nur wenige Geheimnisse von damals preis, und diese offenbarte sie nur Onkel Nisâr, der sie häufig besuchte und immer einige Zeit mit den Mädchen verbrachte – schon als Kind, dann als Heranwachsender, später als junger Mann. Er ging im Haus umher und betrat dort die Zimmer, ohne anzuklopfen. Er spielte für die Mädchen syrisch-aramäische Weisen auf der Geige, stieß sie freundschaftlich in die Seite und probierte ihren Lippenstift aus. Sein Verhalten entsetzte meine Großmutter, doch sie ließ sich von seinen Tränen erweichen und flocht ihm bunte Bänder ins Haar, wie einem kleinen Mädchen. Sie konnte auch seiner Bitte nicht widerstehen, sie zu Frau Therese begleiten zu dürfen, die inzwischen nur noch ihn zum Freund hatte. Er besuchte sie zu jedweder Zeit, brachte ihr

Truthahnbrust oder Pastrami, die er extra für sie in den Sirop-Läden kaufte. Manchmal steckte er ihr auch etwas Bargeld zu. Die wechselnden Hausbewohnerinnen kannten Onkel Nisâr gut. Sie erkundigten sich bei ihm nach neuen Cremes, legten ihre Unterwäsche vor ihm aus und ließen seine herbe Kritik über sich ergehen, wenn sie auf billiger Spitze bestanden, die ihre Erregungsflüssigkeiten nicht aufsaugen könnte und keinen Duft bei ihren Liebhabern zurückließ, wenn sie sich vom Liebeslager erhoben.

Ich lernte Frau Therese kennen, als ich noch ein kleiner Junge war. Einmal brachte Onkel Nisâr sie mit. Sie hörte Raschîd beim Geigenspiel zu und aß mit uns zu Mittag. Wir verstanden damals nicht, warum Mutter diese alte Frau so herzlich begrüßte, die unaufhörlich rauchte. Sie hatte dunkelgelbe Zähne und eine raue Männerstimme, und sie stützte sich auf Onkel Nisârs Arm, auch wenn sie nur ein paar Schritte ging. Einmal traf ich sie bei Onkel Nisâr zu Hause an. Sie hatte meinen Bruder Raschîd auf dem Schoß und strich ihm mit der Hand übers Haar. Onkel Nisâr spielte ihr ein Stück vor, das sie sehr bewegte. Ihre Augen wurden feucht, als er ihr erzählte, es sei ein Stück für Cello und Violine und heiße «Frau Therese mit dem königlichen Nacken und roten Schuhen». Es sollte sie an die roten Schuhe mit den hohen Absätzen erinnern, die sie nicht mehr anzog, seit sie nicht mehr zu den Soiréen ihrer wohlhabenden Freunde ging, da sie ihre gesellschaftliche Stellung verloren hatte und zu einer alten Frau geworden war, für die sich niemand mehr interessierte. Onkel Nisâr zog sie damit auf. Das Stück sei ein Wink der Erinnerung an ihre stille Liebe. Er konnte sich nicht vorstellen, dass diese Frau während ihres langen Lebens nie eine stille Liebe erlebt hatte. Das Stück sei Teil seines Zyklus «Schatten der Reue», fügte er noch hinzu, schwieg dann aber und erzählte ihr nicht den Rest der Geschichte, den nur Raschîd kannte. Ich erfuhr alles, als ich Onkel Nisâr einmal bitterlich weinen sah, während er dem Berliner Orchester im Radio lauschte, das neben verschiedenen anderen Stücken auch «Schatten der Reue» spielte.

Zum letzten Mal sah ich Frau Thereses Haus, als ich an Mutters Hand mit einigen wenigen anderen zusammen vor der Kirche des Mar Asja stand und wir alle auf den Leichenzug einer armen Frau warteten. Ein paar Kinder erzählten, Frau Therese sei in der Nacht zuvor gestorben. Sie habe ihr Haus der Kirche vermacht, die sofort alle Untermieterinnen hinausgeworfen habe. Marie, an die ich mich noch gut erinnern kann, drohte dem Priester mit einer Klage und fragte ihn, wo sie denn hingehen solle, dreißig Jahre habe sie in diesem Haus gewohnt. Mutter weinte bitterlich, während sie den wenigen Trauergästen der Toten auf den Friedhof in Aschrafîja folgte, wo Frau Therese in einem Grab beigesetzt wurde, das Mutter, als sie es Jahre später einmal besuchen wollte, nicht mehr wiederfand. Auch der junge Friedhofswärter konnte ihr nicht weiterhelfen.

Mutter schlich auf Zehenspitzen durchs Haus, wenn die Abendschatten durch das Fenster drangen und drinnen alles eine immerwährende Sicherheit ausstrahlte: die soliden Sofas ebenso wie die hohen Zimmerdecken, die Parfümdüfte ebenso wie die Ölgemälde, die ordentlich verteilt an den hohen Wohnzimmerwänden hingen; und auch das inzwischen in die Jahre gekommene Phillips-Radio, das Onkel Nisâr von seinem Bruder Abdalmunim bekam, ohne dass es aufs Erbe angerechnet wurde – nach dem Dahinscheiden unseres Großvaters unter den Rädern jenes Güterzugs.

Mutter schätzte die sauberen Straßen und die ruhigen Abende in Aleppo. Gemeinsam mit meinem Großvater entstaubte sie den Familienstammbaum, der an der Wohnzimmerwand hing, stolz, zu einer Familie zu gehören, die seit tausend Jahren in Aleppo ansässig war. Sie suchte nach Ahnen und Verwandten, wurde aber nur sporadisch fündig. Bei der Kondolenzfeier für ihren Vater konnte sie sie, da sie verspätet eintraf, nicht sehen, wie sie geschniegelt und gebügelt dastanden und die Beileidsbekundungen für den Tod eines Verwandten entgegennahmen, dessen seltsames Gebaren sie ebenso verabscheut hatten wie seine Leidenschaft für Züge, unter deren Rädern den Tod zu finden er Wert legte.

Ohne weitere Zeichen der Anteilnahme verließen sie das Haus, drückten Onkel Abdalmunim fest die Hand, der nicht widersprach, wenn sie sich über Onkel Nisâr empörten. Er schüttelte auch missbilligend den Kopf, als Onkel Nisâr den Wunsch äußerte, die Beileidsbezeugungen in den Frauengemächern entgegenzunehmen, und er nahm Anstoß daran, dass Onkel Nisâr in aller Öffentlichkeit kundtat, eigentlich eine Frau zu sein, die, als Ergebnis eines göttlichen Fehlers im entscheidenden Augenblick, als Mann zur Welt kam. Tante Ibtihâl, überzeugt, dass der Stammbaum, der da groß bei ihnen an der Wand hing, eigentlich bis auf den Propheten zurückgehen müsste, verlangte immer wieder laut und deutlich, man müsse den Bruder einsperren oder gleich umbringen. Sie war stolz auf die vergilbten Schwarten ihrer Ahnen, die in der Bibliothek beim Schrein von Scheich Abdalsalâm neben dem Bâb-al-Nasr-Bad aufbewahrt wurden.

Nach der Trauerfeier war alles zu Ende. Onkel Nisâr, Tante Ibtihâl und Onkel Abdalmunim teilten den Hausrat untereinander auf. Mutter überließen sie ein paar kaputte

Stühle, rostige Kupfertöpfe, die aufpoliert werden mussten, etwas abgewetztes Bettzeug und ein albernes Bild mit ein paar Brunnen drauf, das nicht einmal fünfzig Pfund einbrachte. Sie ließ alles zurück und bat Onkel Nisâr lediglich um eine alte kupferne Kaffeemühle, von der meine Großmutter immer stolz behauptete, sie habe sie von ihrer einzigen Reise nach Istanbul, Ende der 1930er Jahre, mitgebracht, und über die sie immer sprach in ihren letzten Jahren, bevor sie vor Lachen gestorben ist.

Onkel Nisâr behielt nur das Radio, seinen Gefährten seit Kindertagen. Er drehte dauernd daran herum und suchte bei den verschiedenen Stationen gierig nach Musik von Vivaldi, Mozart, Schubert oder anderen westlichen Komponisten. Es war die Leidenschaft für ihre Werke gewesen, die ihn bei Achmad Mubajjad Unterricht nehmen ließ, dem Mann, der ihm beibrachte, auf das eigene Innere zu hören. Nach nur zwei Monaten konnte Onkel Nisâr auf verschiedenen Instrumenten schwierige Stücke spielen. Die Musik liege ihm im Blut, wie sich sein Lehrer ausdrückte, der nach dem Ausbruch des Zweiten Weltkriegs von Berlin zurückgekehrt war und sehnsüchtig das Kriegsende erwartete, um zurückgehen und wieder im Orchester dieser Stadt mitspielen zu können, die er so mochte. Deprimiert betrachtete er die Bilder von den zerstörten Bauwerken, die in den französischen Zeitungen erschienen, die er regelmäßig las, auch wenn sie erst mit einem Monat Verspätung in Aleppo eintrafen. Er tauschte die Zeitungen mit den wenigen Freunden aus, die sich allabendlich in einem kleinen Café vorne an der Tilal-Straße trafen, ein Gläschen Wein tranken und sich in fremden Sprachen mit französischen Offizieren unterhielten, die jeden Donnerstag bei sich zu Hause ein Abendessen organisierten und nicht müde wurden, die aleppinische Küche zu preisen.

Onkel Nisâr wurde schon als Junge in den donnerstäglichen Kreis aufgenommen. Von den Frauen der französischen Offiziere erhielt er Lob, Süßigkeiten und Schallplatten. Sie waren ganz vernarrt in seine Finger, die mit Leichtigkeit Geige, Cello und Flöte handhabten. Spät in der Nacht verließ er die Gesellschaft in Begleitung seines Lehrers Achmad Mubajjid, der ihm ein paar Francs zusteckte, mit denen sich Onkel Nisâr bunte Seidenbänder kaufte, um sein langes Haar zusammenzuhalten. So trug er schon früh seine Weiblichkeit zur Schau und schockierte seine Familie, die gemütlich um den Esstisch saß und über die höhere Moral plauderte.

Als er in die Pubertät kam, spürte er eine große Verunsicherung. Seine Lustgefühle machten ihn zu einer Frau mit einem Verlangen, dessen Ursprung er nicht kannte. Sobald Tante Ibtihâl ihr Zimmer verließ, öffnete er ihre Schränke und holte ihre kurzen Röcke heraus, probierte sie an und saß stundenlang vor dem Spiegel. Er nahm ihren Lippenstift, legte sich auf ihr Bett und spürte seinem Körper nach. Er rief sich die Bilder von Männern ins Gedächtnis, die er aus der ägyptischen Zeitschrift *al-Musawwar*, «Die Illustrierte», ausschnitt, die sein Vater regelmäßig bezog. Sein Lieblingsbild war dasjenige des ägyptischen Präsidenten Gamal Abdel Nasser am Tag seiner berühmten Rede zur Verstaatlichung des Suezkanals. Lange Zeit stellte er sich vor, der Geliebte dieses dunkelhäutigen Präsidenten zu sein, in dessen Bilder er ganz vernarrt war und die er mit seinem Freund Michel austauschte. Zusammen wanderten sie jeden Abend plaudernd durch die Sträßchen von Asisîja – fünfzehn Jahre lang, bis Michel nach Paris ging. Von dort schickte er Onkel Nisâr ein Foto, auf dem er auf einem Platz in Paris seinen französischen Geliebten in aller Öffentlichkeit umarmt hält und küsst.

Onkel Nisâr weinte, während er ein Fotoalbum durchblätterte, das außer meiner Mutter nie jemand gesehen hatte. Es waren Fotos von ihm in den Bars im Beirut der 1960er Jahre, als er dort ein Jahr lang lebte. Seinem Freund und Neffen Raschîd schilderte er diese Vergangenheit als eine Zeit von Honig und Glückseligkeit. Immer wieder erzählte er, wie er die Wohnung seiner Familie mitten in der Nacht mit nur einer Tasche voller Kleider verlassen und einen langen Brief an die ganze Familie zurückgelassen hatte, den der Vater aber nicht, wie von ihm gewünscht, am Mittagstisch vorlas. In diesem Brief verfluchte Onkel Nisâr seinen angesehenen Ahn, Scheich Abdalsalâm, dessen Schrein Frauen aus allen Teilen des Landes aufsuchten, um seines Segens teilhaftig zu werden. Er habe den Armen das Geld aus der Tasche gezogen und im Dienst der Hohen Pforte ehrenwerte Gelehrte bespitzelt. Er sei, in Frauenkleider gehüllt, nachts mit den Soldaten herumgezogen und habe ihnen die Häuser von Männern gezeigt, die als Wehrpflichtige gesucht wurden. Er bezeichnete seinen Bruder Abdalmunim als Ungeziefer. Er spioniere seiner Schwester Ibtihâl hinterher und schnüffle an ihrer Wäsche, während er sich im Bad einen runterhole. Ibtihâl ihrerseits lasse das Fenster offen, damit der Nachbarssohn ihr beim Ausziehen zuschauen könne, bevor sie die zweite Sure «Die Kuh» rezitiere und danach in ihrem schweren osmanischen Nachtgewand ins Bett krieche.

Er verabscheue sie alle, schrieb Onkel Nisâr. Nur meine Mutter, die er als Parfümbrise beschrieb, mochte er. Sie allein beschimpfe ihn nicht, wenn er sich in Seidenwäsche neben sie ins Bett lege und ihr von seinen Wachträumen erzähle – von den Küssen von Männern mit festen Schnauzbärten, nach denen er sich sehnte. Zehn Seiten hatte Onkel Nisâr vollgeschrieben, sein ganzes Leben dargestellt und nichts vorenthalten. Mit aller Selbstverständlichkeit machte er klar, dass er seine Weiblichkeit liebe, und beschrieb sein Elternhaus als einen Ort, in dem es überall nach Hass stinke. Er sprach von der Heuchelei an Festtagen, wenn alle so lieb zueinander wären und vor Fremden eine Schau abzögen. Dann wandte er sich direkt an seinen Vater und nannte ihn einen albernen Typen, dem im Leben hauptsächlich daran gelegen wäre, zusammen mit Monsieur Henri Sourdan gesehen zu werden. Er sollte doch endlich zugeben, dass sie eine zerrüttete Familie wären, wie ja eigentlich alle Familien, denen hauptsächlich daran gelegen war, nach außen hin eine gute Figur zu machen.

Bitter und bedrückt sprach er davon, dass sie alle daran mitschuldig wären, dass ihn die Polizei sechs Monate unter dem Verdacht der Päderastie festgehalten hatte, nachdem ein Arzt, der seinen After untersuchen musste, den Vorwurf bestätigte. Zwei Polizisten hatten ihn in Handschellen am folgenden Morgen in den Justizpalast gebracht und seine Akte dem Richter vorgelegt, der seinem Entsetzen Ausdruck gab und befahl, ihn im Zentralgefängnis von Aleppo wegzuschließen. Er erzählte ausführlich, wie er gelitten habe, als ihm ein alter Polizist zwei dreckige Decken und ein mit Stroh gefülltes Kissen zugeworfen und ihn in die Abteilung für Pädophile und andere moralisch Verkommene geführt habe. Onkel Nisâr betrat die Abteilung und setzte sich direkt neben die Tür. Der scharfe Gestank von Exkrementen lag über der ganzen Abteilung, die im Stil eines alten überkuppelten Schreins gebaut war. Er spürte die Demütigung und würgte wortlos an seinen Tränen.

In der ersten Nacht schlief er auf der Schwelle und reagierte nicht auf die Belästigungen der Mitgefangenen. Am folgenden Tag zwang ihn Scheich Dschumaa, der Imâm des Freitagsgebets, den Boden zu wischen, und am

Abend führte er ihn ins Klo, wo er ihn brutal vergewaltigte und von ihm verlangte, zu stöhnen wie eine Frau. Er hielt ihn sich als Sklaven, der ihm die Socken wusch und ihm während der morgendlichen rituellen Waschung am Schwanz fummelte. Onkel Nisâr weinte völlig verzweifelt, aber er sagte die ganze Zeit kein Wort. Auf Papiertüten schrieb er Musikstücke, die von Trennung, Schmerz und Schweigen sprachen. Diese gab er weg, nachdem man ihn gegen eine Kaution, die sein Lehrer Achmad Mubajjid entrichtete, freigelassen hatte. Danach ging er zu seiner Familie zurück, die ihn den Händen des inhaftierten Scheichs Dschumaa überlassen hatte. Dieser Scheich war der Vergewaltigung von sieben Buben angeklagt, deren ältester gerade einmal acht Jahre alt war. Sein Prozess zog sich über drei Jahre hin, und am Ende wurde er freigesprochen. Er suchte nach Onkel Nisâr und erklärte ihm, er sehne sich nach seinem Körper, der weich wie Straußenfedern sei. Er lud ihn ein, bei ihm zu wohnen, in seinem prächtigen Haus im Muhâfasa-Viertel. Onkel Nisâr spuckte ihm ins Gesicht. Er hatte die schrecklichen Monate nicht vergessen, die er mit all diesen perversen Typen verbringen musste, die keine Ahnung von der Art Liebe hatten, die er so sehnsüchtig suchte.

Nach den sechs Monaten war Onkel Nisâr ausgemergelt und mit hohlem Blick zu seiner Familie zurückgekehrt, einen Stapel mit Noten unterm Arm. Er setzte sich an den Tisch neben seinen Vater und suchte nach den Worten, die er sich in den Nächten im Gefängnis zurechtgelegt hatte. Sie alle hätten es darauf abgesehen, ihn zu eliminieren, wollte er seiner Familie vorwerfen. Aber er war außerstande, seinem Vater auf die Frage zu antworten, ob das Gefängnis ihn weitergebracht und ihn auf den rechten Weg, den eines ehrenwerten Mannes, geführt habe, der nicht in finsteren Gassen nach Männern sucht, an denen er herumfummeln konnte.

Er stand in aller Ruhe auf und ging. Er wanderte durch die Straßen von Aleppo und fühlte sich ausgeschlossen von dieser Stadt. Als er spätnachts wieder nach Hause kam, ging er direkt in Mutters Zimmer und blieb dort zehn Tag lang. Wenn sie von der Schule zurückkehrte, brachte sie ihm in Blechschalen etwas zu essen, leistete ihm Gesellschaft und sagte ihm, Vater tue es leid, so brutal zu ihm gewesen zu sein. Er habe sich von Abdalmunim dazu hinreißen lassen, der ihn am liebsten umbringen würde, um die Schande loszuwerden.

Onkel Nisâr schlüpfte neben Mutter ins Bett und erzählte ihr von seinen Gedanken an den Tod, den er im Gefängnis so leidenschaftlich herbeigesehnt habe. Wenn am Abend die Lichter gelöscht waren und es finster geworden war, hätte die Tuschelei begonnen. Scheich Dschumaa habe sich an ihn rangemacht und erklärt, Onkel Nisâr sei sein Liebhaber, was ihn immerhin vor Attacken anderer Insassen schützte. Er hatte ihn sich zum Sklaven gemacht, der seine Unterwäsche waschen und den Boden wischen musste. Das Gefängnis sei wie der Dschungel, wo alle Tiere in ständigem Kampf stünden. Dass er keinen Groschen besaß und sich niemand um ihn kümmerte, machte ihn zum Spielball für alle. Die Wächter bespuckten ihn jeden Morgen, und die Mitgefangenen quälten ihn draußen während des Spaziergangs und forderten ihn drinnen auf, ägyptische Bauchtänzerinnen nachzuahmen, die, Kerzenleuchter auf dem Kopf, sich in den Hüften wiegten. Onkel Nisâr hatte keine andere Möglichkeit, als auf Scheich Dschumaas Schutzangebot einzugehen und ihn dafür zu «bezahlen». Der Scheich rieb ihm den Körper mit dem besonderen Parfüm der Scheiche ein und führte ihn in eine Ecke unweit des Klos. Dort entblößte er ihm den Hintern und trieb es mit ihm wie ein räudiger Hund, und Onkel Nisâr hatte nicht den Mut, auch nur einen Ton von sich zu geben.

Mutter lauschte Onkel Nisârs traurigen Geschichten, und er weinte sich an ihrer Brust aus. Dann stand er auf und breitete die Papiertüten mit seinen Kompositionen aus und arrangierte sie neu. Auf die Bitten seines Vaters einzugehen, vermied er und sah seine Schwester Ibtihâl nur hasserfüllt an, wenn sie Abdalmunims Vorschläge unterstützte, der von seinem Vater verlangte, ihn vor die Tür zu setzen oder ihn gleich umzubringen und den streunenden Hunden vorzuwerfen. Ein solches Leben mit all diesem Hass war Onkel Nisâr schließlich unerträglich. Er packte ein paar Kleidungsstücke in eine Tasche und ging. Sein Ziel war Beirut, wo er ohne einen Groschen und völlig ausgehungert ankam. Er hasste den Geruch, der noch immer an seinem Körper hing, er erinnerte ihn an Scheich Dschumaa. Eigentlich besteht unser ganzes Leben doch nur darin, widerliche Gerüche loszuwerden, dachte er. Der Scheich hatte von ihm immer verlangt, die Waschung zu vollziehen, sich zu reinigen, bevor er ihn zum freitäglichen Gebet zwang, das dem Seelenheil der Gefangenen dienen sollte.

Im Café Modka wartete Onkel Nisâr auf Nadîm al-Aghawâni, den berühmten libanesischen Musiker, der auch pünktlich erschien. Er sei der Lieblingsschüler von Meister Achmad Mubajjid, erklärte er, und suche Arbeit. Nadîm al-Aghawâni musterte ihn und bestellte ihn am Abend in sein Büro in Westbeirut. Den Tag verbrachte Nisâr damit, Passanten und Schaufenster zu betrachten. Die Stücke, die er im Gefängnis komponiert hatte, hielt er fest an sich gedrückt. Er warf einen letzten Blick darauf, bevor er Nadîm al-Aghawânis Büro betrat, der in dem Augenblick, als Nisâr zu spielen begann, wusste, dass er dieses virtuose Genie nicht in seinem Ensemble ertragen könnte.

Onkel Nisâr verlor keine Zeit. Er nahm eines seiner Stücke. Zwanzig wie dieses habe er und sei willens, sie samt den Aufführungsrechten für dreitausend Dollar zu verkaufen. Nun legte sich ein Hauch von Verschwörung über das schicke Büro. Nadîm al-Aghawâni zog die Vorhänge zu und entließ den Diener, nachdem der ihnen ein leichtes Abendessen vorbereitet hatte. Er betrachtete die Notenblätter, und Nisâr spielte eines der Stücke auf der Geige. Er nannte es «Schatten der Reue». Danach spielte er das gleiche Stück auf der Flöte. Nadîm brauchte nicht lange, um einen Vertrag aufzusetzen, gemäß dem er Onkel Nisâr für die Überlassung der Originalnoten samt Aufführungsrechten dreitausend amerikanische Dollar bezahlte; ergänzt wurde dieser Vertrag durch eine handschriftliche Vereinbarung, wonach er, Nadîm al-Aghawâni, alleiniger Agent für Onkel Nisârs Ideen sein und dieser sich ein ganzes Jahr aus den Beiruter Musikerkreisen fernhalten sollte.

In den achtziger Jahren wurde Nadîm al-Aghawâni berühmt durch zahlreiche Lieder, die auf Radiostationen und im syrischen Fernsehen permanent gesendet wurden und die dem syrischen Präsidenten lobhudelten, der daraufhin anordnete, dass diesem «Söldner» bei Radio und Fernsehen Tür und Tor geöffnet und ihm im Sheraton Hotel in Damaskus eine Suite zur Verfügung gestellt wurde. Dort komponierte er jahrelang revolutionäre Songs zum Ruhme der herrschenden Partei und ihres Marschs nach vorn. Er brachte aus Beirut Mädchen für die Sicherheitsoffiziere mit, die ihm rund um die Uhr alle Wünsche erfüllten, bis man ihn, siebzigjährig, tot in seiner prächtigen Wohnung in Beirut fand. Die arabischen Künstlergilden beklagten seinen Tod, und ein bekannter Kritiker schrieb einen längeren Artikel über ihn, in dem er die Erinnerung an das Stück «Schatten der Reue» entstaubte, eine Aufnahme mit den Berliner Philharmonikern in den Studios in Berlin. Als Onkel Nisâr es zum ersten Mal hörte, kritisierte er den groben Einsatz der Geigen ohne die Cellobegleitung.

Onkel Nisâr verließ al-Aghawânis Büro, entschlossen, sein neues Leben erfolgreich zu gestalten. Mit dem Geld in der Tasche machte er sich auf die Suche nach einem billigen Hotel. Allein ging er an all die Orte zurück, die er mit Michel bei ihren paar wenigen und beschwingten Ausflügen nach Beirut aufgesucht hatte, und bald schon fand er auch neue Orte, die ihm zusagten. Er wurde Stammgast in der Old-House-Bar. Dort, wo sich allabendlich die Gay-Community ein Stelldichein gab und wo man ganz ungezwungen miteinander verkehrte, fühlte er sich frei. Er kaufte sich durchsichtige Damenwäsche in feinen Läden, außerdem ein Sortiment von Parfümen, lederne und leinene Hosen und eng anliegende seidene Blusen, die seine weiche Haut durchschimmern ließen. Für dreihundert Dollar Miete im Monat bezog er unweit des Saint-Georges-Hotels eine kleine Wohnung im sechzehnten Stock mit Blick aufs Meer. In Beirut fand er endlich, wonach er immer gesucht hatte. Er schrieb seinem Freund Michel und schilderte ihm seine Glückseligkeit. Dabei schimpfte er auf Aleppo und bezeichnete die Stadt als eine «Festung der Reue». Er lud seinen Freund ein, ihn in Beirut zu besuchen, und signierte den Brief mit einem Kuss mit rotem Lippenstift. Michel zögerte nicht, die Einladung seines alten Freundes anzunehmen, er müsse aber erst noch nach Aleppo, um seine Papiere in Ordnung zu bringen, teilte er ihm mit. Sie vereinbarten einen Termin für Michels Ankunft in Beirut. Onkel Nisâr wollte Michel zeigen, wie dankbar er war, dass es ihn in seinem Leben gab, und schickte ihm einen Wagen, der ihn von Aleppo nach Beirut brachte. Dort verlebten sie eine gemeinsame Woche, die beide als paradiesisch bezeichneten. Onkel Nisâr ließ seinen Freund keine Minute allein. Am Morgen frühstückten sie im Saint-Georges-Hotel, zum Diner gingen sie in feine Restaurants, und den Abend ließen sie in Bars ausklingen, wo man Onkel Nisâr als verschwenderischen und kultivierten Extravaganten willkommen hieß. Die Zeit verging viel zu schnell, dann verabschiedete sich Michel. Er wünschte seinem Freund alles Gute für sein neues Leben in Glückseligkeit und kehrte nach Paris zurück, wo er auf die Bilder wartete, die sie aufgenommen hatten – als Beweis, dass sie ihren alten Traum verwirklicht hatten: einmal in Saus und Braus und ohne Einschränkung zu leben, weit weg von diesem Aleppo.

Onkel Nisâr fühlte sich leicht. Er schwebte dahin, fast ohne den Boden zu berühren, und er gewann wundervolle neue Freunde, denen er von seinem Verlangen nach beständiger Liebe erzählte. Für flüchtige Liebschaften zeigte er kein Interesse, da er Tiefe suchte und sich nicht billig weggeben wollte. Man lud ihn zu privaten Partys ein. Hussain, ein Spieler beim FC Nadschma, der sehr viel Wert auf seinen athletischen Körper legte, nahm sich seiner an. Er wurde Onkel Nisârs Lieblingsfreund und öffnete ihm viele Türen in der Stadt. Er nahm ihn in seinem Mercedes mit in eine Wohnung direkt an der Hamra-Straße, zu geheimnisvollen Partys, auf denen Onkel Nisâr, bejubelt von den anderen Gästen, auf seinen Instrumenten spielte. Er suchte Hussains Nähe. Immer wieder wechselten sie schmachtende Blicke, da und dort, bei verschiedenen Anlässen. Einmal kamen sie von einem Geburtstagsfest, bei dem Wein und Champagner in Strömen geflossen waren und auf dem Hussains Freund Karo einen freizügigen Bauchtanz aufgeführt hatte, um Hussain zu provozieren, der ihn in letzter Zeit ignorierte. Um seinen Freunden eine Freude zu machen, spielte Onkel Nisâr Stücke aus der «Love Story». Als sie heimgingen, wurde es langsam hell. Onkel Nisâr fühlte Hussains Atem sehr nahe. Er berührte sanft Hussains Hand und gestand ihm seine Liebe. Dann küssten sie sich, und kurz darauf zog Hussain bei Onkel Nisâr ein, was Karos Eifersucht erst recht weckte. Er beschuldigte Onkel Nisâr, ihm seinen Liebsten ausgespannt zu haben, worauf Onkel Nisâr nicht mehr in die Old-House-Bar ging, um Karos Drohungen nicht mehr anhören zu müssen, er werde ihn zerstückeln und den Hunden zum Fraß vorwerfen. Hussain und Onkel Nisâr erlebten die tiefe Liebe, auf die Onkel Nisâr so lange gewartet hatte. Er spürte, wie der Schmutz von ihm abblätterte, wie er sich von den Spuren der Nächte mit Scheich Dschumaa befreite, von denen er Hussain weinend erzählte. Der strich ihm voller Mitgefühl übers Haar, das er sich auf Bitten seines neuen Freundes hin nicht mehr schneiden ließ. Drei Monate lang schien sein Glück so vollkommen, dass es ihm sein Leben lang unvergesslich blieb. Dann verließ ihn Hussain, nannte ihn frigide und zog in die Wohnung eines deutschen Journalisten, der ihm Geld und die Möglichkeit bot, die Wochenenden mit ihm in Zypern zu verbringen. Dort lagen die beiden am Strand und füllten ihre Mägen mit gegrilltem Fisch. Der Deutsche überhäufte Hussain mit Geschenken, die sich Onkel Nisâr nicht mehr leisten konnte, da seine Geldreserven erschöpft waren. Er gab seine Wohnung auf und bezog eine ärmliche Absteige im Stadtteil Basta al-Tahta. Nadîm al-Aghawâni erlaubte ihm, auf seine Bitte hin, eine Arbeit weit weg von Beirut, in Bint Dschbeil, anzunehmen. Er fand dort eine Tätigkeit und erhielt von der Gewerkschaft eine Arbeitsbewilligung für drei Monate, nicht verlängerbar. Den ganzen Winter

1959 war Onkel Nisâr ohne Arbeit. Er wanderte durch die Bars seiner schwulen Freunde, immer auf der Suche nach Hussain, um ihm seine fortwährende Sehnsucht nach ihm zu bekennen. Er flehte ihn an, mit ihm zu kommen, und wäre es nur für eine einzige Nacht, um seinem Körper die Wärme zurückzugeben, diesem Körper, der ihm wie ein Leichnam vorkam. Bitterlich schluchzend küsste er ihm die Hände, während sein deutscher Liebhaber wortlos danebenstand und Onkel Nisâr zu ignorieren versuchte.

Die Begegnung blieb folgenlos, und so kehrte Onkel Nisâr zu seinem Vagantenleben zurück. Er versuchte, weitere Stücke von der Kraft von «Schatten der Reue» zu komponieren, doch er schaffte es nicht. Nun bereute er es, seine wertvollsten Stücke so billig hergegeben zu haben, und wenn er eine seiner Kompositionen am Radio hörte, gespielt von den Berliner Symphonikern, verfiel er in tiefe Depression. Seine kleine Tasche in der einen Hand, die andere in der Hosentasche vergraben, wanderte er durch die verregneten Straßen von Beirut, auf der Suche nach einem Taxifahrer oder einem Gepäckträger im Hafen, der ihn mit in sein heruntergekommenes Zimmer nahm, ihn dort beschlief und ihn am Morgen wegschickte, ohne ihm auch nur etwas zu essen anzubieten. Onkel Nisâr versank in Einsamkeit: allein, verbannt aus den Bars, unerwünscht bei den üppigen Partys seiner einstigen Freunde. Man kam überein, ihn für billig zu halten, unwürdig, zur klandestinen Gesellschaft der schwulen Aristokraten von Beirut zu gehören, die ihn anfangs willkommen geheißen hatten mit seiner Eleganz, seiner stolzen Haltung und den seidenweichen Fingern, die über die Saiten der Geige glitten, die ihn aber ausschlossen und ignorierten, als er anfing, Hussain zu beschimpfen und sich Kunden von der Straße zu holen.

Hunger und Kälte nagten an ihm. Er war nicht einmal

mehr imstande, die Miete für seine ärmliche Absteige zu bezahlen. Und überall sah er Hussain: auf den Blättern, die von den herbstlichen Bäumen fielen, in den Schaufenstern der feinen Modeboutiquen, vor denen er stehen blieb, um sich die weit ausgeschnittenen seidenen Abendkleider anzusehen. Und stundenlang vertiefte er sich in die Schaufenster der Geschäfte für Damenwäsche.

Schließlich nahm Onkel Nisâr seine kleine Tasche und kehrte nach Aleppo zurück. Dort traf er seine Familie mit finsteren Gesichtern im Salon an. Mein Großvater war mit den Formalitäten für Mutters Eheschließung beschäftigt, und Onkel Nisâr wurde der Familie unseres Vaters als der artige, musikalisch hochbegabte Sohn vorgestellt, der in Fairus' Ensemble spielte. Mit der Entschuldigung, von der langen Reise müde zu sein, zog er sich zurück und begab sich in Mutters Zimmer. Er beglückwünschte sie und sprach danach die ganze Nacht über seine eigene Sehnsucht. Er erzählte ihr von Hussains unvergesslichen Küssen. Alle im Haus hofften, die Familie des Bräutigams werde die Wahrheit über den auf Abwege geratenen Sohn nicht herausfinden. Sein Bruder Abdalmunim trat ihn unter dem Frühstückstisch und forderte seinen Vater ein weiteres Mal auf, ihn umzubringen. In ihrem anständigen Haus sei er nicht tragbar.

Nachdem sein Vater das Haus verlassen hatte, um auf dem Bahnhof wie üblich mit seinen Orden zu protzen und an den Arbeitern herumzunörgeln, irrte Onkel Nisâr in der Wohnung umher und hatte keine andere Wahl, als reumütig zu seinen alten Freunden zurückzukehren, die ihn wieder aufnahmen, nachdem Michel sich in einem Brief für ihn eingesetzt hatte. Er werde sie sicher nicht noch einmal verraten.

In meiner Erinnerung ist Onkel Nisâr ein alter Mann, dem keine Zeit für Reue blieb. Er vermied es, mit anderen zu plaudern, wenn er von seiner Arbeit im Kabarett zurückkehrte. Er kaufte große Mengen an Gemüse und Fleisch und verbrachte Stunden damit, komplizierte aleppinische Spezialitäten zu kochen, an denen er lange zu essen hatte. Er hielt auch Essigfrüchte und verschiedene Käsesorten parat, immer in Erwartung irgendwelcher flüchtiger Liebhaber. Der letzte war Madhat, ein Steuerbeamter, den er eines Abends im Kabarett Kasbah aufgegabelt hatte. Das Verlangen und der Schwung des Dreißigjährigen gefielen ihm zwar, aber er wollte sich nicht mehr verlieben. Er hatte noch immer Michel nicht vergessen, der ihm hin und wieder aus verschiedenen europäischen Städten Fotos schickte, die ihn Arm in Arm mit seinem Partner, der dann sein Ehepartner werden sollte, vor einem Museum oder einem Theater zeigten; manchmal auch vor dem Badezimmer, nur mit einem luftigen Nachthemd bekleidet.

Am schlimmsten war für Onkel Nisâr das Hochzeitsfoto, das Michel ihm schickte und auf dessen Rückseite er geschrieben hatte: *Nisâr, Geliebter, ich wünsche dir dasselbe. Bete für mich. Ich bin so verliebt.* Und dann noch: *Ich hasse Aleppo und sehne mich doch zurück. Komm und besuch mich!* Onkel Nisâr warf das Bild in den Müll und versank in schrecklicher Einsamkeit. Stundenlang blätterte er in dem Album mit den Bildern von Beirut. In seinen letzten Jahren suchte er über Google nach alten Bildern von der Mannschaft des FC Nadschma und von ihren Spielen. Ganz besonders interessierte er sich für solche von Hussain, der ihm auch vierzig Jahre später noch immer als der Typ Mann erschien, der alle Liebe verdient hatte und jeden Schmerz wert war. Er glaubte nicht mehr an Männerflirts und ging möglichen Demütigungen aus dem Weg. Er wollte nur noch ein bekannter Violinist sein, an dessen seidenweiche Finger sich alle erinnerten, der Meisterschüler seines Lehrers Achmad Mubajjid, der ihm über tausend Schallplatten vermacht hatte, die er ohne Bedauern an seine flüchtigen Liebhaber verschenkte.

Onkel Nisâr lud Madhat in ein Café ein, und die beiden saßen zusammen wie zwei Freunde. Sie tranken in aller Ruhe ihren Kaffee und unterhielten sich über das Leben. Madhat erzählte Onkel Nisâr von seiner Familie im Dorf Bijanûn. Er sprach auch davon, dass er von einem großen Haus träumte und eine Cousine heiraten wollte. Onkel Nisâr spürte Madhats Hemmungen, aber er fand Gefallen an seinem kräftigen Körper. Sie trafen sich immer wieder, ohne dass Onkel Nisâr von seinem Verlangen gesprochen hätte. Sie machten den Eindruck von zwei Männern, die sich gerade erst kennengelernt hatten und sich schon gut verstanden. Doch Onkel Nisâr setzte seine aus langer Erfahrung stammenden Verführungskünste ein, und nach ein paar Joints, die Onkel Nisâr für seinen Freund mitgebracht hatte, begannen sie, Zärtlichkeiten auszutauschen. An Michel schrieb er, er versuche, den Geschmack an kraftvollem Sex wiederzufinden, an einem Glied, das die Eingeweide zerfetze, und er machte sich über die alte Clique lustig, deren Gemächte wie welke Trauben herabhingen. Er versuchte, eine Distanz zwischen ihnen zu erhalten, damit ihn nicht eine neue Leidenschaft dahinriß. Doch dann konnte er nicht mehr fern von Midhat sein, und dieser machte es sich bei Onkel Nisâr gemütlich. Er benahm sich wie ein dominierender Ehemann. Er streckte Nisâr seine Füße hin, damit er sie mit warmem Wasser und Lorbeerseife wusch, nach der, entsprechend Midhats Wunsch, der ganze Salon duften sollte. Er ließ sich üppige

Mahlzeiten servieren und schickte Onkel Nisâr sogar zu den Händlern, um an seiner Stelle die Schmiergelder zu kassieren. Nisâr wurde der Schlüssel, der ihm die Türen der Händler der Stadt öffnete, die er bis ins Detail kannte. Die vornehmste Art der Liebe, dachte Onkel Nisâr, sei diejenige, die einen zum Knecht macht und das Leben als Herr beendet lässt.

Unter Madhats Händen wurde Onkel Nisâr zum Knecht, zum Geliebten, zur Ehefrau namens Maha, obwohl er gebeten hatte, den Namen Nahla tragen zu dürfen, den ihm Hussain vierzig Jahre zuvor in Beirut gegeben und den er nie abgelegt hatte. Madhat schlug Nisâr, wenn er etwas falsch machte, und Onkel Nisâr küsste ihm die Hand, wie eine kleinlaute Ehefrau, bevor er sich im Schlafzimmer neben ihn ins prächtige Bett legte. In Erwartung von Madhats Heimkehr von der Arbeit wanderte Onkel Nisâr durch das geräumige Haus in der Faissal-Straße, mit Blick auf die von Eukalyptusbäumen beschatteten Sträßchen, und schwor sich, Madhat werde sein letzter Liebhaber sein. Er sah darüber hinweg, dass dieser hin und wieder billige Nutten mitbrachte und ihn als seinen Onkel vorstellte, der gerade aus Brasilien zurückgekehrt sei, um ihm seinen gesamten Besitz zu vermachen. Wenn Onkel Nisâr dann das Gestöhne aus dem Schlafzimmer hörte, wo Madhat mit den Frauen zusammen war, die er, Onkel Nisâr, als Dirnen bezeichnete, weinte er, und wenn er es nicht mehr aushielt, verließ er das Haus, rief Raschîd an und bat ihn, ihn in der Express-Bar zu treffen. Dort wartete er, doch Raschid kam nicht. Die Stimme seines Onkels verriet ihm alles. Er verabscheute Midhat und hielt ihn für einen Widerling, den sein geliebter Onkel nicht verdient hatte. Immer wieder dachte er daran, ihn umzubringen, hatte aber nicht den Mut dazu. Er hielt sich für zu schwach, doch eines Tages brach es aus ihm heraus. Die Familie, die sie zu erhalten wünsche, warf er Mutter an den Kopf, sei ein Trugbild, eine Schimäre, mit der man Schluss machen müsse.

3

VERWESENDE LEICHNAME

MUTTER war bis zu ihrem Tod an einem frühen Abend davon überzeugt, nichts sei verloren, solange sie bei uns das Fenster öffnen und den Sonnenuntergang hinter den Lattichfeldern beobachten und den Maulbeerbaum in der Ferne betrachten könne. Sie erkundigte sich beim Schuldirektor nach unseren Noten und war beruhigt. Die Zukunft war rosig. Der Geruch der Gassen von Maidân Akbas war passé, und den Gestank von Öl, Schmierfett und Zugschrauben nahmen wir bald nicht mehr wahr. Dafür sorgte Mutter mit all den Luftreinigern und Putzmitteln, die sie verwendete. Sie war überzeugt, mit der Errichtung unseres Heims in den Gärten unweit des Stadtzentrums die richtige Entscheidung getroffen zu haben. Sie war von einer Stille umgeben, die sie liebte und die sie für ein Zeichen von Kultiviertheit hielt. Unser Vater war für uns erledigt. Wir dachten nicht mehr an ihn und erwarteten auch kein Lebenszeichen von ihm. Wir erklärten allen, die fragten, stolz, er lebe «in den Vereinigten Staaten von Amerika». Wir benutzten den vollständigen Namen und sagten nicht einfach «in den USA». Er werde uns nachkommen lassen, sobald wir mit der Schule fertig seien. Meine Klassenkameraden betrachteten mich argwöhnisch und versuchten sich vorzustellen, wie weit es nach Amerika war. Mutter gab es auf, gegen meinen noch hörbaren bäuerlichen Akzent vorzugehen. Sie überließ mich meinem Schicksal und wiederholte nur ständig, die Stadt werde mich schon noch Mores lehren und das Bäuerliche in mir vernichten. Sie hatte keine Ahnung davon, wie sehr ich die kräftigen Wörter vom Dorf mochte und wie leidenschaftlich ich die weiten Weizenfelder und die Oliven- und Granatäpfelhaine liebte. Diese Haine, in deren Schatten ich mit den Kindern der Bahnarbeiter von Midân Akbas lief, wenn wir die wundervolle Brücke anschauten und die Züge, die mitten durch die Felder fuhren, konnte man nicht vergessen. Wir winkten den türkischen Grenzwächtern in ihren Wachhäuschen zu, bewarfen sie mit Trauben und Granatäpfeln und versuchten, ihnen auf Kurdisch, von dem ich einige Worte gelernt hatte, verständlich zu machen, dass wir am Bahnhof wohnten. Wenn wir einmal größer wären, würden wir auch solche Militärklamotten tragen und auf der anderen Seite der Grenze stehen. Die Soldaten beschränkten sich darauf, mit ihren Gewehren auf uns zu zielen, wenn sie unsere Gruppe sahen, die von dem jungen Ziegenhirten Asâd angeführt wurde. Dieser Asâd erzählte uns allerhand phantastische Geschichten darüber, wie er täglich die Grenze überquerte. Er verteilte geschmuggelte Haselnüsse, damit wir ihm sein Doppelleben abnahmen – eines hier, eines dort. Er behauptete auch allen Ernstes, wenn er erst etwas älter sei, werde er Barihân heiraten, sein türkisches Schätzchen, das jeden Donnerstag hinter dem türkischen Bahnhof auf ihn warte. Ihr Vater, fügte er dann noch stolz hinzu, sei Eisenbahningenieur und werde bald Chef aller türkischen Bahnstationen werden.

Der Ziegenhirte wirkte auf uns immer etwas außergewöhnlich: seine vom Barfußlaufen aufgerissenen Füße, sein mit erst elf Jahren schon kräftiger Körper, seine wundervolle Stimme, mit der er kurdische Lieder sang, die wir nachsangen und zu verstehen versuchten.

Ich sah meinen Kindheitsfreund, der immer nach Ziegen roch, über ein Jahrzehnt später zufällig im Restaurant Kilikia unweit unseres Hauses. Er kippte ein Glas Arrak nach dem anderen hinunter und erzählte dabei einem alten Mann mit buschigen Brauen von dem großartigen Tabak, der aus der Türkei ins Land geschmuggelt wurde. Ich trat zu ihm, um ihn zu begrüßen. Er schien sich nicht zu erinnern, war aber offenbar stolz, von einem jungen Mann in einem schicken Hemd und mit modisch geschnittenem Haar angesprochen zu werden. Ich erinnerte ihn an jenen Tag, als er uns unvorsichtigerweise auf die türkische Seite der Grenze geführt hatte und wir uns in den Bohnen- und Okrafeldern verirrten. Wie uns die türkischen Soldaten mit ihren Gewehren einkreisten, sich dann aber damit zufriedengaben, uns die Ohren langzuziehen und auf die andere Seite der Grenze zurückzuschicken. Asâd versetzten sie ein paar Schläge mit den Gewehrkolben, als er sich wehrte, worauf er sie auf Kurdisch beschimpfte. Als wir am Abend wieder zurück in Midân Akbas waren, rannten wir rasch weg und ließen Asâd traurig zurück. Aber wir glaubten ihm weiterhin seine Geschichten und seine schwierige Liebe zu Barihân, der Tochter des türkischen Eisenbahningenieurs.

Asâr lachte nun, und ich konnte seine gelben Zähne sehen. Er umarmte mich herzlich wie einen alten Freund. Dann stellte er mir den alten Mann vor und erklärte etwas pompös: «Mein Onkel Hâmid Badrchân, der Kurdendichter», und fügte noch stolz hinzu: «Er war im Gefängnis mit Nazim Hikmet befreundet.»

Der Mann war in den Sechzigern. Verglichen mit dem Überschwang seines Neffen war er scheu wie ein Vögelchen im Käfig. Asâd zog einen Stuhl heran. Ich solle mich direkt ans Fenster setzen, mit Blick auf die Straße. Ich beschränkte mich auf einige wenige Worte und schrieb ihm meine Telefonnummer auf ein Stück Papier, das er voller Stolz zusammenfaltete und in der Tasche seiner weiten Hose verschwinden ließ. Ein weiteres Mal umarmte und küsste er mich theatralisch, trug mir Grüße an die ganze Familie auf und versprach, mich zu besuchen, wenn er wieder in Aleppo sei.

Asâd hatte sich seit seiner Kindheit nicht besonders verändert. Ich konnte mich noch gut an ihn erinnern – wie übrigens alle Kinder der Bahnangestellten von Midân Akbas ebenso wie die Frauen, die ihm Frischkäse abkauften, dessen markanter Geschmack mir noch immer auf der Zunge liegt, als ob mich eine ganze Ziegenherde durchwanderte.

Mutter war ganz versessen auf diesen Käse, aber unter meinen Freunden wollte sie keinen Bauernlümmel sehen und erst recht keinen kurdischen. Später bemühte sie sich, alles zu vergessen, was mit Midân Akbas und ihrer Zeit dort zu tun hatte. Sie drückte sich sogar darum, ihre bäuerlichen Bekannten aus Midân Akbas zu empfangen, wenn sie zu uns kommen wollten. Sie hatten immer gern mit ihr an der Haustür geplaudert, zum Beispiel über die beste Art, Essigfrüchte zu machen. Aber dann drückte sie sich – wie jemand, der einen Katzenkopf aus dem Fenster wirft, an dem die Maden wuseln, oder wie jemand, der sich einen Finger abhaut, um sich nicht an einen schmerzlichen Vorgang erinnern zu müssen. Sie warf zehn Jahre weg, die sie in dem Dorf an der Grenze gelebt hatte, das nach Armut und dem finsteren Schicksal der Bewohner roch, das aus Grenzen, Minen und kaum je bewegten Eisenbahnwagen bestand, in denen die Spinnen ihre Netze woben – ein ideales Abstellgleis für Bahnbeamte.

Alles schien ruhig. Saussan saß in ihrem Zimmer. Raschîd spielte still und leise seine Musik, und Mutter redete sich ein, dass die Häuser, die das unsrige umgaben, nur vorläufig wären und bald wieder verschwänden. Alles würde wieder werden, wie es einst gewesen war. Sie konnte nichts mit dem anfangen, was sie sah. Die ehemaligen Grundeigentümer stellten zu ihrer Überraschung fest, dass die Stadt auf die Lattichfelder drängte und die Bodenpreise sich vervielfältigten. Über Nacht floss so viel Geld in ihre Taschen, dass sie gar nicht mehr wussten, wohin damit. Sie ließen den Lattich verderben, die Nussbäume verdorren. Auf den einst wunderbaren Feldern wurden dicht aneinander Häuser errichtet, aus denen es nach billigem Waschmittel roch. Wenn die engen Sträßchen sich im Winter in Sümpfe verwandelten, konnte man die Grillen hören. Mutter hielt sich auf dem Weg zur Schule ein Taschentuch an die Nase und erntete so missbilligende Blicke der Bewohner, die nicht wussten, dass sie eine angesehene Lehrerin war.

Ihr zunehmender Putzfimmel machte unser Leben zur Hölle. Ihrer Meinung nach waren wir alle Träger schmutziger Mikroben, die vor dem Betreten des Hauses erst einmal zu reinigen waren. Dass dieses Haus außen immer mehr verdreckte und die hübsche Koraninschrift allmählich verschwand, schien sie nicht zu bemerken.

Unsere gemeinsamen Abendessen waren keine heiteren Anlässe mehr. Es wurde nicht mehr gewitzelt und nicht mehr gelacht, und niemand machte sich mehr über den hasenfüßigen Raschîd lustig, der sich in Saussans Arme flüchtete. Er ging Mutter aus dem Weg und stellte sich taub, wenn sie ihn aufforderte, ein Stück zu spielen, dessen Namen sie vergessen hatte. Er habe es bei früheren Gelegenheiten gespielt, zum Beispiel auf der Bühne im armenischen Kulturzentrum. Dann erklärte er ungerührt, er erinnere sich nicht, je so ein Stück gespielt zu haben. Er schämte sich für ihre Ignoranz und flüsterte Saussan zu, sie sei eine Schwätzerin, die von klassischer Musik keine Ahnung habe. Sie solle sich lieber auf Sabâchs Chansons beschränken und zu Hochzeitsliedern tanzen. Saussan lachte. Ihr gefiel es immer, wenn Mutter eins ausgewischt wurde, gleichzeitig war sie unsicher, ob sie sie nun eigentlich verabscheuen oder bemitleiden sollte. Saussan dachte mit Unbehagen an ihre Kameradinnen, die sich der Partei angeschlossen hatten, um sich für ihre Abscheulichkeit zu rächen und ihre ehemaligen Freundinnen zu bestrafen, die netten Mädchen, mit denen Saussan ins Asisîja-Viertel zum Schaufensterbummel ging und die schmucken jungen Männer beäugte, die pomadiert auf den Trottoirs stolzierten.

Am Tag nach einer Zusammenkunft mit einem Kadermitglied, einem Mann, der aus Damaskus angereist war und dessen Namen die Mädchen voller Bewunderung hauchten, beschlossen sie, Hiba eine Lektion zu erteilen. Sie stellten sich ihr in den Weg und schwangen die Parteiflagge, die sie küssen und sich ehrerbietig an die Stirn legen sollte. Doch Hiba ging, Verachtung im Gesicht, weiter. Daraufhin lauerten sie ihr nach Schulschluss auf und zerrissen ihr Kopftuch, sie schlugen sie mit ihren Pistolenknäufen und beschimpften sie als reaktionäre Nutte. Sie rissen ihr auch die Kleider vom Leib und ließen sie halbnackt auf der Straße stehen. Eine Frau lief herbei und hüllte Hiba in ihren Umhang. Andere Passanten schauten weg und hasteten weiter, als hätten sie nichts gesehen.

Danach kam Hiba nicht mehr zur Schule. Saussan hatte nicht vergessen, wie fein und geistreich sie war. Als sie sich Jahre später wieder begegneten, konnte sie kaum glauben, dass diese elegante Frau das Mädchen sein sollte, mit dem sie einst umherschlenderte und herumalberte. Inzwischen besaß sie einen der luxuriösesten Läden in Aleppo, wo schicke Kleider an verschleierte Frauen verkauft wurden und wo Männer keinen Zutritt hatten. Hiba war befremdet über Saussans Aufmachung mit Schleier. Der billige Mantel sagte ihr, dass es um sie nicht zum Besten stand. Sie nahm sie freundlich mit in ihr kleines, schmuckes Büro, in dessen Mitte ein prächtiger Nussbaumtisch stand, und ließ ihr einen starken Kaffee kommen, wie Saussan ihn schon immer geliebt hatte. Sie habe immer alles Starke gemocht, erinnerte sie sie und begann aufzuzählen – mit dieser Heiterkeit, die sie nicht verloren hatte: den Geruch von Männern, Achselhöhlen, Sperma, Rosen und Kaffee. Sie holte aus einer Schublade ihres Schreibtischs ein kleines Fotoalbum mit Schloss. Es enthielt Bilder der Kameradinnen, die ihr am 9. April 1982 die Kleider zerrissen hatten. «Auf diese Schlampen warte ich hier in meinem Laden», erklärte sie und entnahm einer anderen Schublade eine golden angestrichene Pistole. «So werde ich mich angemessen rächen.» Schließlich öffnete sie eine Tür in der Rückwand des Ladens, durch die man in einen großen Garten gelangte. «Hier werde ich sie begraben», kündigte sie an. Dann schwieg sie.

Die zehn vergangenen Jahre hatten nicht genügt, Hiba diese Demütigung vergessen zu lassen. Nach dem Vorfall habe ihre Familie sie gezwungen, Sijâd Hajjâni zu heiraten, den Sohn des Partners ihres Vaters in der alten Textilfabrik.

Bedrückt verließ Saussan Hibas Boutique. Die Vergangenheit, die uns nicht verlässt, muss sterben, dachte sie und erinnerte sich an Hibas unschuldiges Gesicht. Auch daran, wie sie immer vor Sijâd Hijjâni weggelaufen war, der vor der Schule auf sie wartete und ihr durch das Fenster seines luxuriösen Mercedes schmachtende Blicke zuwarf, voller Hoffnung, sie möge ihn erhören.

Sie dachte auch an die Schulkameradinnen, an denen sich Hiba rächen wollte. Eine Woche zuvor hatten sie im ungeheizten Saal der Parteizentrale gesessen und verdrossen einem alten Mann zugehört, der redete und redete. Er trug eine dieser jämmerlichen Erklärungen vor, wie man sie schon tausendmal gehört hatte. Als danach keinerlei Fragen gestellt wurden, raffte der Parteigenosse seine Unterlagen zusammen und ging. Von hinten sah er in seinem alten, abgewetzten Anzug wie ein Bettler aus.

Die Kameradinnen aus der Fallschirmspringerinnenzeit, die die Stadt terrorisiert und Hiba die Kleider zerrissen hatten, waren zu armen Frauen geworden, die für jedes Almosen dankbar waren und deren Kleider nach Bratkartoffeln rochen. Die einen kümmerten sich um Grundschüler, die für eine Handvoll Münzen ein paar Nachhilfestunden wollten. Andere suchten für ihre Ehemänner eine zusätzliche Arbeit, um die Raten für den Kühlschrank oder die Waschmaschine zu bezahlen.

Saussan hatte die Versammlung verlassen und beschlossen, dieses elende Parteibüro nie mehr zu betreten. Ihre Frustration wuchs, da die meisten ihrer Kameradinnen von einst sie nicht mehr erkannt hatten. Sie war eine Unbekannte geworden. Sie hatte gespürt, wie sie schwer schluckten. Auch sie hatte nicht vergessen, wie sie früher mit verbissenen Gesichtern und lauter Stimme Parteiparolen kreischten und wie sie die jungen Mädchen beobachteten, die noch nicht recht wussten, wie sie sich verhalten sollten und deshalb die Parteihymne nicht laut genug sangen. Darüber verfassten sie Berichte an die Sicherheitsdienste, mit einem Eifer, der ihr unerklärlich blieb.

Ich habe oft und mit Schmerz über mein Leben nachgedacht, das so eng mit dem Putsch und der Machtergreifung durch die Partei verbunden war. Wir, die Partei und ich, lebten parallele Leben, die sich nie kreuzten. Ich spürte Saussans Frustration, über die sie nicht reden wollte. Sie behauptete, dass über neunzig Prozent der syrischen Bevölkerung ein solches Leben führten: neben der Partei und neben dem System her, ohne Berührungspunkte. Das Land sei in zwei Lager geteilt: Das eine bestand für sie aus Profiteuren, die nichts vom anderen Lager wussten, in dem das Leben weitergeht, ruhig und langsam, und wo die Menschen genau über das erste Lager Bescheid wissen. Sie verstummte und führte ihre Überlegungen nicht weiter aus. Hatte sie ihren Fehler bemerkt: zuzugeben, dass sie gern in unser Lager zurückwollte? In ihren Augen sah ich zum ersten Mal Tränen. Es waren Tränen der Niederlage, und ich hatte Angst um sie. Ich kannte sie genau, sie würde es niemals akzeptieren, wie eine Maus in der Falle zu leben. Jetzt war sie schwach und zerbrechlich, und ihre Äußerungen über die beiden Lager und das parallele Leben zeigten, dass sie den verlorenen Sinn ihres Lebens zurückhaben wollte.

Ihr Diplom warf sie in eine Schublade in ihrem Schrank. Dass die Feuchtigkeit, die das ganze Haus eroberte, auch vor ihrer Urkunde nicht haltmachen würde, war ihr egal. Sie schob das Papier in eine billige Plastiktüte und legte es an seinen Platz zurück. Ich machte Raschîd darauf aufmerksam, dass unsere geliebte Saussan all ihre Unbeschwertheit verloren habe und sich vielleicht sogar umbringen werde. Ich beschrieb ihm, wie sie ihre drei ausgestopften Adler abstaubte und dabei immer wieder vor sich hin murmelte, alles sei futsch. Raschîd nickte gleichgültig. Er zog den schwarzen Anzug an, den er jeden Abend zur Arbeit trug. Er tat dauernd das Gleiche. Er trug immer dieselben Klamotten, ging jeden Tag zur selben Zeit an denselben Ort und spielte dort dieselbe Musik, und auf seinem Rückweg ins selbe Zuhause ging er immer dieselben Straßen entlang.

Zu Hause gingen wir uns alle aus dem Weg. Mutter aß alleine zu Abend. Sie hatte die Hoffnung aufgegeben, etwas Wärme könnte an ihren Tisch zurückkehren. Sie starrte auf den Fernseher und wartete auf die Programme, die sie in steter Folge betrachtete. Mit besonderem Interesse verfolgte sie die Nachrichtensendung, die drei Stunden dauern konnte. Sie lauschte dem Sprecher, der die Aktivitäten und die folgenschweren Reden des Präsidenten Revue passieren ließ, mit Emphase seine allheiligen Verordnungen für die Gouverneure und die Minister präsentierte und natürlich seine gütigen Gaben an sein Volk – alles war Geschenk und Gabe von Ihm, den Gott segnen möge. Plötzlich bemerkte Mutter, dass der Widerstandsgeist, der sie einst beseelt hatte, verschwunden war. Sie beobachtete die Furcht, die jeden Tag in ihr wuchs. Sie verschmolz mit den Bildern des Präsidenten, und sie redete sich ein, dass sie ihn liebte, dass sie ihn nie in ihrem Leben verabscheut hatte, und sie vergaß tunlichst, dass sie ihn und seine Putschgefährten einmal als Gestalten bezeichnet hatte, aus deren Augen kein Vertrauen strahle und die nicht imstande wären, den Unterschied zwischen Saussans Parfüm und Essigfrüchten zu riechen.

Nichts in Mutters Leben verlief wie erwartet. Ihrer Freundin Narimân ging es ähnlich. Nun habe ihre Monatsblutung aufgehört, erzählte sie, und sie musste feststellen, dass sie noch Jungfrau war und kein Mann sie je berührt hatte. Außer Mutter hatte sie niemanden mehr, den sie besuchen konnte, und so kam sie oft zu uns, eine trotz ihrer noch nicht fünfzig Jahre alte Frau in einem abgetragenen Mantel, den sie von ihrer Mutter geerbt hatte, das Haar zerzaust. Sie setzte sich neben Mutter und murmelte etwas von der Pilgerfahrt, die sie im kommenden Jahr mit ihren

Neffen unternehmen wolle, den Söhnen ihres Bruders Abdallatîf. Und während sie auf den Beginn der täglichen Soap-Fortsetzung warteten, plauderten sie über den Nutzen von Kamille, und nur durch das Rauschen des leeren Bildschirms merkten sie, dass es Mitternacht und das Programm zu Ende war.

Dann kam ich aus meinem Zimmer, schaltete den Fernseher ab und begleitete Frau Narimân nach Hause. An der Tür verabschiedete ich mich von ihr und schaute im Vorbeigehen insgeheim ins Haus meines Großvaters, das in tiefer Stille lag. Nur Onkel Abdalmunims unablässiges Jammern war zu hören. Unterwegs zu Onkel Nisâr machte ich mir Gedanken über die Zeit. Vermutlich machte er sich in dieser vorgerückten Stunde fertig, mit Raschîd zur Arbeit im Kabarett zu gehen. Auch die Straßen von Dschamilîja hatten sich verändert. Neben verlassenen Häusern gab es ganz neue, in aller Eile hochgezogene. Aus den engen Sträßchen hatte man die Eukalyptusbäume entfernt, deren Geruch uns als Kinder in der Nase juckte, wenn wir einen unserer seltenen Besuche bei unserem Großvater absolvierten und dabei, als Bauernkinder, den verächtlichen Blicken von Tante Ibtihâl ausgesetzt waren.

Tante Ibtihâl ging als zweite Frau eines über sechzigjährigen Syrers nach Saudi-Arabien. Ihr erster Mann, Haitham Sabbâgh, hatte sich von ihr getrennt, nachdem er sich in eine Theaterschauspielerin verliebt hatte, die die Ophelia spielte. Haitham hatte genug von der Überheblichkeit unserer Tante, die er für beschränkt hielt. Außerdem bringe ihre Hakennase Unglück, wie er erbost behauptete. Er stellte ihr die Scheidungspapiere zu, die sie ungerührt und verächtlich unterschrieb. Auch das schnöde Gerede innerhalb der Familie ließ sie kalt. Ihr Mann mochte es auch nicht, wie sie ihre Herkunft hervorhob und Geschichten über Ahnen erzählte, die ihm lächerlich vorkamen und die er als «bestechliche Sultansdiener» bezeichnete. Er hatte nur Verachtung für die Bilder übrig, die Tante Ibtihâl in ihrer Wohnung in Saif al-Daula aufgehängt hatte. Sie blickte auf alles herab, was nichts mit Aleppo und seiner osmanischen Epoche zu tun hatte. Grundlos machte sie die Landbevölkerung schlecht und erzählte immer wieder die Geschichte ihrer Ahnen samt allen dubiosen Einzelheiten.

Haitham Sabbâgh war ein einzigartiges Exemplar von einem Mann. Er lachte gern und behielt alle Sprichwörter, Redensarten und Witze, die zum Lachen anregen konnten, im Kopf. In seiner Jugend spielte er in kommerziellen Theatern kleine Rollen, besonders gern diejenige des tölpelhaften Dieners, der vom Helden geprügelt wird. Er war selig, wenn er den Saal voller Menschen sah, die lachten und begeistert dem Stück folgten, Kerne aufknackten und sich in wilde Diskussionen verwickelten, wie Haitham Sabbâgh sie liebte. In jeder Minute seines Lebens war er auf der Suche nach Vergnügen, überzeugt, dass die kurzen Jahre des Lebens nicht ausreichten, um den Becher des Glücks ganz zu leeren. Gleich in der ersten Woche nach seiner Heirat mit Tante Ibtihâl merkte er, dass ihm das Zusammenleben mit einem so stachligen Weibe niemals zusagen würde, einer Frau, die die Heiterkeit verabscheute und ständig von einer Frau redete, deren Biographie sie in einem Buch über die Frauen der Sultane gelesen hatte. Eine dieser Frauen stammte aus Aleppo, aus der einfachen Bevölkerung. Sie war hochintelligent und bildschön, der Sultan verliebte sich in sie und heiratete sie, und für mehr als hundert Jahre saßen ihre Nachkommen auf dem osmanischen Herrscherthron.

Tante Ibtihâl liebte alles, was aleppinisch oder osmanisch war. Beim Reden flocht sie ständig türkische Wörter ein. Ihre Küche war übervoll mit kunstvoll bearbeiteten Kupfertöpfen und albern bemalten Porzellantellern, voll verchromt und durchaus geeignet zum Einsatz in neureichen Speisezimmern. Sie selbst trug lange Gewänder, schwer behängt mit traditionellem Geschmeide, und ihr Bett war eingefasst mit einem schweren Vorhang in mehreren Lagen, was ihr Ehemann schrecklich bedrückend und deprimierend fand. Wenn sie ihn Donnerstagnacht in seinem Bett aufsuchte, war sie mit einem schweren Nachthemd aus längst vergangenen Jahrhunderten bekleidet, das sie feierlich und so langsam ablegte, dass ihm jede Lust verging. Er sehnte sich zurück nach seinen beschwingten Jugendtagen, die er in der Gesellschaft geistreicher und komischer Gestalten, Schauspieler am Theater der Stadt, verbrachte. Auch das einfache Leben vermisste er, das ihn seine Mutter gelehrt hatte, die erste Frau, die in Aleppo auf der Bühne stand. Sie nahm mit breitem, furchtlosem Lächeln die Beschimpfungen der Scheiche zur Kenntnis, die ihr in den Moscheen ganze Predigten widmeten und ihre Anhänger dazu aufriefen, das einzige Theater der Stadt in Brand zu stecken, das ein reicher Mäzen in seinem Haus mit Blick auf den al-Hatab-Platz, den «Brennholzplatz», eingerichtet hatte.

Doch sie ließ sich von ihrer Begeisterung fürs Theater nicht abbringen, egal mit wie vielen Tomaten die Eiferer sie bewarfen. Sie lernte Französisch und las Molière, und Haitham, ihrem jüngeren Sohn, vererbte sie ihre Leidenschaft fürs Theater. Sie fand, Tante Ibtihâl war wie meine Großmutter Bahîja, mit der sie befreundet war und mit der sie das Interesse für schlüpfrige Witze teilte. Solche erzählten sie sich allabendlich, wenn sie sich bei Frau Therese, ihrer gemeinsamen Freundin, trafen – Melonenkerne knabbernd und kandierte Früchte schleckend.

Haitham Sabbâgh ertrug das Zusammenleben mit dieser Tante nicht, die uns verabscheute und als «Sommerwanzen» bezeichnete und die Mutter verachtete, weil sie einen Bauern geheiratet hatte. Nachdem unser Vater weggegangen war, zeigte sie ihre Häme ganz unverblümt. Und Onkel Nisâr, der bei der geheimen Kondolenzfeier für Onkel Abdalmunims Sohn Jachja seinem Bruder sein Beileid aussprechen wollte, ließ sie nicht ins Haus.

Haitham Sabbâgh verliebte sich in eine Schauspielerin der Laientheatergruppe «Lichter der Stadt», die durch verschiedene syrische Städte tourte. Sie spielten auf den Bühnen der Kulturzentren, die nach den 1980er Jahren – für die Stadt die langen Jahre von Tod und Demütigung – von ihren Gründern aufgegeben wurden. Jean schrieb darüber an seine Ex in Genf, die aber die eintreffenden Briefe lediglich in eine Schatulle legte, die mit dem einhundertvierundsechzigsten Brief jedoch zu klein wurde und deshalb durch eine größere Schachtel ersetzt wurde. Dies alles in Erwartung des Jahres 1996, wenn Pierre seinen achtzehnten Geburtstag feiern sollte, oder der Rückkehr Jeans, die jedoch höchst unwahrscheinlich geworden war, nachdem er voll in seinem neuen Leben aufgegangen und nachgerade süchtig nach der Existenz seiner fast blinden Mutter geworden war, die kaum mehr ihr Zimmer verließ. Dort setzte er sie in einen großen Sessel in die Sonne, damit sie nicht bei lebendigem Leib verweste. Er selbst hatte sich an ihren Geruch gewöhnt und war geradezu glücklich, als er feststellte, dass sie ihren Geruchssinn verloren hatte und nicht mehr in der Lage war, zwischen Chanel und Scheiße zu unterscheiden.

Haitham Sabbâgh hatte Mitleid mit Onkel Nisâr, auch wenn er sich schämte, dass Nisâr der Onkel seines einzigen Sohnes Nadschîb war. Doch nachdem Nadschîb einem Asthmaanfall zum Opfer gefallen war, sah Haitham keinen Grund mehr, bei Tante Ibtihâl auszuharren. Bei ihrer Rückkehr von einer kurzen Besorgung fand sie das Türschloss ausgewechselt. Haitham Sabbâgh schickte seinen Bruder, um mit Onkel Abdalmunim rasch die Scheidungsformalitäten zu regeln – entsprechend osmanischem Brauch, staatlichem Recht und religiösem Gesetz. Darauf legte er großen Wert, um meine Tante nicht zu verletzen, die ja einer Scheichsfamilie entstammte.

Tante Ibtihâl war erschüttert. Plötzlich stand sie als eine Frau ohne Heim und ohne Kinder da, ohne dieses mit unsäglichem Krimskrams vollgestellte Haus, auf das sie so stolz war und in dem Haitham Sabbâgh fast erstickte. Jetzt verstand sie, dass seine Weigerung, ein weiteres Kind zu haben, Teil seines Fluchtplans war. Schon ein Jahr lang hatte er ihr Schlafzimmer nicht mehr betreten. Er hatte sich in ein kleines Zimmer zurückgezogen, wo sein Lager umgeben war von französischen Büchern, die er von seiner Mutter zusammen mit den Kostümen für die kleinen Rollen geerbt hatte, die sie Anfang der sechziger Jahre gespielt hatte. Ohne eine Träne zu vergießen, nahm Tante Ibtihâl ihre zahlreichen Habseligkeiten, überzeugt, sie werde einen anderen Ehemann finden, einen wohlhabenderen und großzügigeren, einen, der ihr Interesse an der großen osmanischen Vergangenheit teilte.

Doch es gingen Jahre ins Land, die Tante Ibtihâl allein im Haus meines Onkels, ihres Bruders Abdalmunim, verbrachte, der an ihrer Hochnäsigkeit keinerlei Gefallen mehr fand. Er hatte nicht vergessen, wie barsch sie sogar die Farbe der Kleider unseres Großvaters beurteilte, der sich nach Großmutters Tod ganz ihren Wünschen fügte. Er fürchtete ihren unerbittlichen Ton, wenn sie anordnete, er habe einen wollenen Morgenmantel zu tragen, wenn er auf dem Balkon sitze, wo er gern sein Frühstück einnahm und in der Frühlingssonne die Züge beobachtete, deren Abfahrtszeiten er genau kannte. Er winkte den Lokführern, die ihm alle bekannt waren und die er seine Eleven nannte.

Ich war nicht sehr oft im Haus unseres Großvaters. Das letzte Mal war anlässlich der Kondolenzfeier für Onkel Abdalmunims Sohn, meinen Cousin, zu der mich Mutter mitnahm. Wir saßen bei der heimlich durchgeführten Trauerfeier. Aus einem Rekorder quollen gedämpfte Koranverse, die wenigen Trauergäste unterhielten sich über Gemüsepreise. Die meisten von ihnen waren illustre Lehrer, ehemalige Kollegen meines Onkels, der über Nacht von einem bekannten Physiklehrer zum Vater eines Kriminellen geworden und völlig willkürlich aus seiner Lehrtätigkeit entlassen worden war. Sogar in die Golfstaaten durfte er nicht mehr reisen. Es blieb ihm also nichts mehr zu tun, als stundenlang in seiner Bibliothek zu sitzen, in der er zuvor nur wenig Zeit verbracht hatte. Er erteilte Privatstunden an Schüler, die er selbst aus der Zahl derer auswählte, die von ihm unterrichtet werden wollten. Mitten in den Raum stellte er einen Tisch und ein paar Stühle, auf denen von sechs bis neun Uhr abends seine Schüler Platz nahmen. Der Raum glich eher einem Büro als einer Bibliothek. Allerhand verstaubtes Papiermaterial lag herum, einige Zusammenfassungen schulischer Pflichtkurse, die er seinen Schülern verkaufte, und ein paar Ries Papier, die Mutter einmal gekauft hatte, um diese Briefe zu schreiben, die keiner von uns las.

Mutter schluchzte herzzerreißend über den Tod ihres Neffen, eines brillanten Jungen. Sie blieb nicht lang und war immer in Furcht, ihre Schwester könne ausfällig werden und sie selbst dann die Nerven verlieren. Das hätte die Feier gestört und wäre für die Familie unseres Onkels unerträglich gewesen. Alle spürten, dass das bisschen Erfolg und Sicherheit, die sie sich erarbeitet hatten, wie weggeblasen war und dass das Überleben zum Ziel an sich geworden war. Onkel Abdalmunims verbliebene beide Söhne mussten alles Geld zusammenkratzen, das sie in ihrem bescheidenen Handel gespart hatten, nachdem entdeckt worden war, dass ihr Bruder Jachja, dieser Träumer, der am liebsten die Petersilie in den Töpfen auf dem Balkon goss, Mitglied des bewaffneten Arms der Muslimbrüder war.

Mutter blieb ruhig, als ihre Schwester ohne jeden Anlass anfing, Onkel Nisâr, ihren gemeinsamen Bruder, zu beschimpfen. Sie nahm einfach ihre Tasche und ging mit ein paar Worten des Bedauerns über ihren jungen Neffen, an dessen großem Bild man in einer Ecke ein schwarzes Band angebracht hatte, als wäre er bei einem Verkehrsunfall ums Leben gekommen und nicht in einer Wohnung umgebracht worden, die der Muslimbruderschaft gehörte. Sein Bild war tags darauf in der Lokalzeitung zu sehen, samt seinem vollständigen Namen und sechs verschiedenen gefälschten Personalausweisen, von denen einer den Namen eines bekannten Physikers trug. Ihn hatte Jachja einmal im Basar getroffen, wo er sich verirrt hatte. Er lud ihn nach Hause ein, und der Gast war höchst erstaunt, wie viel der junge Mann über seine Studien wusste. Jachja ließ ihn im Haus umherwandern und machte inzwischen in der Küche einen Maulbeersaft. Danach sprachen die beiden lange und lebhaft über physikalische Theorien vom Licht und dessen Messung, und Jachja zeigte sich geübt in der Debatte.

Niemand begriff, wie dieser verträumte junge Mann, der Jüngste in der Familie, in diese Falle geraten konnte. Er war Physikstudent, der sogar seinen Vater in den Schatten stellte und bekannte klassische Theorien hinterfragte. Er las mühelos Englisch und folgte allem, was in einer amerikanischen Fachzeitschrift veröffentlicht wurde, die er bezog. Manchmal formulierte er seine Einwände, streng wissenschaftlich, und erhielt auch von Mike Hamilton, dem verantwortlichen Herausgeber und einem wichtigen Mitarbeiter der NASA, Reaktionen. Sein Sohn sollte einmal ein großer Forscher werden, dessen Namen man in Goldlettern schrieb, davon träumte Onkel Abdalmunim. Die größten Forschungseinrichtungen für Physik würden ihn einladen, und, wer weiß, vielleicht würde er einmal für den Nobelpreis vorgeschlagen und ihn dann sogar erhalten.

Als ich die Bab-al-Nasr-Straße überquerte, hielt ich kurz inne. Denn ich sah das faltige Gesicht von Onkel Abdalmunim. Ein elender Anblick, ein Mann, der auf den Tod wartete, so schien es mir. Seit zwanzig Jahren unterhielt er sich mit Jachjas Bild. Was er einst an Kraft und Schwung besessen hatte, war verschwunden. Mutter nannte ihn immer herrschsüchtig und behauptete, alles, was er habe durchmachen müssen, sei nur die Strafe für sein rücksichtsloses Verhalten und dafür, dass sie beide, er und Tante Ibtihâl, die Familienangelegenheiten nach ihrem Gusto geregelt hätten, ohne die Bauern und die Schwulen einzubeziehen. Dafür hatte er sich nie entschuldigt und Onkel Nisâr nicht einmal erlaubt, seinen Neffen zu beweinen, der nach Onkel Nisârs Meinung ein großartiger Musiker hätte werden können. Ein verträumtes Kind mit oft seltsamem Gebaren, von dem die Familie stolz erzählte und in dem Onkel Nisâr Anzeichen von Genialität sah – bei einem Jungen, der während seiner dreiundzwanzig Lebensjahre darunter litt, dass er weder in die Familie noch in die Gesellschaft passte. Und schließlich glaubte er, entdeckt zu haben, dass der Kampf ihn Gott näher bringen würde. Das war seine Lösung, nicht das Verweilen im Unglauben.

Jachja war nicht überrascht, dass seine Kameraden in dem geheimen Ausbildungslager ihm so ähnlich waren. Während ihrer Pausen bombardierten sie sich gegenseitig mit Fragen über Mathematik und Naturwissenschaften, alberten aber auch herum, und am Abend suchten sie unter der Anleitung von Scheichen, die extra kamen, um sie zu segnen und gemeinsam mit ihnen das Gebet zu verrichten, nach Sinn und Zeichen der Unnachahmlichkeit der Verse des Korans. Sie alle träumten von einem islamischen Staat und waren erschrocken über das Interesse der einfachen Bevölkerung an Physik, Chemie oder Biologie, was unweigerlich zur Leugnung der Existenz Gottes führen musste. Alle diese Debatten mündeten immer in die Idee von einem Staat, in dem ausschließlich Personen die Macht in Händen halten, die Gott nahestehen, einem Gott, der bei ihnen Waffen trug und sie drängte, die Kontrolle über dieses und das kommende Leben zu übernehmen.

Onkel Nisâr mochte die Geschichte der Familie nicht. Für ihn war Familie eigentlich nur unsere Mutter, die er als seine liebe Schwester und seine wundervolle Mutter bezeichnete. Er brachte ihr Geschenke zum Muttertag, küsste ihr die Hand so zuvorkommend, dass wir es lustig fanden, und er äffte Tante Ibtihâl nach, wie sie mit dem Finger auf ihn zeigte und ihm die Tür wies. Es berührte ihn nicht, von Mutter zu hören, Onkel Abdalmunim sitze schweigend in einer Zimmerecke und Tante Ibtihâl flehe ihn an, sie doch zu verheiraten, egal mit wem. Sie fühlte sich im Haus ihres Bruders schrecklich beengt, und deshalb organisierte der Bruder ihre Verheiratung mit einem über sechzigjährigen Witwer, der als Hauswart in Saudi-Arabien arbeitete. Dieser respektierte die osmanischen Traditionen, von denen er aber nichts anderes kannte als das Bild von ein paar Männern, die in brokatbesetzten Umhängen vor einem Frisörgeschäft standen, das er von seiner Großmutter geerbt hatte. Das sei sein Großvater Nasmi Effendi, der Schlüsselbewahrer der Sultan-Ahmet-Moschee, erklärte er und zeigte auf den Ältesten in der Mitte. Tante Ibtihâl zögerte keinen Augenblick, ja zu sagen. Sie hatte in ständiger Furcht gelebt, in ein Altersheim übersiedeln zu müssen, nachdem Onkel Abdalmunim immer mehr verfiel und seine beiden Söhne Hassan und Hussain nach Dubai ausgewandert waren, um dort in einem aleppinischen Restaurant zu arbeiten, das einem ihrer alten Freunde gehörte. Ihr war die Vorstellung entsetzlich, von der städtischen Verwaltung bestattet zu werden – sie, die den osmanischen Traditionen ergeben war und davon träumte, mit einem Sultan oder doch wenigstens mit einem hohen Heerführer verehelicht zu werden.

Ihr genügte das Bild des imaginären Großvaters als Beweis für die vornehme Abstammung ihres Auserwählten. Sie nahm ihren Koffer und reiste mit ihm nach Saudi-Arabien. Danach erfuhr Saussan zu ihrer Überraschung von Hiba, dass Tante Ibtihâl, die wir immer spöttisch «die Schöne von Mekka und Medina» nannten, im Haushalt einer jordanischen Familie arbeitete, um ihren Mann zu unterstützen.

Sie verrichtete allnächtlich das Gebet und verbrachte ihre Freizeit im Kreis von Prinzessin Radschâ, der berühmten Predigerin und Tochter von Abdalkarîm al-Nadschdi, die Schauspielerinnen zur Umkehr bewog. Sie kamen in ihren Privatjets nach Mekka geflogen und verließen ihren Zirkel sündlos, unbefleckt und wohlverschleiert – und auf dem Konto ein paar Millionen mehr. Hiba erzählte Saussan, sie habe gesehen, wie ihre Tante die Kaaba umkreiste und sich danach der Prinzessin Radschâ al-Nadschdi vor die Füße warf, sie sei dabei jedoch in schallendes Gelächter ausgebrochen, das sie nicht mehr unter Kontrolle bekam, bis die Prinzessin sie in ein anderes Zimmer geschickt habe. Sie widmete sich ganz ihrer Teilhaberin Hiba und ging mit ihr die Rechnungen ihrer Arbeiten in Aleppo und anderen Städten in Syrien und Umgebung durch, wo Hiba mit Geschick und Kenntnis neun elegante Geschäfte führte, in Beirut, Amman, Damaskus, Aleppo, Kairo und Dubai.

Saussan lehnte Hibas Angebot, bei ihr einzusteigen, ohne Zögern ab. Sie besuchte ihre alte Freundin nur hin und wieder. Dann tranken sie zusammen Kaffee und tauschten Erinnerungen an eine Vergangenheit aus, der gegenüber Hiba eine auffallende Verbundenheit zeigte. Völlig entspannt erinnerte sie an ihre Geschichte mit Bassâm al-Dairi, der 1984 festgenommen wurde und noch immer im Gefängnis von Saidnâja saß und dort Schach mit seinen Kameraden spielte. Sie hatten versucht, sie zum Marxismus zu bekehren, bei dem ihr schon der Name so gut gefiel. An Che Guevara faszinierten sie die Augen; sie hielt ihn für einen amerikanischen Schauspieler. Bassâm schätzte ihn sehr und hatte ein Riesenbild von ihm in seinem Zimmer aufgehängt, während das Bild seines Vaters, eines Geschichtslehrers, der im Frühjahr 1966 beim Fischen mit einigen Kameraden von einer Flutwelle im Euphrat erfasst wurde und ertrank, nur ein kleines Plätzchen in der Nachttischecke erhielt. Bassâm war damals noch keine sieben Jahre alt. Saussan nahm schüchtern das Geschenk ihrer Freundin entgegen, ein nicht ganz kleines Paket. Sie öffnete die stilvolle Verpackung, die Hibas Kundinnen, den Damen aus der reichen, konservativen Schicht, angemessen war, und fand zu ihrer Überraschung einen mit Goldfäden bestickten Umhang, ein seidenes Kleid und kleine Diamantohrringe, dazu einen prächtigen Mantel und ein schwarzes Kopftuch. Dem Ganzen lag ein Kärtchen bei. «Eine Prinzessin bleibt eine solche, auch wenn sie am 18. Dezember 1995 dreißig Jahre alt wird. Alles Liebe und Gute», stand darauf in Hibas markanter Handschrift.

Saussan war gerührt, dass wir ihren dreißigsten Geburtstag nicht vergessen hatten. Onkel Nisâr schenkte ihr einen goldenen Armreif. Ich hatte ihr eine hübsche Wollkappe besorgt, als Alternative für das dicke Tuch, das sie immer um den Kopf gewickelt hatte. Sie sah völlig verändert aus damit. Dann packte Raschîd, begleitet von unseren Beifallsrufen, sein Geschenk für sie aus. Es war eine nagelneue Canon-Kamera. Saussan fiel uns allen um den Hals und weinte.

Plötzlich schlug Mutter, die zu Kräften gekommen war, vor, unsere Freunde einzuladen. Doch wir mussten zu unserer Bestürzung feststellen, dass wir gar keine Freunde mehr hatten. Mutter richtete zwei Arten gefüllter Weinblätter, Tabbouleh und verschiedene andere Dinge. Sie hatte also unsere Lieblingsgerichte nicht vergessen! Sie machte auch keine Einwände, als Raschîd eine Flasche Black-Label-Whisky öffnete und auf Saussans Wohl trank – die «Prinzessin der Welt», wie er sie nannte.

Es blieb aber trotzdem nur ein halbes Fest. Saussan war nicht ausgelassen wie früher, als sie dergleichen Anlässe mit ihrem Bauchtanz belebte. Wir schnitten lediglich die Torte an, die Mutter bei Sallûra in Dschamalîja gekauft hatte – wie in der guten alten Zeit. Saussan hörte sich den ersten Teil von der «Liebesgeschichte» von Umm Kulthûm an, den Onkel Nisâr auf zehn verschiedene Weisen spielte – zu Ehren des Geburtstagskinds, das dieses Lied einmal sehr gemocht hatte. Dann bat sie, schlafen gehen zu dürfen, und ging in ihr Zimmer, wo sie über Hibas Worte nachdachte. Sie erinnerte sich an die Besuche bei Hiba im Schahbâ-Viertel. Sie saßen in Hibas großem Zimmer, und ein Dienstmädchen stellte ihnen eine mit Vögeln bemalte Platte voller Süßigkeiten und Gebäck hin, außerdem eine große Schale mit Früchten. Hiba schloss die Tür von innen ab, und die beiden legten sich auf das breite Bett. Hiba ließ eine Maulbeere über Saussans Mund baumeln, die heiter danach schnappte und den wundervollen Geschmack auf ihren Lippen spürte. Hiba strich mit den Fingern über Saussans Lippen. Dann blickten sie an die Zimmerdecke und unterhielten sich über die anderen Mädchen in der Klasse. Saussan erinnerte sich noch gut an die zarte Berührung ihrer Finger, die sie ganz ruhig über ihre Lippen gleiten ließ. Dabei fielen ihre langen Haare weich wie ein Wasserfall herunter. Saussan spielte damit, und Hiba schloss die Augen und träumte von Bassâm, mit dem sie eine stürmische Beziehung gehabt hatte. Ganz ruhig beschrieb sie den Geschmack seiner Maulbeeren und dann träumerisch den seiner Milch, die er auf ihre weiße Brust spritzte und die sie als Paradiesmilch bezeichnete.

Saussan glaubte, Hiba sei in sie verliebt. Immer wieder hatte sie versucht, sie zu küssen, wie sich Verliebte küssen. Doch ihre Unschuld damals hatte sie nicht glauben lassen, die bekopftuchte Tochter aus konservativer Familie könnte sich von Frauen angezogen fühlen. Sie rief sich Einzelheiten aus alter Zeit in Erinnerung. Bilder von früher: die Nähe, als sie miteinander tanzten, nur sie beide in dem großen Zimmer bei zugezogenen Vorhängen. Hiba drängte sie, Hosen aus Leder anzuprobieren, deren Berührung Saussan erregte und sie fast den Boden unter den Füßen verlieren ließ. Wenn sie zusammen tanzten, bestand Hiba darauf, sie von hinten zu umfassen und sie so fest an sich zu drücken, dass Saussan fast zu ersticken drohte.

Damals mochte sie Hibas verrückte Ideen und ihren extravaganten Geschmack bei der Auswahl ihrer Unterwäsche, die sie in Beirut kaufte oder sich von ihrer Schwester Muna schicken ließ, die mit einem saudischen Diplomatensohn verheiratet war und in Paris lebte. Saussan sehnte sich nach diesen unschuldigen Tagen zurück, bevor sie an einem heißen Septembertag im Jahr 1981 ins Parteibüro gegangen war und ein Beitrittsformular verlangt hatte, in das sie rasch die erforderlichen Angaben eintrug, es unterschrieb und den Raum verließ, ohne die Genossinnen dort eines Blickes zu würdigen. «Robben-Genossinnen» nannten sie sie immer in den parfümierten Briefchen, die sie mit erfundenen Namen an Radio Monte Carlo schickten und um Songs für die Parteimädchen baten. Sofort drehten sie das Radio laut, wenn DJ Hikmat Wahbi ihre Wünsche erfüllte und verkündete: «Von Sissi aus dem Sabîl-Viertel für Dalâl Samrâ, die bezaubernde Lehrerin an der Mahabba-Schule», oder: «Von Sissi für die blonde Suâd, ihre treue Freundin mit den schönsten Augen weltweit: alles Gute zum Geburtstag».

Wenige Tage nach dem Beitritt erhielt Saussan eine Einladung zu ihrer ersten Parteiversammlung. Sie zog ihren kurzen Rock und ihre eng anliegende Stretchbluse an, wodurch sie das Interesse des Genossen weckte, der aus Damaskus angereist war, um die neuen Genossinnen in der Partei willkommen zu heißen und sie darauf hinzuweisen, dass das Land gegenwärtig eine gefährliche Phase durchmachte. Hiba ignorierte Saussans Parteibeitritt und lud sie weiterhin zu sich ein, auch zu Geburtstagsfeiern, an denen Verwandte und Freundinnen der Familie teilnahmen. Von deren pompöser bourgeoiser Garderobe war Saussan schockiert: Mädchen, die in lange Mäntel und pechschwarze Kopftücher gehüllt eintrafen und sich dann entblätterten und ihre Reize zur Schau stellten. Eine Kabarettgarderobe, getragen von jungen Frauen, die ihr hin und wieder an die

Brust tippten und unmissverständlich scharf auf ihren straffen Körper schauten, der in engen Jeans steckte. Blicke, in denen sie den Wunsch las, sie zu nehmen. Hiba machte sich über die Mädchen lustig und schüttete gemeinsam mit Saussan über alle ihren Spott aus – Professoren, Lehrer, Schulkameradinnen. Sogar ihre Mutter kam nicht ungeschoren davon, weil sie ihre goldenen Armreife ablegte, wenn sie sich daranmachte, mit wohltönender Stimme den Koran zu lesen, wie sie es bei den Rezitatorinnen gelernt hatte, die sich zu ihren regelmäßigen Empfängen einfanden. Ihren Vater beschrieb sie als gutmütigen Hasen, korrigierte sich aber sofort und nannte ihn einen großartigen und toleranten Mann, der ihr keinen Wunsch abschlug; ein wahrhaft frommer Mann, der die ganze Nacht im Gebet verbrachte und trotzdem jeden Morgen in seine Fabriken ging, für die er sich verantwortlich fühlte, und dabei ständig wiederholte, alles sei vergänglich.

Vierzehn Jahre später erklärte nun Hiba kurz und bündig, sie begehre Saussan und wolle sie für immer. Dafür hasste Saussan sie. Sie nahm Hibas Geschenke, verpackte sie wieder und warf sie in den Schrank, in dem jetzt nur noch ihre ärmlichen Klamotten lagen, keine Parfüme, keine Cremes, keine Reizwäsche, keine Sonnenbrillen, keine dieser Lederjacken, wie Hiba sie gern anzog, weil sie sich darin wie eine ausländische Popsängerin vorkam. Sie knöpfte sie langsam auf, Knopf um Knopf, und zeigte Saussan, dass sie nichts darunter trug. Dann lachte sie und klatschte Beifall wie die frenetischen Massen, von denen vergewaltigt zu werden sie Nacht für Nacht träumte. Einmal hatte sie Saussan erzählt, sie habe geträumt, Bassâm und seine Kameraden würden sich alle gleichzeitig auf ihrem breiten Bett über sie hermachen.

In ihrem Zimmer konnte uns Saussan noch immer hören, besonders das Lachen meiner Mutter, und da musste sie auch lachen. Es war ein Lachen des Mitleids, und sie bat Gott, ihr den Hass auf ihre Mutter zu verzeihen, den sie nie vor jemandem geheim gehalten hatte. Sie lauschte auch Onkel Nisârs Musik, bis sie verebbte. Dann kehrte Stille ein und machte uns deutlich, dass wir zusammen keinen ganzen Abend lang mehr vergnügt sein konnten. Enttäuschung und Hoffnungslosigkeit lasteten zu schwer auf uns. Wir waren furchtsam wie Mäuse geworden.

Saussan blickte auf ihre dreißig Jahre zurück, auf jedes einzelne. Was war sie anderes als die Tochter einer armen Familie in einem verkommenen Viertel, in dem Soldaten und kleine Geheimdienstleute wohnten und kurdische Bauern und Taglöhner, die in den Textilfabriken arbeiteten? Herrscher über das Viertel war der Genosse Fawwâs, der im Fernsehen über das Vaterland schwadronierte, während seine Gefolgsleute in die Luft feuerten, um seine Wahl als Parteivertreter in der Volkskammer zu feiern. Inzwischen wohnten Genosse Fawwâs und seine Schar in den besseren Vierteln der Stadt und hatten ihre ehemaligen Wohnhäuser zu Lagerhäusern umfunktioniert, in denen sie geschmuggeltes Eisen und andere Güter unterbrachten, die in riesigen Lastwagen aus dem Libanon über die Grenze geschafft wurden, vorbei an Militärkontrolleuren, die keinerlei Fragen stellten. Der Lärm dieser Laster und das Geschrei der Träger ließen uns oft bei Nacht nicht schlafen.

Saussan war im Frieden mit sich, und sie konnte sich inzwischen sogar eingestehen, dass der Eingriff zur Wiederherstellung ihrer Jungfräulichkeit ihr nicht die erhoffte Gelassenheit verschafft hatte. Sie fand es ungehörig, nach einem Mann Ausschau zu halten, der auf Raten eine kleine Wohnung kaufen und sie mit einem einheimischen Kühlschrank und einem Elektroherd aus den staatlichen Kooperativen ausrüsten könnte. Und seine armen Verwandten oder Freunde würden ein Bügeleisen beisteuern.

Saussan stellte sich splitternackt im Kerzenlicht vor den Spiegel und entdeckte entsetzt, dass dieser Spiegel, genau wie ihr Körper, Rost angesetzt hatte. Sie berührte die Innenseite ihres Schenkels, er war nicht mehr so fest. Sie fuhr sich mit der Hand durchs Haar, es war grob und strohig geworden. In den letzten Jahren hatte sie es immer nur hastig gewaschen ohne Verwendung von Cremes oder Spülungen, Dinge, die sie nie vergessen hatte, solange sie Mundhirs Geliebte war. Damals feierte sie ihren Körper durch ausgedehnte Bäder mit duftenden Essenzen und Seife und pflanzlichen Badezusätzen. Danach zog sie langsam und genussvoll ihren Büstenhalter an und träumte schon von seinen Fingern, die sanft den Verschluss öffneten. Jetzt dachte sie nur noch daran, dass die Bitternis in ihrer Kehle die gleiche war wie diejenige ihrer Mutter, wenn sie neidisch ihren straffen Körper und ihre kräftigen Brüste betrachtete.

Saussan fand, wir würden Angst schaffen, damit andere vor uns Angst hätten, dann aber herausfinden, dass diese Angst uns nicht mehr loslässt und uns selbst ängstlich macht. Es war wie damals, als sie an Mundhirs Arm durch die Straßen von Aleppo flanierte und die Angst im Blick der Leute sah, denen sie begegneten. Das ließ sie schaudern. Doch warum? Wenn die Angst sich auf sie übertrug, wurde ihr heiß. Dann versuchte sie, sich dieser Angst mit der Überzeugung zu entziehen, bald die Herrin in Mundhirs großem Haus in Damaskus zu werden. Dort könnte sie schalten und walten: den dienstbaren Soldaten befehlen, das Frühstück aufzutragen; die Fahrer schelten, weil die Kinder so spät aus der Schule zurückkamen; und sich danach in ihr Privatbad zurückziehen. Sie versank in Wachträumen und in den Düften ihrer Parfüme. Und nie wäre es ihr, während sie im leichten Nachthemd Mundhir das Frühstück brachte, in den Sinn gekommen, sie könnte zu einer Frau werden, die verlassen auf dem Bettrand hockte. Alles wies damals darauf hin, dass sie künftig die Herrin sein würde. Und so verfasste sie Berichte über ihre Kameradinnen, wenn diese auch nur ein falsches Wort über die Partei, die Fallschirmspringer, Gott oder den Führer tuschelten, fest davon überzeugt, auf diese Weise Partei, Land und Geliebten zu verteidigen, der immer wieder Sehnsuchtsanfälle nach Dschurûd hatte, seinem Dorf in den Bergen von Misjâf. Dann wurde er zu einem kleinen Jungen, der den Armeedienst quittieren wollte, um Feigen zu ernten und Kälber von den Erbsenfeldern zu verjagen. Er faselte von den Bildern und den Gesichtern der Toten, und Saussan spürte seine Angst, verstand diese aber nicht als die Angst des Henkers vor dem Opfer. Sie war einfach stolz, wenn sie das Haus verließ und feststellte, dass Genosse Fawwâs und seine Anhänger den Blick senkten, während sie früher immer mit frechen Vergewaltigerblicken geglotzt hatten. Wenn du im Dschungel lebst, dachte sie, musst du ein wildes Tier sein. Und das Bild von sich selbst als Ehefrau eines hohen Offiziers ging ihr nicht aus dem Sinn. Die Frauen von Mundhirs Kameraden, die nichts anderes taten, als mit ihren goldenen Armreifen zu klimpern und ihren Fahrern in ihrem dörflichen Tonfall Befehle zu erteilen, diese Frauen waren ihr zuwider. Sie protzten mit ihren immensen Diamantbroschen, und ihren Kleidern sah man den fehlenden Geschmack und die dörfliche Vergangenheit der Trägerinnen an. Saussan fühlte sich geschmeichelt, wenn Mundhirs Kameraden ihr Komplimente für die Wahl ihres Parfüms und ihrer einfachen Kleidung machten. Und wenn Mundhir ihr ins Ohr flüsterte, er liebe sie, wenn er sie fest in den Arm nahm und ihr die Kleider vom Leib riss, war sie im siebten Himmel. Sie hatte bemerkt, dass es ihn erregte, wenn sie im Bett von anderen Frauen sprach, und erwähnte gern Hiba, die ihm, als er sie einmal sah, gut gefallen hatte. Saussan erzählte ihm von ihrem Körper, der sich weich wie Straußenfedern anfühle. Sie war überzeugt, Mundhir werde nie eine Frau verlassen, die seine Nächte mit dem Duft der Frauen einer Stadt füllte, über die sie beide herrschten. Besonders stolz war sie, wenn sie die Autos der Geheimdienste sah, die kamen, um die eine oder andere Schülerin zur Einvernahme abzuholen, veranlasst durch ihre, Saussans, Berichte. Lange Stunden mussten diese Mädchen total verängstigt warten, während die Soldaten im Geiste nach ihnen schnappten wie Hunde und der Befrager sie mit Anschuldigungen konfrontierte, gegen die sie sich nur mit Tränen wehren konnten. Wenn sie nicht gleich in finsteren Kerkern verschwanden, kamen sie als andere in die Schule zurück. Eingeschüchtert und gedemütigt gingen sie ihren ehemaligen Freundinnen aus dem Weg und wurden misstrauisch gegenüber jedwedem Geräusch, jedweder Stimme.

Seit Hiba nicht mehr zur Schule kam, mied Saussan alle ihre Kameradinnen, außer den PGs. Doch auch diese betrachtete sie mit Argwohn und machte sich über ihren Haarschnitt lustig, während sie selbst in eng anliegenden Tarnanzughosen durchs Schulhaus marschierte, wie sie es aus Filmen mit amerikanischen Soldatinnen kannte.

Einmal, es war Ende 1982, ging sie hinauf in Mundhirs Zimmer im Hotel Ramses und drängte ihn aufzustehen, sie würden ausgehen. Er erwartete eine ihrer zahllosen Verrücktheiten. Er musste am Tor der Zitadelle klopfen. Als der alte Wächter öffnete, traten sie ein, und Saussan stellte ihm zu seiner Überraschung die gleiche Frage wie schon ein Dutzend Mal zuvor: wo das Schlafgemach des Hamdanidenherrschers Saif al-Daula und seiner Gemahlin sei? Der Wächter wies, völlig verängstigt, vage in eine Richtung. Saussan nahm den Schlüssel zum Thronsaal und schleppte Mundhir hinein. Schweigend betrachtete sie durch die farbigen Fenster die Stadt. Das sollte Jean sehen, dachte sie einen Augenblick, wie sie hier ihre festen Brüste entblößte und sie wie zwei vollreife Pfirsiche der Nachtluft überließ. Mundhir schloss nicht einmal die Tür ab, und für einen Augenblick durfte er sich als Herr der Welt fühlen. Und was kann ein Mann mehr wollen als eine Frau, die ihm das Gefühl gibt, Herr der Welt zu sein? Ein Hengst, der alle Frauen der Stadt bespringt. Mundhir verfiel in eine wohlige Benommenheit, die zur wilden Erregung wurde, als sie sein Glied nahm und damit über ihr Gesicht und ihre Brust strich, bis er sich über ihren Körper ergoss. Sie ließ ihn nicht in Gedanken versinken. Sie verschmolz mit den Heldinnen, von denen sie in ihren Schulbüchern gelesen hatte, und träumte vom Ruhm, überzeugt, ihn fest im Griff zu haben und ihn nie mehr entkommen zu lassen, auch wenn die ganze Stadt in Schutt und Asche versank.

Bei ihrer Ankunft in Dubai musste sie erschüttert feststellen, dass sie eine Domestikin außerhalb des Palasts und die Konkubine eines Domestiken geworden war, der Anweisungen aus dem Palast erhielt. Alles war anders als erwartet. Mundhir war nicht mehr der ehrgeizige, heitere Mann in den Dreißigern. Sie weckte ihn am Morgen und forderte ihn auf, sich zu rasieren. Dann machte sie ihm – unter der Bedingung, dass er sich an den Tisch setzte und eine Serviette benutzte – ein Frühstück, das ihn den Geschmack der gekochten Eier und die bittere Marmelade vergessen ließ, die man ihnen in der Kaserne serviert hatte.

Nach einem Jahr in Dubai wurde er von Tag zu Tag unleidiger und jähzorniger. Zum ersten Mal schlug er sie mit seinem Ledergürtel. Er war betrunken vom Palast zurückgekommen, schrie sie an und drosch erbarmungslos auf sie ein. Er sei nicht auf Erden, um als Knecht zu schuften und eine Nutte zu ehelichen. Sie verstand überhaupt nicht, was ihn so aufgebracht hatte, brach in Tränen aus und blieb in ihrem Zimmer eingeschlossen. Ihre libanesische Kollegin brachte ihr Verbandsmaterial und Antibiotika und riet ihr, nicht in die Klinik zu gehen. Die emiratische Polizei würde sie nicht gehen lassen, bevor sie zugab, dass Mundhir sie fast zu Tode geprügelt hatte. Und Habîb al-Maussili, der Herr des Palasts, könne keine weiteren Probleme mit den Emiren und der Regierung gebrauchen. Also blieb Saussan im Bett und versorgte sich mit den Mitteln, die sie zur Verfügung hatte. Nach drei Tagen kam Mundhir vorbei, setzte sich kleinlaut neben sie und entschuldigte sich mit ein paar wenigen Worten. Er packte das Essen aus, das die Palastköchin für Saussan gekocht hatte, nachdem Mundhir ihr erzählt hatte, sie leide an einem schweren Grippeanfall.

In ihrer tiefen Einsamkeit reagierte Saussan nicht auf Mundhirs Versöhnungsversuche. Zum ersten Mal blieben seine Zärtlichkeiten unerwidert, und als er sie beschlief, spürte sie einen starken Widerwillen gegen seinen Geruch. Als sie am Morgen aufstand und in der kleinen Wohnung umherging, überlegte sie, was sie während der vergangenen fünf Jahre getan hatte. Auch an Mutter dachte sie, an Raschîd und an Onkel Nisâr. Mir schrieb sie einen langen Brief. Zum ersten Mal komme sie sich überflüssig vor. Sie sei nicht anders als all die Palastdomestiken, die aßen, was von der Herrschaft Tischen abfiel, die jeden Monat zur Bank gingen, um ihren Kontostand um ein paar Dirham zu erhöhen, und die sich an ihren freien Tagen wie sie selbst von Männern in eine armselige Bar führen ließen, wo sie auf die Happy Hour warteten, um ein paar Groschen zu sparen.

Der heitere Ton ihrer früheren Briefe, als sie noch Gesichter zeichnete und diese spaßig kommentierte, war verschwunden. Wie kann sich Liebe denn so in Hass verwandeln, fragte sie sich resigniert. Den Traum von der Hausherrin, die irgendwelchen Domestikensoldaten Order gab, die Rosen zu gießen oder die Kinder zum Reitunterricht zu bringen, diesen Traum müsse sie sich wohl abschminken. Während sie sich halbnackt durch die Wohnung bewegte, kehrte ihre Kraft zurück. Sie machte sich einen starken Kaffee, ging wieder ins Bett und sinnierte darüber, dass sie nicht wollte, dass die Dinge ein Ende nähmen. Ende, das war etwas Gruseliges. Sie dachte an den Tod, ein Ende, gegen das man nicht mehr protestieren konnte. Der Tod war gerecht. Sie stellte sich vor, der Herr des Palastes würde niemals sterben und die Opfer ihrer Berichte würden sie anschauen, aufgeschobene Rachegelüste im Blick. Eine ganze Fabelwelt stellte sie sich vor, in der niemand mehr starb und in der aus jedermanns Mund nur Worte der Weisheit quollen.

Saussan verspürte keinerlei Drang mehr, Mundhir um jeden Preis an sich zu binden, und er bedauerte längst, den Dienst in der Armee quittiert und sich zum Domestiken des Herrn des Palasts gemacht zu haben, der wohl irgendwelchen zwielichtigen Geschäften nachging. Deshalb hatte er sich an seine ehemaligen Kameraden in Geheimdienst und Armee gewandt und sie gebeten, sich bei der Führung für ihn einzusetzen. Er wolle zurück in die Armee. Keiner hatte geantwortet. Und erst nach zahlreichen dringenden Anrufen hatte ihm sein Freund Abbâs anvertraut, in Dubai als Domestike in einem Palast zu arbeiten, sei sicher wünschenswerter, als in Damaskus Zigaretten zu verkaufen, Taxi zu fahren oder die Kinder der besseren Leute zu den Geburtstagsfeiern ihrer Gespielen zu chauffieren. Daraufhin entschloss sich Mundhir, sein Leben neu zu regeln.

Wie alle Bauernsöhne war auch Mundhir besessen von dem Wunsch, Land in seinem Herkunftsdorf zu erwerben und es den Söhnen der alten Feudalherren zu zeigen, die vor den verschiedenen Militärputschen die Vätergeneration gedemütigt hatten. Er sparte und schickte Geld an seinen Bruder Dschaafar mit dem Auftrag, Land zu kaufen. Es waren kleine Summen, die aber im Lauf der Zeit reichten, ein Terrain zu erwerben, auf dem er genügend Tomaten und Zitrusfrüchte anbauen könnte, um davon zu leben. Die Arbeit als Domestike schreckte ihn immer mehr und ließ seine Nächte eiskalt werden. Ein einziger Fehlschuss kann dich umbringen, sagte er sich und war die folgenden Jahre hauptsächlich damit beschäftigt, einem solchen Fehlschuss aus dem Weg zu gehen.

Mundhir betrachtete Saussan, die in der Monatana-Bar schweigend neben ihm saß, und spürte eine heftige Sehnsucht nach ihren Tagen in Aleppo. Er fühlte sich ihr nahe, und zum tausendsten Mal war er drauf und dran, sie zu fragen, ob sie seine Frau werden wolle. Doch die seit Monaten in ihm wachsende Angst hatte ihn viel über Zugehörigkeit nachdenken lassen und ihm das Gefühl vermittelt, richtig aufgehoben könne er nur innerhalb der religiösen Gemeinschaft sein. Er bat seinen Bruder, ihm Schriften der Gelehrten ihrer Religionsgemeinschaft zu schicken. Mit diesen füllte er seine Wohnung und verbrachte seine meiste Zeit damit, in den vergilbten Schwarten zu lesen. Das brachte ihm auch seine Kindheit in den kahlen Bergen zurück, den Schulgang mit bloßen Füßen, und er fand Trost bei dem Gedanken, eines Tages barfuß zum Grab von Scheich

Chidr, ihrem Heiligen, zu pilgern und dort ein volles Jahr zu verweilen. An Saussans Bemerkung, ein Schrein sei der einzige Ort, wo sie bisher noch keinen wilden Sex hatten, fand er keinen Gefallen.

Befreit von seinen Verpflichtungen, beschloss Mundhir, irgendein Mädchen aus seiner Religionsgemeinschaft zu ehelichen. Sein Bruder Dschaafar sollte ihm Vorschläge unterbreiten. Mundhir ließ die Mädchen aus seiner Schulzeit Revue passieren. Dabei erinnerte er sich besonders an das Gesicht von Sahars Schwester. Kurz bevor er das Dorf endgültig verlassen hatte, hatte er sie gesehen: Schulbücher unter dem Arm und in der Schuluniform der siebten Klasse. Am meisten fiel ihm ihre Ähnlichkeit mit ihrer Schwester Sahar auf: die grünen Augen, die große Brust und der besondere Tonfall. Das einzige Abenteuer mit Sahar hatte er noch nicht vergessen. Er hatte sich mit ihr verabredet und zog sie unter die Feigenbäume. Dort hob er ihren Pullover, der nach Heu roch, und begrub sein Gesicht zwischen ihren Brüsten. Sie seufzte im Tonfall von Damaskus, was ihn zum Lachen brachte. Die Jungen im Dorf hätten Frauen von Damaskus gern, erklärte sie, deshalb habe sie beschlossen, eine solche zu werden. Ihre Schwester könnte jetzt achtzehn sein, und ihre armen Eltern würden sicher eine Heirat mit dem Offizier aus dem Dorf nicht ablehnen, auf den sie so stolz waren. Als Mundhir den langen Brief an seinen Bruder Dschaafar zusammenfaltete, in einen Umschlag steckte und diesen abschickte, durchlief ihn ein eisiger Schauder. Er würde Sahars Schwester heiraten, weil ihm der kräftige Heugeruch ihrer Brüste noch in der Nase hing. Saussan, die ihn zum Mann geformt hatte, würde es nie akzeptieren, mit einem Domestiken zusammenzuleben.

Mundhirs Veränderungen nervten Saussan. Er kam ihr vor wie eine Schildkröte, die unbeeindruckt von ihrer Umgebung dahinmarschierte. So wollte sie es auch machen: keine Notiz mehr von ihm nehmen.

Saussan griff ins Archiv ihrer Erinnerung und stellte alte Familienfotos auf der kleinen Kommode in ihrem Zimmer auf. Besonders nach Raschîd sehnte sie sich, wie er neben ihr im Bett lag, sie umarmt hielt und Kraft aus ihr schöpfte. Dann waren da die Bilder von ihren Schulfreundinnen, von denen einzig dasjenige von Hiba sauber geblieben war, makellos und unbefleckt. Die anderen Mädchen waren entstellt, Opfer der Berichte, die sie in ihren Träumen verfolgten. Zum ersten Mal spürte sie echtes Mitgefühl mit ihren Parteigenossinnen, wenn sie sich vorstellte, wie besessen sie einst waren von ihren Machtträumen, und was waren sie jetzt? Arme Weiber, Witwen, die nicht einmal das Recht hatten, ihre toten Männer zu beklagen. Sie selbst, so redete sie sich ein, sei verletzlich und fern aller Machtgelüste, seit Jahren ein Schatten von Mundhir, der selbst der Schatten eines mächtigeren Mannes war. Sie stellte sich auch all jene vor, die sich stark fühlten und das Land in Angst und Schrecken versetzten und die doch nur Schatten des Präsidenten und seiner Familie waren, die über alles im Land bestimmte. Nein, sie wollte nicht mehr der Schatten eines Domestiken sein, der Sicherheit nur innerhalb seiner Religionsgemeinschaft fand.

Eines Nachts erregte in der Montana-Bar ein Mann ihre Aufmerksamkeit, der schon seit dem frühen Abend kräftig getrunken hatte und die portugiesische Bardame anbaggerte, die ihm lächelnd zuzwinkerte. Sie stellte ihn sich nackt in ihren Armen vor und wünschte sich die Macht ihres Körpers zurück. Sie brauchte einen Mann, an dem sie sich festhalten konnte, einen Mann, der ihr die Füße küsste, der sich an ihrer Brust ausweinte, der zum Windhund wurde, den sie zu Hunderennen reiten konnte. Sie sprach ihn auf Französisch an und fragte ohne Umschweife, ob er Deutscher sei. Nein, er sei Däne, erwiderte er etwas selbstgefällig und stieß mit ihr an. Über eine Stunde breitete er vor ihr seine Ansichten über den Orient aus, was sie aber nicht interessierte. Sie betrachtete ihn: Hochgewachsen war er und hatte helle Haut. Sie werde Dubai nicht verlassen, dachte Saussan, ohne einen Europäer auf die Matte bekommen zu haben. Sie studiere Theaterwissenschaften und besuche ihre Schwester, die in Dubai wohne. Daraufhin setzte er zu einer Suada über Henrik Ibsen an. Saussan stimmte allem zu, was er sagte, und setzte weiterhin ihre Verführungskünste ein. Mit einem Mal hielt er inne und lud sie auf ein Glas in sein Zimmer ein. Sie nickte, nahm ihre Tasche und ging mit ihm.

Als sie eintraten, saß dort eine Frau um die vierzig, die sie, hochnäsig wie sie schien, an ihre Mutter erinnerte. Als der Mann sie als seine Frau Susanna vorstellte, glaubte sie, in eine Falle geraten zu sein. Die Frau schüttelte ihr freundlich die Hand und schenkte ihr einen Wodka mit einer Zitronenscheibe ein. Sie unterhielten sich etwas stockend über das langweilige Leben in Dubai. Saussan entspannte sich, als sie den Blick sah, den Susanna ihrem Mann zuwarf, und sie lachte im Stillen. Ein unerwartetes, völlig überraschendes Abenteuer! Sie öffnete den obersten Knopf ihrer Bluse und ließ einen Finger über Susannas Nachthemd gleiten. Es musste ein Vermögen gekostet haben. Als sie aufstand, um zu gehen, bat der Mann sie, doch zu bleiben und ihm und seiner Frau beim Sex zuzusehen. Sie forderte ihn auf, ihr die Füße zu küssen, was aber Susanna hastig übernahm und sie dabei mit kundigen Händen berührte und über ihre weichen Strümpfe strich. Dann schenkte sie ihr einen weiteren Wodka ein, während der Mann sich hinter ihr entkleidete. Saussan sah sein Glied, es war groß, aber schlaff. Erfreut, als Spielleiterin zu fungieren, fasste sie den Penis und stellte zu ihrer Zufriedenheit fest, dass er seine Lethargie ablegte. Sie hieß die Frau in barschem Ton, sich auszuziehen und aufs Bett zu legen.

Sichtlich erregt von Saussans Befehlston, kniete sich die Frau wieder nieder und bat Saussan demütig wie eine Sklavin, nochmals am Glied ihres Mannes zu fummeln. Saussan spielte mit, bis ihr plötzlich der Kopf schwer wurde und ihre Begeisterung schwand. Sie küsste die Frau lange auf den Mund. Dann verließ sie grußlos das Zimmer.

Weil sich keine anderen Abenteuer einstellten, erschien Mundhir in neuem Licht. Sie wartete wieder auf ihn, wie eine Sklavin, die ihren Herrn erwartet. Er solle sie doch heiraten, forderte sie ihn unverblümt auf. Das sei unmöglich, erklärte er ihr kurz und knapp. Sie nahm seine Erklärungen gefasst und emotionslos entgegen und bat ihn nur inständig, sie nicht zu verlassen. Sie sei seine Sklavin, er ihr Herr, beschwor sie ihn und benutzte dabei zu ihrer Überraschung dieselben Worte wie die Frau des Dänen. Sie werde sich ihm nicht in den Weg stellen, versprach sie. Seinen neuen langen Bart fand sie abstoßend. Es kam ihr vor, als hätte sie einen Unbekannten aufgefordert, sie zu heiraten. Das war die Demütigung, die sie brauchte, um ohne Bedauern Dubai verlassen und anderswo nach einem anderen Mann und den Düften einer anderen Stadt suchen zu können.

Wir erkannten Saussan nicht wieder, als sie mit ihrem kleinen, demolierten Koffer in der Hand vor der Tür stand. Mutter blickte ihr lange in die Augen, und trotz der Sympathie in ihrem Blick spürte Saussan, dass Mutter sie hasste.

Sie hatte getan, wovon die Mutter nur zu träumen wagte. Sie war weggegangen und herumgekommen. Saussan ertrug die emotionslose Umarmung, als sie sah, dass ich in Tränen ausgebrochen war und sie dann stürmisch in den Arm nahm, hinter mir Raschîd, der ebenfalls darauf wartete, sie wortlos weinend willkommen zu heißen. Sie war unsere wahre Mutter, kein Zweifel. Sie hatte uns aus einer Laune heraus verlassen und war nun zurückgekehrt und bat um Verzeihung und um die Erlaubnis, wieder in unser Leben einzutreten, das in einem Tunnel endloser Einsamkeit zu enden schien.

Wir bewegten uns im Haus wie Geister, einander fremd und gleichgültig angesichts des zerfallenden Mobiliars. Mutter wirkte mit ihren sechsundvierzig Jahren wie eine alte Frau. Saussan gelang es nicht, sie zu verabscheuen. Sie ging in ihr Zimmer, wo Raschîds Instrumente lagen, nicht nur Geige und Cello, sondern auch das Saxophon, auf dem er seit einiger Zeit wundervollen Jazz spielte, der uns an die Bäuerinnen und die Bahnarbeiter in Maidân Akbas erinnerte, obwohl Mutter immer nur Schuberts «Der Tod und das Mädchen» hören wollte. Sie müsse wirklich auf den Stufen der Wiener Oper geboren sein, witzelte Raschîd. Saussan bat ihn, seine Instrumente in ihrem Zimmer zu lassen und für sie ein Chanson von Jacques Brel zu spielen, das sie ihm aus dem Französischen übersetzte und erläuterte.

Saussan schien nicht drei Jahre lang weg gewesen zu sein. Sie entschuldigte sich, uns keine Geschenke mitgebracht zu haben. Für die Dinge, die sie in den Läden in Dubai und Paris gesehen hätte, sei ihr Budget zu schmal gewesen. Rasch fanden wir zu unserer alten Heiterkeit zurück und entzogen uns Mutters depressiver Übellaunigkeit und ihrer ständigen Klage über Sauerstoffmangel. Sie hatte schon lange die Lust verloren, ihre Kolleginnen einzuladen, die inzwischen mehrheitlich der Partei beigetreten waren. Immer mehr fürchtete sie ihre eigene Offenheit und beschränkte sich deshalb darauf, Briefe zu schreiben, die sie, damit wir sie lasen, auf dem Esstisch liegen ließ, dessen bestickte Decken längst verblasst waren. Aber wir fanden nichts Aufregendes darin.

Ich war damals im letzten Jahr meines Studiums, Raschîd war Profimusiker geworden und spielte zusammen mit Onkel Nisâr. Das wenige Geld, das er verdiente, verteilte er an uns und behielt selbst nur so viel, wie ein junger Mann brauchte, der kaum ausging. Manchmal verschwand er für Monate und lebte dann in seinem Zimmer in Onkel Nisârs prächtigem Haus. Dieser war es dann auch, der sich eine Woche nach Saussans Rückkehr an ihren zweiundzwanzigsten Geburtstag erinnerte. Er lud uns zusammen mit den Familien seiner Musikerkollegen zu einem herrlichen Abendessen ins Restaurant al-Schallâl, «Der Wasserfall», ein. Er kümmerte sich sehr um seine Gäste und bestellte exquisite Speisen: Fleisch mit Minze, mit Hackfleisch gefüllte Pilze, rohes Hackfleisch. Er kostete alles und ließ die Kellner dem Küchenchef mitteilen, mit dem Gewürz nicht zu knausern. Er war wie verwandelt: ein Mann, dem alle Respekt zollten, der Anordnungen traf und den Bediensteten üppige Trinkgelder zusteckte, damit sie in ihrem Eifer nicht nachließen. Die Frauen der Musiker unterhielten sich freundlich mit Mutter, und wir hatten wieder einmal das Gefühl, eine Familie zu sein, ohne Angst vor der Zukunft, eine heitere Familie mit all ihren kleinen Geheimnissen. An diesem Abend waren wir guter Dinge. Saussan blies die Kerzen auf einem großen Kuchen aus, auf dem mit Zuckerguss geschrieben war: «Noch viele Jahre für Saussan, aller Herzen Prinzessin». Mutter bat ihren Bruder, doch wieder einmal ein solches Familientreffen zu organisieren, und Onkel Nisâr zögerte nicht, die Bitte seiner Schwester zu erfüllen. Jede Woche lud er uns in ein neues Restaurant ein und überraschte uns mit seiner Kenntnis aller geheimen Winkel der Stadt.

Doch auch all diese Einladungen, die sich über den ganzen Winter 1987 hinzogen, schafften es nicht, Mutter aus ihrem Verlassenheitsloch zu holen. Sie konnten sie den Geruch von Kellergewölben nicht vergessen lassen, der ihrem Körper anhaftete. Und auch zu einer Annäherung mit Saussan kam es nicht, da diese sich immer im letzten Augenblick drückte, uns zu begleiten, und allein zu Hause blieb – unablässig damit beschäftigt, ihr zerstückeltes Selbst wieder zusammenzusetzen, wie sie das Raschîd gegenüber begründete, der sie drängte, ihm mehr von ihrer großen Reise zu erzählen.

Jetzt, an ihrem dreißigsten Geburtstag, versuchten wir ein weiteres Mal zu beleben, was noch an Beziehungswärme vorhanden war. Wir unterhielten uns gedämpft, weil wir befürchteten, den Brüdern des Genossen Fawwâs könnte etwas zu Ohren kommen. Sie hatten ihre Domestiken in dem großen Lagerhaus zurückgelassen. Die Lautsprecher waren verrostet. Sie hingen noch immer an ihrem Platz und plärrten revolutionäre Parteihymnen zu den nicht enden wollenden Anlässen. In den letzten Jahren waren auch noch alte Tonbandaufnahmen von Koranrezitationen hinzugekommen, die aus den Fenstern von Häusern ertönten, die eher wie Gräber aussahen, hastig gebaut mit billigem Material und für übertriebene Preise an arme Bauern verkauft, für die Aleppo noch immer der Inbegriff von Wohlstand und zivilisiertem Leben war. Dabei bestanden über drei Viertel der Stadt aus eigentlich unbewohnbaren Slumbereichen, in denen die Kriminalität grassierte und Bärtige am helllichten Tag Frauen mit kurzem Rock und kurzen Ärmeln verfolgten und bedrohten. Vor Gericht – sollte es dazu kommen – schwadronierten sie von Ehre und moralischem Verfall und ihrem Recht, alle zur Rechenschaft zu ziehen, die sich leichtfertig über die Bestimmungen der hehren Religion hinwegsetzten. Ein wahres Festival des Irrsinns und der seltsamen Gerüche! Aleppo war zu einer Stadt geworden, in der nur noch die Angst gedieh, einer Stadt unter der Knute unersättlicher Geheimdienstler und korrumpierter Beamter, die unablässig ihre Loyalität für den Präsidenten hinausjubelten und bei Volksbefragungen Freudentänze aufführten. Zum ersten Mal in seinem Leben schäme er sich grenzenlos, schrieb Jean an seinen Sohn.

Saussan fühlte sich ausgesprochen unwohl in diesem veränderten Aleppo. Die Angst, an deren Verbreitung sie und ihre Kameradinnen einst mitgewirkt hatten, bedrückte sie. Sie hatte nicht mehr den Mut, kurze Kleider anzuziehen, und zum Selbstschutz gegen Belästigungen steckte sie ein großes, scharfes Messer in ihre Handtasche, nachdem sie ihre Pistole beim lokalen Sicherheitsposten abgegeben hatte.

Sie versuchte, ihr früheres Bild aus ihrer Erinnerung zu tilgen. Ihre Spitzelberichte hatten Dutzende in die Befragungsräume gebracht und die Existenz vieler ihrer Kolleginnen zerstört. Und all das für eine lächerliche Summe: am Monatsende ein bisschen Kleingeld in die Hand, nicht einmal genug, um drei Personen vierzehn Tage lang zu ernähren, geschweige denn ein Paar Schuhe zu kaufen. Wie viel Lärm brauchte es wohl, um den Einfluss von Leuten wie Dschâbir, Fawwâs, seinen Brüdern und anderen Wichtigtuern in der Stadt zu stoppen? Ja, sie hatte die Seite gewechselt, war vom sinkenden Schiff gesprungen und bereute es, an die Ziele der Partei geglaubt zu haben, wenn auch nur für kurze Zeit, dieser Partei, deren Informationsmaterial aus lächerlichen Worthülsen bestand, verfasst von Vordenkern, die der Präsident, einmal an der Macht, entlassen und unter Beobachtung gestellt hatte, was deutlich machte, dass die «Weiterentwicklung der Partei» nichts anderes war als Geschwätz – nicht anders als die «Befreiung Palästinas».

Dschâbir erhielt ein staatliches Stipendium zum Studium in Rumänien. Seine sieben Jahre dort verbrachte er mit Devisengeschäften und mit der Abfassung von Berichten über syrische Studierende und Expats dort. Er kam zurück mit einem Doktorat in Städteplanung – was für ihn gleichbedeutend war mit der Zerstörung aller wundervollen Örtlichkeiten innerhalb der alten Mauern, hinter denen die Geschichte der Stadt bewahrt wurde, und mit der Kumpanei mit Bauunternehmern, die im wunderbaren Dschamilîja-Viertel und im Manschîja-Viertel keines der alten Gebäude stehen ließen. Alles Charakteristische wurde zerstört. Sie beschafften sich ohne Mühe Abrissbewilligungen und vertrieben mit unterschiedlichen Mitteln die Bewohner aus ihren angestammten heimeligen Häusern und brachten sie in rasch errichteten, billigen Gebäuden unter, in Zimmern wie Rattenlöcher.

Auf Parteikongressen – ideale Gelegenheiten fürs große Gähnen –, von denen die Syrer im Allgemeinen keine Notiz nahmen, da sie alle ein Leben lebten, das irgendwo parallel zu demjenigen der herrschenden Partei und des Präsidenten verlief, verteidigte Dr. Dschâbir diese Modernisierung. In praktisch jeden seiner Sätze flocht er Parteimantras oder Weisheiten und Ermahnungen des Präsidenten ein. Somit endete jedweder Diskurs, und Dschâbir verlangte schlicht und einfach die Entlassung aller Professoren, die die Verwüstung der Stadt kritisierten und versicherten, die Seele bedeutender Städte werde ihre Zerstörer bis ins Grab verfolgen. Solchen Träumern blieb angesichts von Dr. Dschâbirs Diskurs nichts anderes übrig, als ihre Sachen zu packen und ihre geliebte Stadt zu verlassen. Dann verbrachten sie den Rest ihres Lebens in den Vereinigten Staaten, Dubai oder Paris und kochten sich an jedem Wochenende Spezialitäten ihrer Stadt, die die beste Küche der Welt ihr Eigen nannte. Ihren Kollegen dort erläuterten sie lang und breit die Geschichte jedes einzelnen Gerichts und verfielen dann wieder in Schweigen. Sie legten sich in ihre Betten, Fremde in jenen großen Städten, krank vor Heimweh.

Nachdem Dschâbir vollkommen in der Parteiarbeit aufgegangen war, wurde Saussan ins Parteibüro bestellt. Sie stand vor dem Genossen Dschâbir, der diese unglückliche junge Frau in ihrem langen Kleid und ihrem extradicken Kopftuch musterte. Er ließ ihr einen Kaffee kommen und sprach wie ein Freund, der sich an eine weit zurückliegende Kindheit erinnerte, die er mit uns und unserer Mutter verbracht hatte, der er größten Respekt zollte. Mehr als einmal habe er sich bei der Parteiführung eingesetzt, damit sie nicht entlassen wurde. Damals zum Beispiel, als sie sich geweigert hatte, der Partei beizutreten. Er zog ein Dutzend weißer Blätter und einen Füllfederhalter aus der Schublade und forderte Saussan auf, in aller Ruhe alles zu Papier zu bringen, was ihr über Mundhir und seine Aktivitäten bekannt sei. Die Parteiführung wünsche übrigens, ihren Fall nochmals zu überdenken. Jetzt hätte sie gern ihre abgegebene Pistole dabeigehabt, um ihn abzuknallen. Die Seele der Stadt und ihre Opfer hätten ihr sicher verziehen, dachte sie. Ihr war speiübel. Sie nahm ihre Tasche und ging ohne ein weiteres Wort.

Lange ließ sie sich durch die Straßen der Stadt treiben, auf der Suche nach ihrer Stadt in dieser Stadt, in der sie befürchtete, eines Tages zu ersticken. Sie stellte sich vor, mit ihren Kameradinnen in der Schlange zu stehen, um sich von der Seele der Stadt darüber befragen zu lassen, was sie getan hätten. Sie betrat die Umajjaden-Moschee und zog sich in eine Ecke zurück, um Dutzende von Niederwerfungen zu beten. Sie sprach alle Gebete, die sie kannte. Mit Tränen in den Augen bat sie um Gnade für ihre Seele und um Vergebung von den Opfern ihrer Berichte.

Als sie die Moschee verließ, schlug ihr die kalte Dezemberluft entgegen. Sie fragte sich, was es bedeute, dass sie die Universität nicht abgeschlossen hatte und nun als Vertretungslehrerin an der Dorfschule in Bajanûn arbeitete, wo sie sich ihre Kleider im Winter mit Schlamm und im Sommer mit Staub beschmutzte. Die Busse, in denen sie reisen musste, waren mit Bauern überfüllt, die ihr auf die Füße traten, ohne sich auch nur nach ihr umzuschauen oder sich gar für ihre Grobheit zu entschuldigen.

Ihren dreißigsten Geburtstag hatte sie uns alleine weiterfeiern lassen. Für sie waren wir alle gescheitert und hatten vor allem Angst. Sie setzte ein verschmitztes Lächeln auf, an das Raschîd sich hielt, um nicht vor Verzweiflung zu sterben.

In jener Nacht betrachtete sie lange ihre drei Adler und suchte in deren Festigkeit einen Sinn für ihr eigenes Leben an diesem ersten Tag in ihrem vierten Jahrzehnt. Anflüge ihrer früheren Heiterkeit und ihres bitteren Spotts kehrten zurück, und sie beschloss, wieder Ordnung in ihr Leben zu bringen. Hiba wollte sie nicht wiedersehen. Sie wollte etwas erleben und nicht dieses elende Ende akzeptieren, als kleine Lehrerin auf dem Lande, umzingelt von ehemaligen Parteigenossinnen, die darauf drangen, dass sie wieder wurde, was sie einmal war: ein kleiner Spitzel. Dieser Teil ihrer Vergangenheit musste unbedingt getilgt, ungeschehen gemacht werden: die Partei, die Geheimdienste, die Opfer. Sie wollte wieder eine romantische Frau sein, die den Männern den Kopf verdrehte und deren Gehirn ständig neue verrückte und ausgefallene Ideen hervorbrachte.

Sie hatte Mundhir mehr Genuss verschafft, als ein Mann sonst im ganzen Leben kriegt, und jetzt musste sie sich eingestehen, dass sie ohne ihn eine unbedeutende, unspektakuläre Frau geworden war. Sie hatte alles gegeben, um ihren Geliebten glücklich zu machen, der nun neben seiner Gemahlin lag und an ihrem stumpfen Körper nach den Düften anderer Frauen forschte, besonders nach dem Heugeruch, der ihn an die Brust ihrer Schwester Sahar erinnerte. Schon in der ersten Woche gab er den Versuch auf, auch nur einen Hauch von Saussan in dem leichenkalten Körper dieser Frau zu finden, die nur ihren Schrank mit Kleidern vollstopfte. Also vertiefte er sich immer mehr in die Bücher, die ihm sein Bruder Dschaafar regelmäßig per Post zukommen ließ. Bücher über das iranische Experiment, Interpretationen schiitischen Denkens und Lebensläufe der Märtyrer. Die neuerliche Lektüre der Lebensläufe der Prophetenenkel Hassan und Hussain rührte ihn zu Tränen, und aus der Textsammlung *Wege der Beredsamkeit* von Imam Ali Ibn Abi Tâlib, dem Gott gnädig sein möge, lernte er ganze Passagen auswendig. In seiner neuen ehelichen Wohnung reservierte er eine kleine Ecke für seine religiösen Verrichtungen. Er breitete einen Gebetsteppich aus Isfahan aus, den ihm ein iranischer Freund geschenkt hatte; neben dem großen Bücherschrank stellte er einen Tonkrug mit Wasser bereit. In diesem Winkel fand er Ruhe, es schien ein idealer Ort, um über das Schicksal der Menschen und der Welt zu meditieren.

Die Erinnerung an Saussan plagte ihn kaum mehr. Nur wenn er sich in seiner prächtigen Badewanne ausstreckte und sein Körper wohlig im heißen Wasser versank, wenn er sich entspannte und das Blut in seine Adern zurückkehrte, dann schwoll sein Glied, und er dachte an Saussan. Es war ein Fehler gewesen, sie nicht bei sich zu behalten. Sie hätte sicher nicht nein gesagt. Und wieder malte er sich ein Leben mit ihr aus. Seine Einsamkeit zwang ihn zu einem klandestinen Sexleben, das ihn von der Lust fern hielt, die er zu meiden versuchte. Er besorgte es sich lieber selbst mit Saussans Bild vor Augen, als mit seiner Frau zu schlafen. Dann verließ er schuldbewusst sein Zimmer und versank immer tiefer in seiner Einsiedelei. Demütig übernahm er die wenigen Aufgaben, die ihm der Herr des Palasts übertrug, dem nicht entging, dass seine Augen umherschweiften und er ständig Koranverse und Weisheitssprüche im Munde führte, die er auswendig gelernt hatte. Mundhir protestierte nicht, als immer mehr heikle Aufträge an Guillaume gingen, einen jungen Absolventen des französischen Instituts für Orientalische Studien in Damaskus, der nicht nur ausgezeichnet Arabisch sprach, einschließlich mehrerer Dialekte, sondern auch Persisch und Kurdisch. Letzteres hatte er von einer Kurdin gelernt, die sich mit ihrer Freundin Dalâl ein bescheidenes Zimmer im Scheich-Muchji-l-Dîn-Viertel in Damaskus teilte. Diese Dalâl machte sich ein Vergnügen daraus, ausländische Studenten in ihr Bett zu locken. In später Nachtstunde, nach heißen Donnerstagabenden, gabelte sie sie in einer Bar auf und erzählte ihnen von ihrer Begeisterung für das europäische Leben, an das sie sich – mit schmuddeligen, zerrissenen Jeans und der bestickten Beduinenbluse – voll anpasste. Sie schimpfte auf ihre zurückgebliebene Familie, die in Suwaidâ lebte, und schwärmte in ihrem bescheidenen Englisch für den modernen Tanz, den sie heiß liebe. Eines Nachts nahm sie Guillaume mit in ihr Zimmer und ließ ihn am Freitagmorgen, als sie zu ihrer Familie reiste, weiterschlafen. Als er aufwachte, traf er Narîn, eine schmächtige junge Frau, die in der kleinen Küche Kaffee kochte. Ihre Zimmerkollegin habe überraschend nach Suwaidâ fahren müssen, erklärte sie ihm freundlich, und bot ihm eine Tasse Kaffee an. Sie erzählte von ihrem Verlobten, einem Maschinenbauingenieur, der in Kamischli bei einer Getreidefirma arbeite. Auch von ihrer Liebe zu kurdischer Musik sprach sie, übersetzte ihm einen Text von Ciwan Haco und sang ihm ein langes Stück aus «Aman Dilo» vor, einem bekannten Lied von Muhammad Scheicho. Die beiden sangen und lachten und plauderten zusammen, heiter und gelöst wie alte Freunde. Später lud sie ihn ein, ihr Mittagessen aus Resten von Kartoffeln und Auberginen mit ihm zu teilen. Sie bemerkten kaum, wie es Abend wurde.

Guillaume erfuhr, dass Narîn ihrer Freundin am Donnerstag das Zimmer überließ und bei einer Bekannten in einem Studentenwohnheim übernachtete. Dafür verließ Dalâl das Zimmer, wenn Walîd, Narîns Verlobter, aus Kamischli kam. Guillaume fühlte sich sehr wohl bei dieser schmächtigen jungen Frau, die bis zu ihrer Hochzeit drei Jahre später Jungfrau geblieben war.

Ein paar Tage nach ihrer ersten Begegnung öffnete Dalâl die Tür, vor der zu ihrer Überraschung Guillaume stand und nach Narîn fragte. Er nahm sie mit zu einer Party bei Cécile, einer Kollegin am Institut, die unsterblich in Damaskus verliebt war, sich dort niedergelassen und Kontakte mit zahlreichen wichtigen Intellektuellen geknüpft hatte. Sie war hoch geschätzt, weil sie ihre «zweite Heimat» mit Verve gegen die Ignoranz der Europäer mit ihren alten Kolonialvorstellungen verteidigte. Die Beziehung zwischen Guillaume und Narîn entwickelte sich ganz unkompliziert. Plötzlich bemerkte Narîn, dass sie sich über Guillaume Sorgen machte und sich darauf freute, ihn wiederzusehen. Sie fühlte sich schuldig. Ihr Verhältnis zu Dalâl wurde gespannt, da deren Herrenbesuche immer häufiger wurden und sich nicht mehr auf den Donnerstagabend beschränkten. Also packte Narîn ihren Koffer und überließ das Zimmer ihrer Freundin. Doch kurze Zeit später standen zu Dalâls Überraschung ihre vier Brüder vor der Tür und befahlen ihr barsch, ihre Habseligkeiten zusammenzupacken, in einer halben Stunde werde sie mit ihnen abreisen. Wenige Tage später wurde sie mit einem Verwandten verheiratet, der in Venezuela wohnte. An ihrem Hochzeitstag dachte Dalâl daran, dass sie mit all ihren Erlebnissen ohne weiteres ein Buch über ausländische Männer und wie sie so sind schreiben könnte. Sie musste lachen, während sie auf der Insel Margarita für ihren Ehemann kochte, der, obwohl schon zwanzig Jahre in Venezuela, noch immer orientalisches Essen verlangte, wie es seine Mama immer gekocht hatte. Dalâl trank alleine ihren Kaffee und versuchte dabei, sich die Gesichter ihrer flüchtigen Liebhaber zu vergegenwärtigen, und sie machte sich Gedanken über das Buch, das sie über die Männer schreiben wollte, die sie gehabt hatte. Gleichzeitig warf sie ihr Augenmerk auf die neue Zielgruppe: Venezolaner, Mexikaner, Bolivianer. Doch es dauerte nicht lange, bis ihre Verwandten ihr Techtelmechtel mit einem Mexikaner bemerkten, das sich in einem der Touristen-Chalets auf der Insel abspielte. Man besorgte ihr ein Flugticket nach Damaskus, und dort nahmen ihre Brüder sie wortlos in Empfang. Sie führten sie an einen Ort in der Umgebung von Suwaidâ und erschossen sie aus vier Pistolen. Den Leichnam brachten sie nach Hause und verlangten von der Mutter, Jubeltriller auszustoßen. Der jüngste

Bruder, der noch keine sechzehn Jahre alt war, nahm die Tat auf sich. Er habe aus vier verschiedenen Pistolen und vier verschiedenen Richtungen geschossen, um die Schande, mit der seine Schwester die Familienehre befleckt habe, ein für alle Mal aus der Welt zu schaffen, erklärte er dem Untersuchungsrichter in Suwaidâ, der dies als die mildernden Umstände wertete, die das syrische Gesetz vorsah. Die Strafe erfolgte nicht für vorsätzlichen Mord, sondern für eine Maßnahme zum Schutz der Ehre. Nach zwei Jahren verließ der junge Mann das Gefängnis und stolzierte, als Held gefeiert, durch die Straßen von Suwaidâ.

Narîn fürchtete, ihr könnte dasselbe zustoßen wie ihrer Freundin Dalâl. Sie erklärte Guillaume, sie könne ihn nicht mehr sehen, aber sie vergaß nie die heißen Küsse, mit denen sie seine Lippen verschlang – mit einer Gier, der Guillaume nichts entgegenzusetzen hatte. Sie trafen sich noch einige Male, und er bat sie, ihn als guten Freund zu betrachten und von ihm ein Geschenk anzunehmen: eine Flasche exzellenten Weins aus einer Kellerei in der Gegend von Aix-en-Provence, die er extra für sie besorgt hatte. Er küsste sie auf die Wange und sagte ihr Lebwohl.

Narîn war erleichtert, weil ihr kleines Abenteuer vorübergegangen war, ohne dass es zu einem Skandal kam. Drei Jahre später musste Guillaume sich entscheiden, ob er lieber für das französische Außenministerium oder für Habîb al-Maussili arbeiten wollte, der von seinen umfassenden Kenntnissen der großen alten levantinischen Familien beeindruckt war. Und so dauerte es nicht lange, bis Guillaume in den engsten Kreis derer aufgenommen wurde, die in alle Geheimnisse des Hausherrn eingeweiht waren. Er suchte auch Mundhirs Nähe und pries seinen guten Geschmack bei der Wahl seiner hübschen Freundin, die ihm bei der Kenntnis von Obszönitäten und Schimpfwörtern aus der Aleppiner Umgangssprache Paroli bieten konnte – sehr zum Missfallen Mundhirs, der Guillaume zu dessen Überraschung auch mal bei grundlegenden Fragen zum schiitischen Religionsrecht zu Rate zog. Dann zitierte Guillaume viele Rechtsgelehrte, die in ihren Interpretationen aber dem Originaltext und auch sich gegenseitig in einem solchen Ausmaß widersprachen, dass man sich auf nichts verlassen konnte.

Saussan erinnerte sich gut an Guillaumes lachendes Gesicht und an seine Erörterungen über das absurde Theater. Sie nannte ihn einen prächtigen Freund, obwohl sie enttäuscht war, als er es ablehnte, ihr zu helfen, sich in Paris niederzulassen. Er gab ihr lediglich die Adresse eines französischen Freundes, der sie drei Nächte lang beherbergte und ihr zum Abschied noch fünfhundert französische Francs anbot, die sie nicht ablehnen konnte. Danach schlief sie wieder auf einem schmuddeligen Sofa, eingehüllt in die Gerüche maghrebinischer Gewürze, im Restaurant «Die Blume von Oran», weit weg vom Zentrum von Paris mit seinen feinen Vierteln, von deren wildem Leben sie damals geträumt hatte, als sie sich noch als Gattin eines hohen, einflussreichen Offiziers sah.

Noch vor Tagesanbruch stand Saussan auf. Sie ging ins Bad, wo sie den Heizofen sechs Stunden zuvor angezündet hatte. Das Wasser im Boiler blubberte, und Saussan setzte sich in die Wanne, in der sich im Lauf der vergangenen Jahre viel Kalk abgelagert hatte. Auch hier blätterte, wie überall im Haus, die Farbe von den Wänden. Sie spürte, wie sehr Mutter am Ende sein musste. Früher hatte hier alles anders ausgesehen. Da hatte das Badezimmer geblitzt und geduftet.

Über drei Stunden lag sie im warmen Wasser und entspannte sich. Alle Poren an ihrem Körper öffneten sich.

Dann kam sie, in ein Badetuch gehüllt, heraus. Mutter saß in abgetragenen Kleidern auf einem wackeligen Holzstuhl. Sie schaute nicht auf den eingewickelten Körper ihrer Tochter, sondern bot ihr nur eine Tasse Kaffee an, die Saussan schnöde ablehnte. Bevor sie in ihrem Zimmer verschwand, schaute sie kurz in das unsrige. Raschîd schlief noch fest, und Onkel Nisâr lag auf einer Baumwollmatte auf dem Fußboden. Für uns drei, die sich dieses Zimmer teilten, hegte sie eine tiefe Zuneigung. Behutsam schloss sie die Tür und verrichtete ein letztes Mal das Morgengebet.

Als ich aufgestanden war, stellte ich zu meiner Überraschung fest, dass sie ihre schweren Kleider in den Garten geworfen hatte, in dem fast alle Bäume verdorrt waren. Ihr langes Kleid lag dort, ihr Kopftuch und ihre Handschuhe, sogar ihr Gebetsteppich. Sie zündete alles an und sagte lächelnd zu Raschîd: «Jetzt ist die unbeschwerte Saussan zurück. So leicht lässt sie sich nicht unterkriegen.» Doch ihrer Stimme fehlte die Überzeugungskraft, und ich konnte auf ihrem heiteren Gesicht, auf das die Schatten eines langsam zu Asche werdenden Feuers fielen, die Angst erkennen. Dutzende von Gesichtern betrachteten uns von den Dachterrassen und den Fenstern der Nachbarschaft und beobachteten das Feuer, das ruhig verlosch. Sie wussten nicht, dass Saussan sieben Jahre zu Asche werden ließ, deren Flocken mir ins Gesicht wehten und meine Angst neu belebten, diese Angst, die mich immer überfiel, wenn Saussan irgendwelche Überzeugungen aufgab.

Danach verbrachte unsere Schwester viel Zeit zu Hause und diskutierte mit Raschîd die Frage, wie man sich von dieser Vergangenheit lösen könne, die auch ihn schwer belastete. Er sprach etwas vage von Suâd und wies auf die Urne mit ihrer Asche, die wie eine Ikone auf dem Schrank stand. Dann erzählte er, wie sehr er unseren Vater vermisste und wie sehr er sich wünschte, ihn vor seinem Tod wenigstens noch ein einziges Mal zu sehen. Raschîd sprach intensiv und ernsthaft über den Tod. Er verfluchte Madhat, der ihn aus Onkel Nisârs Haus gejagt, seine Geige auf die Treppe geworfen und seine Kleider und die persönlichen Dinge, die er bei unserem Onkel aufbewahrte, aus dem Schrank gerissen hatte. Onkel Nisâr kam gegen seine Rücksichtslosigkeit nicht an und überhörte alle Obszönitäten, die er über Mutter äußerte. Saussan unterbrach Raschîds Redeschwall nicht. Sie starrte auf Suâds Urne, zutiefst überzeugt, dass unsere Familie auf einen tiefen Abgrund zusteuerte und nur ein Wunder uns retten könnte.

«Wenn etwas imstande ist, dich zu besiegen, solltest du lieber den Tod suchen», sagte Raschîd und wies auf die neue Geige, die ihm Onkel Nisâr besorgt hatte, weil er sich vor seinem Neffen, den er musikalisch großgezogen hatte, schämte. In letzter Zeit hatte Raschîd seinen Adlerblick verloren, wenn er die Geige nahm und zu spielen begann. Onkel Nisâr glaubte noch immer an ihn und versicherte allen Musikern in Aleppo: «Es kommt der Moment, in dem sein Genie erkannt wird.» Alle warteten auf Raschîds ungeschriebene Kompositionen. Doch dieser schwieg und ignorierte auch Mutter, die jeden Tag einen Brief schrieb, ihn an falsche Adressen schickte und auf Antworten wartete, die nie kamen.

Was blieb uns noch, wenn sogar die Adressen verloren gingen? Die Abstrusität, in der die Stadt versank, schockierte mich. Ich machte mich daran, Arbeit zu suchen. Ein Freund von Onkel Nisâr setzte sich für mich ein, und so konnte ich für eine Textilfirma Broschüren übersetzen, Bezahlung nach Quantität. Ich musste in die Fabrik in al-Safîra gehen und dort stundenlang warten, bis man mir die Broschüren aushändigte. Währenddessen betrachtete ich verstohlen die Angestellten, Männer und Frauen, in der riesigen Fabrik. Ich bandelte völlig harmlos mit einem Mädchen an, das mir erklärte: «Mit Gesichtern, die dir gegenüberstehen, ist eine Freundschaft nicht möglich.» Ich schenkte ihrem Argwohn anderen gegenüber keine Bedeutung. Das war ganz normal an diesem Ort. Jeder fürchtete, ein unkontrolliertes Wort über das Land, die Inflation und die allgegenwärtige Gewalt könnte zu Schwierigkeiten führen. Allein die Feststellung, Petersilie sei teuer, konnte von einem Spitzel als Klage über die Politik der Partei gewertet werden. Und wenn man über den Tod sprach, konnte das bedeuten, man lebe nicht gerne unter der Herrschaft der Partei. Alles war mit der Partei verknüpft, für die der Genosse Dschâbir und seine Kumpane von der Parteileitung gern Millionen von Menschen zu endlosen Jubeldemos auf die Straße trieben.

Jean beobachtete durch die Jalousien seiner Wohnung im ersten Stock seine ehemaligen Kollegen, die noch immer, wie schon zehn Jahre zuvor, Freudentänze vollführten, auch wenn ihre Rücken nicht mehr so gerade waren. Er schämte sich abgrundtief.

Ich saß auf dem Gang und wartete auf den Verantwortlichen für Public Relations, der, wenn er meiner ansichtig wurde, immer so tat, als wäre ich gerade angekommen. Er händigte mir die Broschüren aus, und ich machte mich auf den Heimweg, ohne seinen immer gleichen Bemerkungen Gehör zu schenken, man lege Wert auf exakte Terminologie. Danach verbrachte ich die Nacht übersetzend, was mir das Gefühl gab, etwas Bedeutsames zu tun. Ich schraubte an Sätzen herum und wälzte Wörterbücher, um zum x-ten Mal nach der passendsten Bedeutung zu suchen. Dabei räsonierte ich, dass es besser war, mir über diese Broschüren den Kopf zu zerbrechen, als vor einer Wandtafel zu stehen, um bornierte Schüler zu unterrichten, die später einmal Berichte für die Geheimdienste abfassen würden. Ich schätzte meine Freiheit, wusste aber nicht recht, was ich mit dem Rest des Tages anfangen sollte. Also beschloss ich, «The Waste Land» von T.S. Eliot neu zu übersetzen, und zwar allein, um ein Gefühl für diese großartigen Verse zu entwickeln, die über Zerstörung sprachen. Saussan erzählte ich von meinen Gedanken über den Tod, doch sie reagierte nicht darauf. Nach all diesen Jahren habe sie Jean wieder aufgesucht, verriet sie mir und bedauerte, ihn damals nach zwei Jahren verlassen zu haben, kaum dass sie sein Interesse geweckt hatte – wie ein Adlerweibchen, das seinen Liebhaber bestraft, weil er zu spät zum Stelldichein kommt.

Ich hatte schon immer Angst vor Ansammlungen, die außer Kontrolle geraten konnten, zum Beispiel vor Gruppen von jungen Menschen, die nach einem aufregenden Film johlend umherzogen. Geheimdienstler säßen auch auf den Blättern der Bäume, behauptete Mutter und mahnte uns, ja den Mund zu halten und einfach zu nicken. Sie selbst hatte sich das Jahre zuvor angewöhnt, nachdem ein Kollege von ihr, ein Geographielehrer, verschwunden war. «Was tun denn Mäuse, die von Fallen umstellt sind?», fragte sie. «Sie verhalten sich ruhig.» Die ganze Bevölkerung verhielt sich so ruhig, dass die Sicherheitsleute sich zu langweilen begannen, weil sie nichts anderes zu tun fanden, als Backgammon zu spielen und alte Akten wieder zu öffnen. Doch die darin vermerkten Personen hatten sich, weitere Vorladungen befürchtend, längst ins Ausland abgesetzt.

Saussan beobachtete von der Zitadelle herab wortlos die Stadt und die untergehende Sonne. Sie war in Begleitung eines armenischen Fotografen, der ihr schon seit Jahren an den Fersen hing, um ein Nacktfoto von ihr zu machen. Damit wollte er in Paris seine erste Ausstellung, über den Körper, bestücken. Die Stille lastete schwer auf ihr, und zum ersten Mal fürchtete sich Saussan vor der Dunkelheit. Der Armenier machte ein paar Bilder von ihr, doch als er sie später aufhängte, spürte er den Unterschied zwischen jenem Gesicht, an dessen scharfgezeichnete sinnliche Einzelheiten er sich noch genau erinnerte, und diesem hier, das zu gefasst für einen Fotografen war, der nach internationalem Renommee gierte. Und so vermutete er, dass auch ihr Körper nicht mehr derjenige eines Models war, für dessen Entkleidung zu bezahlen sich lohnte.

Seine Vermutung wurde schon am folgenden Tag bestätigt. Um sieben Uhr abends klopfte Saussan an seiner Tür und trat in das Zimmer, das er zu einem Fotostudio umgewandelt hatte: mehrere Scheinwerfer, ein Schirm für Lichtreflexion, ein Sofa und ein weißer Perserteppich, den er in Kalkutta ersteigert hatte. Saussan zog sich aus und fragte, wo sie sich hinlegen solle. Er betrachtete sie und sah die kleinen Fältchen an den Schenkeln und die Wölbung des Bauchs. Er bat sie, sich auf dem Sofa zusammenzurollen, Embryostellung. Er knipste ein paar Bilder und gab ihr das Honorar. Saussan spürte, dass er nicht zufrieden war. Sie gab ihm das Geld zurück und erklärte, er könne die Bilder ausstellen, aber ihr Gesicht dürfe nicht erkennbar sein. Er entschuldigte sich. Er sei auf der Suche nach jenem Körper gewesen, den er einmal angebetet, sich aber aus Angst vor Mundhir davon ferngehalten habe, erklärte er. Saussan fühlte sich zutiefst gedemütigt und bat um einen Wodka mit Lemon. Alle suchten ihre Vergangenheit! Sie beschloss, sich von diesen Kastraten nicht unterkriegen zu lassen. In einem Ton, der keine Widerrede duldete, verlangte sie die Negative. Er wusste, aus welchem Holz sie geschnitzt war, und gab ihr den Film. Sie nahm ihn und ging. Das Geld blieb auf dem kleinen Tisch zurück. Der Armenier bereute sein Verhalten und gelangte schließlich zu der Überzeugung, dass sie doch gar nicht so übel war, wie sie da zusammengerollt auf dem Sofa lag: eine fruchtbare Frau, furchtsam und traurig wie nie zuvor.

Saussan ließ die Bilder bei einem etwas skurrilen kurdischen Fotografen entwickeln, der ständig davon faselte, dass er sich dem Beitritt zur Baath-Partei nicht entziehen konnte, und der den Gästen der Schabâb-Bar von seiner Mutter erzählte, die zwar kein Arabisch konnte, dafür aber in neun Sprachen träumte. Er betrachtete die Bilder mit Saussans im Sofa vergrabenem Gesicht und erbat als Honorar den Abzug eines Bildes. Dieses ließ er durch eine Amerikanerin, die in Damaskus Arabisch studierte, der Redaktion der Zeitschrift *Foto* zukommen. Die Amerikanerin kam immer wieder nach Aleppo, um den absonderlichen Fotografen zu besuchen, der ihr Hotelzimmer erst nach drei Tagen wieder verließ und sie erschöpft und zerschlagen zurückließ, mit kraftlosen Beinen und weichen Knien, unfähig, zu stehen oder auch nur ein paar Meter zu gehen. Sie säuselte ihm allerhand Schönes über seine Augen ins Ohr – auf Englisch, wovon er kein Wort verstand. Sie posierte vor der Kamera und seinem magischen Auge, und er machte von ihr ein paar Aufnahmen neben dem hohen Fenster mit Blick auf das ehemalige Ramses-Kino, das inzwischen ein Café für Bauern und Arbeiter geworden war. Er tobte alle seine verdrängten Triebe an ihrem Körper aus und erhielt dafür auch noch prächtige Mahlzeiten, die sie aus dem Restaurant Wanîs kommen ließ, und flaschenweise Wein, den sie in der Hotelbar bestellte. Dann ließ sie ihm ein paar hundert Dollar da, angeblich für die Bilder, die er von ihr gemacht hatte, Geld, das er in der Bar ausgab, wo er seinen mittellosen und frustrierten Freunden von ihrem Gesicht erzählte, das leuchte wie der Mond, und von ihrem Körper, zu dessen Beschreibung ihm nur ein Pantherweibchen einfiel, das durch den afrikanischen Dschungel gleitet.

Mit dem Namen des kurdischen Fotografen Rascho Dawûd versehen, wurde Saussans Bild in der bekannten französischen Zeitschrift *Foto* abgedruckt, neben Bildern der weltweit berühmtesten Fotografen. Die Zeitschrift schickte ihm zweitausend französische Francs und sechs Exemplare der Nummer. Er zeigte das Bild in den Cafés herum, ebenso einen Brief, in dem der Chefredakteur ihn um weitere Bilder zur Veröffentlichung bat und versprach, ihn im Falle einer weiteren Zusammenarbeit auch einmal nach Paris einzuladen.

Die Veröffentlichung des Bildes gab Saussan etwas von ihrem Selbstvertrauen zurück. Sie betrachtete die zehn anderen Fotos, die in ihrem Zimmer an der Wand hingen, und fragte Raschîd, was ein derart zusammengerollter Körper bedeuten könnte. «Es wird Zeit, dass du Mutter wirst», antwortete der Bruder kurz und bündig.

Raschîd kroch nicht mehr in Saussans Bett, um an ihrer Brust zu schlafen. Sie strich ihm auch nicht mehr übers Haar wie einem Sohn. Als sie am dritten Tag nach Eintritt in ihre vierte Lebensdekade aus ihrem Zimmer kam, um auszugehen – bekleidet mit einem kurzen Kleid unter ihrem alten Regenmantel und nicht mehr ganz neuen, aber schicken Lederschuhen, die sie aufpoliert hatte –, erntete sie von uns nicht die überraschten Blicke, die sie erwartet hatte. Wir schwiegen, bewunderten aber im Stillen ihren besonderen Geschmack. Doch schon nach wenigen Minuten kam sie zurück, das Haar zerzaust, die Bluse zerrissen. Sie suchte nach dem großen Küchenmesser, um es dieser Gang von Strolchen heimzuzahlen, die ständig an der Straßenlaterne an der Ecke herumlungerten und sich am Anblick ihrer Brust aufgegeilt hatten; der rosarote BH schimmerte durch ihre Bluse hindurch. Sie hatten sich an sie rangemacht und sie betatscht. Einen von ihnen packte sie und schlug seinen Kopf gegen die Wand. Dann rannte sie weg, um den Händen zu entkommen, die sie in der Abenddämmerung vergewaltigen wollten. Sie ergriff das Messer und rannte wieder hinaus, sie zu suchen, fand aber nur ihre Mütter, die an den Türen standen und sie als Hure beschimpften.

Diesen Tag vergaß sie nie. Und von da an zeigte sie sich in der Gasse nur noch keusch gekleidet und mit einem Tuch um den Kopf, das sie aber abnahm, sobald sie die Gasse verließ. Angesichts unserer Hilflosigkeit und unserer Furcht spürte sie zum ersten Mal, dass sie allein war. Sie hatte eigentlich keine andere Wahl mehr, als zum Genossen Dschâbir zu gehen, die gewünschten Berichte zu verfassen und die Pistole zurückzuverlangen. Doch das tat sie nicht. Diese Schande, wie das Jean ohne Zögern genannt hatte, würde sie nicht noch einmal auf sich laden.

Jean hatte ihr den letzten Brief zu lesen gegeben, datiert vom 26. Februar 1998, in dem er Pierre von seiner Großmutter erzählte, die ihr Zimmer nicht mehr verlassen wollte, sondern nur noch die Blätter mit den Versen eines Dichters namens Orchân Mujassar in der Hand hielt. Sie wollte auch nicht mehr die Stimmen der Prostituierten hören, die ihn weiterhin besuchten, und er suchte in ihnen nicht mehr nach Saussans Ebenbild, nachdem er sie in ihren alten Kleidern gesehen hatte. Sie durften sich frei in der großen Wohnung bewegen, mit all ihrem Staub, der die Lehnen der türkischen Sofas und die Familienbilder bedeckte, die aus einem vergangenen Jahrhundert zu stammen schienen, aus Zeiten, an die niemand mehr glaubte und in denen gelebt zu haben nicht einmal meine Mutter mehr mit Stolz erfüllte. Sie versuchte, das Bild ihrer Kolleginnen zu vergessen, die ihre schicken Kleider und ihre frisch gelegten und mit Festiger gebändigten Haare zur Schau stellten.

In dem Brief erläuterte Jean seinem Sohn ausführlich seine Theorie von historischer Schande. Er zeichnete ein Bild von den Bewohnern einer Stadt, die dieselbe Luft atmeten, sich aber gegenseitig fürchteten: die Christen die Muslime, die Minderheiten die Mehrheit. Andrerseits fürchtete auch die Mehrheit die Tyrannei der Minderheit. Ethnische Gruppen, religiöse Gemeinschaften oder Sekten fürchteten den Präsidenten und die Geheimdienstoffiziere, und der Präsident fürchtete seine Entourage und sein Wachpersonal. Die Hofschranzen suchten nach immer originelleren Wegen, sich gegenseitig anzuschwärzen und die eigene unverwüstliche Loyalität zu verkünden, und sie machten den Präsidenten zu einem Heiligen, ja, zu einem Gott, der aber trotz allem in seinem Palast blieb, voller Furcht sogar vor seinem Wachpersonal. Keine zehn Meter wagte er sich hinaus ohne Hunderte von Wächtern – und dies, obwohl das Fernsehen regelmäßig Millionen von Menschen zeigte, die auf Loyalitätskundgebungen begeistert seinen Namen riefen.

Auch von seinen verängstigten Schülerinnen berichtete Jean, die die Hymne einer Partei schmetterten, mit der die meisten von ihnen nichts zu tun hatten. Sie lebten nebeneinanderher, ohne dass sich ihre Wege kreuzten. Sie waren wie Fremde, die nur die Straßen und Gehwege in der Stadt gemeinsam benutzten. Vage deutete er an, wie glücklich er war, weit weg von seiner ignoranten Ehefrau Colette zu sein, die keine Gelegenheit ausgelassen hatte, ihn dafür verantwortlich zu machen, dass er einem Land angehörte, dessen Bewohner noch auf Kamelen reiten. Dabei hielt er auch nicht mit Spott darüber zurück, dass sie keine Ahnung von der Geschichte seiner großartigen Stadt hatte, dem einstigen Anziehungspunkt für Konsuln von überallher.

In Winternächten schrieb er lange Briefe und kostete dabei von den getrockneten Bohnen, die ihm seine Prostituierten kochten, die sich frei in der Küche bewegten und alle die Kochtöpfe benutzten, auf deren Dekorationen seine Mutter so stolz war: mythische Bilder von Diana, der Göttin der Jagd, mit entblößter Brust – die prächtigste Kleidung für eine Frau. Jeden seiner Briefe schloss er mit einer französischen Gedichtzeile und einem orientalischen Weisheitsspruch ab, da er sich wünschte, sein Sohn, eine Mischung von beiden Seiten, werde halb Orientale und halb Okzidentale werden. Am Schluss fügte er noch ein paar Ratschläge hinzu und beschrieb sich als einen Weltbürger, der gegen die Schande aufstand, wo immer er sie fand, wie große, aufrichtige Menschen, deren seine Stadt in diesen schwierigen Jahren bedurfte.

Saussan gefielen Jeans Veränderungen, sie schöpfte daraus Kraft. Er versenkte sich in die Neuübersetzung der Balzac'schen Werke und entdeckte, dass die Zeit keinen eigenen Wert besitzt, dass sie einfach abläuft, ungerührt, und nur Narben auf unserer Seele zurücklässt. Er rieb den Körper seiner Mutter mit Kölnischwasser ein und erzählte ihr, ihre Zeit sei noch nicht vorbei und ihr Kandidat Gabriel al-Schâmi sei ins Parlament zurückgekehrt. Sie lächelte ungläubig, dankbar dafür, dass er in ihrer Nähe war. Aber sie lehnte jeden Vorschlag ab, das Haus zu verlassen. Niemand sollte sie als blinde, alte Frau sehen, die sich nur mühsam bewegte. Sie bat ihn, sich bei Georges Hannûsch, dem Sargmacher, zu vergewissern, dass er bei ihrem Sarg – Nussbaumholz mit vergoldeten Handgriffen – an beiden Seiten etwas Raum ließ, damit sie bequem liegen konnte. Sobald er sie am Abend regelmäßig atmen hörte, schloss er die Tür und ging hinaus auf die leeren Straßen. Sein Ziel war die Schabâb-Bar, wo er den Rabauken und den Alkoholikern aus dem Weg ging, sich eine stille Ecke suchte und, nach einem Glas Arrak, rasch wieder verschwand. Er folgte demselben Weg, den sein Vater, aus dem Ramses-Kino zurückkehrend, immer gegangen war, und er erinnerte sich, wie der Vater ihn als kleinen Jungen bei der Hand genommen und ihm haarklein die Geschichte jedes Hauses erzählt hatte, einschließlich der Familien, die die Wohnungen mit den hohen Zimmern bewohnten, an deren Balkonen Rosen wuchsen. Auch wie gern er durch den Matsch gestampft war, hatte er nicht vergessen. Schon lange träumte er nicht mehr, und seine Gelassenheit erinnerte ihn mehr und mehr an seine Mutter. Wie sie wartete er auf den Tod und sah im Geist seinen Sohn Pierre neben sich sitzen – in Erwartung seines Todes. Er dachte ernsthaft darüber nach, Selbstmord zu begehen und so allem ein Ende zu setzen. Die Schande sollte nicht in seinen Körper kriechen, er wollte nicht Stück für Stück zerfallen. Erschrocken über den Selbstmordgedanken, sog er den Duft der Bäume im Park ein und überließ seine chaotischen Gedanken sich selbst. Dann kehrte er nach Hause zurück, wo alles in tiefer Stille lag. Am nächsten Tag erzählte er Saussan, der Tod sei nicht so schlimm, wie man meinte.

Saussan kam nicht mehr täglich. Sie vergewisserte sich erst, dass das Wohnzimmer nicht voller Prostituierter war. Sie rief Jean an und machte mit ihm einen Termin ab, und Jean war froh, dass sie ihm eigentlich nicht mehr fehlte, weshalb er es ihr auch nicht übelnahm, wenn sie sich ein paar Minuten verspätete. Er machte ihr einen Kaffee und wartete, bis sie von sich zu erzählen anfing. Doch sie spürte, dass sie ihn langweilte, und musste sich eingestehen, dass sie nicht mehr anziehend auf ihn wirkte. Seine leidenschaftlichen Worte von einst und seine Freude über ihre Besuche damals hatte sie nicht vergessen. Doch seither waren fünfzehn Jahre ins Land gegangen. Er war gealtert, hatte sich insgesamt aber gut gehalten. Er habe Pierre gleich nach seinem achtzehnten Geburtstag im letzten Frühjahr geschrieben, erzählte er heiter, aber sie spürte, wie sehr es ihn bedrückte, dass sein Sohn keinerlei Interesse zeigte, mit ihm zu korrespondieren. Eine Postkarte dann und wann mit ein paar nichtssagenden Weihnachts- oder Neujahrsglückwünschen, das war alles. Jean gab sich damit zufrieden, weil er hoffte, er und sein Sohn hätten noch genügend Zeit, ins Kino zu gehen und durch die alten Märkte von Aleppo zu schlendern. Auch Pierre würde einmal ein Alter erreichen, in dem man gelassen über seine Beziehung zu Wesen nachdenken kann, die nicht zum eigenen Leben zu gehören scheinen.

Saussan fand es wohltuend, an unseren Vater zu denken. Wenn sie seine Adresse hätte, könnte sie ihm schreiben. Zum Beispiel davon, wie sehr sie sich schämte, als sie die Praxis des Frauenarztes verlassen hatte, der zwar ihre Jungfernhaut wiederhergestellt hatte, jedoch nicht imstande war, ihre Unschuld wiederherzustellen. Oder von Mundhir, dessen jüngste Entwicklungen ihr ihre libanesische Freundin Wâssifa schilderte: Er sei ein strammer Religiöser geworden, lebe von der Rente, die ihm der Herr des Palasts gewähre und warte auf Jünger. Ihr gefiel es, dass Mundhir so schwach geworden war. Er stellte sein Wissen zur Schau und erzählte von seinem Lebensweg als Dorfjunge, der dem Scheich die Hand küsste, von seinem Wunsch, wie bei den meisten seiner Klasse, eine Ausbildung an der Militärakademie zu machen, von seinem Glück, in die Nähe des Führers geholt worden zu sein, dann von seiner Versetzung in ein Militärlager in der Wüste von Deir as-Sor ohne jede Funktion, nachdem er den Führer der Fallschirmjäger um Erlaubnis gebeten hatte, das Land zu verlassen; danach von seinem Ausscheiden aus dem Dienst, in der Hoffnung, seine Freunde würden sich für ihn einsetzen, damit er weggehen und in den Dienst von Habîb al-Maussili treten konnte, der seinerseits unter noch immer geheimen, dubiosen Umständen das Land verlassen hatte. Er habe auch den Fehler gemacht, Waffen an die Muslimbrüder zu verkaufen, die diese im Kampf gegen die Regierung einsetzten, wurde gemunkelt.

Was Saussan für Schwäche hielt, war für Mundhir etwas anderes, nämlich Seelenruhe. Eine Seelenruhe, die nur noch durch die Erinnerung an Saussan gestört wurde – wie sie, angetan mit seinem Schlafanzug, das Abendessen richtete. Er konnte die Gefühle nicht vergessen, die ihr Körper in ihm weckte, wann immer sie es wollte. Sein größter Makel hätte zu einem gewaltigen Verdienst werden können, hätte er sich dazu durchgerungen, sie zu heiraten. Denn damit hätte er sie ihrer Religionsgemeinschaft abspenstig machen und für die seine gewinnen können. Sie hatte ja sowieso immer erzählt, das Gefühl zu haben, in ihrem Körper fließe fremdes Blut und sie fühle sich mehr den Bergen zugehörig als dem Kellergeruch in den Ebenen um Anabîja. Ein weiteres Mal musste er sich ermahnen, nichts zu tun, was er später bereuen könnte. Seine unterwürfige Frau, die er schrecklich beschränkt fand, wollte er nicht verstoßen, zumal sie es demütig ertrug, von ihm lange Nächte alleingelassen zu werden. Es war noch zu früh, um ins Dorf zurückzukehren, obwohl die Einkünfte von seinem Landbesitz inzwischen durchaus reichten, um als würdiger Scheich zu leben und einen neuen Scheichclan zu begründen. Eine Idee hatte sich fest in seinem Kopf eingenistet: ein Kampfscheich zu werden. Er war beeindruckt von Scheich Hassan Nasrallah, dem Führer der libanesischen Hisbollah, der in seinen Predigten drohte, Israel in Flammen aufgehen zu lassen. Als er das zum ersten Mal hörte, hängte er ein Poster von Nasrallah auf, die Faust in die Luft gestreckt wie ein großer Revolutionär. Dieser Kampfgeist würde ihn nie mehr verlassen, davon war er überzeugt.

Saussan schrieb kurz und freundlich zurück an ihre Freundin, sie wolle ab sofort nichts mehr hören, was sie an Mundhir erinnere – auch wenn sie ihn sich mit Vergnügen als armen Wanderprediger vorstellte, so ganz anders als der Kommandant eines Fallschirmspringerregiments, der er einmal werden wollte.

Saussan fühlte sich von Mittelmäßigkeit umgeben: Sie sprach sowohl aus den Blicken der Nachbarn, die von der Lasterhaftigkeit der jungen Frau entsetzt waren, als auch aus den Augen der meisten Männer, die sie zufällig traf und die keinen Hehl daraus machten, dass sie sich über sie hermachen wollten. Jener schmuddelige Taxifahrer zum Beispiel, der, als sie ihr Kopftuch abnahm und in ihrer Handtasche verstaute, ohne Umschweife vorschlug, sie solle sich doch neben ihn setzen, um seinen prächtigen Schwanz zu bestaunen. Für einen Augenblick fürchtete sie, sie könnte zur Mörderin werden, doch dann forderte sie ihn lediglich auf, am Bordstein anzuhalten, stieg ruhig aus, zog einen Schuh vom Fuß und begann, damit auf den Mann einzudreschen, der mit bloßgelegtem Penis hinterm Steuer eingeklemmt war. Sie beschimpfte ihn vor all den Leuten, die sich in Sekundenschnelle zusammengefunden hatten. Doch plötzlich hatte Saussan das Gefühl, von einer Schar aufgegeilter Männer umgeben zu sein, die sich alle auf sie stürzen wollten. Mit großer Mühe bahnte sie sich ihren Weg durch den säuerlichen Schweißgestank verdreckter Kleider.

Völlig aufgelöst flüchtete sie sich zu Onkel Nisâr. Auf ihr Klopfen hin öffnete Madhat. Mit gierigem Blick bat er sie herein. Sie könne auf ihren Onkel warten, der bei seiner Schwester schmolle. Sein herablassender Tonfall klang, als spräche er von seiner Ehefrau. Er habe übrigens schon lange auf sie gewartet und habe sogar Nisâr schon gebeten, sie doch herzuschaffen, um sein Bett mit ihm zu teilen. Daraufhin rannte Saussan entsetzt und fluchend aus der Wohnung und die Treppe hinunter. Madhats brutaler Blick und seine grobe Hand, die sie zurück in die Wohnung zu zerren versuchte, hatten die schlimmsten Befürchtungen in ihr geweckt.

Als Saussan Onkel Nisâr sah, blutüberströmt und mit blauen Striemen am ganzen Körper, brach sie in Tränen aus. Es waren die Spuren des Stocks, mit dem Madhat ihn verprügelt und dabei seine Mutter, seine Schwester und seine ganze Sippschaft beschimpft hatte. Es war nicht das erste Mal, dass er ihn schlug. Er war überzeugt, dass es sein heiliges Recht war, seine «Maha», wie er Onkel Nisâr nannte, hin und wieder zu ohrfeigen und auch mal zu verdreschen. Doch diesmal hatte Onkel Nisâr in Madhats Zorn eine echte Mordlust gesehen. Madhat war von der Arbeit zurückgekommen, erbost darüber, dass man ihn vor eine Untersuchungskommission geladen hatte, die ihn zu Informationen befragen wollte, die dem Finanzministerium zugetragen worden waren: Klagen über die Unvorsichtigkeit des Angestellten, der nicht mehr nur die normalen Geschenke annahm, sondern zum gemeinen Wegelagerer geworden war, der Schutzgeld erhob – und das, ohne in seiner Familie einen hohen Offizier zu haben, der seine Hand schützend über diese Machenschaften halten konnte.

Diese Vorladung erboste Madhat. Er stürmte aus seinem Büro. Onkel Nisâr schaltete sich ein und suchte die Vermittlung eines Großhändlers, eines begeisterten Fans seiner Musikgruppe. Ihn flehte er unter Tränen an, er möge sich bei seinen Freunden verwenden, damit sie die Klagen gegen seinen Partner fallen ließen, ohne den er, trotz seiner Naivität, wie er sich ausdrückte, nicht leben könne. An dem Ton des Mannes bemerkte Onkel Nisâr sofort, dass er von ihm nichts erwarten konnte. Er log Onkel Nisâr etwas vor und versicherte ihm, das werde sich schon richten lassen.

Am Abend belohnte Madhat ihn mit dem Versprechen, ein unvergessliches Fest zu organisieren, wenn die Sache zu den Akten gelegt würde. Doch am folgenden Tag erwartete ihn schon eine Polizeipatrouille, die ihn auf den Posten mitnahm. Dort wurde er sieben Stunden lang festgehalten und schwor auf einen kleinen Koran, den er bei sich trug, er sei unschuldig und die Berichte über ihn seien alle erstunken und erlogen. Alles, was ihm berechtigterweise zur Last gelegt werde, sei er selbstverständlich zu begleichen bereit. Der Untersuchungsbeamte gab ihm kurz und trocken zu verstehen, die Untersuchung sei auf Befehl des Präsidenten selbst eingeleitet worden, dem über vierzehnhundert Berichte zugekommen waren, die von Gewalt, Belästigung auf der Straße und einer Korruption berichteten, die praktisch zum alles beherrschenden System geworden war. Außerdem hätten mehrere Personen aus der nächsten Umgebung Seiner Exzellenz Aleppo besucht und seien von der völligen Vernachlässigung der Stadt, die langsam im eigenen Schmutz versank, schockiert gewesen und auch von den Meldungen, es gebe über tausend Anzeigen von

Mord, Diebstahl und bewaffneter Aggression gegen unbekannt. Die Untersuchung richte sich auf über fünfhundert hohe und niedrige Angestellte, und keine Vermittlung auf der Welt werde sie retten. Madhat spürte kalten Schweiß über seinen Körper strömen. Der Untersuchungsrichter befahl ihm, sich am nächsten Tag wieder einzufinden, und machte, ohne sich von ihm zu verabschieden, einem Soldaten ein Zeichen, ihn hinauszuführen.

Madhat hatte das Gefühl, in eine Falle geraten zu sein, die er bisher erfolgreich umgangen hatte. Er würde bezahlen müssen, was die Großkopfeten bezahlten. Nun hatte er nichts anderes mehr als den Körper von Onkel Nisâr, der im Morgenrock in der Küche stand und *Scheich al-machschi* kochte, jene Aleppiner Spezialität, die er, von Onkel Nisârs zarten Fingern zubereitet, zu genießen gelernt hatte. Dieser war selig. Wurde doch gegen Ende seines Lebens sein alternder Körper mit einem Mann belohnt, der bei ihm bleiben und ihn nicht verlassen würde, um auf düsteren Straßen irgendwelche Strichjungen zu suchen. Er hatte ihm beigebracht, wie man sich anständig anzieht, und ihn den Genuss klassischer Musik gelehrt – ihm zumindest ein paar populäre Werke nähergebracht: Klaviersonaten und bekannte Stücke von Richard Clayderman.

Doch Madhat riss die Tür auf, stürzte sich wie ein wildgewordener Stier auf Onkel Nisâr und drosch völlig unbeherrscht auf ihn ein. Onkel Nisâr nahm eine Mordlust an ihm wahr. Er kannte das bereits. Ihm hatten schon viele Männer Gewalt angetan. Er stieß Madhat mit aller Macht zurück und schaffte es, sich auf die Straße zu flüchten. Dort bemerkte er, dass sein Morgenmantel zerrissen und blutverschmiert war.

Onkel Nisâr stöhnte die ganze Nacht. Raschîd und Saussan saßen wortlos weinend neben ihm. Sie säuberten seine

Verletzungen mit einem weißen Tuch, während ich ein paar wirksame Medikamente besorgte. Onkel Nisâr fantasierte. Er murmelte die Namen von Unbekannten, aber auch von seinem Vater, seiner Mutter und seinem Bruder Abdalmunim und seinem Freund Michel, der ihm immer wieder Bilder von dem Jungen schickte, den er zusammen mit seinem französischen Partner adoptiert hatte. Mutter starrte ihren Bruder an, beschränkte sich aber darauf, über Sauerstoffmangel zu klagen. Wenn sie ihre Anfälle hatte, beschimpfte sie mit den ordinärsten Worten, die ihr gerade einfielen, den Genossen Fawwâs und seine Sippschaft, ihre Kolleginnen an der Schule, die Partei, die ihr Leben zerstört und ihr prächtiges Haus zu einer unbewohnbaren Grabeshöhle gemacht habe. Sie wanderte darin umher und konnte nicht glauben, dass der faule Gestank uns noch nicht umgebracht hatte. Was wir eigentlich in ihrem Haus noch wollten, fragte sie. Dann verstummte sie plötzlich und betrachtete völlig entgeistert die verblassten Bilder an der Wand und ihre einst prächtigen Sessel, deren Stoffe ausgebleicht und deren Sprungfedern so schlaff geworden waren, dass jedes Platznehmen einem Abenteuer gleichkam. Alles, was ihre Hände einst geschaffen hatten, war in einem so desolaten Zustand, dass sich kein Bettler bemüßigt gefühlt hätte, es von der Straße aufzulesen. Mutter bereute längst, nicht fortgegangen zu sein, irgendwohin, und wäre es in die Hölle. Der Tod ihrer eigenen Mutter hätte eine Warnung sein können, dass auch Rosen in Stroh verwandelt werden konnten.

Anzeichen von Hysterie hatten sich bei Mutter schon in der Schule gezeigt. Kollegen und Kolleginnen klagten, sie rede oft zusammenhanglos und mache sich etwas schrill über Kolleginnen lustig, die die Parteihymne mit Leben zu füllen versuchten, obwohl sie sie selbst so langweilig fanden, dass sie keine Schüler mehr wegen Mangels an Enthusiasmus beim Absingen bestraften. Sie verbot den Schülern den Mund und legte keinerlei Wert mehr auf ihr Äußeres. Mitten in der Stunde konnte sie die Klasse verlassen und einfach so aus der Schule marschieren. Dann zog sie durch die Cafés, erst auf der Suche nach unserem Vater, dann nach dem berühmten Maler, der sie einst in sein Studio eingeladen hatte. Einmal klopfte sie an seiner Tür. Eine alte Frau öffnete. Mutter fragte nach dem Maler, der hier einmal gewohnt habe. Sie wollte unbedingt einen Blick ins Innere und besonders auf das rote Sofa werfen, auf dem sie in ihren Träumen gelegen hatte – angetan mit dem kurzen lila Kleid, das sie sich extra für diese intimen Stelldicheins besorgt hatte. Sie hatte es aus ihrer Truhe geholt und geweint, als sie sah, dass die Mäuse es zerfressen und zugekackt hatten.

Die alte Frau war von Mutters Besuch überrascht. Sie wohnte allein in dem Studio, sammelte alte Kleider, schnitt sie in Streifen und verarbeitete sie zu Teppichen, die sie auf dem Bab-Dschenin-Markt verkaufte. Ihr Neffe sei schon vor Jahren nach Paris gegangen. Sie hatte Mitleid mit Mutter, bot ihr eine Tasse Tee an und versuchte, sich auf sie einen Reim zu machen, da ihr Gesicht noch immer die Herkunft aus besseren Kreisen verriet. Danach ging Mutter weiter zur Schabâb-Bar und stellte dem Kellner die immer gleiche Frage, und dieser erklärte ihr mit den immer gleichen Worten, er sei neu hier und kenne diesen Maler nicht. Sein Vorgänger, den besagter Maler auf einem berühmten Bild verewigt habe, sei tot, ertrunken in den Maidanki-Wasserfällen.

Bald darauf wurde Mutter aus dem Schuldienst entlassen, aus einer Tätigkeit, auf die sie sehr stolz war. Das verstärkte bei Saussan das Gefühl der Abneigung gegen sie, besonders weil sie bei allem Elend an einer Frisur festhielt, die junge Mädchen in den sechziger Jahre trugen; weil sie auch die Vergangenheit nicht losließ, sondern weiterhin täglich ihren Unterricht vorbereitete, der einst für seine Lebhaftigkeit und Originalität bekannt gewesen war. Mutter war eine bemerkenswerte und beliebte Lehrerin, die sich durch ihre ruhige aristokratische Art, die sie mit Bedacht pflegte, Respekt verschaffte. Das mussten auch ihre erbittertsten Feinde gegenüber den Informanten zugeben, die alljährliche Rapporte über sämtliche Lehrkräfte abzuliefern hatten. Doch nach sechs Monaten konnte der Rektor die Verantwortung für sie nicht mehr übernehmen. Er bat um eine Beratung mit dem Schularzt, der, aufgrund ihres guten Leumunds und ihrer großen Verdienste als Lehrerin, eine Frühpensionierung empfahl.

Als wir gemeinsam die Schulklinik verließen, war Mutter völlig gefasst. Sie bat lediglich darum, ein letztes Mal zum Schulgebäude gehen zu dürfen – und bespuckte es. Saussan und ich hielten sie an den Armen fest und führten sie nach Hause – zwischen den armseligen Häusern hindurch, die alle Lattichfelder verschlungen hatten. Der Gestank aus der offenen Kanalisation war ekelerregend, aber Mutter tröstete uns, alles werde wieder gut. Wir nahmen ihr das nicht ab, besonders nicht, als wir sahen, wie sie unseren Nachbarn beschimpfte, diesen Mann, der seine Frau umgebracht hatte, nachdem er sie in den Armen des Gasmannes erwischt hatte. Jeden Abend stand er an seiner Haustür, umgeben von seinen sechs Kindern, fluchte auf die Frauen und bot seine Hurenkinder zum Verkauf an. Es war als Morallektion für die Passanten gedacht, die ihm aber nicht zuhörten. Sein Anblick war mitleiderregend, und sein baumwollenes Unterhemd stank bestialisch.

Wir konnten Mutter nicht daran hindern, das Haus zu verlassen. Sie hatte das Gefühl zu ersticken, und die Medikamente, die ich zusammen mit ärztlichen Ratschlägen durch Vermittlung einiger befreundeter Schachspieler aus dem Café gratis bekam, erwiesen sich als wirkungslos. Wenn sie hinausging, ließ sie die Tür offen. Ein Haus, in dem es nichts als Elend gebe, brauche keine Tür, die vor kleinen Dieben schützt. Wie eine Bettlerin streifte sie durch die Straßen und kehrte erst spätnachts zurück. Dann wälzte sie sich, von ständiger Angst geplagt, im Bett. Sie konnte sich aber auch tagelang ruhig halten und viele Stunden schlafen. Danach stand sie auf, schlich langsam durchs Haus und versuchte, wieder zu Kräften zu kommen. Sie kochte Kaffee, setzte sich an den Esstisch und erzählte uns, sie habe im Traum die arabischen Staatsoberhäupter gesehen, die zusammen in Jerusalem gebetet hätten. Unseren Kommentaren kam sie mit dem Hinweis zuvor, Träume würden nicht lügen. Sie war eine alte Frau geworden, der zur Abrundung des Bildes einer solchen nur die Enkelchen fehlten.

In Raschîds Zimmer sah Mutter Onkel Nisâr auf dem Bett liegen, Saussan saß neben ihm und fütterte ihn mit warmer Linsensuppe. Ein alter Mann, der an den Gestaden eines Wassers lag und auf Boote wartete, um die Fischer nach der Uhrzeit zu fragen, damit er sich an seine Arbeit machen könne: Luftkörbe zu pflücken. Irgendwie waren wir nutzlos. Gemeinsam in ein Schicksal geworfen, dem wir nicht entrinnen konnten. Saussan betrachtete Onkel Nisâr auf dem Bett, deprimiert wie nie zuvor. Er dachte darüber nach, wie er seine Leidenschaft begraben, sie abtöten könne, um uns allen zu helfen und uns von der Schande zu befreien, die wir als Familie lange Jahre hindurch ertragen hatten. Er wünschte sich nur noch etwas Wärme. Saussan ließ ihm ein heißes Bad einlaufen, half ihm, aufzustehen und sich auszuziehen. Sie richtete ein kräftiges Abendessen mit Fleisch und Tomaten. Sie gab sich als Regentin des Hauses, und wir brauchten das in jenen Momenten.

Gemeinsam unterhielten wir uns am Tisch in aller Ruhe über Dinge, die Onkel Nisâr möglichst wenig an seine Tragödie erinnerten. Und er überraschte uns mit seinem Entschluss, Madhat vor die Tür zu setzen und mit ihm alle anderen Männer in seinem Leben. «Meine Erinnerungen reichen mir», erklärte er. Er werde seine Wohnung neu streichen und sein Mobiliar ersetzen. Er drängte Raschîd, sich ganz der Komposition zu widmen, die Welt warte auf seine Werke, um zu erfahren, was wahrer Schmerz sei. Auch die Geschichte mit den «Schatten der Reue» erzählte er wieder, das Stück, das alle großen Orchester der Welt gespielt hätten, während ihm nur Schatten und Reue geblieben seien. Er versicherte uns, sein Leben verpfuscht zu haben. Er hätte mit Michel nach Paris gehen sollen, sei aber nicht imstande gewesen, sich von unserer Mutter und Aleppo zu trennen. Das habe sein Leben zerstört. Trotz seiner drängenden Worte und seiner lebhaften Bewegungen sprach er wie ein alter Mann. Und ähnlich wie Mutter fehlten auch ihm nur die Enkelchen zur Vervollständigung des Bildes.

Onkel Nisâr bat Raschîd, ihn nach Hause zu begleiten. Unterwegs nahm er noch einen Schlosser mit. Zu Hause riss er alles, was Madhat gehörte, aus dem Schrank und stopfte es in einen schwarzen Müllsack. Er wartete zusammen mit Raschîd auf den geeigneten Augenblick zur Rache – scheinbar wieder ganz der Alte, wie Raschîd ihn mochte, ein Dirigent, der keinem Spieler einen Fehler nachsieht, sondern ihn scharf kritisiert. Um seine Genialität in dieser Stadt zu beweisen, die durch die Geschichte hindurch in einem unaufhörlichen Kreislauf der Gewalt von ihren Herrschern bestraft wurde und ihre genialen Söhne bestraft hat, fehlte ihm nur ein etwas mehr nach außen gewandtes Leben.

Als Madhat die Tür öffnen wollte, musste er feststellen, dass sein Schlüssel nicht mehr passte. Er klopfte, Onkel Nisâr machte ihm auf, bat ihn ruhig, hereinzukommen und sich auf einen Plastikstuhl zu setzen. Dann teilte er ihm ohne Hast seinen Entschluss mit, ihn für immer aus seinem Leben zu verbannen. Er zeigte auf seine Sachen neben der Tür. Raschîd fingerte an einem großen Messer herum, bereit, Madhat umzubringen, sollte dieser auch nur den geringsten Versuch unternehmen, sich an seinem geliebten Onkel zu vergreifen. Madhat fasste es nicht, dass Onkel Nisâr ihn wirklich vor die Tür setzten wollte. Er versuchte, den nüchternen, kalten Ton nicht ernst zu nehmen, formulierte eine halbherzige Entschuldigung und streichelte Onkel Nisârs Hand. Vollends fassungslos war er, als Onkel Nisâr ihm eine Rechnung über die 650 000 Lire vorlegte, die Madhat während der vergangenen fünf Jahre von ihm geborgt hatte. Der Rechnung beigelegt war ein Heft mit den Zahlungsdetails. All die teuren Geschenke, die er ihm gemacht habe, lasse er auf sich beruhen, erklärte er mit Hinweis auf die goldene Armbanduhr an seinem Handgelenk, die er für ihn in dem bekannten Juweliergeschäft Bundscha in Aleppo gekauft hatte.

Raschîd betrachtete mit Abscheu Madhats Gesicht. Dieser wurde sich in diesem Augenblick über die Katastrophe klar, die ihn erwartete, sollte Nisâr wirklich alles ausplaudern, was er von ihm wusste. Und plötzlich kam er sich mickrig und lächerlich vor, ein Nichts, das nach Läuterung verlangte. Er hatte nie Respekt vor Onkel Nisâr gehabt, der nächtelang von Freundschaft als etwas Heiligem sprach, unabdingbar für die Bewältigung des Lebens. Madhat glaubte, Onkel Nisâr in- und auswendig zu kennen, doch es überraschte, ja, erschreckte ihn, dass er imstande sein sollte, seine Ehre durch Rache wiederzuerlangen, diese Ehre, auf der Madhat Dutzende von Malen herumgetrampelt war. Onkel Nisâr erklärte mit Nachdruck, dass es ein Fehler gewesen war, einen hungrigen Mann in sein Haus zu lassen, und Madhat stammelte als Entschuldigung Worte, von denen er nie gedacht hatte, er würde sie einmal brauchen, um dieses Insekt zu besänftigen, das ihn in eine solch erniedrigende Lage gebracht hatte, die von nun an sein Leben bestimmen würde. Er wusste genau, dass Onkel Nisâr nicht Maha war, deren Hinterteil er Hunderte von Malen aufgerissen hatte. Er wusste von Onkel Nisârs engen Beziehungen zu den bekanntesten Familien, die ihn schätzten, obwohl sie von seiner abartigen Neigung wussten. Die Töchter angesehener Familien fragten ihn für die Farbabstimmungen ihrer Kleider um Rat. Und die Ehefrauen wichtiger Männer schlürften Champagner mit ihm. An solchen Gesellschaften teilzunehmen, hatte er ihm immer verboten, und plötzlich wurde ihm klar, dass eigentlich er der Liebhaber, nicht der Geliebte war.

Für ein paar Augenblicke glaubte Madhat, Onkel Nisâr scherze und wolle ihn nur provozieren. Er versuchte sich aufzuplustern, doch Onkel Nisâr warnte ihn, er könnte ihn ohne weiteres an den Galgen bringen. «Das hier ist ein Haus der Liebe, nicht des Hasses», erklärte er, worauf Madhat wieder in seinen unterwürfigen Ton verfiel und Onkel Nisâr bat, über seinen Entschluss doch noch ein paar Tage nachzudenken. Er versprach ihm ein glückliches Leben, ja, wenn er wollte, sogar die Heirat in irgendeinem Land. Er werde im Alter sein Diener sein. Doch alle diese süßen Worte nützten nichts. Onkel Nisâr war entschlossen. Madhat beugte sich über seinen Fuß, fasste ihn und küsste ihn leidenschaftlich. Da packte ihn Onkel Nisâr am Haar und ohrfeigte ihn heftig, was Madhat endgültig deutlich machte, dass er es ernst meinte. Er ging zu dem Müllsack mit seinen schmutzigen Sachen von früher, die Onkel Nisâr für diesen Moment aufgehoben hatte. Er erinnerte ihn dann auch noch an den Schuldschein, der, mit einem Stift daneben, auf dem Esstisch lag. Madhat las das Fälligkeitsdatum: 21. April 2000. Er nahm den Stift, machte sich dann aber klar, dass er unmöglich bis zu diesem Termin eine solche Summe aufbringen konnte, und bat um Aufschub bis August. Onkel Nisâr willigte ein. Daraufhin unterschrieb Midhat und ging, begleitet von Onkel Nisârs Drohung, er werde ihn vernichten, sollte er ihm je irgendwo in die Quere kommen oder seinen Namen erwähnen.

Madhat ging, schweißüberströmt. Als er in den Müllsack schaute, fand er zu seiner Überraschung sein altes gestreiftes Hemd, das einen widerlichen Gestank verbreitete. Nach all den Jahren mit Onkel Nisâr ertrug er keinen Schmutz mehr, und der Anblick des Schlüsselrings aus billigen Perlen entlockte ihm ein trauriges Lächeln. Schließlich warf er alles zusammen in einen Mülleimer. Danach konnte er seine Tränen nicht mehr zurückhalten. Er war allein, und alles schien ausweglos, und dann nagte auch noch die Märzkälte an ihm. Madhat ging zu einem billigen Hotel in der Bâb-al-Faradsch-Gegend und nahm sich ein Zimmer für zwei Nächte. Zu Abend aß er an einem Dönerstand, und während er die nächtlichen Kunden betrachtete, wurde ihm endgültig klar, dass er aus Onkel Nisârs Paradies vertrieben worden war. Tags darauf mietete er eine kleine Wohnung am Platz. Er hatte die Hoffnung noch nicht aufgegeben, alles werde wieder ins Lot kommen, wenn Onkel Nisâr die ganze Sache erst einmal vergessen und zu seinem normalen Leben zurückgefunden hätte.

Während der ersten Woche spürte Madhat eine unbezwingbare Sehnsucht, Nisâr wiederzusehen. Er wollte mit ihm eins werden, die Rollen mit ihm tauschen, um die Quelle der Lust kennenzulernen, die Onkel Nisâr so freigiebig verströmte. Er dachte über sein glückseliges früheres Leben nach, über alles, was er jetzt nicht mehr hatte, auch über seinen Körper, den er mit Onkel Nisârs Hilfe über die Jahre immer wieder so intensiv aufs Neue entdeckte, dass ihn inzwischen nichts mehr zu einer Frau zog.

Es gelang ihm nicht, eine Einstellung des Verfahrens gegen ihn zu erwirken, also bezahlte er zurück, was er während der fünf Jahre an Bestechungen kassiert hatte, um Nachsicht bei der Anklage zu finden. Und er hatte Glück: Die Auflagen wurden erleichtert. Er musste sich nicht mehr täglich, sondern nur noch einmal pro Woche an diesem widerlichen Ort einfinden, um stundenlang auf dem finsteren Korridor zu warten. Irgendwann fiel ihm ein, dass er seine Familie seit Monaten nicht besucht hatte, doch verspürte er keine Lust, ins Dorf zurückzukehren, wo man ihn längst einen Bestechlichen und Perversen nannte, einen Mann, der durch die Straßen der Stadt streifte auf der Suche nach Sexpartnern. Ihn drängte die Lust, er wollte etwas erleben. Tagelang beobachtete er Cafés oder Plätze, wo sich Schwule spätnachts trafen, brachte aber nicht den Mut auf, sich auf etwas Neues einzulassen. Eines Nachts träumte er, Onkel Nisâr führe ihn wie ein Lamm an einer seidenen Leine zu einer kollektiven Vergewaltigungsparty. Er richtete sich im Bett auf, überzeugt, der frühe Morgen sei die beste Tageszeit, um wichtige Entscheidungen zu treffen. Er war wirklich nicht mehr der junge Mann von damals, bevor er Onkel Nisâr traf. Immer stärker wurde das weibliche Verlangen in ihm, und da nahm er all seinen Mut zusammen und sprach ein paar arme Schwule an, die bei dem aufgelassenen Kino oder bei den Getränkeständen im Park nach Kunden suchten. Aber er konnte dabei nie Onkel Nisârs Bild vergessen – als glückliche Frau. Es ließ ihn nicht los.

Gegen Mittag verließ er seine Wohnung und saß stundenlang im Café Bâb-al-Faradsch. Am frühen Abend schnappte er sich einen jungen Mann mit einer Tasche in der Hand, offenbar ein Rekrut, der die Zeit bis zum Einrücken in der Infanterieschule am Abend totschlagen musste. Er erinnerte ihn an sich selbst vor langer, langer Zeit. Er trat zu ihm, sog seinen Körpergeruch ein und war nicht überrascht, als sich in ihm das Verlangen nach einem solchen jungen Mann regte. Immer wieder hatte er sich in seinen Wachträumen gewünscht, Maha zu werden, doch ein Blick auf Onkel Nisârs mickriges, schlaffes Glied überzeugte ihn, dass er damit keine Penetration vollziehen könnte. Der Soldat teilte ihm trocken mit, er heiße Dschâssim und stamme aus einem Dorf in der Gegend von Majadîn. Im zivilen Leben sei er Maurer. Madhat lud ihn in die Schabâb-Bar ein. Er brauchte einen kräftigen Drink, um sich an den Gedanken einer passiven Rolle zu gewöhnen. Dschâssim spürte Madhats Verlangen nach ihm und dachte, dieser feine Pinkel da sei jedenfalls besser als die üblichen Esel und Ziegen. Madhat lieh sich Elemente aus Onkel Nisârs Biographie. Er sei Musiker, erzählte er, habe ein Ensemble, mit dem er klassische Musik spiele und weltweit auf Tournee gehe. In ihrer ersten gemeinsamen Nacht bat Madhat ihn, Vaseline zu benutzen, um seine Eingeweide nicht zu verletzen. Es wurde eine stürmische Begegnung, und am nächsten Morgen glaubte Madhat gar, aus ihm sei ein Nisâr geworden. Er wählte sich den Namen Maha, um sich in süßen Illusionen zu wiegen und sich zu den letzten Monaten seiner Beziehung mit Onkel Nisâr zurücktragen zu lassen. Die Lust auf Frauen verlor er völlig, überzeugt, er kenne jetzt den Unterschied zwischen Tugend und Laster, zwischen reiner Liebe und bloßer Lust. Und als Dschâssim ihn schon eine Woche später verlassen musste, war Madhat völlig aufgelöst. Bevor sein Freund ging, steckte ihm Madhat noch einen Tausendlireschein zu, den Dschâssim in seiner Tasche verschwinden ließ, sich dann aber weigerte, Madhat zum Abschied zu küssen, wie das bei Paaren üblich ist. Madhat spürte Schmerzen in seinem Unterleib und machte sich klar, dass er, um wirklich Onkel Nisâr nachzueifern, etwas langsamer vorgehen und sich einen sanfteren und erfahreneren Liebhaber suchen musste. Doch zunächst war er überwältigt von einem tiefen Glücksgefühl, weil er den ersten Schritt auf dem Weg zur Verwandlung in eine Frau unternommen hatte.

Onkel Nisâr gelang es nicht, den Glanz auf Raschîds Gesicht zurückzuzaubern. Er beobachtete ihn beim Spielen, wie er den Takt vernachlässigte und sich in langweiligen Solopassagen verlor, die er wie ein Amateur aus irgendwelchen modischen Stückchen übernahm, die Onkel Nisâr nicht ausstehen konnte. Wenn er wie üblich um zwei Uhr morgens zu spielen aufhörte, wartete er nicht mehr auf seinen Onkel, um mit ihm gemeinsam zu uns zu gehen, wo Onkel Nisâr vorübergehend eingezogen war, während seine Wohnung gestrichen wurde.

Raschîd wanderte durch die leeren Straßen und machte sich Gedanken über seine Einsamkeit. Er fragte sich, wie die Menschen all diesen Lärm ertragen konnten, all diese Scheinheiligkeit und Heuchelei. Er dachte auch über den Sinn von vielem anderen nach: Was es hieß, hundert Jahre alt zu werden, Vater zu werden, allein zu bleiben ... Und er fragte sich, ob er je ein Stück komponieren werde, das

«Schatten der Reue» übertraf – mit all seiner subtilen Komplexität – wenn die Geigen verstummten und den Trommeln und den Blasinstrumenten das Feld überließen. Bei der Einspielung durch die Berliner Philharmoniker waren es vier Saxophone. Der Gedanke an eine neue Komposition fesselte ihn, und neue Melodien kamen ihm in den Sinn. An Schlaf war nicht zu denken. Er ging ins Café des Busbahnhofs, das niemals schloss, zog sich allein in die hinterste Ecke zurück, weit weg vom Geschrei der Fahrer und ihrer Helfer, bestellte sich eine große Tasse Kaffee, holte ein paar Blatt Papier hervor und linierte es. Dann machte er sich an die Arbeit, ohne auf den Kellner zu achten, der unweit von ihm stehen blieb und ihm zusah, wie er das frisch linierte weiße Blatt mit Noten vollschrieb, dann alles Geschriebene durchstrich und von neuem begann. Dem morgendlichen Treiben und dem Lärm der vielen Menschen, die zu ihren Bussen hasteten, schenkte er keine Aufmerksamkeit, bis er plötzlich das Gefühl hatte, eingeklemmt zu sein. Da raffte er seine Papiere zusammen und rannte weg, als müsste er all den Leuten entfliehen, die ihm wie wilde Tiere erschienen, bereit, sich auf ihn zu stürzen. Er ließ sich ins nächste Taxi fallen, ohne zu wissen, warum er in ein Haus zurückkehren wollte, dessen abscheulichen Gestank nach Moder und Verwesung er hasste. Doch die reglose winterliche Luft nagte an seinen Knochen, und er hatte nichts anderes, wo er hätte hingehen können.

Raschîd wurde von einem Kompositionsfieber erfasst, aber er erzählte Onkel Nisâr nicht, wo er seine Nächte verbrachte. Er fürchtete sich vor allzu intensiver Ermutigung. Er wollte lieber nach seinem eigenen Tempo leben und auf sich selbst hören. So saß er Nacht für Nacht im selben Café am selben Tisch, den ihm der Kellner frei hielt. Auch er singe, erzählte er ihm, an Hochzeiten, habe aber nicht viel

Erfolg. Raschîd enthielt sich eines Kommentars. Er nippte in aller Ruhe an seinem Kaffee und begann zu schreiben – mit wachsendem Fieber, völlig von der Welt abgelöst, wie er es sich immer gewünscht hatte. Eine dieser Kompositionen nannte er, einer plötzlichen Eingebung folgend, «Einsamer Mann im Busbahnhofcafé, wartend, dass sein Körper sich in die Luft erhebt». Doch dann strich er diesen Titel wieder und schrieb das ganze Stück um. Es handelte nun von einem einsamen Mann, der keine niedrigen Zimmerdecken mag.

Als er die schon über hundert Blätter in der Schublade seines Schrankes sah, spürte er eine große Erleichterung. Diesen Schrank verschloss er immer sorgfältig, ohne einen Grund für diese Vorsicht zu kennen und obwohl er wahrscheinlich der Einzige in der Familie war, der keine Geheimnisse hatte. Er fürchtete nur, sich verführen zu lassen, eines der Gedichte oder Gedankensplitter zu lesen, in denen er als Halbwüchsiger seinen Weltschmerz beschrieben hatte. Drei Jahre lang hatte er jede Einzelheit im Leben seiner Familie zu Papier gebracht, genauer, im Leben von Saussan: ihre Bewegungen, ihre Gesten, die Farben ihrer Schuhe und ihrer Kleider und ihre Worte. Alles über sie hatte er schriftlich festgehalten. Vielleicht fürchtete er ja auch, seine Notizen, die er längst auswendig konnte, könnten Mutter in die Hand fallen, die Raschîds Zuneigung zu Saussan nie akzeptieren konnte. Die Blätter mit den Kompositionen fanden ihren Platz neben seinen geliebten Notizbüchern; den Schlüssel legte Raschîd unter sein Bett. Die Komposition über die unbeschwerte Saussan wollte er umschreiben. Sie war ihm vorgekommen wie diese Züge, die endlose, prächtige Frühlingsebenen durchqueren. Dorthin wollte er Saussan einmal bringen. Dort wollte er mit ihr zusammen leben, von den Pflanzen der Erde, wie einst ihre Vorfahren.

Es war, als hätte er eine schwere Last von sich abgeworfen und wäre wieder zu einem normalen jungen Mann geworden, der diszipliniert und eifrig spielte, wie es die Arbeit im Nachtklub erforderte. Onkel Nisâr riet seiner Musikertruppe, sich immer etwas im Raum auszuwählen – eine Frau, einen Stuhl, einen Tisch oder einen Lampenschirm – und dafür zu spielen. «Damit ihr euch nicht alle selbst umbringt, noch bevor ihr vierzig seid», erklärte er. Beim Verlassen des Kabaretts hakte sich Raschîd bei seinem Onkel unter, stolz auf diesen eleganten siebzigjährigen Herrn, traurig geboren und heiter gelebt – wie jeder mit einer Leidenschaft fürs Leben.

Saussan wusste von den Notizen über sie. Als sie von zu Hause weggegangen war, dachte sie oft daran, Raschîd zu bitten, ihr doch das geblümte Heft zu schicken. Sie hätte gern all die Dinge aus der Zeit gelesen, als sie noch eine junge Frau voller Zuversicht war. Einen großen Garten wollte sie haben, ein prächtiges Haus und feine Kinder. Es kam ihr nicht in den Sinn, dass all das nur ein Traum sein könnte, der auf Nimmerwiedersehen verschwindet. Nach ihrem dreißigsten Geburtstag suchte sie Kontakt zu den wenigen Ausländern, die offenbar ohne Heimweh in Aleppo wohnten und ihre Zeit mit Geplauder über die vorzügliche aleppinische Küche verbrachten. Sie suchten immer nach jungen Musikern, die ihnen die besonderen aleppinischen Lieder vorsangen und ihre Frauen in die arabische Harmonielehre einführten.

Zweimal begleitete Saussan Onkel Nisâr zu privaten Festen, wo sie sich aber trotz ihrer guten Französischkenntnisse irgendwie fehl am Platz und fremd fühlte. Durch Jeans Vermittlung erhielt sie vorübergehend eine Arbeit – eine Vertretung für eine Angestellte im Mutterschaftsurlaub – am französischen Institut, wo für jeweils kurze

Zeit europäische Wissenschaftler aufgenommen wurden. Sie fand es großartig in dieser stillen Welt, inmitten all der Bücher und Manuskripte. Auch die Lokalität schätzte sie, umgeben von über hundertjährigen Zypressen und Pinien. Allmählich heilte ihr Gemüt, und sie träumte davon, eine solche Arbeit zu haben, dazu eine kleine, warme Wohnung, wo sie sich aufs Bett fallen lassen, eine französische Zeitung durchblättern und dazu ihre Katze streicheln konnte. Triviale Kleinigkeiten, aber genug, um glücklich zu sein, dachte Saussan. Doch sie fand keine solche Arbeit mehr, nachdem die junge Mutter zurückgekehrt war und ihr dafür gedankt hatte, dass sie freundlicherweise während ein paar Monaten für einen mickrigen Lohn ausgeholfen hatte. Sie akzeptierte die Einladung eines deutschen Wissenschaftlers zum Abendessen und lehnte es auch nicht ab, ihn in seine Wohnung zu begleiten, obwohl sie seinen Geiz und seine Aufdringlichkeit widerlich fand. Als sie ihre wiederhergestellte Jungfräulichkeit diesem Blender nicht opfern wollte, spürte sie plötzlich, dass auch er nur darauf wartete, dass sie ging.

Nun gab es nur noch Jean, der sich aber in Ausreden flüchtete. Dass er mit einer Prostituierten beschäftigt war, die ihm die immer gleiche Geschichte solcher Frauen auftischte, gab er nicht zu. Alle waren sie vor einer brutalen Stiefmutter oder einem ebensolchen Ehemann auf der Flucht, der sie auf den Strich schickte. Oder sie brauchten das Geld, um die Arztrechnungen ihrer Mutter zu bezahlen. Jean glaubte ihnen und fragte nicht weiter nach, auch nicht im Fall von Rihâm, deren Geschichte voller Widersprüche war: eine kaputte Ehe; ein krebskranker Vater, der einmal in Beirut, ein andermal im Sukkari-Viertel lebte; eine Mutter, die ihr Töchterchen den Tanten überlassen hatte, die, in einer anderen Version, zusammen mit seinem Vater bei einem Verkehrsunfall ums Leben gekommen war, als es noch klein war. Jean liebte Rihâms Körper. Erst später entdeckte er, dass er in vielem Saussans Körper glich, damals, als sie noch eine süße Schülerin war. Zutiefst verzweifelt machte er sich klar, dass er seit über zwanzig Jahren auf zwei Dinge wartete: den Tod seiner Mutter, die nicht daran dachte zu sterben, und den Genuss von Saussans Körper, den er weder je besessen hatte noch vergessen konnte. Wenn sich Rihâm mit der Grazie einer Stripteasetänzerin Stück für Stück ihrer Kleider entledigte und sich dann zu ihm legte, war er überglücklich. Ihr Körper war braun und straff, und da war endlich wieder Saussans Geruch, wie damals.

Da Rihâm kein Dach über dem Kopf hatte, bot Jean ihr an, zu ihm zu ziehen. Sie mochte seine ruhige, anständige Art und war überrascht, dass die Wohnungen von Christen nach Menschen rochen und ihre Körper verwesten. Als sie Jeans Mutter sah, empfand sie tiefes Mitleid mit diesem Mann, der ihr nächtelang von sich erzählte und dabei mit Genuss immer neue Lebensgeschichten zusammenfabulierte: von einer bedrückenden Kindheit, von einer treulosen Ehefrau und einem weggelaufenen Junkie als Sohn, der sich in Beirut irgendwelchen Banden angeschlossen hatte. Er versuchte, das Zusammensein mit dieser Frau zu genießen, die ihm ebenso gehörte wie jedem anderen Mann, der ihr ein paar Lire dafür zusteckte, dass sie ihn in seine Wohnung oder sein Landhaus begleitete oder ihm im Auto gleich nach der ersten Kurve der Chan-al-Assal-Straße den Hosenladen aufknöpfte. Doch schon nach wenigen Wochen setzte die Langeweile wieder ein, erbarmungsloser als je zuvor, und ihm kam der Gedanke, dass das eigentliche Vergnügen beim Zusammenleben mit Prostituierten darin bestand, dass es ohne Verpflichtungen und ohne Reue war.

Den Tod seiner Mutter wünschte er nicht mehr herbei. Es war ein besonderes Gefühl, mit einem Geschöpf, das nicht sterben wollte, auf den Tod zu warten. Und überzeugt, dass Rihâm seine letzte Gelegenheit war, Saussan für immer loszuwerden, beschlief er Rihâm nach allen Regeln der Kunst und in jeder möglichen Ecke des Hauses.

Doch nach nicht einmal drei Monaten verschwand sein Verlangen nach ihr, und er forderte sie auf, ihn ab sofort als Kunden, nicht als Liebhaber zu betrachten. Sie tat ihr Bestes, um seine Leidenschaft am Lodern zu halten, doch es reichte kaum für ein paar Minuten. Sie hatte noch nie zuvor Liebe erlebt, und so war sie gebrochen, als sie ging. Jetzt war ihr klargeworden, dass die Männer, die bei Umm Hasan, der Vermittlerin, häufig ausdrücklich nach ihr verlangten, sie nicht richtig liebten, wie sie vorgaben. Gleichzeitig ließ sie ihrer Phantasie freien Lauf und fügte ihrer Geschichte eine neue Episode bei. Es war die Geschichte für die reicheren Kunden, solche mit viel Zeit und prächtigen Wohnungen, die keine Razzien der Sittenpolizei zu befürchten hatten. Ihnen erzählte sie, sie liebe einen bedeutenden Übersetzer in Sulaimanîja, doch die Widrigkeiten des Lebens – das sagte sie filmreif – hätten ihn blind und impotent gemacht und außer ihr sorge niemand für ihn. Sie bete ihn an, versicherte sie und weckte so bei den Männern Eifersucht und den Wunsch, selbst dieser blinde Übersetzer zu sein.

Jean hoffte auf Saussans Rückkehr. Aber sie war angewidert, wenn sie ihn wie einen ordinären Mann reden hörte. Seine Augen hatten die Güte verloren, von der sie früher einmal hingerissen war. Er wurde immer mehr wie all die Männer, die sie verabscheute. Inzwischen ging er auf die sechzig zu, und da er fürchtete, seine Begierde zu verlieren, lauschte er hingerissen den Geschichten, die die Prostituierten ihm vortrugen. Er schämte sich nicht einmal, Häppchen daraus weiterzuerzählen, als handelte es sich um etwas, was Freunde erlebt hatten. Saussan schwor sich, ihn nie wieder aufzusuchen. Sie wollte nicht durch solch schäbige Vorgänge das Bild eines Mannes zerstören, den sie einmal geliebt hatte.

Sie hielt sich an Onkel Nisâr, dessen Bild seinen Glanz zurückgewonnen hatte: ein eleganter Herr, der den Kontakt zu Rachmu Hritâni, seinem ehemaligen Schneider am Eingang der Ittihâd-Klub-Straße in Dschamilîja, wieder aufgenommen hatte. Dort hockte dieser noch immer in seinem Laden und bediente eine geschrumpfte Anzahl seiner alten Kunden, ohne sich dazu zu äußern, dass manche von ihnen inzwischen Anzüge von berühmten Marken trugen, die die Stadt eroberten. Onkel Nisâr war einer seiner Lieblingskunden. Die beiden unterhielten sich lange über Farben und schufen ihre eigene Mode. Er ließ für sich selbst, für Raschîd und für mich je einen Anzug anfertigen. Für Saussan gab es ein wunderschönes Pelzcape für den kommenden Winter, außerdem mehrere Paare echter Lederschuhe. Mutter bekam diese Kappen, mit denen sie sich früher einmal leidenschaftlich gern fotografieren ließ, doch sie würdigte sie keines Blickes, als ob sie das alles ebenso wenig anginge wie das Leben, das Onkel Nisârs dreimonatiger Aufenthalt in unser Haus brachte und damit die Stimmung von depressiv auf heiter hochschnellen ließ. Er führte uns zum Abendessen in edle Restaurants, und wir präsentierten uns als eine zufriedene Familie. In aller Einfachheit gab er uns die Illusion, durch Kleinigkeiten glücklich werden zu können.

Die größte Begeisterung für Onkel Nisârs neues Auftreten zeigte Raschîd. Die beiden nahmen ihre langen, heiteren Gespräche über die Musik des achtzehnten Jahrhunderts und über Sufigesänge wieder auf, deren getragene Rhythmen Raschîd faszinierten. Er erzählte uns jedoch nie von dem Rausch, in den er verfiel, wenn er frühmorgens allein durch die Straßen der Stadt wanderte und vom Muezzin der Rachmân-Moschee zum Innehalten veranlasst wurde. Dann lauschte er hingerissen dem gesamten Gebetsruf, jeden Morgen in einer anderen Tonlage, die er für sich entzifferte. Er summte leise mit dem Muezzin mit. Ein neues Gefühl durchdrang ihn, und er erinnerte sich an die vielen Kompositionen, die er einst in die Schublade seines Schrankes gelegt hatte. Er fürchtete sich davor, sie wieder anzusehen. Unsicher wie ein Anfänger erinnerte er sich aber doch an die großartigen Augenblicke, die er in dem schmuddeligen Café verbracht hatte: unter schnarchenden Busfahrern, die auf verdreckten Schaumgummimatratzen schliefen. Diese Schmuddeligkeit und die seltsame Welt der nächtlichen Stadt hatte er damals gebraucht, um auch nur eine Melodie zu schreiben, die er dann im Kopf Dutzende von Malen spielte und neu arrangierte und sich dabei einige Bemerkungen in ein kleines Heft notierte, um da etwas hinzuzufügen, dort etwas zu streichen.

Die Blätter häuften sich in der Schublade, in deren Chaos allein Raschîd Ordnung bringen konnte. Er beschloss, endgültig ins Haus von Onkel Nisâr zu ziehen. Dafür besorgte er sich ein Bett, einen neuen Schrank und zwei Sessel, alles auf Kosten des spendablen Onkels Nisâr. Saussan war es unwohl mit dem neuen opulenten Stil. Wenn er bloß nicht mehr zu dem Leben eines armen Vagabunden in den alten Gassen zurückkehren muss, dachte sie. Doch Onkel Nisâr erzählte immer wieder, er könne in den ihm noch verbleibenden Jahren alle seine Ersparnisse gar nicht aufbrauchen. An dem Tag, an dem Madhats Zahlung fällig war, beauftragte Onkel Nisâr seinen Anwalt, das Geld einzutreiben. Madhat wurde festgenommen und dem Untersuchungsrichter vorgeführt, der ihn vor die Wahl stellte, entweder sofort seine Schulden zu begleichen oder ins Gefängnis zu wandern. Man räumte ihm nicht einmal genügend Zeit ein, um seine Angelegenheiten zu erledigen. Der größte Teil seiner Ersparnisse, mit denen er sich seinen Traum erfüllen wollte, in die Klasse der Neureichen aufzusteigen, war dahin. Er hatte nicht erwartet, dass Onkel Nisâr es so ernst meinte, dass er seinem Anwalt sogar ein klärendes Gespräch untersagte.

Für Madhat war das Gefängnis die Gelegenheit, den Einvernahmen durch die Untersuchungskomitees und dem Druck der Sicherheitsdienste zu entkommen, die ihn zum tausendsten Mal über die Bestechungsgelder hoher Beamter befragen und dabei besonders Einzelheiten der letzten zehn Jahre wissen wollten. Er ließ sein bisheriges Leben Revue passieren. Seine wenigen flüchtigen Erlebnisse, die ihm nie das Glücksgefühl bescherten, das er mit Onkel Nisâr erlebt hatte. Sogar seinem Leben als Schwuler wollte er abschwören. Doch dann erfuhr er durch seinen älteren Bruder, der ihn besuchte, man habe ihn zusammen mit sieben anderen Angestellten entlassen – und zwar unter Nennung der vollen Namen in der Staatspresse. Madhat bat ihn trotzdem, das Geld irgendwie aufzutreiben und an Onkel Nisâr zu bezahlen, damit er aus dem Gefängnis kam, das ihn sonst völlig ruinieren würde. Wovon er seinem Bruder nichts erzählte, war sein immenses Verlangen nach all den Männern, die ihn Tag und Nacht umgaben, und das allmähliche Schwinden seines Widerstands dagegen. Nach zwei weiteren Wochen begann er, mit Sussu in Konkurrenz zu treten, jenem schmächtigen Mann mit dem Gang einer Frau, der seine Dienste um ein Spottgeld anbot. Madhat offerierte sich selbst unter dem Namen Maha und versuchte, in den Trakt der Mörder und Drogenschmuggler zu gelangen, weil die mehr bezahlten. Dass sie für lange Jahre einsaßen, sorgte für Kontinuität. Da war kein täglicher Wechsel.

Dass er der Geliebte von Abu Fahd wurde, gefiel ihm besonders. Dieser, noch keine vierzig Jahre alt, hatte lebenslänglich bekommen für die Vergewaltigung von sechzehn Kindern, das älteste ein Mädchen von gerade einmal sieben Jahren. Dieser Abu Fahd steckte den Wachen etwas zu, damit sie Madhat nachts in seinen Flügel hinüberließen und er seine Lust an ihm ausleben konnte. Madhat hatte beschlossen, Onkel Nisârs Leben nachzuleben, wie dieser es ihm in langen Winternächten geschildert hatte.

Schließlich erfuhr auch seine Familie auf dem Dorf alles über ihn. Fassungslos hörten sie das Entsetzliche, das die Nachbarn tuschelten, und obwohl bettelarm, brachten sie das Geld für Onkel Nisâr zusammen, der daraufhin seine Klage zurückzog. Am Gefängnistor nahmen ihn seine Verwandten in Empfang und befahlen ihm, bei Gericht eine Namensänderung zu beantragen, mit der Begründung, er sei ein Findelkind gewesen und habe einfach zweiunddreißig Jahre lang diesen Familiennamen getragen. Sie bezahlten ziemlich hohe Bestechungssummen, um sich aus dieser, besonders für eine traditionelle Familie, misslichen Lage zu befreien. Sie hätten nichts mit ihm zu tun, behaupteten sie und brachten eine bizarre Geschichte in Umlauf, die ihnen nur wenige abnahmen. Madhat habe sich vom Islam abgewandt, und zwar geködert durch einen holländischen Missionar, der des Landes verwiesen wurde, nachdem er dreizehn islamische Familien zum Christentum bekehrt habe, die, als die Sache ruchbar geworden war, ebenfalls zur Flucht nach Holland gezwungen wurden.

Madhat fühlte sich mit seinem neuen Namen Nûr wohl, weil er gleichzeitig ein Frauen- und ein Männername war. Er suchte weiterhin Schwulentreffs in Aleppo auf, Orte, denen Onkel Nisâr endgültig den Rücken gekehrt hatte. Die zurückgezahlte Summe legte Onkel Nisâr bei uns auf den Esstisch und forderte uns auf, sie aufzuteilen, dann habe jeder etwas davon. Er ging zurück in seine wundervoll eingerichtete Wohnung und erklärte Raschîd, eigentlich wäre er gern wieder pleite, um sich motiviert zu fühlen, etwas Bemerkenswertes zu komponieren. Für Künstler, so wurde er nicht müde zu wiederholen, gehöre es sich nicht, auf Bankkonten Geld anzuhäufen; sie müssten immer in einer prekären Situation, am Rande des Hungers leben.

In der ersten Nacht in seiner renovierten Wohnung wartete Onkel Nisâr auf Raschîd, der ihm helfen sollte, alte Noten zu kopieren, die er nach seiner Rückkehr aus Beirut geschrieben hatte und die in einem alten Koffer lagen, in dem er auch viele Bilder von Hussain und seinen Freunden in Beirut aufbewahrte.

Raschîd beteiligte sich mit großem Elan am Kopieren der Musikstücke. Er hatte viel Verständnis für Onkel Nisârs Wunsch, den Geschmack und die Kraft von «Schatten der Reue» wieder aufleben zu lassen, und er pendelte zwischen den beiden Wohnungen hin und her, der des Onkels und der unsrigen, die aussah wie eine modrige Höhle, die er am liebsten gemeinsam mit Saussan verlassen hätte.

Die Zahl der lästigen jungen Männer, die vor der Haustür auf sie warteten, wuchs ständig. Saussan verlor die Kraft, sich zu wehren, und schlug Mutter vor, das Haus aufzugeben und anderswo eine Wohnung zu mieten, wo die engen Straßen nicht von Killerbanden bevölkert waren, die sich in Zusammenarbeit mit der Polizei, den Geheimdiensten, den Drogendealern und den Zuhältern die kleinen Kinder schnappten und in die Gärten in der Nähe schleppten, um sie zu vergewaltigen und sie am Ende der Nacht in den Abwasserkanälen zu entsorgen.

Auch das ohrenbetäubende Geschrei und Geheul der Frauen in den Nachbarhäusern ertrug Saussan nicht mehr, das alle aufweckte. Als einmal Hoda, ein Dienstmädchen im armenischen Altenheim, klagte, weil vier Männer ihr noch nicht vierjähriges Töchterchen vergewaltigt hatten, scharten sich alle um sie und gafften sie an. Saussan brach in Tränen aus und schloss unsere arme Nachbarin in die Arme, die uns oft besuchen kam und Mutter in der Küche beim Einkochen von Tomaten, Gurken und Auberginen half.

Die vier Verbrecher kamen nach einer Pseudovernehmung sofort wieder auf freien Fuß. Einer von ihnen war ein Bruder des Genossen Fawwâs, der sich genötigt sah, sich einzuschalten, um einen Skandal zu vermeiden, und der alles tat, um die Geschichte unter den Teppich zu kehren. Doch dann überredete ein mutiger junger Journalist den Chefredakteur seiner Zeitung, alle Einzelheiten des Vorfalls zu publizieren, einschließlich eines Bildes des kleinen Mädchens und ärztlicher Berichte, deren Kopien die Nachbarin auf Saussans Drängen hin dem Blatt zur Veröffentlichung überließ. Daraufhin bewegte sich auch eine gewisse Anzahl der meist schweigenden Intellektuellen, unterstützt von karitativen Organisationen, und Echos des Vorfalls gelangten in jedes Haus der Stadt. Das wiederum zwang den Staatsanwalt, in der Sache tätig zu werden und die Verbrecher hinter Gitter zu bringen.

Saussan ertrug die täglich zunehmende Aggressivität nicht mehr. Nachdem Mutter es abgelehnt hatte, das Haus zu verlassen und anderswo zu wohnen, mietete sie sich bei Salma ein, die eine kleine Wohnung in der Nähe des Bagdad-Bahnhofs bewohnte, von wo aus Jeans Haus zu Fuß erreichbar war.

Sie organisierte ihr Leben neu und nahm eine Stelle in einem vereidigten Übersetzungsbüro an. Die Bezahlung erlaubte ihr ein bescheidenes eigenes Leben, und in diesem neuen Leben wollte sie erfolgreich sein. Salma schlug ihr vor, mit ihr und ein paar Männern auszugehen, die sie dann ihrerseits zu ihren Partys mitnahmen. Doch Saussan lehnte dankend ab und verbrachte ihre Zeit lieber damit, die Wände und den Fernsehbildschirm anzustarren. Sie wurde richtiggehend TV-süchtig, obwohl sie immer mehr das Gefühl hatte zu verblöden, wenn sie ständig den arabischen Soaps oder den libanesischen Talkshows folgte. Ihr Gehirn reduzierte seine Denkfunktion, und tief in ihrem Innern fürchtete sie, überzuschnappen, wenn sie sich unsere letzten, völlig unzusammenhängenden Unterhaltungen vor Augen führte. Wir wurden schwerfällig, suchten längst nicht mehr nach Gründen für das, was geschah, sondern betrachteten wie viele andere Familien die Gewalt als normalen Bestandteil des Lebens. Die Schwachen hatten nicht die Kraft, sich zu wehren, sie verloren sich immer tiefer im Kokon der Angst. In der Stadt kursierten Gerüchte, wonach verschiedene Clans ohne ersichtlichen Grund aufeinander geschossen hätten. Die Söhne einflussreicher Beamter und hoher Offiziere teilten die Stadt untereinander auf, ohne das Gesetz fürchten zu müssen. Neue Arten von Partnerschaften verhinderten in Aleppo jede Entwicklung. Es wurde zur unabhängigen Einheit, durch nichts mit anderen Städten verbunden.

Plötzlich wurden Erinnerungen an meine Kindheit wach. Ich schlug Saussan vor, nach Maidân Akbas zu fahren, und wusste, dass sie nichts dagegen hätte. Sie hatte mir schon einige Zeit in den Ohren gelegen, doch mit ihr eine Reise zu den Stätten unserer Kindheit zu unternehmen, und ich hatte vermutet, ihr gehe es um Anabîja und sie wolle sich der familiären Zugehörigkeit vergewissern, die ihr in den vorangegangenen drei Jahren immer wichtiger geworden zu sein schien. Immer wieder hatte sie davon gesprochen und Mutter vorgeworfen, uns von der Familie unseres Vaters ferngehalten zu haben – weil diese uns in unserer Kindheit übel behandelt hätte.

Die Suche nach der Familie bedeutete, dass wir mit uns selbst nicht im Reinen waren. Es war der Wunsch, wieder einer Gruppe anzugehören, von der wir lange Jahre glaubten, sie sei stupide und wir könnten ohne sie auskommen. «Wie hasenfüßig wir doch sind», sagte ich unterwegs nach Maidân Akbas zu Saussan. Wir saßen im selben alten Zug, den wir auch bei den seltenen Besuchen im Haus unseres Großvaters benutzt hatten.

Saussan scherzte entspannt und heiter mit dem Kind, das neben ihr saß, und so konnte ich mich auf den Anblick der Dörfer und der Olivenfelder konzentrieren, die an uns vorbeizogen. Als der Zug in den deutschen Tunnel einfuhr, kehrten die Erinnerungen zuhauf zurück. Ich sog tief die reine Luft ein und dachte, ich hätte schon vor zehn Jahren Asâds Einladung annehmen sollen, die Orte unserer Kindheit aufzusuchen. Ich konnte nicht glauben, dass sie noch eine solche Wirkung auf mich hatten.

Man muss die Erinnerung zerbröseln, um das Verfaulte auszusondern. Genau das versuchte ich, als wir auf dem Bahnhof ankamen, der völlig heruntergekommen war. Und das ließ mich darüber sinnieren, wie Orte altern. Die Mauern waren vollständig von gelber Fliegenkacke bedeckt, es war ekelerregend. Die engen Gassen sahen aus wie damals, als hätten wir sie gerade erst verlassen. Alle

Haustüren standen offen. Noch immer rannten Kinder in schmutzigen, ärmlichen Kleidern herum, aber sie waren zahlreicher, sie hatten sich während unserer Abwesenheit vermehrt. Die ganze Bevölkerung hatte sich vermehrt.

Saussan dachte nicht groß nach. Sie zog ihren Fotoapparat heraus und machte Dutzende von Aufnahmen: von den kurdischen Bäuerinnen, die vor ihren Türen saßen und Tomaten schnipselten und dazu endlos plapperten, wie sie es schon vor dreißig Jahren getan hatten. Ich wies auf Asâds Haus, wo ich seine Mutter sah, inzwischen eine alte Frau, die sich nur mühsam bewegte. Sie fütterte die einzige Ziege, ein letztes Tier der einstigen Herde von dreißig. Wir traten näher, und Saussan fragte, ob sie hineingehen dürfe, um etwas Wasser zu trinken. Eine Frau in den Vierzigern kam heraus, ein kleines Kind auf dem Arm. Ich schätzte, es handelte sich um Schirîn, Asâds Schwester. Sie betrachtete uns abweisend. Offenbar war sie nicht an fremde Besucher gewöhnt, die einen raschen Blick auf ihr Haus werfen wollten. Doch dann forderte sie uns auf, uns gegen die mittägliche Sonne zu schützen, und bot uns frisches Wasser und Tee an. Saussan stellte sich vor, und Schirîn bemerkte etwas verschämt lachend, wir seien also die Kinder der hochnäsigen Lehrerin.

In Begleitung von Saussan hinzufahren, war die richtige Entscheidung gewesen, besonders weil immer mehr Kinder sich um uns scharten und darum bettelten, fotografiert zu werden. Schirîn erzählte von ihrem Bruder Asâd, der fünf Jahre zuvor das Haus auf der Flucht vor den Geheimdiensten verlassen hatte, in Begleitung seines Mechanikerfreundes Juan al-Hadschi. Seither seien sie nicht mehr zurückgekommen und zurzeit wohne er in Diyarbakir, schloss sie.

Ihre Schilderung ließ Bilder aus alter Zeit vor meinen

Augen auftauchen, und ich war drauf und dran, in Tränen auszubrechen. Die Gesichter von Kindheitsfreunden kehrten zurück, auch die Schulbänke fielen mir wieder ein. Mutter wollte nicht, dass wir Asâd allzu nahe kamen, einem Ziegenhirten, der spät in der Nacht selbst wie ein verstörtes Tier durch die Gassen von Maidân Akbas streifte. Dann legte er los und sang kurdische Lieder, bevor er in seinen Stall ging, um sich davon zu überzeugen, dass mit den Ziegen alles in Ordnung war. Er liebte den Geruch der Ziegen, scherzte mit ihnen und gab ihnen weibliche Namen. Danach kroch er in sein Bett, das ihm ein halbverrückter Schmied aus rostigen Eisenbahnrädern zusammengeschweißt hatte. Um vier Räder zu bekommen, hatte er die Angestellten beim Alteisenlager mit delikatem Ziegenkäse bestochen, und er selbst und der Schmied hatten sie mit Unterstützung einiger Hirtenkollegen in sein Zimmer geschafft. Lange Monate verbrachten Asâd und der Schmied damit, das Eisen gerade zu biegen und zu einem Bett zusammenzufügen, von dem aus Asâd die Grenze mit den türkischen Gendarmen beobachten konnte.

Asâd war für die jüngeren Hirten ein unentbehrlicher Lehrmeister. Er führte sie über die Grenze, die er in- und auswendig kannte, und bot allen seine Dienste an. Sogar Angestellte der Eisenbahn überquerten die Grenze nach seinen Anweisungen und kehrten einige Stunden später mit Ladungen von Haselnüssen, Pistazien und Ballen billiger Stoffe zurück. Jede Woche kamen kleine Händler und kauften ihnen diese Waren ab – ein Arrangement, das sich in den dreißig Jahren nicht verändert hatte.

Während des langen Tages, den wir in Maidân Akbas verbrachten, lebte Saussan sichtbar auf. Ich suchte nach Gesichtern, die Erinnerungen in mir wachriefen – frühe Bilder, erste Blicke eines Kindes auf das Leben und die anderen. Saussan hätte gern Mihrân getroffen, der Mutter einmal eine Rolle in einem Theaterstück angeboten hatte, das Abu Maxim, der Schmied, verfasst hatte, ein Stück über die Rolle der Arbeiterklasse in der kommenden Revolution. Sie sollte die Rolle der Mutter übernehmen, zu der ihn, wie er stolz bemerkte, die Hauptfigur eines Romans des hochverehrten Maxim Gorki inspiriert hatte. Mutter lehnte belustigt ab. Sie hielt das Ganze für einen Spleen einiger Angestellter. Die Rolle des bolschewistischen Revolutionärs musste, darauf bestand Abu Maxim, sein Freund Asâd übernehmen, dessen Auftritt auf der improvisierten Bühne im Publikum für Heiterkeit sorgte. Uns erlaubte Mutter nicht, die Aufführung beim Bahnhof zu sehen, wo sich die gesamte Bevölkerung des Dorfes drängte.

Von all den Personen, an die sie sich noch erinnerte, fand Saussan nur den Muchtâr, der doch tatsächlich noch immer vor seinem Haus saß und an seinem Schnurrbart drehte, der nach Öl von Baumwollsamen duftete. Vor ihm lag sein Stempel auf einem kleinen Tisch – gezimmert aus hölzernen Gemüsekisten. So wartete er auf Kundschaft. Einen Totenschein stellte er aber nie aus, ohne den Toten gesehen und bei seinem Begräbnis ein Gebet gesprochen zu haben, wodurch er viele Familien, deren Söhne irgendwo in der Ferne umgekommen waren, in der Warteschleife hängenließ. In knappen Sätzen erklärte er, der Tod sei das Schlimmste, was jemandem zustoßen könne, selbst wenn er schon tot wäre.

Saussan fand nicht viel wieder von früher. Doch allein da zu sein, brachte ihr das Gefühl der Zugehörigkeit zu diesen Bauern zurück. Einige Ältere erinnerten sich noch an Saussan als lebhaftes kleines Mädchen mit unbeschwertem Blick und sauberen Kleidern.

Nach dem Nachmittagsgebet hatten wir eigentlich

wieder fahren wollen, doch Saussan entschloss sich, der Einladung von Asâds Familie zu folgen und dort zu übernachten. Sie wollte den Ruf zum Morgengebet hören. Sie schlief in Asâds Bett, ich daneben auf einer Wollmatratze, die Schirîn auf den Boden gelegt und mit sauberen Leintüchern bedeckt hatte. Wir schliefen so tief, als wären wir nie aus diesem Ort weggegangen, ohne diese Schlafängste der ersten Nacht an einem fremden Ort. Am nächsten Tag nach dem Mittagessen mieteten wir einen Pick-up, der uns zur Kreuzung von Scheich al-Hadîd brachte. Zu Fuß wanderten wir durch die Granatapfelhaine, auf der Flucht vor dem Fahrer, der sich intensiv nach unserem Woher und Wohin erkundigt hatte. Saussan ließ sich dazu hinreißen, ihm spontan eine bemerkenswerte Geschichte aufzutischen. Sie stamme aus Anabîja, sei Ärztin und wohne in Amerika, behauptete sie. Zurzeit kümmere sie sich um die Besitzungen der Familie ihres Mannes. Dabei erwähnte sie die Namen bekannter Familien in der Gegend. Ob er ihr die Geschichte abnahm, war für sie zweitrangig, sie wollte sich einfach nicht das Vergnügen am Besuch ihres Herkunftsortes vermiesen lassen.

Nach kurzem Zögern nahm der Fahrer die hundert Lire für die Fahrt, und wir machten uns auf den Weg – Touristen auf Feldwegen, die kreuz und quer durch die Olivenhaine und Weinberge führten und uns den neugierigen Blicken des Fahrers entzogen. Zurück an der Kreuzung, warteten wir keine halbe Stunde, bis ein Chevrolet neben uns hielt. Ihm entstieg ein etwa vierzigjähriger Mann, dem wir etwas gleichgültig die Hand schüttelten. Doch diese Gleichgültigkeit verlor sich rasch, als er sich uns höflich als Dr. Dschaafar Mulla Mûssa vorstellte und sich für den «Überfall» entschuldigte. Schirîn habe ihn über unseren Besuch informiert. Dschaafar war der Sohn eines kurdischen Ingenieurs, der wegen seiner Zugehörigkeit zur Kommunistischen Partei über fünfzehn Jahre im Gefängnis gesessen hatte. Er bestand darauf, dass wir uns als seine Gäste betrachteten.

Schweigend betraten wir eine hübsche Villa auf einem Hügel, von dem aus man nicht nur über Olivenhaine blickte, sondern auch Maidân Akbas und alle umliegenden Dörfer sehen konnte, außerdem in der Ferne die weiten Ebenen der Türkei. Dr. Dschaafar stellte uns seiner Frau Hivin Schaich Îssa vor. Sie hatte von ihren Kolleginnen an der Sekundarschule von Afrîn schon viel über unsere Mutter gehört.

Hivin nahm sich Saussans an, und die beiden versuchten, sich an gemeinsame Freundinnen aus Maidân Akbas zu erinnern. Wir schämten uns, dass wir so viel vergessen hatten. Gemeinsam nahmen wir ein üppiges Abendessen zu uns: geröstetes Zicklein mit Kartoffeln an Limonen und Olivenöl, dazu Salat. Hivin zeigte sich Saussan gegenüber sehr liebenswürdig, und diese gewann auf einen Schlag ihre Unbeschwertheit zurück. Sie schien wirklich eine andere Frau, vielleicht die alte Saussan. Unsere Gastgeber erzählten uns eine Menge komischer und merkwürdiger Geschichten über Asâds Mut oder gar Tollkühnheit. Die Aktivitäten der Kurden weckten Saussans besonderes Interesse, und so fand sie einen weiteren Grund, Mutter zu verabscheuen, weil sie uns von unserer natürlichen Umgebung ferngehalten hatte.

Am folgenden Tag unternahmen wir eine Tour durch die Dörfer um Afrîn, danach kehrten wir zum Bahnhof von Maidân Akbas zurück. Saussan wollte unbedingt Asâr wiedersehen und sich bei ihm entschuldigen. Das klapprige Auto kroch dahin. Saussan betrachtete wortlos staunend die Bäume und die Berge in der Ferne. Diese Reise hat sie von der Befürchtung befreit zu verrotten. Plötzlich spürte sie, dass man im Leben mehr als eine Chance bekommen kann, sich selbst näherzukommen. Ich drängte den Fahrer, sich zu beeilen, unser Zug fahre um sieben Uhr ab. Saussan und ich verschoben unsere Aussprache auf ein andermal und verständigten uns mit Zeichen. Niemand, auch nicht der Fahrer, sollte den eigentlichen Grund für unseren Besuch in diesen Dörfern erfahren. Hinter unseren Gesichtern versteckte sich die Angst, die uns die vergangenen Tage begleitet hatte, während wir das Bild unserer Kindheit zusammensetzten.

Über den Sonnenblumenfeldern von Maidân Akbas ging die Sonne unter, als wir uns dem Bahnhof näherten. Was sich jedoch dort abspielte, war kaum zu glauben. Schon von fern sahen wir mehrere Züge da stehen. Die Angestellten hatten die Bahnhofstür geschlossen, und die Straßen waren wie leergefegt. Von überallher war Jammern, Klagen und Weinen zu hören. Türen schlugen, und ein Mann riet uns, zurückzugehen, woher wir gekommen waren. Saussan konnte es nicht fassen. Als sie aus dem Auto stieg, hörte sie den Nachrichtensprecher im Fernsehen weinend den Tod des Präsidenten verkünden. Sie packte den einzigen noch verfügbaren Bahnangestellten, der gerade die letzten Türen schloss, am Kragen, schüttelte ihn heftig und befahl ihm hysterisch stammelnd zu sagen, dass die Nachricht nicht wahr sei, die innerhalb von wenigen Minuten die ganze Welt kannte. Der Mann ließ sie stehen und schloss das Haupttor zum Bahnhof. Saussan brach, für mich unverständlich, in haltloses Schluchzen aus.

Ich verlor keine Zeit, sondern versuchte, den Fahrer mit dem Dreifachen des üblichen Preises zu ködern, damit er uns nach Aleppo zurückfahre. Doch er ließ uns wie Aussätzige vor dem verschlossenen Bahnhof stehen. Saussan brach weinend zusammen. Ich führte sie zu einem Stuhl auf dem Gehsteig vor dem völlig leeren Café, wo es sonst von Karten- und Dominospielern nur so wimmelte. Der betagte Kellner schlurfte zu dem alten Fernseher und stellte den Ton lauter. Man hatte mit der Koranlesung begonnen und zeigte ein Bild des dahingegangenen Präsidenten mit einem schwarzen Trauerband. Dazwischen wurden klassische Musikstücke von Johann Sebastian Bach gespielt. Ich fasste es nicht. Ich konnte es wirklich nicht glauben. Ich hielt es für eine Sinnestäuschung: Da saß ich nun in einem Café vor einem verschlossenen Bahnhof und sinnierte darüber, dass ich hier, auf diesem Flecken Erde, an diesem gottverlassenen Bahnhof vom Tod des Präsidenten erfahren hatte, und ich fragte mich, ob wir wohl mit dem Präsidenten auch unsere Angst begraben würden.

Saussan starrte mich angstvoll an. Sie wollte um jeden Preis nach Aleppo. Schließlich fanden wir ein Ehepaar, das ebenfalls nach Aleppo zurückmusste, Fremde wie wir und gestrandet wie wir in diesem abgelegenen Nest. Bei der Suche nach einem Taxi kam uns Asârs Schwester Schirîn zu Hilfe. Sie machte einen Verwandten ausfindig, der einen Minibus besaß, mit dem er Personen zwischen Afrîn und Scheich al-Hadîd hin- und herbeförderte. Er erwog die Risiken einer Fahrt in dieser Nacht, in der es plötzlich so still geworden war. Ich versicherte ihm, alles werde gut, und schließlich wirkte wohl der Preis, den ich ihm bot, überzeugend. Wir stiegen ein, auch das Ehepaar, samt seinem Gepäck. Der Fahrer flehte unablässig um Gottes Erbarmen für den Präsidenten. Es klang nicht ganz aufrichtig. Vielleicht wollte er ja nur seine eigene Angst verjagen. Saussans Schluchzen begleitete uns die ganze Fahrt, bis wir nach Mitternacht in Aleppo ankamen.

Auch dort waren die Straßen menschenleer. Nur ein paar Autos fuhren rasch vorbei. Aleppo als Geisterstadt in tiefem Schweigen! Raschîd war von unserer Rückkehr zu dieser nächtlichen Stunde überrascht, auch ihm stand die Furcht ins Gesicht geschrieben. Mutter war tief in ihre Absenzen versunken. Und ich konnte nicht glauben, dass wir in einem solchen Elend lebten, an einem solch heruntergekommenen Ort. Feuchte Flecken an den Wänden, die Bilder voller Fliegenschiss, die Sessel zerrissen, der Esstisch wackelnd. Wir aßen, was Raschîd uns vorsetzte. Er sagte ein paar freundliche Worte zu Saussan und hüllte sich danach in Schweigen, was mir unverständlich war. Während der folgenden Tage blieb der Fernseher abgestellt, und Raschîd beschränkte sich darauf, die Kassette mit den Koranrezitationen von Abdalbâsit Abdalsamad zu hören. Noch immer begriff ich nicht, warum Saussan über den Tod eines Mannes heulte, der uns dermaßen das Leben verhunzt hatte. Ebenso wenig begriff ich, warum dieses abgelegene Dorf plötzlich in völliges Stillschweigen versunken war.

Raschîd schien trotz allem glücklich. Ich erzählte ihm vom Dorf, und ich sprach mit ihm auch über den neuen Präsidenten und die Gerüchte, die in Aleppo die Runde machten: Alle korrupten Personen würden vor Gericht gestellt und ohne Gnade ins Gefängnis geworfen. Raschîd zuckte mit den Schultern und sprach dann begeistert von seinem Drang zu beten. Sein Gesicht leuchtete, und zum ersten Mal setzte er sich neben Mutter, die ihn davor warnte, das Märchen vom Tod des Präsidenten zu glauben. Sie lachte über die Naivität unserer Nachbarn, der Brüder des Genossen Fawwâs, die ein Kondolenzzelt errichtet hatten, in dem die wichtigsten Schmuggler, die gewieftesten Waffenhändler und die bekanntesten Drogendealer der Stadt Ehrenplätze innehatten. Sie seien bescheuert genug, zu glauben, der Präsident sei wirklich tot, spottete sie und warnte uns in ihren wenigen klaren Augenblicken, uns ja nicht von Toren hinreißen zu lassen und eine Lüge zu glauben, die nur eine Falle sei, mit der der Präsident Freund und Feind unterscheiden wollte. Dann fiel sie zurück in ihre Halluzinationen, und ihrem Mund entströmte ein säuerlicher Geruch, nicht unähnlich demjenigen alter Höhlen, in denen Tierkadaver verrotten.

4

MYSTERIÖSE PFADE

«IN mondhellen Nächten heulen die Wölfe der Liebe, und die Pistazien brechen auf», orakelte Saussan und erwartete eine Reaktion von Raschîd, der in seine Koranlektüre vertieft war. Er klappte das Buch zu und sagte, als habe er sie nicht gehört: «Der Koran ist nicht nur das Buch der Muslime, er ist das Buch der gesamten Menschheit. Auf seinen Seiten, in seinen unnachahmlichen Versen finden sich die Lösungen für alle unsere spirituellen Probleme.»

Saussan hatte ihn kaum erkannt, als sie ihn wiedersah. Sein Bart und die weiße Abaja hatten nichts mit dem alten Raschîd zu tun. Sie erkundigte sich mit aller Zurückhaltung, was diese Veränderung bedeuten solle und warum er während der vierzigtägigen Trauerperiode, die dem Land nach dem Tod des Präsidenten verordnet wurde, das Haus nur noch verließ, um in die Moschee zu gehen. Raschîd erklärte ihr einfach, er fühle sich wohl in dieser schweigsamen Stadt, und fügte dann noch hinzu: «Der Tod ist das einzig Gerechte hienieden.»

Als Onkel Nisâr ihn fragte, was es mit dieser göttlichen Gerechtigkeit auf sich habe, von der er so eifrig predigte, antwortete Raschîd nicht. Es war bizarr, wie er die Damen der Nacht zurück auf den rechten Weg zu bringen versuchte: Er erbot sich, sie mit rechtschaffenen Männern zu verheiraten, damit sie ein anständiges Leben führen konnten. Er könne ihnen auch eine ehrenwerte Arbeit als Schneiderin oder als Hausmädchen verschaffen oder sie in den Genuss karitativer Zuwendungen für Frauen kommen lassen, die sich von ihrem früheren Leben losgesagt hatten.

Die angesprochenen Frauen betrachteten ihn mitleidig und ließen ihn dann mit seinem Gebrabbel aus Prophetensprüchen und Koranversen allein – ein Wundertütenverkäufer mitten in der Wüste. Er schwieg, und seine Angst wuchs. Als er nach Beendigung der Staatstrauer zu seiner Arbeit zurückkehrte, spielte er zum ersten Mal mit einer religiösen Singgruppe, die ihn aufgenommen und ihm die Leitung übertragen hatte. Schließlich ging ihm ein Ruf als großer Violinist voraus. Auf Onkel Nisâr wartete er nicht mehr, und er vermied Diskussionen über Zukunftsperspektiven. Er vergaß geflissentlich die Blätter mit seinen Kompositionen in der Schublade, und einmal hätte er sie fast verbrannt, als ihm einfiel, dass er eines Tages über Atheismus nachgedacht und seine Zweifel in einer Komposition mit dem Titel «Der verlorene Gott» zum Ausdruck gebracht hatte. Er schenkte auch dem Zimmer, das Nisâr im Rahmen der Auffrischung des ganzen Hauses hatte herrichten lassen, keine Aufmerksamkeit. In ungewohnter Schärfe erklärte er Onkel Nisâr, er werde Gott anflehen, ihm und Mutter zu verzeihen, die sich seit ihrer Jugend keine Gedanken mehr über Gottes Barmherzigkeit gemacht hatte.

Er rief sich Bilder aus seiner Kindheit ins Gedächtnis zurück und vergoss bittere Tränen über den Irrweg, den unsere Familie eingeschlagen und sich so mit Schuld beladen hatte. Er vergegenwärtigte sich auch jene Tage, als er zu Saussan ins Bett geschlüpft war, angelockt vom Geruch ihres prächtigen Körpers. In seiner verängstigten Seele suchte er nach den Trauben der Sünde, die er auf sich geladen zu haben wähnte, und breitete sie vor Scheich Abu

Bakr aus, der mit Wohlgefallen dem reuigen Sünder Gehör schenkte, dem großen Büßer. Raschîd speiste am Tisch des Scheichs, zusammen mit anderen jungen Männern, die von der Gnade der Vergebung sprachen. Seit er den Weg der Gewissheit eingeschlagen hatte, erschien ihm der Tod nicht mehr erstrebenswert. Er führte ein asketisches Leben: eine Dattel und ein Becher Milch zum Frühstück, danach komponierte er religiöse Hymnen, die die Bewunderung seiner neuen Freunde weckten. Er schrieb eine Neuversion des berühmten Gesangs, mit dem die Bevölkerung von Medina den Propheten Muhammad begrüßte, der von Mekka zu ihnen gekommen war. Onkel Nisâr spürte Raschîds Genie, das, lange versiegt, sich plötzlich wieder offenbarte. Er sah die Vertonung durch, ergänzte sie da und dort und schuf so aus einem einfachen Gesang ein großartiges Musikwerk. Raschîd hielt Onkel Nisârs Interesse für einen ersten Schritt weg von seinem Irrweg, zurück auf den rechten Pfad. Doch der Scheich warnte ihn, seine Zeit nicht zu vergeuden. Homosexuelle, «die Söhne Lots», seien auf ewig verdammt. Mit väterlichen Worten legte er ihm ans Herz, sich von der unehrenhaften Geschichte seiner Familie zu distanzieren, und mahnte ihn, sich nicht die Last anderer aufzubürden, denn *keine lasttragende Seele trägt die Last einer anderen*, wie es im Koran heiße. Raschîd schnürte sich der Hals zu, als er sich vorstellte, wie Onkel Nisâr ins ewig lodernde Höllenfeuer geschleudert würde.

Nachts schrak er aus seinen Träumen auf und suchte bei seinen neuen Gewissheiten nach Bildern, die ihn vor seiner Vergangenheit schützten, die er ein für alle Mal zu tilgen wünschte. Er würde gern neu geboren, ein weißes Blatt, auf dem die Engel mit unsichtbarer Tinte ihre Wünsche niederschrieben. Bilder von Gesichtern, die er als Kind gekannt hatte, schoben sich übereinander: das Bild seines

Vaters, nach dem er so lange gesucht hatte. Es war immer der gleiche Traum: Sein Vater nahm ihn in den Park mit, um dort mit ihm zu spielen. Diese glückliche Szene wiederholte sich und wurde jetzt von Mutters Bild überlagert, die im Traum als bekannte Tänzerin auftrat. Als er ihr den rechten Weg weisen wollte, erklärte sie spöttisch, irgendwann einmal werde sie ihre Memoiren schreiben und darin alle Scheiche von Aleppo beim Namen nennen, die auf sie scharf waren. Immer wieder habe man sie ins Haus reicher Kaufleute geladen, die sich nach religionskonformer Waschung von einem Scheich mit ihr in zeitlich begrenzter Ehe vertraglich hätten vermählen lassen. Am folgenden Morgen seien diese Scheiche dann wieder angerückt und hätten sie von dem Mann geschieden. Immer hätten sie lautstark die Gottesfurcht dieser Ehemänner gepriesen, über die sie selbst längst die Übersicht verloren hatte.

Mutters Gesicht vermischte sich in Raschîds Vorstellung mit den Gesichtern all der Frauen, die das Kabarett aufsuchten, das zu betreten er nicht mehr über sich brachte, nachdem er mit Scheich Abu Bakrs Jüngern das Glaubensbekenntnis gesprochen hatte. Die ganze Welt betrachtete entsetzt, wie die beiden Türme des World Trade Center in New York in sich zusammenfielen. Raschîd und seine Glaubensbrüder dagegen bejubelten den «Angriff auf New York», wie die Täter ihre Tat nannten. Und kaum waren die Bilder, die Identität und die Lebensläufe dieser Täter bekannt, da erhob der Scheich seine Stimme zum Gebet für die Seelen der «Märtyrer». Das Bild von Muhammad Atta, das auf einer Website erschien, gab Raschîd das Gefühl, ein Schlappschwanz zu sein. Er empfand nur noch Verachtung für sich, der nichts war als ein mieser kleiner Fiedler. Er legte das Bild in eines seiner Bücher über den Dschihâd und begann, Meldungen und Informationen über alle

Märtyrer des «Angriffs auf New York» aus den Websites der Dschihâdisten zusammenzutragen. Seinem Kameraden Sabri gelang es, die gesperrten Seiten zu öffnen. Raschîd verfolgte alles, was über die «Märtyrer» verbreitet wurde, druckte sich ihre Bilder aus und betrachtete sie bei Nacht wie ein Verliebter. Sie schenkten ihm eine große Kraft, die stärker war als sein Wunsch nach einem nutzlosen Tod. Vorbei waren die Träume vom schnellen Tod als Erlösung aus ausweglosen Existenzkrisen.

Die dunkle Urne mit Suâds Asche stand noch immer auf dem Schrank. Raschîd schenkte ihr keine Beachtung, während er diese Verwandlung vollzog, die Saussan so wütend machte, dass sie ihm immer wieder ihren Lieblingstraum erzählte: Sex zu haben in einer hellen Mondnacht, während die Wölfe der Begierde heulen. Nun, da sie sich ihrem vierzigsten Geburtstag näherte, begann sie, sich über die Zeit Gedanken zu machen. Sie schwebte nicht mehr in durchsichtigen Hüllen vor dem Spiegel auf und ab. Sie sah nicht gern die Falten an ihrem Bauch und vermied es, ihre nicht mehr so festen Brüste zu betrachten. Völlig unaufgeregt gestand sie mir, sie träume davon, ein Kind zu haben. Sie würde es von unserem zertrümmerten Leben fernhalten und ihm beibringen, träumen sei wichtiger als essen. Ihre Äußerungen wurden immer unzusammenhängender, sie schien die Kontrolle über ihr Leben zu verlieren, wie ein Zug ohne Bremsen, der auf eine Katastrophe zusteuert, deren Ausmaß niemand ermessen kann. Sie saß auf ihrem Bett und übersetzte Artikel für eine Business-Zeitschrift – für ein Honorar, mit dem sie sich nicht einmal ein Paar Strümpfe kaufen konnte.

Wir warteten darauf, dass Mutter aus ihrer Absenz erwachte und mit ihrem permanenten Gefasel von den Särgen aufhörte, die durchs Wohnzimmer ziehen. Sie verbreitete

Todesgeruch in alle Ecken und erbat vom Himmel ein langes Leben für den Präsidenten, dessen Tod sie nach wie vor für Lug und Trug hielt. Sie legte den Finger auf den Mund, um uns zu warnen, die Nachbarn könnten unser Geplapper hören. Dann sah sie Saussan an und fragte, wer sie sei. Sie setzte sich neben Raschîd, der ihr die Hand küsste und sie geduldig zurück ins Bett führte. Er wechselte die Leintücher, die gelblich waren und nach Schweiß und all den Beruhigungsmitteln rochen, die auf ihrem Nachttisch standen.

Dieser Nachttisch war ihr ganzer Stolz. Sie hatte ihn bei einer öffentlichen Versteigerung erworben. Er hatte zum Mobiliar einer großen Villa gehört, die die Erben einrissen.

Raschîd bat Gott, Mutter sterben zu lassen und ihr ewige Ruhe zu schenken. Er setzte sich neben ihr Bett, schlug den Koran auf und las Verse aus unterschiedlichen Suren. Irgendwann bat sie ihn zu seiner Überraschung klar und deutlich, für sie doch Schuberts «Der Tod und das Mädchen» zu spielen. Er hatte ihr nie erzählt, dass er diese Art Musik nicht mehr spielte, dass er nicht mehr in Onkel Nisârs Gruppe spielte, der mit ihm nie über diese Entscheidung gesprochen oder versucht hatte, ihn zurückzuholen. Auf der Suche nach innerem Frieden hatte auch er sich zurückgezogen und saß gern in der Gesellschaft alter Freunde und Freundinnen in seiner prunkvollen Wohnung. Diese Runden wurden als «Nisârs Donnerstage» bekannt. Man naschte Nüsschen und Tabboulehsalat und lauschte hingebungsvoll Musikstücken, die allen bestens bekannt waren. Dazu plauderte man angeregt. Wer sie so sah, hätte glauben können, sie lebten weit weg von der Stadt, von der ihnen sowieso nichts geblieben war als alte Erinnerungen, die sie sich erzählten, überzeugt, dass die großartige Zeit nicht zurückkehren würde, als die Straßen noch im Schatten von Eukalyptusbäumen lagen und Winterregen und

Frühlingsdüfte kräftig genug waren, um wahrgenommen zu werden.

Auch Onkel Nisâr, der elegante Herr, war alt geworden. Er lebte mit seinen Erinnerungen und erhoffte nichts mehr von diesem Leben, das ihm zur Last geworden war. Er hätte es nur allzu gern rasch hinter sich gebracht und suchte in den Schriften der Sufis nach dem Sinn des Todes. Er rief die Mitglieder seiner Musikgruppe zu sich und erklärte ihnen, wie ein Vater seinen Söhnen, er überlasse ihnen alles. Er ertrage das laute Treiben nicht mehr und wolle die ihm noch verbleibenden Jahre ohne Verpflichtungen verbringen. Alle spürten, dass er es nicht ertrug, ohne Raschîd weiterzuspielen, obwohl er nie ein Wort darüber verloren hatte, wie entsetzt er über Raschîds Verwandlung zum Trommler in einer Amateurgruppe war, die mit Lobgesängen auf den Propheten durch die Dörfer tingelte.

Ein einziges Mal wäre er gern noch nach Frankreich gereist. Ein letztes Mal hätte er sich gern noch in den Bars seiner schwulen Freunde ausgetobt, auf den Tischen getanzt und in Champagner gebadet. Traurig betrachtete er ein Foto von Michel und dessen Ehemann, aufgenommen beim Geburtstag ihrer Freunde. Auch er war alt geworden, auch er konnte nichts anderes mehr tun, als zu Hause herumzusitzen oder Wochen im Landhaus von Freunden zu verbringen. Michel schrieb, er würde gern für seinen Lebensabend nach Aleppo zurückkehren. Er klagte über Heimweh und über das unerfreuliche, schwer erträgliche Verhalten seines Mannes: Die meiste Zeit verbringe er in Metrostationen in den maghrebinischen Vierteln und biete jungen Arbeitslosen seine Dienste in einem schmuddeligen Winkel für fünfzig Euro an.

Michels Idee zurückzukommen, war eine wundervolle Überraschung für Onkel Nisâr. Es klang wie die vollkommene Lösung für seine spirituelle Krise, fand er und begann, von einem gemütlichen Lebensabend mit seinem alten Freund zu träumen. Er schrieb ihm ausführlich von Aleppo. Die Stadt habe sich sehr verändert. Es würden keine Flegel mehr hinter den Schwulen herlaufen und sie mit Steinen bewerfen. Alle verlören sich in der Masse. Danach wartete Onkel Nisâr lange darauf, dass Michel sein Versprechen einlöste, bis er das Ganze irgendwann vergaß. Seine Zeit verbrachte er mit seinen Freunden und Freundinnen: Damen aus der in Samt gekleideten Schicht, die klassische Musik zu schätzen wussten. Oft saß er an Mutters Bett.

Eines Tages schlug er vor, sie bei sich einzuquartieren. Die Ruhe werde ihr helfen, wieder zu sich zu finden. Die Idee begeisterte Saussan. Als wir Mutter weckten, ließ sie eine Schimpftirade gegen ihre Tochter los. Sie nannte sie Elena – jene Amerikanerin, die unseren Vater nach Amerika entführt hatte. Wir waren alle sprachlos, dass sie sich noch an diese Frau und an unseren Vater erinnerte, den sie mit allerhand seltsamen Kosenamen bedachte. Sie ließ sich zu Onkel Nisârs Wohnung führen, eine alte, zerzauste Frau – ebenso ärmlich wie die neuen Nachbarn, von denen sie die meisten nicht mehr kannte –, in der niemand unsere einst so stolze Mutter erkannte.

Onkel Nisâr war überglücklich, jemanden im Haus zu haben, für den er sorgen konnte. Er kochte ihr leckere Mahlzeiten, ertrug ihr Geschrei bei Nacht und holte sich Rat bei befreundeten Ärzten, den Ehemännern der Besucherinnen der «Donnerstage». Er notierte ihre Anweisungen auf buntem Papier, das er neben ihrem Bett aufhängte, und wenn sie klare Momente hatte, feierten die beiden das, indem sie Erinnerungen an heitere Zeiten austauschten und geflissentlich alles Unangenehme übergingen. Raschîd besuchte sie täglich. Er verbrachte viel Zeit in Onkel

Nisârs Wohnung, und manchmal schlief er auch in dem Zimmer, das ihm immer zur Verfügung stand. Am Morgen trank er dann Kaffee mit Onkel Nisâr, und Onkel und Neffe plauderten wie früher: Raschîd vermied es, Religiöses anzusprechen, und Onkel Nisâr hütete sich, etwas über das Gesicht des Neffen zu sagen, das Stumpfsinn ausstrahlte.

Onkel Nisâr war vollkommen glücklich, sich um Mutter kümmern zu dürfen, diese Frau, die nach dreißig einsamen Jahren im Getriebe dieser verkommenden Stadt beschlossen hatte, sich in ihre eigene verwinkelte Welt zurückzuziehen und mit Bildern zu leben, die niemanden mehr interessierten.

Eine krankhafte Nostalgie griff in der Stadt um sich. Man kam zusammen, um sich gemeinsam an die Vergangenheit zu erinnern, sozusagen als Rache, weil über die angstbeladene Gegenwart nicht geschimpft werden durfte. Dann schwiegen alle, wohl wissend, dass ihre sattsam wiederholten Äußerungen bei niemandem mehr Interesse weckten – außer bei ein paar wenigen Forschern, deren hastig zusammengeschriebene Artikel über die 1950er Jahre, publiziert in Spezialzeitschriften oder Sammelbänden, keiner las, die aber dann zu Fernsehserien wurden, in denen man die Vergangenheit auf wenige Elemente zusammenkürzte: Unruhen, Militär- oder Feudalputsche, die das Blut des Volkes kosteten. Ein solches Bild der Vergangenheit wiederum enttäuschte die Nostalgiker. Sie beschuldigten die Produzenten der Geschichtsfälschung, verstummten aber rasch, weil jedes Lob für die nähere Vergangenheit als Unzufriedenheit mit der Gegenwart verstanden werden konnte und die Gefahr barg, den Sicherheitsdiensten aufzufallen und endlosen Einvernahmen in ihren Büros ausgesetzt zu sein. Das jedenfalls glaubten sie, und so ließ die Angst, die tägliche Begleiterin der Leute, selbst nach der

Beerdigung des Präsidenten das Gerücht kursieren, er sei noch am Leben.

Allein mit Saussan im Haus unserer Familie zurückgeblieben, fand ich Gelegenheit, mir über das Parallelleben Gedanken zu machen, das ich gelebt hatte. Und nicht nur ich, dachte ich, wir waren viele, sehr viele. Vierzig Jahre lang teilten wir die Luft mit denen, die uns beherrschten, begegneten ihnen aber nie. Wir waren Nachbarn, die sich jedoch bei Todesfällen nicht besuchten und auch sonst nicht vorbeischauten, wie man es in der Vergangenheit getan hatte. Einmal erklärte ich Saussan, wir könnten wunderbar alt werden, ohne von dieser krankhaften Nostalgie heimgesucht zu werden. Doch dafür müssten wir unseren gesamten Erinnerungsvorrat von unseren Schultern nehmen und auf die nächstbeste Müllkippe werfen.

Saussan gefiel die Idee, keine Nostalgie zu pflegen. Sie ging sogar noch weiter: Sie verabscheue jede Epoche gleichermaßen, erklärte sie, was mich vermuten ließ, es gehe ihr darum, von keinem ihrer Opfer je zur Rechenschaft gezogen zu werden. Sie pries das Vergessen und erklärte mir, sie werde ihrem Sohn beibringen, dass das Leben erst in dem Augenblick beginnt, wenn man das Parallelleben zerstört hat. Mir hingegen lastete es auf der Seele.

Es war eine absurde Situation, allein mit Saussan im Haus zu wohnen. Sie hatte ihr Zimmer bei Salma aufgegeben, weil sie die Miete nicht mehr bezahlen konnte. Wir nahmen gemeinsam unsere Mahlzeiten zu uns und dachten auch darüber nach, das Haus aufzugeben, das der Hauptgrund für unseren Gemütszustand war. Schließlich kamen wir überein, es zu verkaufen, um dieser Hölle zu entkommen und irgendwohin zu gehen, wo ein angenehmeres Leben möglich wäre. Dabei merkten wir plötzlich, dass wir beide nur darauf warteten, dass Mutter starb. Wir waren wie Jean und viele andere, die nur darauf warteten, sich von ihrer Vergangenheit lösen zu können.

Manchmal war Raschîd da, der sich aber nicht zu unseren Träumen äußerte. Er nickte wortlos, verließ das Haus und kam erst gegen Mitternacht zurück. Seine Frömmigkeit hatte etwas Seltsames: Furcht, vermischt mit einer Todeshoffnung, deren Bilder ihn verfolgten. Er verglich sich mit einem Vogel am Himmel, für den die Landung auf der Erde den Tod bedeutete. Er sei am Himmel festgenagelt, erklärte er. Dann schien er wieder zuversichtlich, und eines Tages ging er und ließ uns nur einen Zettel zurück, auf dem er uns, beide mit Namen genannt, versicherte, wie sehr er uns liebte, und uns ermahnte, auf uns achtzugeben. Er sei nun endlich mit sich im Reinen. Erst verstanden wir nicht, was er meinte, doch dann erinnerten wir uns, mit welch großem Interesse er während der Wochen zuvor die Fernsehnachrichten verfolgt hatte, wie er sich auch am Computer in Websites vertieft hatte, die zur Verteidigung des geweihten islamischen Bodens gegen die neuen Kreuzritter aufriefen. Er war schmächtig geworden, sein Gesicht fahl, und er wanderte stundenlang durch Nebensträßchen, um zu Onkel Nisârs Haus zu gelangen. Dort setzte er sich neben Mutters dahinschwindenden Körper und gab Onkel Nisâr nicht die geringste Gelegenheit, Fragen zu stellen. Danach ging er grübelnd und tief in Gedanken versunken nach Hause, kroch völlig erschöpft ins Bett, konnte aber nicht einschlafen. Er dachte an die Kameraden, die schon nach Bagdad gegangen waren, und kam sich als Weichei und Hasenfuß vor, der den Tod fürchtete, über den er so viel nachgedacht hatte. Doch wenn dann die Bilder der Kämpfer des «Angriffs auf New York» vor ihm auftauchten, träumte er vom Paradies, sein Körper entspannte sich, er spürte förmlich die kühlen Brisen von den Flüssen dort. Nein, er konnte so nicht mehr weiterleben. Auch in den Menschenmengen, die gegen den Krieg demonstrierten, fühlte er sich nicht wohl. Sein ganzes Leben lang hatte er versucht, Menschenmengen zu meiden. Und nun dachte er auch über seine Einsamkeit nach. Er hasste Mutter, die aus seiner Kindheit ein Unterhaltungsprogramm für ihre albernen Damenzirkel gemacht hatte.

Sein Schicksal war besiegelt. Bagdad vor Augen, tastete er nach dem Tod. Und plötzlich stand er vor Scheich Abu Bakrs Tür und erklärte ihm in aller Ruhe, er wolle sich der nächsten Gruppe in den Irak anschließen, um dort seinen Beitrag zur Verteidigung islamischer Erde gegen die neuen Kreuzfahrer zu leisten. Von ihm, dem Scheich, wollte er wissen, ob er damit die ihm verhasste irakische Baath-Partei unterstütze oder die islamische Welt verteidige.

Uns erzählte er, es gebe keine Ursache, sich Sorgen zu machen, sollte er plötzlich verschwunden sein, er sei dann in Bagdad. Wir nahmen das nicht weiter ernst. Der zerbrechliche Raschîd, bleich und hager, wie er war! Tatsächlich sah er keinen anderen Weg mehr, sich zu erlösen, als den, in Bagdad zu sterben.

Onkel Nisâr weinte, als er davon hörte, und in einem unbedachten Augenblick erzählte er Mutter, Raschîd sei nach Bagdad gegangen. Was für eine Katastrophe! Ein Unglück von ungeahntem Ausmaß. Was würde aus unserem Leben ohne den sanften Raschîd? Saussan hatte einen hysterischen Anfall. Sie roch an Raschîds Dingen und dachte daran, Scheich Abu Bakr umzubringen. Sie verfluchte die Amerikaner und den Irak. Als sie Raschîds Zimmer betrat, erstarrte sie. Dort stand die dunkle Urne mit Suâds Asche. Sicher hatte Raschîd seine letzte Nacht vor ihr sitzend verbracht – in verzweifelten Gedanken und Überlegungen über Tod, Märtyrertum und das Paradies. Er war zutiefst überzeugt, Suâd dort wiederzusehen, und lachte über unsere Debatten über Glück, Vergessen und das Parallelleben.

Mutter starrte an die Decke, ihre Tränen flossen lautlos. Sie bat Onkel Nisâr, sie nach Hause zu bringen, und hatte kein Ohr für seine inständige Bitte, doch bei ihm zu bleiben, nun, da sich ihr Zustand etwas verbessert und sie mehr als einmal am Tag lichte Augenblicke hatte, Augenblicke, die manchmal zu Stunden wurden und die Hoffnung weckten, sie werde an ihren angestammten Platz am Fenster zurückkehren und dort am Abend ihren Tee trinken können. Eine Auffrischung des Hauses, deren Kosten Onkel Nisâr zu übernehmen bereit war, sollte ihren Zustand verbessern helfen. Doch sie schenkte auch seiner Bitte kein Gehör, sich von diesem Viertel fernzuhalten, das in letzter Zeit wegen zahlreicher Verbrechen dauernd in den Schlagzeilen der Lokalpresse war. Beim jüngsten Vorfall war es um einen Mann gegangen, der erst seine Frau und seine Kinder verbrannte und sich dann selbst mit einem Küchenmesser umbrachte. Dabei schrie er den Nachbarn, die den Vorgang seelenruhig beobachteten, zu, in den Flammen umzukommen sei ehrenwerter, als aufs Verhungern zu warten. «Gibt es denn keine Messer in den Küchen dieser Stadt?», fragte er bitter.

Zum ersten Mal in seinem Leben genoss Raschîd es, einer Gruppe anzugehören. Es half ihm, seiner Angst Herr zu werden, als er mit dreißig anderen Kämpfern in einem alten Bus die irakische Grenze überquerte. Am frühen Abend waren sie in Kamischli angekommen, wo die Gruppe, in einem Kebabrestaurant in der Kuwatli-Straße, von einem Führer übernommen wurde. Die Leute auf der Straße kümmerten sich nicht um diese bärtigen Männer, die da an den Tischen des kleinen Restaurants saßen und gierig die Reste aus der Küche verzehrten. Raschîd spürte die ruhige Atmosphäre und nahm gleichzeitig die Furcht und Wachsamkeit wahr. War er etwa doch nicht am richtigen Ort? Er hatte alles seinem Kameraden Mudar überlassen, den er erst kurz vor dem Einsteigen in den Bus auf dem Platz vor der Moschee kennengelernt hatte, nach dem gemeinschaftlichen Frühgebet unter der Leitung von Scheich Abu Bakr, der jeden Einzelnen von ihnen zum Abschied küsste und ihm wünschte, es möge ihm vergönnt sein, ein Märtyrer zu werden. Sichtlich bewegt versuchte er, seine Tränen vor ihnen zu verbergen, und winkte ihnen zu, als sich der Bus in Bewegung setzte. Alle waren stumm und blickten unverwandt auf die Gassen ihrer Stadt. Noch bevor der Bus auf die Straße nach Rakka gelangt war, hörte man einen noch nicht siebzehnjährigen Jungen weinen, er bat den Fahrer, kurz anzuhalten.

Mudar hatte das Heft in die Hand genommen. Er befahl dem Fahrer anzuhalten, machte die Tür auf, und der Junge stolperte sich erbrechend hinaus. Danach trat Mudar vor die Männer, ergriff das Wort und erklärte unmissverständlich, sie seien hier im Dienste des Dschihâd, nicht auf einem Schulausflug. Und der Dschihâd sei eine Individualpflicht, die jedem Muslim obliege, weshalb man an das Martyrium glauben müsse. Dann hob er die Faust und rief: «*Allâbu akbar*, Gott ist am größten! Sieg dem Islam.»

Danach legte sich ein tiefes Schweigen über alle. Raschîd stellte sich ihn vor als Buben, der den Mädchen den Weg versperrte und barfuß durch die staubigen Gassen rannte. Er bewunderte die Verwandlung vom kleinen Tunichtgut mit krimineller Perspektive zum Dschihâdkämpfer auf dem Weg zum Paradies, den er sicher betreten würde. Alle leisteten ihm den Gefolgschaftseid, erkannten ihn als Emir über die Gruppe an und überließen es ihm, sich mit den Führern zu einigen, die sie in die rasch errichteten Ausbildungscamps bringen sollten, die die Tausende von Kämpfern gar nicht aufnehmen konnten, die aus allen Ländern der Welt heranströmten und in den Straßen und Gassen des Iraks umherirrten.

Raschîds Ängste verflogen, als sie in eine große Militärunterkunft am Stadtrand von Bagdad kamen. Ein paar wenige Offiziere und Soldaten, die es vermieden, sie anzuschauen, wiesen sie in den Gebrauch russischer Gewehre ein, die man zusammen mit einigen Patronengurten an sie verteilt hatte. Nach zwei Wochen packte man sie in ein paar Zivilfahrzeuge und transportierte sie in die Umgebung des Flughafens, wo schon Soldaten der Nationalgarde postiert waren. Diese kümmerten sich nicht weiter um die Abenteurer, die in all diesem Todeschaos keine andere Perspektive hatten als den Kampf ums nackte Überleben.

Zum ersten Mal machte sich Raschîd Gedanken über die Erscheinungsformen des Todes, und seine Gewissheiten schwanden angesichts der grellen Bilder, die ihm vor Augen traten. Sich die eigene Leiche verbrannt vorzustellen oder das Grab ohne Stein, das Saussan aufsuchen und mit Blumen schmücken konnte, war erschreckend. Bilder von jedem einzelnen Familienmitglied kamen ihm in den Sinn, auch von seiner eleganten Mutter, die in ihm die Hoffnungslosigkeit genährt hatte. Er konnte sich nicht erklären, wo die üblen Gerüche herkamen, die ihr Körper ausströmte. Konnte sich Parfüm denn in Scheiße verwandeln? Im Kreis der Soldaten war er guter Dinge und felsenfest davon überzeugt, dass die Amerikaner den Kampf verlieren und von den Krähen zerfetzt würden, noch bevor sie Bagdad erreichten. Er hielt sich an Mudar, dessen Überzeugung, am richtigen Platz zu stehen, von Tag zu Tag wuchs.

Auch aus Scheich Abu Bakrs Lektionen über die frühen Muslime, die mit ihrem Mut und ihrer Überzeugung große Imperien hinweggefegt hatten, schöpfte er Kraft.

Als sie sich schon wenige Tage später mitten im Kampf befanden, konnten sie es kaum glauben. Sie hatten mit einer Wartezeit von Monaten gerechnet und sich entspannt auf dem Areal des verlassenen Flughafens bewegt, locker wie siegesgewisse Menschen, scherzend und albernd. Sie suchten sogar den Kontakt mit den Offizieren, die für die Waffenzuteilung zuständig waren, wurden von diesen aber ignoriert, wie fremde Wesen, die inmitten all dieser Zerstörung eigentlich nichts zu suchen hatten. Raschîd ergab sich in sein Schicksal. Er hatte schon viel über den Tod nachgedacht und spürte jetzt, dass die Erlösung seines schmächtigen Körpers in einem finsteren Grab lag. Die Toten brauchten nichts mehr, auch brauchten sie weder den Präsidenten noch die verschiedenen Geheimdienste zu fürchten.

Der Erlösungsgedanke tauchte mitten im hitzigsten Bombardement aus der Luft auf, und er empfand es als seltsam, wie er sich an sein Leben klammerte, wie sehr er sich wünschte, noch einmal spätnachts durch die Straßen von Aleppo wandern zu können. Das brachte ihn völlig durcheinander, und er ließ höchste Vorsicht walten. Der Anblick verkohlter amerikanischer Soldaten verlieh ihm die nötige Energie, um durchzuhalten. Drei Tage lang aß und schlief er nicht, sondern wechselte immer wieder die Position. Sie hatten feststellen müssen, dass sie fast allein im Kampf standen. Nur noch wenig Militär war geblieben, die Mehrheit der zum Schutz des Flughafens eingeteilten Soldaten hatte das Weite gesucht. Wer so schnell hierher zum Flughafen kommt, so dachten sie, wird bald in den Präsidentenpalästen kampieren.

Raschîd mutierte zum Raubtier. Er sah dem Tod ins Gesicht und hatte die Furcht vor ihm verloren. Er sprang über seine toten Kameraden, von denen er einige wiedererkannte. Er bedauerte, dass diese Nähe zum Tod ihm keine Zeit ließ, über das Leben im Jenseits nachzudenken, das nur einen Katzensprung entfernt war. Am liebsten hätte er ein Gedächtnis wie ein weißes Blatt Papier gehabt, um ihm seine Gedanken über den Tod anzuvertrauen. Dieser, so glaubte er fest, ist die einzige Wahrheit, vor der unsere Feigheit uns fliehen lässt, damit unser Blick nicht auf ihn fällt und wir erkennen, wie er ist. Er dachte bestürzt über unser lebenslanges Weglaufen nach – immer vor irgendetwas, das auf der Lauer liegt. Sich selbst wünschte er einen banalen, langsamen Tod, der ihm noch Zeit ließe, sich von denen zu verabschieden, die er mochte, und für eine letzte Durchsicht seiner Erinnerung. Was wäre wohl das letzte Bild auf den Gedächtnisseiten?

Diese Frage beschäftigte ihn. Er versuchte, aus der raschen Sequenz von Bildern, die sich übereinanderschoben und die Gesichter miteinander verschmelzen ließen, eines auszuwählen. Alles um ihn herum schien verloren, als die Amerikaner am dritten Tag die Oberhand gewannen, nachdem sie zunächst den Eindruck gehabt hatten, in eine Falle geraten zu sein, die sich langsam schloss: hinter ihnen eine unendliche Wüste, vor ihnen die riesige, ihnen unbekannte, kilometerweit entfernte Stadt.

Niemand wusste Genaueres über den Kampf, und keiner erfuhr die Zahl der getöteten Amerikaner. Erst Monate später sickerten die Nachrichten vom Märtyrertod einiger Kameraden Raschîds durch, die am vierten Tag nur noch Blut im Mund schmeckten. Mit geschlossenen Augen wanderte Raschîd über den Todesacker, ohne irgendwelche Hoffnung auf Rettung. Die meisten Kameraden, die mit ihm gekommen waren, würde er nie wiedersehen. Die Gesichter der Toten waren verunstaltet, ihre Körper lagen verstreut auf der Erde, auf den Sandsackbarrikaden oder in den Schützengräben, die die Soldaten der Republikanischen Garde ausgehoben hatten. Nur wenige waren übrig, unter der Führung einiger junger Offiziere, die lange von ihrer soldatischen Ehre sprachen und denen es gelang, die amerikanischen Pläne für einige Tage zu vereiteln, bis bei den Amerikanern die Hysterie überhandnahm und sie den Flughafen mit Tausenden von Bomben und Granaten beschossen.

Als in der vierten Nacht diese Beschießung verstummte, beschloss man einen strategischen Rückzug. Raschîd gelang es, sich mit einigen anderen Kämpfern, die er an ihrem Dialekt als Jemeniten erkannte, in ein Auto zu quetschen, das ein irakischer Offizier fuhr, der die Feldwege in Richtung Bagdad kannte. Dort trafen sie nach knapp zwei Stunden ein, und der Offizier hieß sie aussteigen, nun seien sie auf sich selbst angewiesen. Er fand auch noch ein paar Worte, um ihren Mut zu loben.

Raschîd konnte nicht glauben, dass er noch am Leben war. Er überprüfte seinen Körper und fühlte sich seltsam erleichtert. Im Stadtteil Karrâda ging er in ein Café und verkaufte für neunzig Dollar sein Gewehr an den Kellner. Wohin er sich flüchten könne, fragte er ihn noch. Der Kellner lachte und wies auf die Ufer des Tigris. Das sei das Obdach für die Obdachlosen, erklärte er.

Er irrte durch die leeren Straßen von Bagdad. Seine Uniform und sein langer Bart verrieten ihn ohne einen Hauch von einem Zweifel. Rasch musste er einsehen, dass es nicht vorteilhaft für ihn wäre, sich in ein Café zu setzen und mit den anderen Gästen über irakische Musiktraditionen zu plaudern, die er bestens kannte.

Bagdad war eine trostlose Stadt. Die amerikanischen Flugzeuge warfen ununterbrochen Granaten und Leuchtbomben ab, die in Raschîds unmittelbarer Nähe einschlugen. Doch sein Todeswunsch war zurückgekehrt, und er kümmerte sich nicht um die Gefahr. Er klopfte am Tor einer Moschee, in der Hoffnung, dort für die Nacht Schutz zu finden. Aber niemand öffnete. Das Gotteshaus war verlassen. Das Gefühl der Trostlosigkeit kehrte zurück. Er dachte an das letzte Bild, das ihm in der vergangenen Nacht durch den Kopf gegangen war, und klopfte an weitere Türen, ohne ein Obdach zu finden. Es blieb ihm nichts anderes übrig, als die Nacht in einem Hausflur zu verbringen. In einem vierstöckigen Gebäude stieg er die Treppe hinauf, fand aber zu seiner Enttäuschung die Tür zur Dachterrasse mit mehreren Schlössern verschlossen. In einer Ecke auf dem Treppenabsatz des vierten Stocks legte er sich kurz auf den kalten, schmuddeligen Boden. Es war zwar nicht so schlimm, wie er erwartet hatte, aber er musste unbedingt seine Uniform und seinen Bart loswerden.

Also ging er nochmals in das Café. Der Kellner war dabei zu schließen. Raschîd bat ihn, im Café übernachten zu dürfen, doch davon wollte der Kellner nichts wissen. Er schlug Raschîd jedoch einen Deal vor: eine Jeans, ein Hemd und die Benutzung eines Rasiergeräts für vierzig Dollar. Er bot ihm auch ein Glas Tee an und erzählte, die Amerikaner suchten auf den Straßen nach arabischen Kämpfern. Wenn Raschîd sein Angebot nicht annehme, bleibe ihm nichts anderes übrig, als in die Stadtrandviertel zu gehen, wo sich seine Mitkämpfer schon sammelten und neu organisierten – mit der Hilfe einiger Baath-Offiziere, die nicht wahrhaben wollten, dass die Amerikaner schon bis zum Firdaus-Platz vorgedrungen waren, wo sie dem Standbild Saddam Hussains eine Schlinge um den Hals gelegt und ihn vom Sockel gerissen hatten – eine Szene, die alle Fernsehstationen der Welt übertrugen und die Millionen von Arabern weinen ließ, gedemütigt durch die im Herzen von Bagdad marodierende Yankee-Soldateska.

Die Rasur gab Raschîd seine früheren Gesichtszüge zurück. In dem etwas weiten Hemd und der Jeans sah er aus wie ein hilfloser junger Mann auf der Suche nach einem Abenteuer, sicher nicht wie ein Kämpfer, der Tausende von Kilometern auf der Suche nach seinem Seelenheil zurückgelegt hatte. Nochmals bat er den Kellner um Erlaubnis, die Nacht auf einem Stuhl im Café zu verbringen. Doch dieser wollte nichts davon wissen und verhehlte auch nicht seine Freude über den Sturz des Regimes und den Anblick der zertrümmerten Statue. Er wies Raschîd die Tür.

Raschîd verließ das Café und kehrte zu jenem vierstöckigen Gebäude zurück. Dort legte er sich auf den nackten Fußboden, zu erschöpft, um seinen Hunger und seinen Durst zu spüren. Angsterfüllt döste er ein, wachte aber nach ein paar Minuten wieder auf, in der Hoffnung, es werde schon Tag und er könnte erneut an stumme Türen klopfen, ein Gedanke, den er rasch aufgab. Er suchte in seinem Gedächtnis nach weiteren Bildern. Saussan tauchte auf, Mutter und Onkel Nisâr, auch die Straßen von Aleppo, unser gemeinsames Zimmer, die Gesichter der Dschihâd-Kameraden, von denen die meisten inzwischen tot waren und die restlichen sich in der Stadt aufgelöst hatten wie Salz im Wasser. Nochmals döste er weg und schreckte plötzlich wieder auf. Ein paar amerikanische Soldaten hatten ihn umstellt und befahlen ihm aufzustehen. Mit den wenigen englischen Worten, die er kannte, versuchte er, ihnen zu erklären, er habe sich auf dem Weg in sein Hostel verirrt. Der kurdische Übersetzer befahl ihm, auf den Militärlastwagen zu steigen und den Mund zu halten.

Er wechselte ein paar Blicke mit den acht anderen, die schon auf den Bänken saßen. Er kannte keinen davon. Man brachte sie in das Militärgefängnis, das in aller Hast in einer der Kasernen eingerichtet worden war, die die amerikanischen Truppen übernommen hatten. Dort würde sein Schicksal von seiner Fähigkeit abhängen, Vernehmung und Folter zu ertragen, die ihn sicherlich erwarteten. Und mehr als je zuvor sehnte er sich nach Hause zurück, nach Saussans liebem Gesicht, wenn sie ruhig schlafend im Bett lag.

Wir dachten viel an Raschîd. Versuchten, Informationen über ihn zu erhalten. Nisâr bat irakische Musikerfreunde, sich nach ihm zu erkundigen, doch wie vielen anderen unglücklichen Familien blieb auch uns nichts anderes übrig, als zu warten. Wir stürzten uns auf jede noch so kleine Nachricht und verfolgten jede Spur. Vergeblich. Wir fragten beim Roten Kreuz nach und hinterlegten dort ein Bild samt unserer Adresse. Gemeinsam mit einer großen Zahl von Müttern verschwundener junger Männer marschierte Saussan zu Scheich Abu Bakrs Haus und überhäufte ihn mit Beschimpfungen. Ihr reichte es nicht, herumzuflennen wie eine schwache Frau. Und der völlig verwirrte Onkel Nisâr vergaß sogar die Ankunft seines Freundes Michel, der plötzlich an der Tür klopfte. Die beiden fielen sich schluchzend in die Arme. Er habe ihn nicht, wie brieflich geplant, am Flughafen abholen können, entschuldigte sich Onkel Nisâr bei Michel, und werde auch nicht viel Zeit für ihn erübrigen können, bis man etwas über den Verbleib seines Neffen erfahren habe.

Michel zeigte Verständnis und beteiligte sich an der Suche. Er rief französische Organisationen an, die dem Schicksal Vermisster im Irak nachgingen. Er wurde in

Raschîds Zimmer untergebracht, kramte in seinen Habseligkeiten und blätterte durch seine Fotoalben. Wenn Onkel Nisâr unterwegs war, kochte er und hielt die Küche in Ordnung. Er sei ja gerade zur rechten Zeit gekommen, um uns zu unterstützen, versicherte er immer wieder. Aber auf seine Bitte, die Sache etwas bedächtiger anzugehen und sich erst einmal einen Plan für die Suche nach dem Bruder zu machen, reagierte Saussan nicht. Sie ließ Onkel Nisâr und Michel immer wieder allein und wanderte ziellos umher. Mal schlief sie bei Salma, mal bei Onkel Nisâr, oder sie klopfte spätnachts bei uns, bevor sie die Tür mit ihrem Schlüssel öffnete. Manchmal blieb sie auch lange bei Jean.

Ein Jahr und drei Monate lang erhielten wir nur widersprüchliche Informationen. Sicher war immerhin, dass niemand Raschîd tot gesehen hatte. Das konnte jedoch auch heißen, dass er beim Rückzug von dem Flughafengelände von einem Soldaten der Republikanischen Garde erschossen worden war, die man für den Tod zahlreicher arabischer Freiwilliger verantwortlich machte. Allmählich ließ unser Eifer nach, und wir trösteten uns damit, vermisst sei besser als tot. Mich beschäftigte die Frage, ob der tote Raschîd irgendwo im Irak herumlag, den Geiern zum Fraß vorgeworfen, oder ob man ihn anständig begraben hatte.

Wir übten uns in Geduld und schienen dabei rasch zu altern. Onkel Nisâr überließ Michel, der sich wieder an die Stadt gewöhnte, die Führung des Haushalts, während er selbst sich seiner Schwester widmete, deren Existenz wir immer mehr übersahen oder, genauer gesagt, die wir mieden. Die beiden verbrachten viel Zeit zusammen, sie plauderten, klagten wechselweise über den Mangel an Sauerstoff und beschimpften die ganze Familie, einen nach dem anderen. Danach verstummten sie und hingen ihren Gedanken an den verschollenen Raschîd nach.

5

DIE TOTE MUTTER

ICH verließ gerade die Textilfabrik, als Onkel Nisâr anrief und mich bat, nach Saussan zu suchen. Mutter sei gestorben, fügte er kurz und bündig hinzu. Für ein paar Minuten brachte mich die Nachricht aus der Fassung, gleichzeitig war da ein Gefühl der Erleichterung. In den Tagen zuvor gab es eine gewisse Hoffnung, Mutter finde nochmals zu sich zurück. Sie hatte sich etwas erholt und sogar versucht, hinaus zu den Lattichfeldern zu gehen, die inzwischen aber gar nicht mehr existierten. In der ganzen Gegend gab es nichts mehr, was an Äcker erinnerte. Doch dann versagte ihr der Körper plötzlich seinen Dienst.

An diesem glühend heißen Junitag im Jahr 2004 nach Saussan zu suchen, entpuppte sich als wahre Pein. Ihr Handy war wie üblich abgestellt, und ihre Wege kannte sowieso niemand. Ich hinterließ eine Nachricht für sie bei Jean, der mir und der ganzen Familie sehr freundlich sein Beileid aussprach. Ich besorgte vier große Eisblöcke, unabdingbar, um die Verwesung einzudämmen. Es war nicht daran zu denken, sie noch in derselben Nacht zu bestatten. Die Fledermäuse würden ihr keine Ruhe lassen, wie man so sagt. Ich war völlig durcheinander und zu keinem klaren Gedanken fähig. Saussan schätzte es sicher nicht, Totenwache bei einer Leiche zu halten, für die sie keinerlei Sympathie hegte und in der sie ihren eigenen Tod vorweggenommen sah. Zu Hause hatte Onkel Nisâr schon alles in die Wege geleitet: das Leichentuch, die Blumen und sogar den Leichenwagen, und neben dem Grab unserer Großmutter hatte er von einem Gräbermakler ein schmales Stück Land erworben. In ihren letzten Tagen hatte Mutter immer wieder von ihrer eigenen Mutter gesprochen, offenbar um allen ihren Wunsch deutlich zu machen, neben ihr begraben zu werden. Wir verteilten die Eisblöcke um sie herum und legten alle verfügbaren Decken über sie. So glich sie einem Haufen von Altwaren, aus dem schmutziges Wasser sickerte und der am Morgen entsorgt werden musste.

Narimân erschien prompt, wie erwartet. Überrascht waren wir dagegen, dass sich auch Onkel Abdalmunim und sein Sohn Hussain einfanden, ein paar Blätter mit Koranversen in der Hand. Hussain komplimentierte die Nachbarinnen hinaus, die gekommen waren, um uns ihr Mitgefühl auszudrücken und bei der Toten zu wachen, während sich Onkel Nisâr weiter um die Bestattungsvorbereitungen kümmerte. Alle sahen sich feindselig an. Onkel Nisâr weigerte sich, die Pflicht der Totenwache bei seiner geliebten Schwester jemand anderem zu überlassen. Onkel Abdalmunim blieb schweigsam. Er spürte, dass er nicht willkommen war, ja, dass Onkel Nisâr ihn am liebsten umbringen würde. Deshalb beschränkte er sich darauf, gemeinsam mit seinem Sohn am Kopfende der Toten aus dem Koran zu rezitieren.

Saussans Erscheinen – sie kam erst spät in der Nacht – verkomplizierte die Situation noch weiter. Sie fand, dass das Totenbett nicht der geeignete Ort war, alte Rechnungen zu begleichen, und wollte nicht neben einem Körper sitzen, der ihr nichts bedeutete. Narimân schloss sie in die Arme und küsste sie auf den Kopf. Sie verhielt sich wie eine Freundin des Hauses, was mich über Leute nachdenken ließ, die erst im Augenblick des Todes die Zeit finden, sich zu entschuldigen. Sie sagte ein paar freundliche Worte über Mutter, die uns alleine habe großziehen müssen. «Das Leben ist ein großer Betrug», schloss sie, «wir glauben, es währe ewig, und vergessen, dass der Tod hinter jeder Tür lauert.»

Saussan erwiderte nichts darauf. Sie saß in der Küche und erfüllte ruhig und gefasst alle Wünsche. Sie hatte sich für einen stillen Abschied entschieden. In der Zeit zuvor hatte sie immer wieder das Schweigen gepriesen und ihr Unverständnis über Menschen zum Ausdruck gebracht, die über triviale Dinge stritten, die schon viele Jahre zurücklagen. Menschen hätten immer das Verlangen, andere fertigzumachen, sogar noch auf dem Totenbett. Ich forderte Hussain, den ich erst wenige Male gesehen hatte, und das schon vor langer Zeit, auf, sich Onkel Nisâr gegenüber anständig zu verhalten und einen Eklat zwischen ihm und seinem Vater zu verhindern. Er zeigte sich verständnisvoll und umgänglich, offenbar hatte er keine Angst vor Beerdigungen. Er inspizierte das Grab noch vor der Bestattung, die nach dem Morgengebet vorgesehen war. Onkel Nisâr hielt nicht an seinem Wunsch fest, auf weitere Trauergäste zu warten und die Bestattung erst nach dem Mittagsgebet durchzuführen. Beerdigungszaungäste brauchten wir erst recht nicht.

Die Bestattungsfeierlichkeiten liefen ganz normal ab. Ich war kurz auf dem Stuhl eingenickt, auf dem Raschîd gesessen hatte, unmittelbar bevor er damals nach Bagdad aufbrach. Da hörte ich Hussain laut und kräftig *«Allâhu akbar»* rufen, während er zusammen mit drei Burschen aus der Nachbarschaft den Sarg aufnahm. Er hatte beschlossen, dass es an der Zeit war. Onkel Nisâr verfolgte den Vorgang mit einem seltsamen Stillschweigen. Er küsste ruhig seine

Schwester auf die Stirn und fügte sich in alles. Er war nachgiebig geworden und hatte Onkel Abdalmunim die Durchführung der Grablegung überlassen, um jeglichen Zwist zu vermeiden. Michel hatte er gebeten, seine nächsten Freunde und seine Musikschüler zu Hause zu empfangen. Sie spielten Trauerstücke, die Onkel Nisâr nach reiflicher Überlegung als für Mutter passend ausgewählt hatte, und als ich sie spielen hörte, wurde mir klar, dass für Onkel Nisâr Mutter nicht gestorben war und dass für ihn der Leichnam, den man bestattet hatte, einer anderen Frau gehörte.

Wir alle dachten an Raschîd. Dieser lag auf einer verdreckten Decke im Militärgefängnis und entwarf, hellwach, einen neuen Lebensweg, einen Weg, der ihm erstrebenswert erschien: Er würde nach Aleppo zurückkehren, würde seine Kompositionen überarbeiten und sie den größten Häusern der Welt anbieten. Kurz dachte er auch daran, nach Paris zu gehen, um mit den großen Orchestern zusammenzuarbeiten, die sich mit orientalischer Musik beschäftigten und die ihn schon mehrfach zur Mitwirkung und zur Teilnahme an einer Welttournee aufgefordert hatten – mit sufischen Gesängen und vertonten Gedichten von Ibn al-Fârid. Langsam machte er sich klar, dass er den Fragen, die jetzt an ihm nagten, drei Jahre lang ausgewichen war, weil er in ihnen eine Gefahr gesehen hatte. Er sinnierte über seine Existenz, sein Schicksal, eigentlich immer am falschen Ort zu sein, und seine dauernde Unsicherheit; er suchte nach festem Grund unter den Füßen. Eigentlich hatte er bisher immer in Furcht vor allem gelebt – vor seinen Nachbarn, vor den Brüdern des Genossen Fawwâs, die seit über dreißig Jahren dem Präsidenten und der Partei zujubelten. Nun gewann er seinen Mut zurück und fühlte sich stark genug, an die Orte seiner Vergangenheit zurückzukehren.

Raschîd machte sich daran, eine Geschichte zu fabrizieren, die ihn aus dieser Zelle retten sollte, in die über fünfzig Gefangene gepfercht waren. Die meisten von ihnen betrachteten ihn abschätzig, als er sich als syrischer Christ zu erkennen gab, der als Violinist arbeitete und das Orchester eines bekannten irakischen Sängers leitete, der in der Nacht nach dem Fall von Bagdad die Stadt verlassen habe.

Am ersten Abend aß er heißhungrig und schlief danach tief, um für die kommende Serie von Vernehmungen fit zu sein. Er vermied es, über den Dschihâd zu sprechen, während seine Mitinhaftierten sich mit allerhand Taten brüsteten. Er hatte nicht übel Lust mitzuhalten, doch dann erinnerte er sich an die Fragen über Einsatz und Tod für den Islam und über das Vaterland und die Umma, die Gemeinschaft der Gläubigen, Fragen, die schon während seiner Zeit im Trainingscamp an ihm genagt hatten.

Entspannt und zuversichtlich setzte er sich auf einen Holzstuhl im sonst leeren Zimmer gegenüber dem amerikanischen Befrager, der schon völlig erschöpft war von all den Informationen und seltsamen Geschichten, die ihm die Kämpfer auftischten. Sie seien hier, um gegen die neuen Kreuzritter zu kämpfen, und weder der Galgen noch der Henkersblock, die sie im Morgengrauen erwarteten, schreckten sie.

Mit stoischer Ruhe erklärte Raschîd, er heiße Jean Abdalmassîch und sei ein Musiker mit einem gewissen Renommee. Der Befrager musterte ihn. Für ihn konnte diese ausgemergelte Gestalt gar nichts anderes sein als Musiker und Christ, wie er behauptete. Er spulte seine Liste unzusammenhängender Fragen über islamistische Gruppen ab, die den Irak infiltrierten, doch Raschîd beteuerte, nichts darüber zu wissen. Seine klaren Antworten schützten ihn vor schlimmen Quälereien – nichts im Vergleich zu dem, was seine Mitgefangenen erlebten, die von Soldaten in schmutzige Decken gehüllt oder auf Bahren zurück in die Zelle gebracht wurden – oft bewusstlos und mit Wunden, aus denen Blut und Eiter sickerten und die den engen Raum noch mehr verpesteten.

Raschîd schloss die Augen. Er verachtete sich, wenn er das Stöhnen der anderen hörte und selbst nur daran dachte, die eigene Haut zu retten. Auch die Überzeugung, dass das Paradies ein wundervoller Ort fürs ewige Leben sei, kam ihm abhanden. Er setzte alles daran, seine Geschichte vor den anderen geheim zu halten, die ständig den Namen Mudar im Munde führten, der inzwischen als Abu Katâda auf dem arabischen TV-Kanal den Amerikanern drohte, er werde ihnen die Erde unter den Füßen verbrennen, wenn sie sich nicht bedingungslos aus dem muslimischen Irak zurückzögen. Die Gefangenen warfen sich gegenseitig vor, in Gefangenschaft geraten zu sein, weil sie nicht auf die Warnungen des Emirs Abu Katâda gehört hatten, sich vor den Irakern in Acht zu nehmen, die sie für ein paar Groschen an die Amerikaner verraten würden.

Als Raschîd den kurdischen Übersetzer ein weiteres Mal traf, sprach er ihn mit den wenigen kurdischen Wörtern an, die ihm noch aus seiner Kindheit von jener kurdischen Nachbarin im Gedächtnis waren, bei der ihn seine Mutter ließ, wenn sie in der Schule war. Wie beiläufig erwähnte er die Namen einiger berühmter kurdischer Sänger und trällerte ein paar Passagen aus einem kurdischen Lied von Muhammad Scheicho. Das weckte das Interesse des Übersetzers. Ohne weiter auf die Wächter zu achten, stellte er ihm ein paar Fragen über sein Leben in Midân Akbas und Afrîn, außerdem über seinen Vater Iljâs Abdalmassîch, den Chef der Eisenbahninstandhaltung, einen Maschinenbau-Ingenieur mit einem Diplom von der Universität Genf.

Raschîd setzte alle seine Fähigkeiten ein, eine Geschichte zu erfinden, die schlüssig und überzeugend wirkte und möglichst wenige Lücken aufwies, die den Argwohn der Befrager wecken konnten, die ja auch, wegen der großen Zahl von Gefangenen und wegen des enormen psychischen Drucks, der auf ihnen lastete, gar nicht genügend Zeit hatten, alle Einzelheiten zu verifizieren. Täglich kamen Hunderte von neuen Gefangenen, und die in ein Militärgefängnis umgewandelte Kasernenanlage war längst überfüllt. Dazu kam, dass die unklaren militärischen Entscheidungen ebenso wie die Angst vor dem irakischen Sumpf den erwarteten militärischen Spaziergang in einen Albtraum verwandelten, der an Vietnam erinnerte.

Während des ersten Monats war Raschîd entspannt und musste sich die Einzelheiten seiner Geschichte nicht in Erinnerung rufen. Er begann sich wirklich als dieser christliche Musiker zu fühlen, den der berühmte irakische Sänger verriet, als er sich allein absetzte und seine Musiker den Straßen und Gefängnissen des Iraks überließ. Mit Bahram, dem kurdischen Übersetzer, freundete er sich richtiggehend an. Dieser, Absolvent der Englischfakultät der Universität von Sulaimanîja, hatte keine andere Wahl, als gute Miene zum bösen Spiel zu machen und als Übersetzer für die amerikanischen Befrager und Soldaten zu arbeiten. Das war seine Rache an den Baathisten.

Seine Beziehungen zu Bahram und John Mercavel, dem befragenden Offizier, verschafften Raschîd ein paar kleine Privilegien: zum Beispiel ein paar Stunden Hofgang mehr, außerdem Mitwirkung bei der Essenverteilung an die Gefangenen. Und als er eingewilligt hatte, über Mitgefangene zu berichten, war er sicher, bald freigelassen zu werden. Die Befrager erhielten durch ihn zwar keine neuen Erkenntnisse, aber sie konnten sich seiner Bereitschaft zur

Kollaboration versichern. Die lang erwartete Gelegenheit kam nach einem Jahr und drei Monaten im Gefängnis. John ließ ihn kommen und schlug ihm vor, im Militärorchester mitzuhelfen, das gerade für das Thanksgiving-Konzert probte.

Hier konnte er seine Fähigkeit zeigen, ein Orchester zu leiten. Die Soldaten, alle Amateurmusiker, hörten auf seine Anweisungen und nannten ihn «Maestro». Er wählte alte Songs aus, die er mochte, wie solche von Bob Marley, oder auch Preziosen aus der Jazzmusik. Er spielte selbst auch virtuos Trompete, und als die feiernden Soldaten und Offiziere ihn baten, nochmals «New York, New York» und «My Way» zu spielen, konnte er endgültig alle Zweifel zerstreuen. Seine Finger glitten seidenweich über die Geige. Er hatte seine Geschmeidigkeit zurückgewonnen, und er spürte, dass dies seine einzige Chance war, dem Albtraum zu entkommen, bevor man ihn in ein anderes Gefängnis verlegte.

Am folgenden Tag beglückwünschte John ihn und entschuldigte sich sogar dafür, dass man ihn eingekerkert hatte. Man gab ihm seine fünfzig Dollar zurück, ebenso seine Uhr und seine Kleider. Raschîd wollte aber das Gefängnis nicht verlassen, ohne nochmals Bahram gesehen zu haben, der aber erst am folgenden Tag kommen sollte. Deshalb erlaubte ihm John, der Verständnis für seinen Wunsch hatte, seine letzte Nacht in einem Büro auf einem Feldbett zu schlafen. Bahram gratulierte ihm zu seiner Freilassung und zögerte nur kurz, als ihn Raschîd um einen letzten Gefallen bat: für ihn einen Transport nach Sulaimanîja zu organisieren, dem einzigen sicheren Ort, den er kannte. Dort wohnte ein Mann, mit dem er fünf Jahre zuvor bei einem Konzert syrischer und irakischer Musiker in der assyrischen Kirche in Aleppo aufgetreten war. Organisiert hatte den Anlass Onkel Nisâr, der mit Raschîds Hilfe unzählige vergessene assyrische und kurdische Musikstücke zusammengetragen hatte. Raschîd war damals neunzehn Jahre alt gewesen und von dem Wunsch beseelt, ein eigenes Orchester zu gründen, mit dem er durch die Welt touren wollte. Es sollte die Schätze präsentieren, die sie in den Häusern von Kamischli, Rakka, Hassaka und den umliegenden Dörfern aufgestöbert hatten. Vier Monate lang zogen Onkel und Neffe wie wandernde Musiker herum, begleitet von einer kurdischen Gruppe unter der Leitung eines baathistischen Musikers aus Amûda, der Proben verabscheute und lieber sufische Musikstücke improvisierte, die aus dem Schatz seiner Familie stammten.

Unter dem Schutz einer amerikanischen Patrouille brachte Bahram ihn zum Firdaus-Platz, wo ein von Peschmerga-Soldaten bewachter Chevrolet stand, in dem schon vier junge kurdische Politiker saßen, die nach Sulaimanîja mussten. Unterwegs an Raststätten spendierten sie ihm Tee, und während der Fahrt unterhielten sie sich lautstark auf Kurdisch, das Raschîd nicht verstand. Als sie in Sulaimanîja ankamen, fragte Raschîd die vier erstaunten Kurden, ob sie einen Musiker namens Juan Chalîl kannten. Einer der vier kannte ihn tatsächlich und brachte Raschîd zu ihm. Juan war vom plötzlichen Auftauchen dieses erschöpften, mageren jungen Mannes überrascht, der einen seltsamen Eindruck machte. Dann erinnerte er sich an seinen Aufenthalt und seinen Auftritt damals in Aleppo, wo man ihn so gastfreundlich aufgenommen hatte. Er kramte ein Album hervor, in dem er Bilder von damals aufbewahrte. Auf einem davon erkannte er Raschîd neben Onkel Nisâr.

Juan hörte sich Raschîds Geschichte an. Es war eine neue. Sie handelte von einem irakischen Sänger, der ihn mitgenommen hatte, damit er auf dem Fest der Tochter eines hohen Beamten spielte. Das war wenige Wochen vor Ausbruch des Krieges gewesen. Dann war er von den Sicherheitskräften verhaftet und vernommen worden, während besagter Sänger sich absetzte. Raschîd bat Juan ohne Umschweife, ihm zu helfen, zurück nach Syrien zu gelangen und ihm einen Pass zu verschaffen. Seinen eigenen habe ihm der Sänger gestohlen, als er floh.

Seine Beteiligung an den Kämpfen auf dem Flughafenareal behielt Raschîd für sich. Seine erste Nacht in Sulaimanîja verbrachte er im Haus dieses kurdischen Musikers, dem gar nichts anderes übrigblieb, als sich um seine Rückreise nach Syrien zu kümmern. Er wurde einer Musikergruppe angegliedert, die über Damaskus nach Wien reiste. Sein Gastgeber sprach mit den Verantwortlichen der Demokratischen Partei Kurdistans, die ihm vertrauten, und so wurde Raschîds Name auf die Liste der Mitreisenden gesetzt, sogar als erster Geiger. Man besorgte ihm einen gefälschten Pass, den er nur vorzeigen sollte, wenn es an der Grenze Komplikationen gab. Raschîd konnte nicht glauben, dass alles so glatt verlief. Nach dem Grenzübertritt ging er in Kamischli in ein Lahmacun-Restaurant direkt neben der Kassimlo-Moschee und bat den Inhaber, sein Handy benutzen zu dürfen. Dieser zögerte keinen Augenblick. Raschîd wählte Onkel Nisârs Nummer, die einzige, die er auswendig wusste. Onkel Nisâr traute seinen Ohren nicht. Raschîds Stimme! Er brach erst einmal in Tränen aus, fasste sich dann und organisierte ein luxuriöses Privatauto, das ihn nach Aleppo brachte.

Wir alle konnten nicht glauben, dass dieser Mann, der da vor der Tür stand, Raschîd sein sollte. Veränderte man sich derart drastisch, wenn man seine angestammte Umgebung verließ? Sein hageres Gesicht erinnerte mich an Saussan, als sie gequält und ausgehungert von ihrer langen Reise zurückgekehrt war. Wir schlossen ihn in die Arme und weinten. Saussan konnte es nicht fassen, dass alle Qual vorbei sein sollte. Sie berührte ihn immer wieder, um sich zu vergewissern, dass dieser ausgemergelte junge Mann wirklich ihr geliebter Bruder Raschîd war. Es war zu spüren, dass er bereute, was er getan hatte, seine Umarmungen waren zögernd. Verschwunden waren die Bilder, die ihm auf dem Weg von Kamischli nach Aleppo vorschwebten. Plötzlich wäre er gern als Kämpfer in Abu Katâdas Truppe im Irak geblieben. Er antwortete auf keine unserer Fragen und bat nur, mit Mutter allein sein zu dürfen. Sie sei während seiner Abwesenheit gestorben, teilten wir ihm mit.

Raschîd erinnerte sich, wie er vor seiner Abreise nach Bagdad das letzte Mal an ihrem Bett gesessen hatte. Er hatte ihr abwesendes Gesicht betrachtet und war schockiert von dem modrigen Geruch, der von ihrem Bett, ihrer Matratze und ihrem Körper aufstieg. Er bemerkte die Eisenstäbe, die man am Fenster angebracht und fest verschraubt hatte. Als er ihre Hand küsste, schlug sie die Augen auf und warnte ihn, ja nicht die Mär vom Tod des Präsidenten zu glauben. Das wäre der Untergang, fügte sie noch hinzu. Sie sprach ihn mit dem Namen unseres Vaters an und verfiel danach wieder in ihr Stillschweigen, den Blick starr auf etwas in einer Zimmerecke gerichtet, das nur sie sah. Er hatte lange dagesessen, bis Mitternacht, überzeugt, er sehe sie zum letzten Mal.

Er ging in ihr Zimmer, in dem nur ein paar Kleinigkeiten an sie erinnerten, die wir noch nicht auf den Müll geworfen hatten. Wir hörten ihn herzzerreißend schluchzen. Onkel Nisâr ertrug es nicht und wollte zu ihm gehen, aber die Tür war verschlossen, und auf Onkel Nisârs Bitte, doch herauszukommen und mit uns zu Abend zu essen, reagierte Raschîd nicht. Er hörte Mutters Gespenst. Dreißig Jahre zu spät komme er an ihr Bett, schalt ihn ihre Stimme. Und er sah den Anflug eines Lächelns. Sie trällerte eines der Liedchen, das die Kinder in Maidân Akbas immer sangen, wenn sie aus der Schule kamen. Er hätte sich gern ein letztes Mal mit ihr unterhalten, hätte sie gern gefragt, wie es ihr gehe, obwohl die Antwort sich erübrigte. Ihr eitriger Körper und ihre fleckige Haut zeigten es deutlich. Ihm kam sie vor wie eine am Straßenrand liegengelassene Frau, deren Tod alle Passanten erwarten. Nun hatte sie ihnen ihren Wunsch erfüllt.

Gegen Mitternacht verließ Raschîd Mutters Zimmer. Er war überrascht, uns vorzufinden. Wir hatten auf ihn gewartet. Onkel Nisâr lag auf dem Sofa, Saussan übersetzte einen Text über die wachsende Bedeutung des Internets in den kommenden Jahren. Ich versuchte, ihm klarzumachen, wie sehr wir uns um ihn gesorgt, welch schreckliche Angst wir um ihn gehabt hätten und dass Saussan, die von früh bis spät an ihn gedacht habe, halb wahnsinnig geworden sei. Sie habe aus dem Irak zurückgekehrte Dschihâd-Kämpfer aufgesucht, um sich nach ihm zu erkundigen – gemeinsam mit den zahlreichen besorgten Müttern, die sich gleich am nächsten Morgen nach dem Frühgebet bei uns einfanden und Raschîd ausfragten.

Raschîd saß im Wohnzimmer und hatte keinerlei Antworten auf die verzweifelten Fragen der Frauen nach ihren Söhnen. Er habe ihre Söhne, seine Kameraden, schon verlassen, bevor sie Bagdad erreicht hätten, berichtete er, was die Frauen überraschte. Eine von ihnen warf ihm vor zu lügen und erinnerte Saussan an Nâdschi al-Mâliki, der ihr erzählt hatte, ihr Bruder sei einer der wenigen gewesen, die den Kampf am Flughafen überlebt und beim Koran geschworen hätten, entweder weiterkämpfend zu siegen oder den Märtyrertod zu sterben. Die Frau nahm ihre Tasche und ging, befremdet über eine solche Lüge.

Der Ruf als tapferer Dschihâd-Kämpfer wurde für Raschîd zu einer schweren Bürde. Überrascht war er vom Besuch Scheich Abu Bakrs, der kurz vor dem Mittagsgebet klopfte und ihn mit einem knappen Händedruck begrüßte. Er müsse ihn ein paar Minuten unter vier Augen sprechen, verlangte er und forderte ihn auf, seinen Übertritt zum Christentum umgehend rückgängig zu machen. Von den Berichten, die er über seine mitgefangenen Dschihâd-Kameraden verfasst hatte, sagte er nichts. Im Blick des Scheichs auf Raschîds bartloses Gesicht lag eine hasserfüllte Anklage, die Raschîd schwer schlucken ließ. Er erklärte dem Scheich emotionslos, alles, was er gehört habe, sei erlogen. Er habe gekämpft wie kein anderer und brauche keinen Beleg für seine Tapferkeit. Er schloss mit einem Vorwurf gegen den Scheich, der ihn und seine Kameraden an die syrischen und irakischen Geheimdienste verhökert habe, die sie wie Dreck behandelt hätten.

Der Scheich war von Raschîds kaltem Ton schockiert. Er habe tatsächlich daran gedacht, dem Islam den Rücken zu kehren, ergänzte dieser noch. Früher oder später würden seine Kameraden mit ihm, dem Scheich, sicher abrechnen. Er habe sie belogen und betrogen. Der Scheich behielt die Fassung, er lachte spöttisch und empfahl sich. Er bedaure, dass Raschîd die ihm gebotene Gelegenheit verpasst habe. Nun werde er ihn für volgelfrei erklären. Ruhig schritt er hinaus, ohne auch nur Onkel Nisâr die Hand zu schütteln, der ihm in tiefer Verachtung hinterherblickte. Er schlug Raschîd vor, zu ihm zu ziehen und so den Müttern der Dschihâd-Kämpfer zu entkommen, die noch tagelang bei uns klopften.

Noch vor Raschîds Rückkehr hatte ich Saussan gestanden, die Nacht, in der Mutter starb, sei die längste in meinem Leben gewesen. Doch Saussan reagierte nicht darauf. Sie wollte unbedingt das letzte Bild tilgen, das sie von Mutter hatte, und so verhielt sie sich wie die Herrin über ein trostloses Haus. Mutters Zimmer blieb verschlossen, und alle Versuche Onkel Nisârs, Saussan zum Umzug in sein Haus zu bewegen, blieben fruchtlos.

Sie klammerte sich an diesem Ort fest, und so suchten wir gemeinsam, Saussan und ich, nach Filmen und arabischen Soaps und verbrachten lange Zeit wie festgenagelt vor dem Fernseher. Ein seltsames, immer gleiches Bild. So versuchten wir, jeglicher Erwähnung der Toten auszuweichen. Doch schemenhaft tauchten der verschollene Raschîd und die tote Mutter zwischen uns auf und vergrößerten den Abstand. Ich verließ immer länger die Wohnung und wanderte allein herum, um nicht bei Saussan sitzen zu müssen. Ihre Gegenwart empfand ich zum ersten Mal in meinem Leben als belastend. Sie war nicht mehr der unbeschwerte Schmetterling wie früher. Ich bekam immer öfter Angstzustände. Raschîds Abreise nach Bagdad hatte unserem Leben den Gnadenstoß versetzt. Wir konnten einfach nicht mehr weiterleben wie bisher und gingen uns darum aus dem Weg. Sogar Onkel Nisâr war für nichts mehr zu begeistern. Er machte und hörte keine Musik mehr, und für uns interessierte er sich auch nicht mehr.

Vor Mutters Tod saßen wir drei, jeder für sich, in unseren Zimmern und weinten. Es waren regnerische Nächte, und Mutter hatte immer wieder schreckliche Hustenanfälle. Sie wimmerte wie ein altes Pferd mit zerfressener Haut. Jahrelang hatten wir Raschîds Ängste nicht gespürt. Wir hielten alles, was er sagte, für normal – dass er das alles nicht mehr aushalte, diese Angst, die ihn sein ganzes Leben lang begleitete, diese Demütigung, Volksmusik für Scharen von Säufern spielen zu müssen. Die Stadt hatte ihm seine Träume gestohlen.

Raschîd erstickte fast, als nach Ablauf der vierzig Trauertage für den verstorbenen Präsidenten dessen Sohn zum Nachfolger gekürt wurde. Er stellte sich vor, dass er sein ganzes Leben in Angst und Verzweiflung verbringen müsste. Es war zu spüren, dass er es bitter bereute, aus dem Irak zurückgekommen zu sein. Dort hatte er die Möglichkeit gehabt, sich zu beweisen, für eine Sache zu kämpfen und zu töten, an die er zwar nicht glaubte, die ihm aber das Gefühl gab, einer furchtlosen Schar anzugehören. Er werde nicht tatenlos zusehen, bis auch noch der Enkel des verstorbenen Präsidenten die Herrschaft übernehme. Er ertrage es nicht mehr, gute Miene zum bösen Spiel zu machen, wenn es irgendwelchen Säufern spätnachts einfalle, Loyalitätserklärungen für den verstorbenen Präsidenten hinauszuposaunen. Dieser verstorbene Präsident war in jedem Detail unseres Lebens präsent.

Bei der Präsidentenwahl im Jahr 2000 ging es zu wie schon dreißig Jahre zuvor. Die Parteimitglieder traten auf, priesen ihre Leistungen und demütigten überall im Land die Menschen. Ärzte, Anwälte, Journalisten, Händler, Parlamentarier, Studenten und Schüler – sie alle wurden gezwungen, zur Musik aus kreischenden Lautsprechern die Dabka zu tanzen und dem neuen Präsidenten zuzujubeln. Die Syrer kannten das alles und versuchten auch jetzt wieder, darüber hinwegzusehen und weiter ihr Parallelleben zu führen – im Vertrauen auf Gott.

Während Raschîd über das Bild des Diktators nachdachte, schnappte die Erinnerung an Bagdad ein weiteres Mal nach ihm. Er ertrug dieses Leben hier einfach nicht mehr. Onkel Nisâr war der Einzige, der das wirklich bemerkte. Ihm wurde immer deutlicher, dass seinem Neffen ein Leben nichts mehr bedeutete, in dem die Entwürdigung des gesamten syrischen Volkes stetig anwuchs, langsam wie der Güterzug, von dem sein Großvater überrollt worden war. Er spürte die Gewalt in den Straßen des Viertels, das ihm wie ein Abbild des ganzen Landes erschien: chaotische Verhältnisse und kreischende Lautsprecher, die die ganze Nacht über primitive Gesänge hinausplärrten; Männer, die den Frauen hinterherspionierten; Mörder, die sich in den engen Gässchen versteckten und korrupte Polizeipatrouillen bestachen, damit sie nicht belangt wurden; pensionierte Soldaten, die Arbeit als Kellner in Restaurants suchten; Bauernsöhne, die davon träumten, für den Geheimdienst arbeiten zu dürfen. Unser Viertel war, wie alle Viertel im ganzen Land, ein Beleg für die Vernichtung von Mutters Träumen.

Raschîd erzählte, wie er sich als Mörder fühlte. Er sprach erst von der Übelkeit, die er während des Kampfs verspürte, bevor er entdeckte, wie sich die Feigheit in ihm einnistete, gegen die er genussvoll den Kampf aufnahm. Diesen Kampf habe er fast gewonnen und durch das Gefühl ersetzt, ein Mörder zu sein, gestand er Onkel Nisâr.

Alle um mich herum machten sich Gedanken über die Kraft, die ein Geschöpf in den Strudel der Illusionen zieht. Im Gegensatz dazu schätzte ich meine Zerbrechlichkeit. Ich beobachtete meine wachsende Schwäche, die mich allmählich zu einem schweigsamen und ängstlichen Wesen ohne Hoffnung machte. Seit dreißig Jahren schlief ich nun schon im selben Bett, ging in die Textilfirma und verbrachte dort viel Zeit, teils um triviale Texte zu übersetzen, teils um klammheimlich den Mädchen bei der Arbeit zuzusehen. Ich wurde zu einem schreckhaften Täubchen, hörte auf zu denken und zu träumen. Mein einziges Vergnügen bestand darin, im Klub-Café zu sitzen und auf den Saadallah-al-Dschâbiri-Platz hinunterzuschauen, alte Zeitungen zu lesen oder mit meinen Freunden – alles Angestellte in der Textilfabrik – Schach zu spielen. Ich verlor, und sie konnten sich freuen, mich besiegt zu haben. Ich genoss es zu verlieren. Ich vermied es, wütenden Personen zuzuhören, was ihre Wut noch verstärkte. Auf dem Gesicht einiger Stammgäste im Café zeigten sich Zerstreutheit und Hysterie. Sie verloren die Selbstbeherrschung und schimpften auf die Machthaber, danach auch auf den Präsidenten und seine Sippschaft. Dann verschwanden sie, lösten sich auf wie Salz im Wasser. Keine Wünsche, keine Träume. Keine Zukunft, keine Vergangenheit. Das war mein Glaubensbekenntnis geworden. Ich redete mir ein, das Leben in der Gegenwart sei die einzige Rettung für jemanden wie mich, dem jede Hoffnung abhandengekommen war.

Ich fürchtete, meine Welt könnte zusammenbrechen und ich könnte werden wie dieser freundliche junge Mann in der Buchhaltung, dessen Namen ich nicht kannte, dem ich aber einen guten Morgen wünschte, wenn ich mein Honorar abholte. Er schaute nicht einmal von den Abrechnungen auf, er arbeitete schweigsam und ernsthaft. Dann sah ich ihn, wie er bei einer Feier zur Wahl des neuen Präsidenten zu tanzen versuchte. Er mühte sich ab, jedoch ohne Erfolg. Wie ich war er unfähig zu schreien und taub gegenüber den Kollegen, die sich angesichts der Geheimdienstleute in dümmlichen Lobhudeleien für den Präsidenten überboten. Einmal erzählte er mir dann doch ganz ohne Furcht, dass ihn all diese Leute ankotzten. «Sie führen ein Hundeleben, glücklich, Schuhe lecken zu dürfen», schloss er. Irgendwann einmal war er dann nicht mehr da, und ein Bürokollege erzählte mir, er habe seine Frau und seine beiden Kinder umgebracht und dann sich selbst. «Er hat herausgefunden, dass seine Frau eine Hure war und die beiden Kinder nicht von ihm stammten.» Ich glaubte aber eher, dass er dieses Leben nicht mehr ausgehalten hat, dieses ständige Schweigen und Sich-schämen-Müssen, das auch Jean empfunden hat, der ein Büchlein verfasste und ihm den Titel gab: *Von der Schande und ihren Varianten im Leben der Syrer*.

Zu Saussans vierzigstem Geburtstag versammelten wir uns auf Raschîds Wunsch alle in Mutters Zimmer. Es wurde eine stille Feier ohne viel Aufhebens. Das bescheidene Festmahl, das Saussan bereitwillig richtete, bestand aus Ofenkartoffeln und Tabbouleh. Raschîd hätte gern unserer verstorbenen Mutter die Frage gestellt, warum sie uns zur Welt gebracht hatte. Er wollte ihr gern ihr törichtes Handeln vorwerfen, für das sie nicht selbst die Konsequenzen tragen musste. Ich entdeckte eine erbarmungslose Seite bei Raschîd, die in seinen letzten Tagen deutlich zum Ausdruck kam. Er betete nicht mehr und ging auch nicht mehr zur Moschee. Er brach seine Kontakte zu den religiösen Musikgruppen völlig ab, obwohl die Mitglieder ihn drängten, doch wieder mitzumachen, da die Nachfrage zunahm, zumal bei alten Aleppiner Familien, die die traditionelle lokale Musik durch religiöse Gesänge ersetzten, die sie von einer Schar weiß gewandeter und aufdringlich nach Rosenwasser duftender Sänger vortragen ließen. Raschîd behauptete, diese Musik sei von trivialen Schnulzen abgekupfert, und er fragte sich, wie gläubige Menschen kaltblütig Songs von Ungläubigen klauen konnten.

Das wirklich Wichtige war, dass wir entdeckten, wie kaputt wir alle waren, wie wir jeglicher Zusammenkunft als Familie aus dem Weg gingen. An ihrem Geburtstagsabend strahlte Saussan. Nach einer Stunde stand sie auf, blies die Kerzen aus und schnitt die Torte an, die Onkel Nisâr beim feinsten Konditor im Ort besorgt hatte. Doch plötzlich legte sie das Messer aus der Hand, ging in ihr Zimmer und überließ mich der lebhaften Unterhaltung zwischen Raschîd und Onkel Nisâr, die immer wieder plötzlich verstummten. Danach ging wieder alles durcheinander. Thema war unsere Kindheit. Da ich mich dabei unwohl fühlte, zog auch ich mich in mein Zimmer zurück. Ich mochte die Art und Weise nicht, in der Onkel Nisâr von unserer Kindheit sprach – für mich die einzige glückliche Zeit in meinem Leben, auch wenn man mich immer daran erinnerte, welch böses Omen über meiner Geburt in der Woche des Parteiputsches stand.

Auf dem Weg in mein Zimmer sah ich Saussan mit einem sehr hübschen kurzen Kleid, das ihren noch immer sehenswerten Körper vorteilhaft gestaltete. Sie hatte einen Koffer in der Hand und verließ grußlos das Haus.

Sie klopfte bei Jean, der sie nicht erwartet hatte. Sie bat ihn, sie zum Abendessen in ein anständiges Restaurant auszuführen, um ihren Geburtstag angemessen zu feiern. Jean zögerte. Er vermutete hinter der Aufforderung eine von Saussans Eskapaden, für die er nicht mehr zu haben war. Im Restaurant Wanîs tranken sie einen ausgezeichneten Wein, und Saussan drängte ihn, ihr von all den Frauen zu erzählen, die seinen Weg gekreuzt hatten. Doch zu ihrer Überraschung zeigte er eine Zurückhaltung, die sie an sein früheres, eher dezentes Verhalten erinnerte. Für einen kurzen Augenblick spürte Jean seine Sehnsucht nach jener längst vergangenen Zeit und griff unter dem Tisch nach Saussans Hand, eine Geste, die beide schockierte. Es war das erste Mal, dass Jean sich so weit vorwagte.

In dieser Nacht ging sie mit ihm ins Bett und erklärte ihm ohne Umschweife, sie wolle ein Kind. Wenn sie schwanger würde, werde sie das Kind behalten. Jean erinnerte sich daran, dass seine Unbedachtheit ihn schon einmal für ein Vierteljahrhundert unglücklich gemacht hatte. Saussan rief all ihre Erinnerungen wach, ihre Träume und ihre Leidenschaft, und es gelang ihr, Jeans Verlangen zu beleben. Sie schliefen miteinander wie Liebende, die lange Jahre voneinander getrennt waren, Jean voller Kraft und Saussan voller Leidenschaft. Sie schloss ihn zärtlich in die Arme, und er schlief wie ein Kind an ihrer Brust.

Ihre wieder aufgenommenen Begegnungen ließen die Leidenschaft in Jeans Körper wieder aufflammen. Sein Verlangen nach Liebe kehrte zurück, stürmisch und kraftvoll, und Saussan war wieder einmal die Frau, die diesem Mann mörderische Lust verschaffte, der so viele Jahre auf sie gewartet hatte. Sie sprachen nie über Saussans Kinderwunsch. Er war nicht mehr imstande, mit jemand anderem als seiner Mutter zu leben, der er hingebungsvoll französische Kinderbücher vorlas, die ihrem sprachlichen Niveau angemessen waren. Geistig war sie trotz ihrer neunzig Jahre noch völlig klar.

Saussan brachte einige ihrer Kleider in seine Wohnung und lebte dort den ganzen Winter. Sie gab sich völlig der Sorge für seine Mutter hin, riss die Fenster auf und wusch Bettlaken und Gardinen und reparierte die Beine des wackligen Tischs und der wackligen Stühle. Sie bügelte Jeans Hemden und ordnete seine Papiere. Kurz, sie brachte frische Luft in die Wohnung. Jean ließ sie gewähren, obwohl es ihm nicht gefiel, dass die Fenster den ganzen Morgen offen standen. Er hatte sich über all die Jahre an den spezifischen Geruch in der Wohnung gewöhnt. Nein, den ganzen Rest seines Lebens würde er nicht mit ihr verbringen können, aber vorläufig fügte er sich, überzeugt, sie würde ihn sowieso nach wenigen Monaten verlassen, wenn sein sexuelles Verlangen zurückging.

Irgendwann verließ Saussan Jeans Wohnung für ein paar Tage. Sie saß entspannt in ihrem Zimmer und blätterte mit mir Mutters prächtiges Fotoalbum durch. Emotionslos betrachtete sie die Bilder, auch diejenigen von Mutter selbst, der sie im Lauf der Zeit immer ähnlicher wurde. Es fehlte ihr nur noch das dunkle Kostüm, und das Bild der strengen Erzieherin wäre vollständig gewesen. Sie ließ keine Gelegenheit aus, sich für die Ähnlichkeit zu rächen. Sie betrachtete Mutters Fotos – und tat genau das Gegenteil dessen, was sie darauf sah: Sie ließ sich die Haare kurz schneiden, Typ «Bubikopf», und behängte sich mit einem Paar großer Ohrringe, die sie auf einer Straße in Arles einem Afrikaner abgekauft hatte. Das war auf einer dieser Stipvisiten gewesen, die sie mit Mundhir unternommen hatte, und der Schmuckverkäufer hatte darauf bestanden, ihr gratis aus der Hand zu lesen. Er prophezeite ihr ein märchenhaftes Leben, und sie drückte Mundhirs Hand und küsste ihn. Sie kaufte dem Mann zahlreiche Schmuckstücke ab, um ihn dafür zu belohnen, dass er ihr Hoffnung auf ein glückliches Leben geschenkt hatte – trotz aller Widrigkeiten, die sie durchmachen sollte. Sie kaufte ein Lederarmband, Silberringe und Haarklammern, außerdem mehrere seltsam geformte Ohrringe. Was von diesen Schätzen noch übrig war, fand sie nützlich für ihre Flucht vor der Ähnlichkeit mit Mutter.

Jean fand ihre kurzen Haare äußerst aufregend. Sie erregten ihn, und in der ersten Nacht genoss er seine solide Erektion und sein pulsierendes Blut. Doch schon nach kurzer Zeit war das wieder vorbei, auch wenn Saussan selig in seinen Armen schlief. Jean hatte nicht den Mut, ihr zu erklären, dass sie ihm lästig wurde und sein Interesse an ihr versiegte. Als sie ein paar Möbelstücke von ihrem seit fünfzig Jahren angestammten Platz verschob, bekam er einen Wutanfall. Er floh aus der Wohnung und kehrte erst spätnachts zurück, um ihr nicht wach zu begegnen. Sie dagegen stand frühmorgens auf, richtete seiner Mutter das Frühstück und ging in das Übersetzungsbüro, um sich Arbeit für den ganzen Tag zu holen. Sie hatte alles begriffen und blieb, im Versuch, die Beziehung zu retten, und in der Hoffnung, er werde sich nach ihr sehnen, möglichst lange weg. Doch es kam anders, und schließlich gestand sie sich ein, dass sie diesen veränderten Jean nicht mehr liebte und nicht mehr mit ihm zusammen sein wollte.

Gegen Ende des Winters 2005 blieb sie über zwei Monate am Stück weg. Er rief sie nie an, sie ihn auch nicht. Nur abends kam sie kurz vorbei, wenn sie wusste, dass er außer Hause war. Sie schaute nach seiner Mutter, die sich über die Zeit und dieses Mädchen Gedanken machte, das nach etwas suchte, das es so nach all diesen Jahren nicht mehr gab. Trotz ihrer Beweglichkeit und des Stöhnens, das aus Jeans Zimmer drang, müsse die junge Frau alt geworden sein, dachte sie, ihre Stimme lasse darauf schließen.

Nach zwei Monaten rief Saussan Jean an und bat ihn, auf sie zu warten. Sie öffnete die Tür mit ihrem eigenen Schlüssel und legte ihn danach auf den Esstisch, den Jean zurück an seinen angestammten Platz in einer Ecke des geräumigen Wohnzimmers geschoben hatte. Sie setzte sich und erklärte kühl und sachlich, sie sei im zweiten Monat schwanger. Dann schwieg sie, und die abendlichen Schatten, die sich auf die alten Möbel legten, gaben Jean das Gefühl, eigentlich nie in seinem Leben etwas frei gewählt zu haben. Nicht einmal die französische Sprache hatte er gewählt, auch nicht seine Frau Colette. Diese hatte ihn gewählt, und er wusste noch immer nicht, warum er in diese Eheschließung eingewilligt hatte. Sie war nie die Frau seiner Träume gewesen, er ging nicht gern mit ihr aus, ins Kino oder auf einen der endlosen Empfänge in Genf. Er war in Gina verliebt, ihre Freundin und Ehefrau eines hohen brasilianischen Beamten bei den Vereinten Nationen. Gina umschwärmte ihn und gab ihm das Gefühl, von ihr begehrt zu sein. Sie machte sich an ihn heran und küsste ihn, knöpfte ihm das Hemd auf und flüsterte ihm zu, sein Parfüm sei wunderbar aufregend. Doch schließlich überließ sie ihn Colette und umflatterte viele andere Männer, die auf ihre Gunst hofften. Sie verstanden sich ausgezeichnet, und Gina erzählte ihm von ihrem elenden Leben mit Raul, ihrem Ehemann, der «scharf auf Nutten» war. Er betrüge sie mit dem Hausmädchen, das sie aus Brasilien mitgebracht habe.

Lange Nächte hatte Jean davon geträumt, Gina zu entkleiden und ihren bronzenen Körper mit Küssen zu übersäen. Ja, er hatte sich sogar gewünscht, an ihren Schuhen zu riechen, die sie sorgfältig auswählte. Jetzt trat sie ihm wieder deutlich vor Augen, doch zu seiner Überraschung musste er feststellen, dass er sich nur an wenige Einzelheiten erinnerte. Richtig im Gedächtnis geblieben war ihm eigentlich nur eine einzige Szene: Zu dritt, auch Colette war dabei, aßen sie in einem afghanischen Restaurant zu Abend, und zum ersten Mal wagte er es, seine Hand auf Ginas Bein zu legen. Doch auf halbem Weg hielt er inne, schweißgebadet. Er nahm nicht einmal wahr, wie Colette ihm den Schweiß von der Stirn wischte und ihn später nach Hause fuhr. Ob sie ihm irgendwie helfen könne, fragte sie noch und küsste, als er dankend ablehnte, den völlig konsternierten Jean lange auf den Mund, schaute ihn lächelnd an und fügte hinzu: «Ein Kuss wird dich heilen.»

Wirklich, er hatte kaum je in seinem Leben eine eigene Entscheidung getroffen. Der erste und bewundernswerteste Entschluss in seinem Leben, davon war er überzeugt, war es gewesen, damals nicht in die Parteihymne einzustimmen, wofür er aus dem Schuldienst entlassen wurde. Der zweite war, als er beschloss, mit Prostituierten ins Bett zu gehen, die sich mit ein paar Groschen begnügten, ihm aber nichts bedeuteten. Nun nahm er all seinen Mut zusammen und teilte Saussan den dritten großen Entschluss in seinem Leben mit: Er werde sie nicht heiraten, und das Kind interessiere ihn nicht. Dann bat er sie noch kurz und knapp, die Möbel im Haus nicht mehr umzustellen. Er habe sie gern dort, wo sie seien. Im Übrigen sei er aber bereit, für die Kosten aufzukommen, sollte sie abtreiben wollen.

Saussan dachte keinen Augenblick daran, ihren Fötus durch das Abflussrohr einer klandestinen Praxis wegschlittern zu lassen. Sie fühlte sich erleichtert, dass Jean keinerlei Interesse an dem Kind bekundete, und sie versuchte nicht, ihn umzustimmen oder die Angelegenheit auch nur mit ihm zu diskutieren. Ihr wäre es unerträglich, wenn sich jemand ins Leben ihres Kindes einmischte. Ihr neues Image, das bisher im Schatten des alten gestanden hatte, gefiel ihr nicht schlecht. Jean war doch nicht so schlimm, wie sie immer geglaubt hatte, dachte sie, auch wenn er beim Sex den nötigen Ernst vermissen ließ und immer etwas zu viel lachte. Lachen beeinträchtigt den Sex ebenso wie Impotenz.

Saussan klopfte bei Onkel Nisâr, Raschîd öffnete. Ihr Onkel sei mit Michel in die Berge nach Kassab gefahren, sie kämen in ein paar Tagen zurück. Fast hätte sie Raschîd alles erzählt, doch dann trank sie einfach nur den kalten Kaffee, den er ihr anbot, bevor er sich wieder der Lektüre einer Reportage im englischen *Guardian* über die arabischen Kämpfer im Irakkrieg zuwandte. Er merkte nicht einmal, als seine Schwester ging. Er dachte darüber nach, dass Mutters Tod es quasi unmöglich gemacht hatte, dass wir uns noch trafen.

Saussan machte sich sofort daran, einen Vater für ihr Ungeborenes zu suchen. Sie rief Onkel Nisâr an, und sie verabredeten sich auf dem Platz von Kassab. Dort erwartete Onkel Nisâr sie schon, er war in Begleitung von Michel. Letzterer kam ihr wie ein alter Mann vor. Onkel Nisâr spürte ihre Unsicherheit durch Michels Gegenwart und beruhigte sie. Sie solle sich verhalten, als existierte er nicht. Trotzdem zögerte sie, als sie sah, wie glücklich Onkel Nisâr mit seinem lebenslangen Freund war. Onkel Nisâr las ihre Gedanken, wie er immer unser aller Gedanken lesen konnte. Er ging mit ihr in ihr Zimmer und schenkte ihr ein Glas Wein ein. Daraufhin erklärte sie ihm kurz und bündig: «Ich brauche einen Vater für mein Kind.» Onkel Nisâr war schockiert.

Onkel Nisâr stellte sich sofort vor, er selbst könnte der Vater des Kindes sein, versuchte aber, die Sache vor Michel geheim zu halten, der Mühe mit der Eingewöhnung hatte. Er komme sich seit seiner Rückkehr nach Aleppo überall wie ein Fremder vor, hatte er Onkel Nisâr erzählt. Wenn sie wirklich zusammenleben wollten, bräuchten sie ein Haus in den Bergen von Kassab. Michel sprach mit einer gewissen Bitterkeit über Aleppo und über seine Familie, die eine enorme Summe für einen gefälschten Totenschein ausgegeben hatte. Und zum x-ten Mal wiederholte er, der alte Michel al-Hâïk sei tot und derjenige, der jetzt mit Onkel Nisâr ins Bett gehe, heiße Michel Crasier. Onkel Nisâr nickte und bestätigte kühl: «Stimmt, man könnte darüber nachdenken, Aleppo zu verlassen. Die Berge wären ein geeigneter Ort für das Alter. Wir könnten Gemüse anbauen,

Ziegen züchten, unseren eigenen Käse produzieren und die Musik, die uns gefällt, hören, so laut wir wollen. Auch mitten im Winter schwimmen könnten wir.» Sie versanken in ihren Träumereien von einem Ort, an dem sie ihre Freunde aus allen Teilen der Welt willkommen heißen könnten, um für die Rechte der Homosexuellen zu kämpfen.

Drei Tage verbrachte Saussan bei ihnen und lauschte ihren Träumen. Sie sah, wie sie sich im Bett zärtlich in die Arme schlossen, wie sie zusammen frühstückten und eine Stunde lang durch die Berge wanderten, wie sie ans Meer gingen und sich hin und wieder verstohlen küssten, wie sie dann mit Fischen zurückkehrten, die ihnen die Fischer am Strand überlassen hatten. Sie verfolgte die Veränderungen an ihrem Körper und versuchte, ihr Kind zu spüren. Und sie beobachtete Onkel Nisâr, der nicht mehr auf die Angelegenheit zu sprechen gekommen war. Würde er sie diesmal allein ihrem Schicksal überlassen? Sie hatte keine Widerstandskraft mehr. Sie war eine verletzliche Frau geworden, verletzlicher als je zuvor: ohne Zukunft, ohne Bewunderer oder gar Liebhaber, ohne Familie. Einfach eine Frau, die einen Vater für das Kind suchte, das noch unfertig in ihrem Leib lag, das noch kein Anrecht auf diese Bergluft hatte.

Aber Onkel Nisâr regelte die Angelegenheit aufs intelligenteste. Er wolle nicht länger in einer Stadt leben, dachte er, in der Mörder umherspazierten und langbärtige Männer mit kurzen Hemden und Dolchen im Gewande; in der außerdem all diese Geheimdienstleute einfache Bürger bespitzelten und ihnen in geradezu wohlorganisierten Raubzügen Schutzgelder abpressten.

Eigentlich blieb ihm nichts anderes übrig, als an diesen zauberhaften Ort umzusiedeln, den er schon immer regelmäßig besucht hatte und an dem er, alles zusammengenommen, mehr als zehn Jahre seines Lebens verbracht hatte, Ferien und Wochenenden im Haus seiner Freundin Mona al-Schâsli. Sie hatte ihm am Tag, als sie es kaufte, einen Schlüssel gegeben und ein Zimmer mit Blick auf das Tal überlassen. Dort könne er sich mit seinen Liebhabern nach Herzenslust austoben. Er bat eine andere Freundin, Waschma al-Bailûni, ihm ein Stück von dem Terrain abzutreten, das sie Jahre zuvor gekauft hatte, als sie noch davon träumte, dort ein Landhaus nach ihrem Geschmack zu errichten. Davon hatte sie hin und wieder an Onkel Nisârs Donnerstagen erzählt. Es sollte ein Haus ganz aus natürlichen Materialien werden, nichts Chemisches dürfe dabei sein. Einen Jacuzziraum müsse es geben mit viel Glas, damit sie von dort aus im Sommer den klaren Himmel, im Winter den Regen sehen könne. Sie hatte Onkel Nisârs Angebot gebraucht, um das Projekt umzusetzen, das sie schon lange vor sich hergeschoben hatte. Sie ging auf Onkel Nisârs Vorschlag ein, die sechs Ar mit ihm zu teilen – ein Grundstück mit Blick auf das Meer und das Dorf al-Samra. Die beiden nahmen Kontakt mit einem gemeinsamen Freund auf, einem genialen Architekten voller Begeisterung für ihr Projekt. Dieser träumte ebenfalls von einem abgelegenen Ort, wo er eine Geschichte Aleppos in mehreren Bänden schreiben konnte. Damit wollte er sich an der Partei rächen: Er bezeichnete den neuen Regionalsitz der Partei als Gestapo-Hauptquartier, das Menschen aufsuchten, die alles Schöne verabscheuten.

Onkel Nisârs Begeisterung brachte seine Freunde ganz aus dem Häuschen. Plötzlich entwarfen alle Möbel, die dieses Platzes würdig waren, den sich Michel in den kalten Nächten in Paris vorgestellt hatte. Er selbst konnte es noch gar nicht glauben. Wie durch ein Wunder zeichnete sich ein würdiges Leben im Alter ab, gemeinsam mit seinem lebenslangen Freund. Eine ganze Familie nähme sich des Babys an, dem bunte Bänder ins Haar geflochten würden. Wenn es ein Junge wäre, würde seine Existenz die Kraft des Männlichen zugunsten des Weiblichen besiegen, von dem sein französischer Ehemann so oft gesprochen hatte, er, der gegangen war, um einem noch nicht dreißigjährigen Portugiesen zu folgen, der bei einem russischen Zirkus arbeitete. Er sprach immer vom Weiblichen, das alle Gewalt und alle Brutalität der Welt überwand, wenn er Michels Aleppiner Kochkünste loben wollte.

Gemeinsam betrachteten sie den Mond, als Onkel Nisâr erklärte: «Ja, eine vollständige Familie: eine Mutter, die für das prächtige Kind zweier Fischer kocht, die am frühen Morgen mit reichem Fischfang heimkehren.»

Raschîd blieb allein in unserem Haus zurück. Er wollte nichts von Onkel Nisârs Vorschlägen wissen, der ihn ermunterte, die Leitung der Gruppe zu übernehmen und wieder zu musizieren. Er könne in seinem Haus wohnen, er überlasse es ihm nach seinem Umzug ins neue Domizil. In Onkel Nisârs und Michels Blick fand er seine Befürchtungen über Saussan bestätigt, und sein Onkel erschrak über den groben Ton, in dem er sich nach Saussan erkundigte, die, nur mit einem kleinen Koffer in der Hand, das Haus verlassen und nur wenige ihrer Habseligkeiten mitgenommen hatte. Ihre letzten Blicke hatten etwas Endgültiges, und auf unsere Fragen antwortete sie nicht.

«Wir können keine Familie mehr werden», erklärte sie. Raschîd habe auch keinen Gedanken an uns verschwendet, als er in den Straßen von Bagdad sterben wollte. Mutter erwähnte sie überhaupt nicht, als habe sie nie eine Rolle in unserem Leben gespielt. Sie wolle mit Michel nach Paris gehen, behauptete sie, und werde frühestens in zehn Jahren zurück sein. Wir sollten sie vergessen und alle Fotos von ihr zerreißen. Dann schimpfte sie noch auf unseren Vater und unsere tote Mutter. Sie konnte gar nicht mehr aufhören. Offenbar brauchte sie eine Rechtfertigung dafür, dass sie uns alleinließ. Offenbar nagte ein Schuldgefühl an ihr. Saussan war die Einzige, an der Raschîd wirklich hing, und nun trat sie mit einem brutalen Schritt aus seinem Leben.

Raschîd ließ sich auf sein Bett fallen. Saussan würde also keinerlei Schmerz verspüren, wenn ihm etwas zustieße. Ihm gefiel es, sich eine Familie vorzustellen, in der sich niemand um den Tod eines anderen scherte. Trauer innerhalb der Familie war eine große Lüge, an der wir nur festhielten, um die Familiendokumente nicht zu zerreißen und den Familienstammbaum nicht zu verbrennen.

Wir beide versuchten, uns unser neues Leben auszudenken. Raschîd bat mich, ihn nicht wie einen Kranken zu behandeln. Er schien glücklich darüber, wie alles gekommen war, am allerglücklichsten aber darüber, dass Mutter gestorben war, während er sich im Irak aufhielt. Er machte sich die Mühe, die Ereignisse an ihrem Todestag zusammenzukriegen. In seinem Gedächtnis ging alles drunter und drüber, und nur mit großer Anstrengung konnte er sich daran erinnern, dass er an jenem Tag im Juni 2004 im Militärgefängnis saß und sich darüber Gedanken machte, wie traurig Saussan wäre, wenn er zu Tode gefoltert würde. Um nicht wahnsinnig zu werden, dachte er sich Kompositionen aus: langsam einsetzende Geigen, begleitet von einem verhaltenen Klavier – Stimmen aus dem fernen Unbekannten. Ja, an jenem Tag, dem Tag, an dem Mutter starb, hatte er behauptet, einer anderen Familie anzugehören, eine andere Mutter zu haben. Das schien ihn aber nicht zu beunruhigen. Er blieb einfach mehrere Tage in seinem Zimmer und stand nicht auf. Nur mit Onkel Nisâr wechselte er ein paar Worte. Sonst blieb er wie tot auf seinem Bett liegen, ohne jeglichen Lebensdrang, attackiert von Tausenden von kalten Bildern, den Bildern seiner Dschihâd-Kameraden, die zu ihrem Schrecken gleich nach der Ankunft in Bagdad feststellen mussten, dass sie nichts als eine Handelsware waren, für die irgendjemand den Preis einstrich.

Raschîd fühlte sich hin- und hergerissen zwischen Gewissheit und Zweifel, zwischen den Bildern und den Kompositionen, die er schreiben wollte und die von Tod und Verrat, von Ketten und Peitschen in den amerikanischen Gefängnissen erzählen sollten, auch vom Kummer in den Augen seiner Mitgefangenen, die ihn als kleinen, gemeinen Spion betrachteten, der den Besatzern aufspielte.

Die Bilder überwältigten ihn. Ein Durcheinander von inzwischen verblassten Bildern eines verschwundenen Vaters, der durch kalte Städte irrte, und einer Mutter, die nach dem Ende verlangte. Und alles vermischte sich mit dem eisigen Tod, der sich ein weiteres Mal zeigte – als einzige verlässliche Erlösung. Raschîd fühlte sich erleichtert, als ihm das Blatt des Todes vor Augen trat: weiß und unbefleckt von irgendwelchen Illusionen vom Leben und von der Musik. Ihn überraschte, wie sehr er am Leben hing, nun, da der Tod ihm so nahe war. War er wirklich von so weit zurückgekehrt und hatte all diese Geschichten erfunden, um in einem Grab zu liegen, das völlig gleichgültige Angehörige aufsuchten? In Saussans Nähe hatte ihn nie das Gefühl der Geborgenheit verlassen. Ja, er hatte den Entschluss zur Rückkehr für Saussan getroffen, ihr Parfüm wollte er nochmals riechen. Als sie ihn in die Arme schloss, gierte er nach diesem Parfüm. Doch sie roch nur nach einem erschöpften Körper, irgendwie nach getrockneten Feigen.

Onkel Nisâr brachte ihm etwas zu essen ans Bett. Er öffnete das Fenster und erzählte ihm voller Begeisterung von einem Stück, einem raschen, lebhaften Stück, mit dem er die Pracht des Lebens pries. Er habe sich vom Stimmengewirr auf dem Markt inspirieren lassen. Er versuchte, den Neffen zum Abendessen zu einem Ausflug nach Kafr Dschanna zu locken oder ihn zu einem Spaziergang in den prachtvollen Pinienwäldern der Berge von Kassab zu bewegen. Er erzählte ihm von seinem neuen Domizil. Aber Raschîd schüttelte nur den Kopf. Er verschlang die Speisen, die Onkel Nisâr mit großem Geschick kochte, und erkundigte sich beiläufig nach Saussan. Dann schlief er wieder ein. Niemand kannte die Tagträume, die ihn beherrschten: Treppen, auf denen die Toten hinaufstiegen, um sich in eine Feuersbrunst zu stürzen, junge Männer mit reifen Gesichtern, denen Henker die Finger abhackten und sie in ein Säuremeer warfen, wo sie sich, ohne eine Spur zu hinterlassen, auflösten. Nur von Frauen träumte er nie, und bei seinen wenigen diesbezüglichen Abenteuern hatte er sich nicht als Mann erweisen können.

In den Nächten im Ausbildungslager in Bagdad dagegen war er von sexuellen Phantasien verfolgt gewesen. Vor dem Einschlafen erschienen ihm die Frauen, neben denen er jahrelang ohne jegliche Erregung gearbeitet hatte. Auch Saussans Bild tauchte vor ihm auf und weckte sein Begehren: ein Weib wie ein wildes Ross, in dem feinen weißen Kleid, das sie trug, nachdem sie Mundhirs Geliebte geworden war, mit dem sie dann nach Dubai ging. Doch ihr Bild schob er von sich und floh es. Lieber wollte er sterben, so schmerzlich waren diese Träume von Saussan. In letzter Zeit schien sie mehr als nötig zugenommen zu haben, außerdem sprach sie ständig von ihrem Wunsch nach einem Kind, mit dem sie am Strand von Ladikijja herumtollen könnte.

Vor ihrem vierzigsten Geburtstag war sie mit Männern

ausgegangen, die als Ehemänner infrage kamen, die aber jedes Rendezvous mit einer nicht enden wollenden Liste von Bedingungen einleiteten. Dann bekam sie für einen Augenblick Mitleid. Sie schaute ihr Gegenüber an, und wenn sie den Mund sah, der männlich sicher seine Sache vortrug, spürte sie einen Brechreiz. Doch nahm sie sich zusammen und erinnerte sich daran, dass sie fast vierzig Jahre alt war und ihr Leben bisher mit endlosen Illusionen zugebracht hatte. Sie versuchte, die Zeit anzuhalten, die ihr aber zu ihrem Entsetzen zwischen den Fingern zerrann.

Wenn sie auf der Straße ging, weckte sie kein Verlangen bei den Männern mehr. Sie sah immer mehr aus wie eines dieser Hausmädchen oder eine dieser freudlosen Verwaltungsangestellten. Selbst Jean hatte zu ihrer Überraschung schon seit einiger Zeit keine Frau mehr kommen lassen, die ihn an Saussan erinnerte, und wenn er sie sah, erstarb sein Verlangen und erschlaffte sein Glied. Seinen abweisenden Ton fand sie befremdlich. Jean war inzwischen ein alter Mann, nicht mehr jener wunderbare romantische Junglehrer, der sie und ihre Schulkameradinnen zum Schwärmen gebracht und dessen Bild ihre ersten Versuche der Selbstbefriedigung beflügelt hatte. Er war vorsichtig an ihr Bett getreten, hatte sie auf den Nabel und die Brustwarzen geküsst und sie dann genommen, erst sehr sanft, dann immer leidenschaftlicher.

Kurz vor Raschîds Abreise in den Irak hatte Saussan Jean einmal abschätzig erklärt, als Mann sei er lächerlich geworden. Offenbar habe er keine andere Sorge mehr, als sein Geld für drittklassige Prostituierte auszugeben. Am folgenden Tag tat es ihr schon wieder leid. Sie entschuldigte sich bei ihm, und die beiden bekräftigten ihre – platonische – Freundschaft. Sie besuchte weiterhin seine Mutter, die, obwohl inzwischen über neunzig Jahre alt, vollständig erblindet und kaum mehr fähig, sich zu bewegen, noch immer witzig und guter Dinge war. Sie erzählte Saussan, wie sie Französisch gelernt hatte, unterrichtet von Monsieur Jean, ihrem Sohn, der ihr Texte surrealistischer Autoren von der Art ihres Freundes Orchân Mujassar vortrug.

Einmal bat Saussan Jean, eine Einladung zum Abendessen bei Onkel Nisâr anzunehmen, der erklärt hatte, Raschîd brauche etwas Leben und Zuwendung, damit er aus seiner Schweigsamkeit herausfände.

Jean erschien in Begleitung einer jungen Frau, die mit Bravour die Rolle seiner Verlobten spielte. Wir setzten uns alle um den Tisch, Raschîd direkt neben Saussan, er klebte förmlich an ihr. Nach einigen Gläsern Wein lockerte sich Jeans Zunge, und er begann mit Raschîd ein Gespräch über seltsame Dinge: Partituren, die ein französischer Mönch in einer Kirche in Arles gefunden hatte; es waren Kompositionen von Mönchen, die zu Beginn des sechzehnten Jahrhunderts kollektiven Selbstmord begangen hatten, ein Vorgang, den die Kirche vertuschen wollte. Sie hätten sich an verdorbenen Nahrungsmitteln vergiftet, die schon über fünfzig Jahre im Keller gelagert gewesen seien, hieß es.

An jenem Abend herrschte eine gelöste Stimmung. Onkel Nisâr kümmerte sich um jeden Einzelnen. Er servierte Hammelwürste in einer Sauce aus Maismehl und Olivenöl. Später spielte er ein paar klassische Musikstücke, eines davon gemeinsam mit Raschîd. Doch auch unser warmer Applaus brachte diesen nicht dazu, den Rest des Abends mit uns zu verbringen. Er entschuldigte sich und ging zurück in sein Zimmer, wo tiefes Schweigen herrschte. Wir unterhielten uns sehr ruhig bis tief in die Nacht hinein. Saussan war Jean für sein Kommen dankbar und sah sogar darüber hinweg, dass er eine Frau mitgebracht hatte, die eigentlich nur gähnte.

Ich fragte mich, warum Saussan so viel daran gelegen war, uns, denen sie einst den Rücken gekehrt hatte, als Familie zusammenzubringen: Was nützen die Gräber, wenn alle tot und verschwunden sind? Dieses Bild der Familie neu zu beleben, hatte Saussan sich nach unserem Besuch in Maidân Akbas vorgenommen. Sie suchte für uns nach einer erinnerungswürdigen Kindheit, einem lebenswerten Leben voller kleiner, angenehmer Überraschungen: zum Beispiel ein Freier, der in Begleitung seiner Mutter an unserer Tür klopft und um die Hand unserer Schwester, der unbeschwerten Saussan, anhält, nachdem er sich lobend über unseren makellosen Leumund und die gelungene Erziehung durch unsere Mutter geäußert und uns eine erfolgreiche Karriere vorhergesagt hatte – alles Dinge, die uns Hoffnung schöpfen ließen, wie jede Familie, deren Frauen jeden noch so banalen glücklichen Anlass mit Jubeltrillern begrüßen.

Saussans Zeit war ebenso vorüber wie Mutters. Was blieb, reichte nicht einmal mehr für Bedauern. Der Mutter war es ein Horror, mit der Tochter allein in einem Zimmer zu sein. Sie sah in ihr ein schweres Erbstück, das sie gern von den Schultern genommen und sich davon befreit hätte. Die Tochter dagegen fürchtete sich vor ihrem eigenen künftigen Bild, als sie, zu spät, entdeckte, wie sehr sie ihrer Mutter glich: die Mandelaugen mit ihrem tiefen Schwarz; die langen Wimpern; die weiche Haut und der gerade Wuchs. Wie konnte sie dieser schlimmen Zukunft entkommen? Sie nahm ihren Koffer und versuchte ein weiteres Mal ihr Glück bei Salma, kritisierte sie dann aber für die lächerlichen Männer, mit denen sie sie bekannt machte.

Sie wollte sich nicht eingestehen, dass sie nichts mehr besaß, was auf Männer anziehend wirkte. Ihre Brüste waren welk, ihr Bauch schlaff, und das aller Hüftgürtel und aller Diäten zum Trotz. Sie dachte an Hiba, die nach wie vor schlank und rank war wie ein Lattichblatt, und sie träumte von Luxus und Liebe, überzeugt, die große Liebe finde man nur draußen auf der Straße. Sie schwor, der Mann, der ihre Gefühle in Bewegung setzen könne, werde das Paradies schauen. Die Erinnerung an ihre Tagträume deprimierte sie. Sie dachte an einen guten Mann, mit dem sie, bevor sie vierzig würde, rasch noch ein paar Kinder hätte. Eigentlich hatte sie schon nicht mehr die Zeit für zwei Kinder, würde sich also mit einem begnügen müssen. Sie seufzte wie eine Prinzessin, die in einem Augenblick der Unbedachtheit den Thron verlor, und ihr harter Blick kehrte zurück. Sie wollte nicht wie Mutter eine verlassene Frau werden, auch nicht verloren wie Raschîd oder ergeben wie ich. Sie wäre gern das weibliche Pendant zu Onkel Nisâr geworden, der jetzt viel Zeit mit ihr in der Küche verbrachte. Sie begann zu glauben, dass Träume an bestimmte Orte gebunden sind und wir sie nicht im Gedächtnis mitnehmen können; auch dass wir die Umstände, unter denen sie auftreten, nicht wiederherstellen können. Träume wurden für sie wie ein Geruch, der sich im Lauf der Zeit verflüchtigt.

Saussan kümmerte sich nicht mehr um uns. Sie verließ uns ein letztes Mal. Sie packte in aller Eile ein paar Kleidungsstücke zusammen und küsste Raschîd, der noch immer an seinen Erlebnissen im Krieg und im Gefängnis kaute. Michel erwartete sie in einem Taxi, das sie zum Flughafen von Aleppo bringen sollte, von wo aus sie als Ehepaar nach Paris flogen.

Raschîd sprach bedrückt von seinen Erlebnissen. Er beschrieb seine Schwäche angesichts des Todes und seine Feigheit gegenüber den Befragern. Ganz anders seine Kameraden, die ständig ihren Wunsch hinausposaunten, jeden amerikanischen Soldaten auf jeder Handbreit islamischen Bodens umzubringen. Dann schwieg er. Er erzählte uns nie etwas von Schuldgefühlen oder dem Durcheinander in seinen verunsicherten Welten. Manchmal stand er auf, vollzog die Waschung und begann, laut zu beten. Er schloss die Augen und flehte zu Gott um Gnade und Vergebung. Danach saß er auf dem Gebetsteppich wie ein alter Mann und ließ den Tränen freien Lauf. Mitunter warf er auch den Koran beiseite oder riss Seiten heraus und wiederholte immer wieder, Er, der von uns Anbetung verlange, müsse gnädiger und gerechter sein. Seine Augen traten hervor, und er versank in tonlosen Hysterieanfällen. Gemeinsam mit Onkel Nisâr spielte er auf drei privaten Partys, die ein paar Liebhaber klassischer Musik in der Wohnung eines europäischen Konsuls organisierten. Die lebhafte Atmosphäre dort und die andächtige Stille bei den Zuhörern belebten bei ihm ein wenig die Vorstellung von der erlösenden Funktion der Musik. Er holte seine Kompositionen hervor, von denen er Onkel Nisâr noch nie erzählt hatte, und machte sich daran, sie zu spielen, und obwohl sie ihm nicht gefielen, zerriss er sie nicht. Das Einzige, was ihm Ruhe verschaffte, war, stundenlang an Mutters leerem Bett zu sitzen. Für ihn war der Ort, den wir alle mieden, tröstlich. Sein fahles Gesicht und seine eingefallenen Augen gaben mir den Eindruck, er wolle neben dem Tod sitzen, um sich darüber klarzuwerden, wie die Seele dem Körper entschlüpft und aufsteigt. Wir nahmen an, dass er an einem Kriegstrauma litt, und versicherten ihm, er werde darüber hinwegkommen und könne sicherlich schon bald seine Vorhaben wiederaufnehmen und die Träume verwirklichen, die er uns gegenüber häufig andeutete. Es drängte ihn, das Land zu verlassen und irgendwohin zu gehen, wo die Nachbarn nicht an die Tür klopften, um sich etwas Salz zu borgen, und wo die Frauen nicht, Sonnenblumenkerne knabbernd, vor der Haustür saßen, die Passanten begafften und sich das Maul über sie zerrissen. Fast schon etwas neidisch sprach er von westlichen Musikern, die in sauberen Sälen spielen durften und deren Arbeit nicht von Parteimitgliedern unterbrochen wurde, die große Reden schwangen und ohne Unterlass von imaginären Feinden palaverten – «dem Feudalismus», «der Bourgeoisie», «dem Imperialismus» – «Feinde», deren Erwähnung ebenso erbärmlich geworden war wie diejenige der «Arbeiterklasse», die heute barfuß herumläuft.

Raschîd erinnerte sich an jene goldene Zeit, als er tagsüber schlief und nachts zur Arbeit ging, als ihn nichts zwang, das Gedränge auf den Straßen zu erleben und sich zu fragen, warum die Menschen immer gehetzt waren. Ausgangspunkt all seines Elends, so sinnierte er, war Scheich Abu Bakr, vor dem er gesessen hatte, überzeugt, das Heil gefunden zu haben. Er bereute nicht, im Irak gekämpft zu haben, aber es ging ihm nicht aus dem Sinn, wie schrecklich er es fand, mit fünfzig anderen den Schlafraum und das Frühstück teilen zu müssen. Lieber erinnerte er sich daran, wie gern er während seines Militärdiensts als ganz junger Mann den morgendlichen Trompetenweckruf gehört und mit seinen Kameraden herumgealbert hatte. Doch schon nach wenigen Wochen kehrten seine Halluzinationen und seine Horrorvisionen darüber zurück, ein Herdentier zu sein. Konnte man überhaupt für sich leben? Raschîd war überzeugt, dass darin das vollkommene Glück bestand, und der Gedanke begeisterte ihn. Aber dann musste er sich eingestehen, wie fest er im Dunstkreis der Familie eingeschlossen war, der vermeintlichen Quelle ewiger Glückseligkeit.

Vor seiner Abreise in den Irak hatte Raschîd die meiste Zeit in Mutters Zimmer verbracht, ein dienstbarer Geist, begierig darauf, ihre Wünsche zu erfüllen. Doch Mutter hatte keinen anderen Wunsch mehr, als zu sterben. Sie klagte über Atemnot und sprach von der Luft, die steinschwer und messerscharf in ihre Lungen drang. Ob er die Luft scheppern höre, wollte sie von Raschîd wissen.

Als er einmal den Schrank öffnete, in dem sie all ihre Kleider aufbewahrte, die früher einmal den Neid vieler Frauen geweckt hatten, schlug ihm der Geruch von Mottenkugeln entgegen. Er fand darin sogar staubtrockene tote Mäuse, die offenbar schon einige Zeit unbeachtet dort lagen. Er machte sich daran, den Schrank zu putzen, verbrannte die Mäuse, streute Kakerlakenvertilgungsmittel in alle Ecken des Zimmers und hängte die abgetragenen Kleider zurück an ihren Platz. Dann rieb er Mutter mit Kölnischwasser ein. In einem wachen Augenblick bat sie ihn, sie zu ihrer Freundin Narimân zu bringen. Er half ihr beim Waschen, wählte für sie eine lange Stoffjacke, deren Saum von den Mäusen verschont geblieben war, und eines jener hübschen Kleider, die ihr Onkel Nisâr geschenkt hatte. Er bat mich, sie zu begleiten, und wir zogen los – eine Mutter mit ihren beiden Söhnen auf Verwandtenbesuch. Mutter erschrak, als sie sich umsah. Was war bloß mit ihrer Gasse geschehen? Wo war der Maulbeerbaum geblieben? Der Baum war vor über zwanzig Jahren verschwunden.

Narimân öffnete die Tür, unser Besuch überraschte sie. Sie begrüßte uns herzlich. Ihre Mutter sei gestorben, berichtete sie. Sie lebe nun ganz allein und kümmere sich um ihre Nichte, deren Mutter die Familie verlassen hatte, als ihr Bruder beschloss, sein Leben in den Dienst der Verehrung des Propheten zu stellen und in der Nähe seines Grabes in Medina zu leben. Eine karitative Organisation hatte ihm dort ein bescheidenes Zimmer zur Verfügung gestellt, das er mit einem Afghanen teilte, der im Auftrag dieser Organisation Kleider für Bedürftige schneiderte. Narimâns Wohnung hatte etwas von ihrem alten Charme bewahrt. Sie roch frisch, auch wenn Sofa und Vorhänge nicht mehr ganz neu waren. Sie bot uns Kaffee und Gebäck an und betrachtete Mutter ungläubig, weil diese einen völlig normalen Eindruck machte und sich sofort dafür entschuldigte, dass sie es versäumt habe, ihr nach dem Tod ihrer Mutter zu kondolieren. Danach tauschte sie mit Narimân zu unserer freudigen Überraschung Erinnerungen an ihre gemeinsame Kindheit aus. Die beiden lachten verschämt. Eigentlich hätte Mutter für ihr Alter auch eine solche Wohnung verdient, dachte ich, zuckte aber im nächsten Augenblick zusammen, als ich mir klarmachte, dass auch wir keine kleinen Kinder mehr waren. Immerhin standen wir an der Schwelle zum fünften Lebensjahrzehnt, und die Eisenbahnzüge waren Vergangenheit. Wenn wir einen alten Zug sahen, sagten wir ohne besondere Regungen: «So sahen sie auch damals aus, als wir Kinder waren.»

Während der kurzen Zeit, die wir bei Narimân verbrachten, dachte ich über den Preis nach, den wir für unser Parallelleben außerhalb der Partei bezahlt hatten. Wenn wir nun in einer anderen Zeit gelebt hätten? Zum Beispiel in derjenigen, von der unsere oder Jeans Mutter erzählte, oder in hundert Jahren. Was wäre anders gekommen? Was würde anders kommen? Etwa die Furcht, die sich in unserer Brust eingenistet und den Mäusen eine heimelige Bleibe gewährt hatte? Der Gedanke, ich sei voller kleiner Mäuschen, entsetzte mich. Ich versuchte mich abzulenken und betrachtete die riesigen Gemälde, auf die Mutter und Narimân immer so stolz gewesen waren und von denen sie einige Exemplare ihren Geschwistern zur Verschönerung ihrer Wohnzimmer überlassen hatten. Auf dem Nachhauseweg dachte ich über Mutter nach, die sich torkelnd an Raschîds Arm klammerte wie ein Kind.

Die ganze Nacht über lauschte ich zusammen mit Onkel Nisâr den Bekenntnissen und Erinnerungen Raschîds, der sich von seinen schweren Gedanken und Phantasien befreite, die ihn seit seiner Rückkehr aus dem Irak verfolgten. Er begann leise und unzusammenhängend, doch schon bald fügten sich die Einzelheiten zu einem Bild, und der Bericht wurde klar. Er erzählte, wie fremd er sich unter all diesen Kämpfern gefühlt hatte, die sich gegenseitig beglückwünschten, dass sie dem Ziel ihrer Wünsche nun schon so nahe gekommen waren: dem Paradies. Raschîd fand dieses Lechzen nach dem Tod seltsam. Jahrelang hatte er darüber nachgedacht, wodurch der Tod für eine Sache sich vom Tod durch einen Verkehrsunfall unterschied. Gab es den Tod wirklich in Geschmacksvarianten? Onkel Nisâr nickte und ermutigte seinen Neffen und langjährigen Freund, die Lasten abzuwerfen und sich von den Gedanken zu befreien, die ihn bedrückten.

Raschîd sprach mit Nachdruck von den Varianten des Todes. Ausgiebig pries er den Freitod, gewählt von jemandem, um dem Leben im richtigen Augenblick ein Ende zu setzen, sich von den Albträumen zu befreien und dem Schicksal zu trotzen.

«Was nützt es, immer so weiterzuleben?», fragte er. «Was haben all diese Menschen zu erwarten, die alt werden, ohne je glücklich gewesen zu sein?»

Nur sehr selten hatten wir Raschîd in Begleitung einer Frau gesehen oder ihn ganz normal reden gehört: vom Wunsch, eine Familie zu gründen und Kinder zu haben, die er, wenn ihnen plötzlich etwas fehlte, zur nächsten Krankenstation tragen musste; Kinder, die im Nu heranwachsen würden, die zur Schule gingen, daran dachten, den Vater umzubringen und gegen altbackenes Denken zu rebellieren. Für mich war es eine verstörende Entdeckung, dass keines von uns Kindern je daran gedacht hatte, eine Familie zu gründen. Als ob es völlig normal wäre, dass wir allein blieben. Höchstens Saussan könnte einmal Kinder haben, dachten wir. Wir anderen könnten im besten Fall helfen, sie zu erziehen und zu verwöhnen. Ich versuchte oft, mir ein Bild von einer solchen hypothetischen Familie zu machen, doch irgendwie passte Saussan nie richtig hinein, und das Bild blieb unvollständig. So viele Jahre waren inzwischen vergangen, und noch immer träumten wir davon, gemeinsam friedlich am Mittagstisch zu sitzen und für uns über triviale Dinge zu unterhalten – wie wir beispielsweise unsere mageren Einkünfte zusammenlegen und für Raschîd Geld verfügbar machen konnten für die Anschaffung eines Schlafzimmers und einer Polstergruppe für die Wohnung, die er sich mit einem Bankkredit gekauft hatte. Doch Raschîds gelöstes Gesicht und seine klaren Worte über den Tod ließen die wenigen Bilder zerstieben, die ich mir in meinen Wachträumen zurechtgelegt hatte. Ja, wir alle träumten noch von der Familie!

Stundenlang saßen wir bei Raschîd, während dieser die Gesichter seiner Kameraden nachzeichnete. Er sprach von Bagdad, und Dutzende von Malen kam er auf die unbekannten Toten zurück, die den Tigris hinabtrieben, ohne dass sich jemand die Mühe machte, sie ans Ufer zu ziehen. Niemand mehr hatte die Zeit, die Toten zu bestatten. Um beerdigt zu werden, brauchte man eine Familie und das Grab einen Grabstein. Die Leichen auf dem Fluss führten ihn zu seinen Überlegungen über die Ursachen des Todes zurück. Diese Unbekannten hatten aus unterschiedlichen Gründen den Tod gefunden – an einem Ort, an dem niemand mehr fragte, warum jemand starb und sich nur noch am letzten Lebensodem festkrallte: Vielleicht waren sie ja Opfer eines Clankrieges oder einer religiösen Auseinandersetzung, vielleicht waren sie auch von amerikanischen Soldaten umgebracht und in den Fluss geworfen worden. «Am Ende ist das gleichgültig», erklärte Raschîd, «das Paradies ist sowieso eine Illusion, die die Schwachen brauchen, um die Kraft zu finden, den *Barsach* hinter sich zu bringen, den Moment, der das Leben vom Tod trennt, den kurzen Augenblick zwischen dem letzten Seufzer und dem letzten Stöhnen, nach dem tiefe Ruhe herrscht und alle Fragen ein Ende gefunden haben.» Und dann schloss er: «Das ist der Tod, nicht die Vollendung der Erinnerungen.»

Am frühen Morgen stand er auf und ging mit festem Schritt in sein Zimmer. Onkel Nisâr saß, in tiefes Stillschweigen versunken, in seinem Sessel. Ihn hatten die Fragen verletzt, die uns Raschîd wie einen Zwetschgenstein ins Gesicht gespuckt hatte. Eine schreckliche Szene ließ mich nicht los: Wir standen an einem verlassenen Bahnhof und hörten vom Tod des Präsidenten. Ich starrte Saussan an, die um ihren Henker weinte. Für einen Augenblick war ich drauf und dran, in Tränen auszubrechen – aber für meine tote Mutter, an die ich plötzlich denken musste.

Onkel Nisâr weinte lautlos. Langsam kroch der Morgen herein. Ein wiederholtes Schluchzen gab mir das Gefühl, dass wir unsere Seelen bewachten, die sich mühten, den Körpern zu entkommen. Im Zimmer war es stickig, mir wurde übel. Als ich aufstand, um ins Bett zu gehen, bemerkte Onkel Nisâr: «Raschîd will sterben.» Es klang, als ermahnte er mich, mich warm anzuziehen, draußen sei es schneidend kalt.

Als ich die Tür unseres Zimmers öffnete, erschrak ich. Raschîds Körper hing von der Decke wie eine dieser mit

Fliegenkacke verdreckten elektrischen Lampen. Onkel Nisâr, der hinter mich trat, erblickte ihn ebenfalls durch die offene Tür. Er begann zu schluchzen. Er hatte es gewusst und den Morgen abgewartet, um dem Freund seines Lebens genügend Zeit zu lassen, die Schlinge solide zu befestigen. Es sollte kein Zweifel bleiben, dass man ebenso einfach sterben wie einen Becher Wasser auf verbrannte Erde schütten konnte.

Damaskus – Iowa – Hongkong
Herbst 2007 – Frühjahr 2013

INHALT

1 Die Lattichfelder
5

2 Ein königlicher Nacken und rote Schuhe
93

3 Verwesende Leichname
119

4 Mysteriöse Pfade
221

5 Die tote Mutter
243